U0465980

在南方

汗漫 著

目录

渝州记

去渝州的方式

李白去渝州的方式，异常迅疾——

> 峨眉山月半轮秋，影入平羌江水流。夜发清溪向三峡，思君不见下渝州。

在《峨眉山月歌》中，他一夜穿越五个地址：峨眉、平羌、清溪、三峡、渝州。在渝州停舟上岸了吗？思念的友人在渝州吗？我愿意相信他上岸，去渝州城寻找友人了。

“不见君”“君不见”，是唐诗中屡屡出现的词汇。也正因为这种种的“不见”，诗人方有所“思”，抒情的压强和势能就异常巨大——像李白，有长江支持他出蜀、入渝、顺流而下。

一个“下”字，是李白去渝州的方式，也是他看待人世烟火的方式——居高临下。

早年，渝州刺史、文学家、书法家李邕，接见来此漫游的李白，他对这个著名青年诗人的狂放言谈很不悦，就矜持、冷漠。李白受挫，写《上李邕》："大鹏一日同风起，扶摇直上九万里。假令风歇时下来，犹能簸却沧溟水。"又有"下"字——大鹏在狂风歇息之时展翅、俯冲，可以使沧海一瞬间蒸发、干涸。这首诗出现两个"上"字——"上李邕""扶摇直上九万里"。种种"上"仍是为了"下"，如同历代士子热议玄思的"隐"，其实是为了"显"。

李邕肯定不是李白所思之君。

历代学者研究《峨眉山月歌》，普遍认为"君"的含义是"月亮"，少部分认为是"友人"。我倾向于这少部分人的意见。即便李白热爱、思念、追逐月亮，也是因月亮像值得珍重一生的友人——明澈、生动、高阔。我甚至倾向于认为，他思念的友人就在渝州城里，因山城复杂的楼台与路线，而失之交臂、怅然吟诵。

渝州，就是今天重庆市的核心"渝中区"。

嘉陵江与长江，像两个相思已久的友人，在这里拥抱，形成群山青葱的半岛。渝州屡屡易名，先后有江州、巴郡、楚州、恭州、重庆之称——南宋赵惇，被封为恭州王不久就登上帝位，可谓"双重喜庆"，遂赐予本地"重庆"之名。但我还是喜欢"渝州"二字，因为李白的《峨眉山月歌》，也因为此次重庆之行，仅仅在渝中区游荡两天，以渝州为题作札记，略去这一古老半岛之外的话题不谈，比较妥当。

我来渝州的方式是乘飞机，居高临下。但那一架冒充大鹏展翅、扶摇直上的飞机，不能等同于我。我谦卑，登机前买了一张保险单。在机舱里吃盒饭，身穿旗袍的空姐红彤彤的，像新娘，拿着辣椒酱从机舱里穿过，边走边问："先生辣不辣？加不加？"在我的个人飞行史中，第一次出现这样的景象。辣椒酱，为一座城池的火辣与灼烫，提前预告、预警、预热。乘客们大概也都有新郎的幸福感，机舱里似乎贴满红双喜字——那就是一种强烈的重庆感。

在渝州，由于李邕没有请吃火锅，李白有怒气和怨气，对着天空和明月抒发情感——诗意在失意中生成，历来如此，大抵如此。

火锅或者凤凰

能够坐在一个火锅周围的人，只能是密友和亲人。在同一食器中煮菜、下筷，就是同命运、共欢乐，彼此间没有嫌弃、尊卑、纷争。

在没有成为友人、情人、合作伙伴之前，只适合吃自助餐、分餐，遥遥举杯，揣度彼此的意向和立场。适度的距离，可确保彼此的尊严和安全。

我们五个友人围坐在火锅前。没有李白式的孤独，就平庸无奇。所谓幸福，就是平庸无奇。梵高的油画《吃土豆的人》中，也是五个人，大约刚刚从田野里劳作归来的五个亲人，围坐于桌边，用粗糙大手剥土豆、喝咖啡。头顶上，一盏吊灯流露出疲倦的光辉。梵高应该没有吃过火锅。

铜质火锅似日出——红油与花椒怒放光芒。又像太极图，被S形状的铜墙分割为辣、非辣两个区域——这两条阴阳鱼沸腾不息。火锅就是小江湖，人人谋食谋生于其中。江湖规矩就是火锅规矩：知道自己味蕾和肠胃的承受能力，在合适的区域，选择合适的青菜、莲藕、土豆、空心菜、粉丝、牛筋、毛肚、鱼皮、豆腐、豆皮、脑花、鸭肠、黄喉、鸡胗、羊肉……

在辣与非辣之间移动筷子，知白守黑，又像渝州城水墨般的大雾兼容黑白——适度将筷子伸向对方擅长的区域，以此表示谅解与敬意。

五人各自在面前排开数个小碟子，盛着盐巴、醋、味精、蚝油、香菜、蒜泥、葱花、芝麻、辣椒酱，调试出合于自己舌尖的滋味。

渝州城诗人李钢告诉我：本地火锅之所以天下扬名，秘密在于盐巴——盐巴之“巴”，即巴国、巴人之“巴”，下里巴人之“巴”。长江边盐井涌现出的硕大盐粒，与辣椒一结合，就生发出无穷滋味和力量，足以抗衡江水在群山长峡间回旋所造成的重重寒气。即便夏天，也要光着脊梁、摇着扇子吃火锅，为冬天的到来储藏能量和内力。李钢年长于我，八十年代因组诗《蓝水兵》一夜成名。他白发飘拂，身板硬朗，可一夜转战数个酒吧、火锅店，指导少女们热爱大海和青春，或许，就是这盐巴在秘密支持热血的缘故。

餐馆外就是长江。我能看见对岸灯火，就像对岸火锅店里的人也可以看见我的灯火一样。江水汤汤复堂堂，华丽游轮逶迤而过。不见唐代李白、杜甫、李商隐的轻舟，也不见三十年代出川抗日的战船。

我在江南生活多年，口味清淡。屡屡举头望西南，对巴渝川蜀一带的辣意充满敬畏，大部分原因，是当年刘湘、邓锡侯们率领的川军之辣意——辣，就是热、烈、赴汤蹈火、舍生取义，像面对一个火锅，必须做出选择：坐下来风卷残云，还是起身狼狈而逃。十四年抗战，川军足迹遍布中国南北各战场，以劣势武器慷慨赴死。战后统计，川军伤亡人数，为全国抗日军队伤亡总数的五分之一。

川军出川的最后关口，就是附近的朝天门、夔门。川军出川之际，正是国民政府携带兵工厂、造币厂、纺织厂、面粉厂、各国大使、影星、教授、学生、文物、档案、电台、密电码……自南京浩荡西迁重庆之时。

一九三八年十月四日始，至一九四三年八月二十三日，五年间，日军共出动九千五百一十三架次，轰炸重庆核心城区即渝州半岛二百一十八次，投弹二万一千五百九十三次，炸死市民一万一千八百八十九人，炸伤一万四千一百余人，炸毁房屋一万七千六百零八幢，试图通过持续无差别轰炸，动摇中国的意志。但这一座山城屡废屡建，誓不投降，如同火焰中的凤凰生生不息。

“喝啊，兄弟！别走神！酒窖中刚取出的酒，巴适，安逸！”火锅下的火焰，已经由古代的木炭、民国的煤气，改变为目前的电，隐蔽无痕。就像火锅在我头脑引发的种种联想和记忆，朋友不知不觉，一个劲地劝我喝啊喝啊。

餐馆墙壁悬挂有杜甫在渝州城写的饮酒诗：“喜弟文章进，添余别兴牵。数杯巫峡酒，百丈内江船。”我不知自己文章有无进步。内江船亦即嘉陵江上的船，在山城另一侧逆流而上或顺流而下，我看不见。眼前酒，则肯定与巫峡的壮烈、峻急相暗通。

渝州城有很多酒窖。抗战期间挖掘出的无数防空洞，当下改为酒窖或咖啡馆、酒吧、书店、茶室——巴适，安逸。

“巴适”“安逸”是我喜欢的蜀音，即“巴人舒适”“安宁隐逸”之意。屡屡遭受战乱磨难的川蜀人民，在这两个古旧词组里，寄托皮囊与魂魄——饮酒，喝茶，打麻将，“弹琴说爱”，渝州城人间烟火气息浓烈炙热。

当晚，我肠胃就不巴适、不安逸了，在床上折腾一条被子。李钢说，这是初入巴蜀之缘故。多吃几次火锅，才能适应其辛辣力量。

民国政府里的懦弱文人，初入渝州吃火锅，大约也如此情状，也羞愧。吃着吃着，抗日决心就坚定不移，笔下公文日益雄浑磅礴，如一行长江、一行嘉陵江，势不可当。

渝州索句叶正黄

一九四九年末，毛泽东在中南海给谋求高位受挫的柳亚子，写了一首安抚其情绪的诗作。其中，“渝州索句叶正黄”一句，指的就是桂园里的这两棵桂树。

桂园，国民党军队上将张治中官邸，三层别墅。在走廊上、卧室里，他和夫人俯瞰长江，揣度中国的走向。现在，我徘徊于走廊，只看见沿江公路和流水。

一九四五年八月二十八日至十月十一日，国共和谈期间，张治中腾出这一院落供毛泽东办公，长达四十余天。毛泽东日程密集：多批次接见各界人士，接受记者采访，参加宴请，发表演讲，走访各国驻华使馆及美国驻华第十四航空队士兵代表，与蒋中正单独会谈，等等。偶尔在走廊里抽烟、俯瞰长江，想一想白居易的诗句：“去复去兮如长河。”

在桂园，发生过两个历史性事件：九月六日，应柳亚子之请，毛泽东抄录旧作《沁园春·雪》以赠；十月十日，国共双方代表签订《双十协定》。或许，正是这首词促成了协定。尽管协定最终付之东流，但一首词预言了未来中国，势不可当。

经过柳亚子的传播和媒体发表，《沁园春·雪》成为一九四五年秋天官场与坊间热议的焦点。公众纷纷赞誉：“睥睨六合，气吞万古。”“豪放派！即便是苏轼、辛弃疾，也未能抗衡。”“这是那一个穿粗布衣服的延安人写的吗？文采斐然啊，气象不凡。”一时间，山城群众视野充满“雪”“北国风光”两个意象，忽略了现实中的桂花开、暗香来。

蒋中正从这首词读出老朋友的“霸气”“王气”，嫉妒，指示手下文人：以《沁园春》为题作词反击、发难。于是，一场“命题诗词大赛”在山城轰轰烈烈推进，“参赛者”众。作品印刷在国民党报刊显著位置，次第摆放在毛泽东和蒋中正的书桌上。一个人笑了笑，把这些报刊推到一边，另一个人叹息：“算了，到此为止吧。”

中国各地商人嗅出商机，纷纷把毛泽东原作和“参赛之作”，抄录悬挂于商店酒馆，甚至把店名改为了“沁园春”，引来看客顾客，生意兴隆。

多年后，当蒋中正在台湾回想桂园，耳边大约时常响起湖南口音的咏叹调：“俱往矣，数风流人物，还看今朝。”

当下，这座山城被誉为诗城，涌现出云朵般密集的诗人、雨滴般纷乱的诗人轶事。一个不读诗、不写诗的人，很难在这座城市谈生意、谋发展。会议桌对面那一个伙伴、对手，可能刚刚出版一本诗集，正寂寞地期待有所反响，继而敞开肺腑、打开钱包。一个不知道“朦胧诗”“第三代诗人”“莽汉派”等等概念的人，在这座城市的大雾里会失去灯火引导，因错误的去向和“反响”，陷入拳脚和口角，伤痕累累，匆匆撤入江北机场或成渝高铁。

一座古城始终充满强烈诗意，与《沁园春·雪》有关，与《峨眉山月歌》有关？

毛泽东和蒋中正不会直接出手拳击。毛泽东甚至连手枪都懒得握。两个南方人，彼此或许有知己之感吧。只有势均力敌的人，才有资格成为敌人。

腾腾杀气满全球，力不如人万事休。光我神州完我责，东来志岂在封侯。

这是蒋中正一九〇七年在日本振武学校留学时写的七言诗，题赠表兄单维则。孔子曰：“诗言志。”孔子又曰：“诗亡离志。”

与桂园里的桂树合影。时令已入冬，这两棵树连黄叶也没有，就没有人向我索句。也好。

我们的黄葛树

满城黄葛树，在山顶、江边、路旁、桥墩下、墙缝里，为行人遮蔽风雨和烈日，参与这座城市的无数新闻和秘史。

不需要手臂、铁锹和水桶，一只鸟，比如鹧鸪，口噙一粒黄葛树的籽粒，张嘴歌唱，一棵树就种下来。只需要一场小雨，那棵树就破土而出。

黄葛树突破院墙，就拥有了房子主人翁的错觉，向远处的小树或小鸟招手：“来喝茶呀娃儿。”于是，有一条树根就从地下默默伸入客厅，有一只鸟儿就叽叽喳喳飞进窗子。

整个城市由于黄葛树的存在而四季葱茏——它三月种下就三月落叶，九月种下就九月落叶。这一不寻常的树性，像姓黄的男子，在哪一天爱上某女子，就把那一天作为开心或伤心的纪念日，年年落泪如同落叶纷飞。

友人是业余植物学家，告诉我一个秘密：黄葛树没有年轮，或者说年轮模糊。这是由于它对天气具有特别的敏感度，始终在变化。判断一棵树的树龄，一般是钻孔取样或采用碳同位素测定。这两种方法，在黄葛树面前一概失效。只能根据周围居民回忆或史料记载，来确定其年龄。像面对一个高人，无法通过骨龄去辨析他的历史，需要读一读相关访谈录、日记、信札，才能确定其内心所在时区。

渝州城的“黄葛树之王”位于新妙镇，宋人所植，已有八百年树龄，高达四十余米，胸围十米，树荫面积目前达到两亩。民国时期，飞机没有精确导航功能，就把这两棵古树作为城市标志。日军大轰炸期间，朝这两棵古树轮番奔袭。满城火海，唯两棵黄葛树屹立不动莽苍苍。

按照杨朔、刘白羽、秦牧等等前辈的作文方式，应该把黄葛树比喻为山城人民。我想避开这一俗套。但一方地域的风物与人性，的确有着隐秘关联。渝州，山岳与大江兼容并美之地，南宋末期高筑壁垒抗击蒙古大军三十六年的悲怆之乡，两次改朝换代之际各自持续上百年的“湖广填四川”运动形成的混血之城，的确，只有黄葛树这样不择地质、随处生根、隐忍不屈的树种，适合成为其感情对应物和精神象征。湖泊边的城市，比如杭州、苏州，则契合于杨柳。春风中款款摆动的杨柳腰，让白净书生们动情再负义——我的脸似乎也没有以前黝黑了。

沿中山四路去曾家岩书院。

这条路是抗战时期国民政府运作的核心，自然也是日军五年轰炸的主要目标，平均每五分钟有一颗炸弹落下来，像熟透的恶果苦果落下来。沿路，有桂园、周公馆、戴笠公馆、总统府等等景点——政治也是风景之一种。路边，两行黄葛树并肩前行。这座城市的道路起伏不定、方向多变，路牌上省略“东”“西”“南”“北”这些指示词。如果问路，市民会诚恳地说：“一直朝前走嘛，到路口了右拐，再朝山坡下走嘛。”他的手势像山泉，摇来摇去，直奔江水。

有黄葛树一路陪同，去看一个“我们的黄葛树”主题摄影展，自然不会迷路。各种彩色照片，这座城市各区域不同姿势和态度的树，在曾家岩书院墙壁上与我相遇对视。

最喜欢其中一张黑白老照片：一个十多岁的女孩，短发齐眉，双眼皮，微咬嘴唇，怀抱奖杯，身后似乎就是一棵黄葛树。照片下方有文字说明：“一九三九年，重庆市举办儿童爱国抗战演讲比赛，一位眉清目秀的女孩获得冠军。”这一年，正是大轰炸中的第二年。同一时期其他黑白照片中，欢笑、舞蹈、歌咏比赛、集会、婚礼、募捐、游行、废墟等等旧日景象，也都有黄葛树作为背景，陪同、支撑着一个时代的黑与白、夜与昼、悲伤与欢乐。

怀想那个女孩。她大约是我祖母、外祖母的同代人。我希望她仍然活在这个世界上，甚至就活在这座城市，把当年演讲词复述给后人，才好。当然，她不会知道一个陌生者的凝眸和希望，就像黄葛树不会知道树下走过多少儿女、多少喜悦与哀愁，兀自默默放大出一个个绿怀抱，像绿母亲。不像绿祖母，贵妇人手指上那种装饰品，对于广大人间毫无意义。

我甚至可以猜测：这女孩就是余光中的同学。一九三八年，十二岁的余光中随父母自南京迁居山城。校门、家门前的黄葛树、橘子树、石榴树，都在教育一个少年，去认识土地、根、光合作用。抗战胜利，余光中随父母返南京。一九六六年，在台湾，一个被离乱、永别、乡愁所造就的诗人，如此言志抒情：

当我死时，葬我，在长江与黄河
之间，枕我的头颅，白发盖着黑土

……

从西湖到太湖

到多鹧鸪的重庆，代替回乡

现在，恰好有两只鹧鸪低低盘旋，掠过庭院里的树梢和我头顶。辛弃疾的词《鹧鸪天》，也像在叙写这座山城：

唱彻《阳关》泪未干，功名余事且加餐。浮天水送无穷树，带雨云埋一半山。

余光中应该喜欢这一前辈。从南宋，到民国，餐饭里的泪水滋味悲辛一同。

曾家岩书院建于晚清，抗战时期成为消防所，众多消防兵在大轰炸中履职、牺牲。在街头雕像里，他们永远注视着敌机飞来的东南方向。1949 年后，此地相继成为警署、茶馆，不久前复建为书院。墙壁上嵌有六块新出土的古砖，上刻“广顺”二字，大约是一个工匠的手迹，类似余光中在自己的诗集上签名。走廊里，若干少年埋头读书，手边有一杯咖啡或茶散发热气，像小规模的冬雾。如果恰好读到清代赵熙写渝州的诗句“朝暮江声鼓角中”，他们会抬头，看看五百米外的长江，出神两分钟，想想江面上前赴后继的一代代雄杰与传奇。

“我要么不是任何人，要么，我是一个民族。”加勒比地区最伟大的诗人沃尔科特，如是说。

而这里，是我们的长江、我们的黄葛树。

会议室与舞台

整个山城充满大大小小的会议室，便于领袖、将士、学者、商人、文人、百姓，在其中谈判、研讨、谋定而动、握手言欢，或不欢而散、夺门而去。

舞台，可娱乐，可演讲，缓解或加剧一座城市的紧张。比如，陪都期间，郭沫若组织发起“雾季戏剧公演”活动，上演其话剧新作《屈原》《虎符》《棠棣之花》等等，以古说今，隔山打牛。陈布雷等文人着便装去剧院里观看，再给穿着军装的蒋介石报告剧情，都很郁闷、恼火，像被一块舞动的红布激怒的公牛。

渝州城地形类似阶梯状的巨大剧院——自低而高的群山万木与红男绿女，是观众，俯视舞台上的长江演出一个民族的秋恨与春愁。反过来，江水、灯火、鱼群这些观众，仰观自低而高的群山万木与红男绿女演出人间烟火。满山的高速公路、轻轨、隧道、桥梁、台阶，像舞台上的道具、幕布，帮助演员们抵达剧情中的高潮或深渊。

我沿着坡度向下的小街道进入旅馆。这小街道，大约就是以一条古代石板路为基础。旅馆位置，早年存在一座溪边茅舍？旅馆门厅站立一匹马，铁马，也想办理入住手续？我在十二层的一个房间睡了两晚，其间，到三楼会议室参加主题为“现实题材的崭新表达”的文学研讨会。会议室外就是山丘，使我想起李敬泽一本书的名字《会议室与山丘》。

“城市化”“乡愁”“人工智能”“量子纠缠”“基因编辑”“新时代”“自媒体”“焦虑”“丰盈与匮乏”“沉溺与厌倦”……朋友们在座谈中吐露一个个关键词，像牢牢把握了时代的关键处，顾盼自雄。

我走神，脱离会议室内的现实。

云南作家范稳拄着双拐走上演讲台。他刚出版了以日军大轰炸为主题的长篇小说《重庆之眼》。他拄双拐的姿势与大轰炸无关，是近日一场大酒所带来的小崩溃。他说："作家活着就是现实的证言，死去，证言留下。"掌声。合影。记者采访。他又拄着双拐离开会议室去机场，奔赴另外一种表达……

我对旅馆附近湖广会馆里的若干会议室，兴趣大，独自进入。

阳光透过细密无数的木格窗子，在青砖地面洒下光斑，像一页方格稿纸等待填词。面对大门和光斑，一系列明代风格的高背椅，依墙摆成U字形状。椅子空着，或不空——有一群隐形的湖广人士，用乡音和渐渐密集强烈的蜀音，谈论修路、救灾、税收、消防、团练、祭祀、婚礼、还乡等等事宜？当然，那一时代的人，把会议室叫作"议事堂"。

眼下，湖广会馆充满中外游客的纷乱声腔。翻译与导游，联手阐释这座会馆的来源与意义——也是一种"现实与表达"。会馆内，遗存三座舞台，繁密精致的石雕或木刻的花纹，在台基与台顶，讲述古代传说与神话。舞台上置放钟、鼓、古筝、屏风，无人。演员正在化装、午休？空无一人也好，这舞台就拥有无限的可能性。

无论南方北方，各地戏曲都会出现小生，为花旦的命运提供必然性。他们大致上可以区分为四种：翎子生（大将王侯），纱帽生（官员），扇子生（书生），穷生（穷酸文人）。前三种人身份的象征物，分别是翎子、纱帽、扇子。穷生除了道白上的酸腐，无他。在舞台上一亮相，观众就知道了这小生的处境与前景。

当代大街小巷市场情场，都是舞台。青年衣饰大同小异，难以由此揣度其价值和走向。一个中年人，比如我，在唱、念、做、打之间，渐次进入老生境界——逐渐花白的头颅没有翎子和纱帽，扇子变形成右手中的鼠标，习惯于沉默，免得老生常谈泄露酸腐气。暗自回忆小生时代的一剪梅、西江月。

湖广会馆里的三座舞台，只会有楚剧、花鼓戏、粤剧、邕剧、采茶戏上演，把故乡爱恨情仇表达在异乡。渐渐，湖广方言退潮。川剧成为这些舞台上的主流——变脸，一转身、一回首就能瞬间剧变的脸，让远道而来的湖与广，剧变为坚定不移的渝州城。

三座舞台两侧各自悬有对联，抄录如下：

人在戏中戏在人中人生莫演糊涂戏，境由心造心由境造境界需除名利心。

只一片乡心托付他雨后涂山花煎蜀水，便许多剧目何如这行吟屈子鼓瑟湘灵。

是是非非恩恩怨怨来来来认认真真想想事，忙忙碌碌暮暮朝朝坐坐坐潇潇洒洒宽宽心。

三副对联，就是渝州城这个名角的台词与念白，关于“戏与心”“蜀水与湘灵”“想与宽”。儒道释三种世界观、价值观，在翎子、水袖、折扇之间，洽和为一、灵活转换——显然，这，只可能是中国的舞台。

湖广会馆又名“禹王宫”，依山而建，故能高低错落、左右逢源。一个彩色雕塑的古人，端坐正堂，眺望门槛外的长江，接受游客的注目与致敬——

这里是大禹的会议室与舞台。

抒情的石头

在渝州城，石头占据市井生活很大比重。

石子路、石阶、石岸、石桥、石堤、石墙、石窗、石桌、石锅饭、石台、石亭、石瓶、石窟、石佛……连时时出现于门前屋后的石榴树，也依赖于山岩支持、石缝滋养。

> 一九四〇年，空袭轰炸之后，城市突然间变得难以辨认，也不可辨认。熟悉的城市变成了陌生的地方，恍若从梦里醒来，遭遇一个完全不同的现实。

在《伦敦传》中，英国作家阿克罗伊德这样描写德军轰炸后的伦敦。同一时期，渝州城遭受日军炮火的蹂躏，比伦敦更加严重。日军飞机的一次次投弹、焚烧后，废墟上的市民也“恍若从梦里醒来”。但凭着高耸的山顶和不息的长江，他们很快就明白自己所处的方位，保持信心，重建生活。何况，一场夜雨潇潇，就能使那些被熏黑的山岩和炸毁的石榴树，各自恢复青白或墨绿。

当然，最沉重的是石碑，文字深刻，就充盈着难以忘怀的痛感和怀想。比如，解放碑，及其前身“抗战胜利纪功碑”“精神堡垒”。比如，烈士或市民墓地里的墓碑。

多年前，我也年轻，乘船逆水而上，入蜀，参加诗会。过夔门，仰望冯玉祥墨迹石刻：“踏出夔巫，打走倭寇!”震撼之至。我那些分行、唯美的小抒情，一下子失去重量和意义。民族的爱与恨，在冯玉祥笔下有鲜明指向。在石头上抒情，就是昭告天下、破釜沉舟、置之死地而后生，容不得半点犹疑和逃避。写在纸上的诗、情书、协定，还有修改、撕毁、翻脸的余地。冯玉祥只能在沙场上入死出生，“虽千万人吾往矣”。

微雨中，朋友撑伞陪我去三峡博物馆。路过石头筑就的三十年代空军跳伞训练塔、战时信号台，以及正在开掘的南宋老鼓楼衙署遗址。

若干年前，此地居民区拆迁改造，自上而下，依次挖掘出现代钢筋水泥、清代古砖、明代石柱基础。石柱虽已萎靡，但基础之正大，暗示着衙署之高拔威严。衙署旁，一个新发现的石壁古井，像长筒望远镜，朝元代以前的人间眺望。一个古监狱遗址，依稀可辨认出一道道石墙，用来区分罪恶或冤情。朋友说，此处开张过许多饭馆、商铺、浴池，生意屡屡破产。小老板们困惑：十字路口啊，繁华之地啊，竟然破财！“现在才明白：有一个不寻常的遗址，在地下提供负能量啊。”

几只白鹤在遗址上蹦蹦跳跳，伸长脖颈寻找草粒，像几个手持鹤嘴锄的考古工作者，向大地提问、求解。

三峡水库建成后，许多旧事前情匿迹，像潜泳运动员充满了消失于水中、失踪于记忆的趋势。比如，冯玉祥的八字石刻。在渝州城建立的三峡博物馆，收藏的文物自然与江水石头有关——

石棺。像一艘空船，四壁刻满关于星宿日月的神话传说。一个长江边的死者，希望乘坐一艘石头质地的船，进入天国。这些石头上的画像，与我故乡南阳的汉代石刻画像，有惊人的相似之处，星辰密布，动物腾跃。但石棺上有很多纹理，是尚未能够解读的巴人文字、巴人秘密。

纤夫石。万代千秋的纤夫，在江边裸体埋头，逆水拉动一艘又一艘船越过浅滩。纤绳深深勾勒出一道、两道、无数道痕迹的那些石头，像忍辱负重者，满身伤痕如象形文，述说一切。

滟滪堆。又名“犹豫石”。原位于瞿塘峡江心处，水枯时节显露江面，来往船只可远远避开。夏季水势盛大，滟滪堆埋伏水中，屡屡触没船只。一九五八年冬，为疏通航道而被炸药摧毁。三峡博物馆里展出的滟滪堆，是一个模型，处于画家在纸上一挥而就的长江里，的确像一颗心、犹豫的心——充满伤害力和绝望感的情人之心……

在渝州，有许多人捡拾、收藏、交易长江石。石头与江水长久厮磨，留下种种神秘线条、图案，可供解读。像长久相爱相恨的人，分别后，身上会浮现种种爱恨遗迹，让旁观者惊讶：“你变了。你有悲伤的故事！说出来，让我开心一下。”

三峡博物馆旁边的小礼品店，销售用细碎的长江石粒串联而成的项链。店老板煽动：“戴上看看——美！辟邪！”我戴上，就感觉自己的脖子，长江一般动荡、深远了。

夜雨巴山

渝州城常常在夜晚下雨。我睡在雨声中。

旅馆楼下门厅里那匹马，让我想起陆游的“铁马冰河入梦来”。不知道它是否会在今夜入梦来，但长江没有结冰期，像永远处于青壮年。

也会想起李商隐的“巴山夜雨涨秋池”。床头，有一盏依靠电能激发出光辉的台灯。“何当共剪西窗烛”，只能是李商隐期待中的景象。

李白在盛唐，像一个人处于盛年。李商隐在晚唐，像我正渐渐进入晚年。我的世界与心境，更接近李商隐一些，尤其在雨夜。

有学者质疑李商隐是否来过渝州城。我相信他来过。

在台灯下展开三幅地图。从清代、民国到当代，渝州城的半岛形状没有改变，山岳耸峙。两侧的嘉陵江、长江，宽阔与悠远没有改变。清代地图完全就是一幅风俗画，行人、纤夫、酒徒、幼儿姿态生动，且不合比例地夸大了其存在感。民国以后，地图就抽象为种种曲线、直线、圆点的组合。人物消失。中山四路等等道路标志开始出现。佛图关海拔最高位置上的夜雨寺消失。它空出的位置，成为当下的佛图关公园。

我愿意相信，渝州城因李商隐《夜雨寄北》，而建设夜雨寺。寺内僧人晚课，就是念诵这首杰作：

君问归期未有期，巴山夜雨涨秋池。何当共剪西窗烛，却话巴山夜雨时。

诗中的“君”，明确无误——远在北方长安城里的妻子。

李商隐一贯喜爱用典，词语晦涩。《夜雨寄北》却素朴明白。或许因为巴山蜀地一夜秋雨，力量足够，这凉意、归意、爱意的力量已经足够，直叙即可。写作此诗的时候，妻去世，李商隐尚未知晓。

纪晓岚盛赞此诗：“作不尽语，不免有做作态，然此诗含蓄不露，只似一气说完，故为高唱。”当下，以“做作态”“作不尽语”的诗人，屡屡见。像李商隐那样一气说完即成传世高唱，难，稀无。其原因，大概是没有巴山夜雨，来强化孤独萧索；没有可以寄托的“北”，来心疼魂断。“为赋新词强说愁”，那“强说”，就可疑可叹。

林黛玉指导香菱作诗，说自己喜欢李商隐的“留得残荷听雨声”。她懂得或者说曹雪芹懂得，作诗的秘诀就是“真与自然”。但我猜测，她更喜欢的诗句是“蜡炬成灰泪始干”，但她不敢说，不忍说。

我渐渐老了，像日益破损的荷叶，像蜡炬燃烧了一半。遥远的青春盛年于我，也是一种“北”。写作，就是“寄北”。何况，窗外就是巴山夜雨。雨中的长江、嘉陵江，在悄悄上涨水位？司空图《诗品》，有八字深得我心：

> 如有佳语，大河前横。

今夜，两条大河，一前一后，茫茫横流于窗外，我没有理由写不出一个好句子。

夜雨寺里的僧人，如果诵念《夜雨寄北》，也是艰难的禅修：如何在淡然不悲中，保持西窗人间的一脉暖意；或者在对西窗人间的无尽眷恋中，保持淡然，而不悲。

现在，夜雨寺消失，夜雨继续。淅沥不已声声慢，像黑夜这一个无边大寺里的诵经声。不论身处何地，在雨夜，我都会想起渝州城、夜雨寺，想起晚唐时期的一个深情者。

> 永忆江湖归白发，欲回天地入扁舟。

这是李商隐另一首诗中的好句子，我喜欢，身下床榻，就恍惚成为天地间那一叶扁舟。

入蜀记

一

显然，本文标题承袭于南宋陆游的《入蜀记》。

乾道六年，即公元一一七〇年，四十六岁的陆游终于获得夔州通判一职。五月十八日，自故乡山阴出发，在南京乘舟溯江而上，十月二十七日才抵达就职地，长达半年辰光。在缓慢的上任途中，陆游行舟、上岸、游荡、观察，复行舟、上岸、游荡、观察，以日记体写就四万余言的《入蜀记》，记录所历所思，行走行文如行云，自由不羁如长江流水。

其中文字，完全可作为我乘轮船溯江而上的参照、写作本篇的背景：

> 二十二日，过大江，入丁家洲夹，复行大江。自离当涂，风日清美，波平如席，白云清嶂，相远映带，终日如行图画，殊忘道途之劳也。

一幅国画，当下，亦美如斯。但我抬眼眺望两岸，高楼、高速公路等等现代物象时隐时现，殊异于陆游之所见。

> 若乘十二月、正月水落石出时，亦可并力尽镵去锐石。然滩上居民，皆利于败舟，贱贩板木，及滞留买卖，必摇沮此役。

江中锐石暗暗挫折来往舟船，却为岸边居民带来利益，例如，买卖破损的舟木，为滞留的船工、客子提供食宿生意，等等。受惠于颠覆他人之锐石暗礁，古今一也。行文至此，陆游大概长吁短叹。

> 妇人汲水，皆背负一全木盎……大抵峡中负物率着背，又多妇人，不独水也。有妇人负酒卖，亦如负水状。呼买之，长跪以献。

这样悲苦的妇人形象，今已不存。在船上、岸上，在茶馆、酒吧，我周围，妇人一概浓妆艳抹如演员，负双肩包，持手机自拍杆，作出游状、休闲娱乐状。

> 江中江豚十数出没，色或黑或黄，俄又有物，长数尺，色正赤，类大蜈蚣，奋首逆水而上，激水高三二尺，殊可畏也。

我没有看到江豚，或许是因为江豚看我“殊可畏也”?

……

陆游《入蜀记》，仅仅写到在夔州上岸任职为止。他在四川滞留八年，得意时与范成大一起阅兵，图谋北征中原，不得意时在成都闲居，怀想江南。得意复失意，一概付诸诗篇而不再写散文，留下名作《剑门道中遇微雨》《金错刀行》《晚晴闻角有感》《观大散关图有感》等等。或许，诗歌这一体裁，更宜于抒发勃然大志，在剑一般短小精悍的规制内，蓄力，闪烁寒光，咄咄逼人，直抵人心。而散文，宜于养生、养神，散漫、悠长，像陆游入蜀用半年以上时间一样，无数细节似江水密集流荡于字里行间。

旅美华人学者唐德刚提出著名的“历史三峡论”，用三峡的逼仄、紧急、关键，形容中国政治体制从封建到帝制，再到民治这三阶段之间转型期的艰危与大势。在内部矛盾与异族外力双重作用下，出三峡，天下大治——这是南宋以后历代知识分子的梦想。陆游在入蜀八年后，出三峡，家国离乱依旧，乘舟顺流而下，在故乡山阴消磨晚年。

“夜半挑灯更细看”，陆游细看中国和自我，一概山河破碎。山阴雪与江南梅雨交替上场，惨白与暗绿两相呼应，演一台悲剧给他和子孙，更细看。

在当下，一个和平、庸常的时代，我，一个平庸的人，写写散文有利于身心健康。陆游，请宽容我，像南方长江、北方黄河宽容一滴水。当然，我依旧在写诗，当内心危机四伏，像南宋那样动荡不安，需要写诗来统一肉体内部的流域和领空。

陆游情绪低落时，嘲谑那一位三国时代曾经在我故乡隐居求志的诸葛亮：“躬耕本是英雄事，老死南阳未必非。”我不是英雄，不会躬耕，就有理由离开南阳，入蜀。

二

在重庆朝天门码头靠岸，下船。

走在我前边的一个人，如陆游所见女子身负木桶一样，身负大鸽子笼。其上歪歪扭扭写一行毛笔字：“泸州余三收。”我急忙赶超，确认不是女子，暗暗松一口气，窃喜：正要去泸州，而我也恰恰姓余呀——借问酒城何处，鸽子遥指泸州。一个异乡人不用问路了，让鸽子作为向导，率领我前进，像美丽的女人带领但丁前进。

鸽子上 3 路公共汽车，我上 3 路公共汽车。重庆汽车站。鸽子迈入开往泸州的长途客车，我也迈入长途客车。不知它们是信鸽还是肉鸽，余三是爱鸽子的人还是厨师？希望是信鸽。希望余三是爱鸽子的人。信鸽，是酒神的信、鸽毛信？带领诗人前进。

长途汽车沿长江，朝泸州方向进发。道路的曲折，呼应于长江的蜿蜒。隔窗眺望江水，渐渐陷入暮色的江水，如同一个人陷入回忆和梦寐。深夜，抵达酒香统治的泸州。送鸽子的人走在通往余三家的路上。我徒步走向《星星诗刊》在请柬中指定的酒店。大街上飘满酒旗。想起酒的种种雅号、笔名、小名：欢伯、红友、忘忧物、般若汤、钓诗钩……美，好。

我迟到了，来自全国各地的二十余位诗友已开始亲密接触。当地诗人杨宗鸿带我进入街头一家餐馆。喝酒，喝当地盛产的郎酒，新郎感觉就卷土重来。杨宗鸿是伴郎，谁是我的新娘？飘飘忽忽在街头走，我和杨宗鸿常常撞到对方身上，一条街道似乎盛不下两个酒意荡漾的人了。“测试一下你的清醒程度，那是灯笼还是月亮？”杨宗鸿指着空中一个发光体。我两眼迷蒙，泸州迷蒙，长江水在一公里外迷蒙。只能老老实实回答："看不清。我是外地人……"他哈哈大笑："月亮就是灯笼!"估计也喝高了。杨宗鸿梦呓般唠叨着，泸州城外用来酿酒的江水，蜈蚣崖上石洞中密封三年方能重现人间的上万只大酒桶……

乘电梯，进入酒店十五层楼上的房间，恍惚觉得自己像小酒桶，被搬进十五丈高的长江悬崖石洞——倘若在此独居三年，身体内密封的诗句能否发生质变?倒头大睡，一夜无梦。

次日，颁奖仪式。会场外的长江涛声隐约。我获得主奖。发表获奖感言："谢谢长江的宽容，让一首吟诵黄河的长诗在它身边获奖，这也许表明，黄河就是长江，河水与江水在夜深人静时悄悄互换容颜、温度、姿势，像父亲母亲的双手长时期生活在一块后，分不清了各自的性别和归属。"这个解释还算比较合理、有趣，所以有笑声、掌声响起。

诗人杨牧先生即席发表感想，像严谨的统计学家那样计算了《全唐诗》中与酒有关的诗篇数目及所占比例，精确到了小数点后两位数字，继而得出结论："酒神与诗神同行，酒意与诗意联袂。"遂想起流传在南阳盆地的谚语："酒桌上交朋友，牌桌上相女婿，字面上看学问，戏园子长见识。"可见，酒，的确是真性情的显影液，也佐证了杨牧先生所揭示的"酒品人品互为表里，浑然圆融"的秘密。我触杯即醉，酒量有限，对自己的写作前途存疑。李白斗酒滔滔汩汩，我只能举起小酒碗淙淙潺潺。但我的醉意与李白的醉意，不会判若秦越、别若云泥。他醉卧长安不上画船，我醉卧泸州，在长江和美酒双重包围中，忘却自我，获得开阔——

长江，一行漫长的诗句，在我身体内外奔流、追溯、长歌。

三

李白在江油满身石头地站着，面对一个荷塘吟诵：“荷花娇欲语，愁杀荡舟人。”

同样面对荷塘，杨万里似乎比李白写得好，“小荷才露尖尖角，早有蜻蜓立上头”。李商隐似乎也写得比李白好，“秋阴不散霜飞晚，留得残荷听雨声”。诗人的伟大不在于全能，其深刻性恰恰生成于有限性之中，如悬崖深壑。李白站在蜀道边、人生危急处咏叹，很合适：“噫吁嚱，危乎高哉！”像是在咏叹自我。

当然，李白分身有术，在中国的许多地方站着，比如天姥山下、桃花潭边。他所站的地方都成为名胜，留下的好诗像广告词，被念叨着、利用着。眼前，他为江油的旅游业而站着，宣言：此处是诗仙故乡。在江油，李白不用“举头望明月，低头思故乡”，也不必自问“何年是归日，雨泪下孤舟”。李白的父亲名为李客，那么，李白就是客子？在故乡，在自己的时代，一个人为什么依然充满客人感、异域感？精神痛苦，有利于一个诗人的生成。在异样的、格格不入的时空里，一个诗人才能在语言中建设故乡。

我与四川诗人张新泉、山东诗人燎原、重庆诗人李元胜，仰看李白，邀请他去附近酒馆喝酒。但李白在石头里无法脱身，只能站着，怀想远方——那一轮像撑竿跳高运动员越出天山的新月，那一颗“钓鳌心”中“鲲鲸奔荡、扬涛起雷”的大海……

在李白旁边喝酒，我这样一个谦卑、微弱、胸无大志的后人，用小酒杯喝，比较合适。

张新泉酒量好。少年时代拉纤，常被醉酒的纤夫、船夫们用绳子系到桅杆顶端，像水鸟，就获得鸟的角度，凝视人间烟火。青年时代打铁，大锤铿锵，小锤叮当，其诗就有了铁匠铺里的音乐性、节奏、准确和力度，短句子像水火相逼后打制出的刀子，光芒凛冽。后来进了川剧团，编剧，作曲，伴唱，吹萨克斯。其诗作，的确有川剧演员变脸一样的戏剧性和魔幻色彩。后来进入四川文艺出版社、《星星诗刊》，用大号红蓝铅笔推敲，推敲出九十年代中国诗坛众多优秀青年诗人、诗作。他审阅诗稿后的回信，我都珍藏着，一个有温度的长者，字迹硬朗像刚刚出炉的铁。

燎原对别人呼他“山东大汉”不以为然，反复强调自己出生在青海骑兵团。青海海拔高于山东，青海马背的海拔又高于青海。一个注重高度的人。长得高，还喜欢站着。喝醉了酒，不得不坐在地毯上，雄视周遭，手拍地毯唱青海民歌如同手拍马背。其血液的确与高原有关。

李元胜，白面书生，妙语连珠时，酒桌旁的女子就柔腰荡漾如风吹柳枝。倾听女声欢笑，大概是李元胜的业余爱好。他另外一种爱好是拍摄昆虫，常年在深山大川里晃荡。昆虫与佳人，像逗号与佳句？在一篇文章中，他坦言：对诗友庞培的笑声难以享受。庞培在江阴，长江的阴面，笑声大概温度低了一点、面积大了一点。李元胜在重庆生活，傍晚回家，仰视从江边到山巅一层一层折扇般打开的灯火，这江声浸润的立体画卷，的确是下游平原所不具有的景象。一方水土养一方人。倚着长江入眠的李元胜，有福了。

江油月色，霜一样细腻，充满街头巷尾，的确值得李白在静夜思念。我们在江油晃荡，像半满的酒碗那样晃荡，有一轮月亮倒影于其中。中国明月，似乎被蜀人写尽——

李白：“举杯邀明月，对影成三人。”

苏舜钦：“不惟人间惜此月，天亦有意于中秋。”

苏东坡：“明月几时有，把酒问青天。”

张问陶：“我似横江西去鹤，月明如梦过黄州。”

……

而今月色依然，人间剧变。那些古艳的汉语词汇，如“花间”“床前”“金壶”“江波”“酒樽”“菖蒲”“翠微”“玉阶”“罗袜”“渔歌”……距离当下笔尖很遥远、很隔膜，诗人们知难而退，脸红着，绕开月亮写机器人、霓虹灯、卫星……

入蜀，入江油，须保持谦卑的姿态和语调，才能获得明月的清洗、教育和谅解。

四

在成都的晨光中懵懂醒来，乘长途汽车，深入川西山区、草原，沿文成公主去西藏稳定大局的漫漫长路，西行。

《九寨沟旅游图》上，九座寨子像九个藏人，召唤我。

沿途，可见藏人穿红色长袍骑摩托奔行。摩托用汽油隐秘地继承马血。山间偶尔有牦牛吃草，像演员，表演西部风情。此外就是一系列冷静的山脉，像铁质的道具。偶尔在山脉谦虚地退步腾出的一小片开阔地带，有小村寨出现，几十座房屋高密度地集聚，像抱团取暖的一群人。

黄昏，到达《九寨沟旅游图》上两个曲折的线条交叉而成的一个点。小餐馆窗外，流浪艺人在街头细雨中吼叫摇滚，《一无所有》《回到拉萨》《北京一夜》《花房姑娘》……这些摇滚歌曲说明，九寨沟依然是撕心裂肺的尘世。

早晨，但这已经是九寨沟山水间的早晨，清新而凛冽，如冰镇过的水果端上餐桌。相比之下，远方城市雾霾中的早晨，充满隔夜食品的腐败感，像一个被纪律审查的官员。

随浩荡人流进入九寨沟景区，随眼神饥饿的浩荡人流，分乘一辆辆景区大巴，被送往树正、日则、则查洼、扎如四个方向。景区公路六十余公里，两侧分布树正、诺日朗、剑岩、长海、扎如、天海六大景区，一百一十八个海子作为短章，与九寨十二峰联合组成了一卷高山河谷绵延无尽的长篇景观。

藏家木楼、经幡、栈桥、磨坊、山、水、鸟、人……我目光从最高处的蓝（天空）、白（云朵），下降到山脉上的绿（树木），再下降到最低处的五彩（水），久久沉醉。成都的机场、车站、街头，广告连篇累牍，宣言“九寨归来不看水”，在九寨沟确信广告无欺——这九寨沟的碧蓝、绛黄、橙红、雪青、橄榄绿，让一切命名和形容词，失色，失语。

海子中，生长着水绵、轮藻、小蕨等水生植物群落，及芦苇、节节草、水灯芯等草本植物。当地把湖称为“海子”，让我想起诗人海子。“从明天起，做一个幸福的人。”他把幸福推迟到明天。“面朝大海，春暖花开。”他被许多建筑商选择为海边公寓代言人。青春少年，尚有推迟幸福的权利。一个中年人，则应面朝湖水，面朝这高原上的海子，在紧迫感中获得有节制的澄澈和安然。

落差二百米、宽达三百米的诺日朗（藏语“男神”之意）瀑布，让人获得冲动和律动。八十年代，诗人杨炼在九寨沟写下长诗《诺日朗》。

我是瀑布的神，我是雪山的神

高大、雄健、主宰新月
成为所有江河的唯一首领
雀鸟在我胸前安家
浓郁的丛林遮盖着
那通往秘密池塘的小径
我的奔放像大群刚刚成年的牡鹿
欲望像三月
聚集起骚动中的力量

一曲献给自然之神、男神的颂歌。那时，他年轻。诗人们在年轻时代，都有着“成为所有江河的唯一首领”的野心。而今，杨炼再来九寨沟、诺日朗瀑布，怎样言说、抒情？满世界游走的他，头发漫长如瀑布满肩，大约在以发型纪念中国西南的山形水势。

平静的海子站起来，成为立体的瀑布。立体的瀑布躺下去，成为平静的海子。九寨沟的水就这样站起来、躺下去，在不断的转化中丰富着身影和内心。

明清以前的内陆文人，不知道九寨沟的存在，只能书写西湖、小石潭等等低海拔地域的流水，留下九寨沟让后人书写。我感到语言的乏力。在纯净、斑斓、宏大、静谧、喧动等等形容词试图阐释的景色面前，一个写作者丧失表达的势能，像一个因体弱而暗暗吞咽各类滋补药的颓败者，在美人面前充满羞愧和自卑。

疲惫。回到旅馆，站在水龙头下淋浴。哗啦啦的声音在模仿海子和瀑布。水从身体上流过，像情人手指在游走，试图恢复一个人的活力和尊严。

不能成为大石头（诺日朗一样的），就成为小石头（我这样的）。

有水流过的石头才是石头，有女人依恋的男人才是男人。在清净流水缺乏、轻浮男人横行的年代和地域，女人要代表流水，敦促男人们保持石头的体积和凝重。

九座寨子、九个藏人身后，我是第十个人？一个汉人，腰里有一把手机冒充藏刀，冒充第十个寨子里斜斜伸出的一道栈桥。

五

古训：少不入蜀。

陆游入蜀，已是中年人。我也渐渐老去，入蜀，合适。“打点小麻将，吃点麻辣烫。喝点跟斗酒，看点歪录像。”在四川晃荡的这些日子，屡屡听到这一民谣，说明四川是闲散的中年和暮年，川外世界、长江下游的世界，是少年青年们的战场和伤心地。我与世无争，在四川晃荡、旁观，很合适。

与朋友过乐山，抵达峨眉山。

生活在乐山大佛的人们，那些导游、礼品商贩、船工、餐饮店老板、摩托车手、出租车司机……都说自己是信佛的人、幸福的人。他们用四川话把“信佛”“幸福”贴切地混为一谈。我在凌云寺前点燃一炷香，从大佛左肩方向，蚂蚁一般移动到它巨大双脚的位置，体会自我的渺小和短暂。游客汹涌，和我一样临时来抱抱佛脚，解脱内心种种纠结和烦乱。佛脚巨大，走遍世界，在四川乐山止步——夜深人静，它会不会把双脚悄悄伸到江水里洗一洗？苏东坡在宋代某一天来访，后人在山崖镌刻：“苏东坡载酒时游处。”我从大佛右肩处的石阶上爬回地面，无声无息奔峨眉山而去，一路学习用四川话说“我是信佛的人、幸福的人”。

夜宿峨眉山下小镇。人们“娥眉”“峨眉”“阿妹”地混沌呼唤与言说。显然，川语适宜暗示、隐喻，打通一切美好事物之间的边界。四川才子在家乡就可以写名动天下的文章，鼓舞川军到远方，伐异攻邻，建功立业。在流水旁边的茶馆内，我靠窗坐下，看灯火明媚、山色混沌，听一个娇小的“张娥眉”“张峨眉”或“张阿妹”，边斟茶边说这一座“娥眉山”“峨眉山”或“阿妹山”上的趣闻。

山上猕猴狡猾有趣如人类，游客须掌握穿过猴区的若干原则：

（一）勿穿红衣，勿与猴子眉来眼去以免纠缠；（二）与猴子合影时不要勾搭搂抱抚摸以免它深情难舍，故周围最好撒上花生米转移注意力，以妥善撤退；（三）女孩子被猴子骚扰时不要惊慌尖叫，以免引来更多猴子上前调戏；（四）不要招惹怀抱小猴的母猴；（五）喂食时应先给猴王再给小猴子；（六）不要嚼食东西；（七）行李背牢，相机拿稳，以免强盗猴来抢劫；（八）不允许喂高脂肪食品，以免猴子血压高、脂肪肝；（九）可以买根拐杖吓唬猴子……

“张娥眉”“张峨眉”或“张阿妹”的话让我欢笑，对尘世生活浮想联翩如下（与上一段中九条待猴原则相对应）：

（一）穿红衣的女人显得妖娆，若与其眉来眼去，必陷入纠缠；（二）浮浪子弟拿捏与女人之间的故事往往点到为止，在女人周围再撒一些貌似大粒花生米一样的其他浮浪子弟，就暗笑着脱身而去；（三）女孩子对自己被骚扰的故事往往隐而不彰，以免其他男人前赴后继；（四）不要招惹怀抱小孩的少妇；（五）敬酒时要先敬大老板，再敬小上司；（六）经过穷人身边时不要嘴里嚼着口香糖；（七）行李背牢，相机拿稳，小心强盗；（八）不宜吃高脂肪食品，以免血压高、脂肪肝；（九）可以买辆跑车吓唬恶邻……

峨眉山也是人间，我们都是人间的游客和猴子，互相欣赏、挑逗、纠缠、猜忌、提防、伤害。

“张娥眉”“张峨眉”或“张阿妹”说，猴子会夺过相机为游客照相，然后把相机挂上树梢，要挟好吃的食物或人民币。它们能根据人民币的大小判断价值，用这些大纸小纸与山下人民交换理想中的食物。当然，它们还会直接把相机拿到山下村庄与山民谈判，索要一个烤红薯或烧玉米。这些猴子做派完全是某类人的镜子——相机就是“人质”或“把柄”。“对猴子，要平视，像对待一个人。”邻座一女子闻听上述原则，感慨万端，对自己的大红风衣采取整改措施：“我明天上山翻过来穿，里面是蓝色。让猴子冷静、明白，我不是春情荡漾的人。”我大笑，看“张娥眉”“张峨眉”或“张阿妹”，她红了脸。

盘山公路穿过各种中医药学校、中药产业园、中医诊所。可推测峨眉山上中草药的繁盛有力。沿石阶而上。云雾茫茫，几步之外的树木、山峦、涧溪，一概水墨般模糊本相。四月初，山下大街已经有了穿裙子的少女、着短袖的少年，我在毛衣环抱下哆嗦不已。为安慰游客眼睛，林间空地上出现片段白色。导游提醒我：那不是花朵，是尚未融化的积雪。抬滑竿的精悍男人，热切推销：“我的肩膀，你的天堂!”“上山上山，人生多艰啊，兄弟!”句子精悍，像诗人哲人。我这样一个身体和语言双重衰弱者，不宜升上诗人和哲人的头顶——当然，衰弱，也是一种气质。

喘息着、坚持着，向上。没碰到一只猴子，只有猴子般的游客在山上窜来窜去。卖茶叶蛋、中草药、茶叶等各种土特产的女人说，天冷，猴子们吃饱就不出来了。部分猴子在减肥，被旅游区管理人员集中起来控制食欲、跑步。我看看自己的肚子，暗自担心下山后是否会失去自由。

失去访问猴子的动力，且周围苍茫，无奈乘缆车直达金顶。我坐在一个公共汽车般的缆车里，奔向金顶。金顶同样云雾缭绕，大佛隐藏真容，只把自身轮廓隐约呈现，少了乐山大佛的可触可亲。它也许正透过云层负责遥远地域的人心和磨难？我点燃一盏小油灯，献给佛。众多小油灯闪烁在大佛周围，让佛也感受一丝人间暖意。佛也有寒冷和孤单，才能够深刻体会人心、直指人心。佛和人，需要双向的爱和悲悯。

下山，出川，像还乡的陆游那样，继续做一个四川以外世界中的挣扎者、焦虑者、失败者。

我可能不适合四川，只能在四川以外的世界上气喘吁吁，冒充少年和青年，去与这个世界继续冲突、纠缠。

湖口记

一

湖：鄱阳湖。古称彭蠡湖。中国第一大淡水湖，位于江西、安徽、湖北三省交界处。好景色往往处于临界、跨界处——地图上的国家、地区，对美景争执而后妥协，形成一条脆弱、不安的边界线。美就是脆弱和不安。

口：嘴巴。与口相联系的成语很多：口诵心惟，口是心非，口口相传，口诛笔伐，张口结舌，祸从口出，锦心绣口，口蜜腹剑，良药苦口……嘴巴就是语言，就是人，就是一个人、一个种族的喜怒哀乐悲恐惊。

湖口：鄱阳湖的嘴巴，亲吻长江，如同老虎细嗅一枝漫长的江浪般的蔷薇，爱意无尽恨无穷。一座以“湖口”命名的庐山下的小县城，就成为惊心动魄之地——北去赶考的书生，南来讨伐的官军，运送景德镇瓷器的商人，遭贬谪还乡的士子，披星戴月私奔的情人……种种的客船、商船、贼船、花船，过湖口，留下传奇、美谈、流言、悲歌。

记：一个书写者的所见、所思、所言，就是他的个人史。“我思，故我在。”（笛卡尔）“我谈炸牡蛎，故我在。”（村上春树）我记湖口，故我在。把公共的、地方志中的湖口，转化为个人的、私密的湖口。“真正的船是造船者。”（爱默生）真正的湖口是记叙湖口的人——以心历证实身历，在纸上建立小江湖，以笔为桨泛中流，去加入言辞的东海与辞海。我温度较高的文字，可以加热一部分结冰的水域。

丙申冬，跨年之际，与小说家马原等友人在湖口晃荡。我看清自己的江湖地位，仅仅是一滴水——不需要敬仰，也不必被鄙视，一滴水平等于一滴水。自童年的甜、中年的浑浊，逐步进入晚年咸涩而蔚蓝的开阔。倘若能从内心提炼出盐一般有力的句子，就足以补偿从上游到下游一路的疲顿和丧失。

在石钟山看湖口，是好角度。看湖口，吐出江西、安徽、湖北三省的灯火和秘密，像写作课上的一个导师，口吐莲花。

二

苏轼侧耳倾听石钟山发出的钟声，神情凝重。

他大约也站在目前我所处的位置，看湖口。舟来船去，一统江湖。他的眼神、听觉与心率，为了使我有能力与本地湖光江声相激发，而备课、预习，像一个导师提前九百年来到教室。

一对异代师生的视野、世界观大致相似吗？我正在接近他的晚年，也开始临摹他海南儋州时期的《渡海帖》、黄州时期的《寒食帖》。当然，我没有他那样耀眼的才华、动人的形象，也就缺乏被贬谪的价值和履历。苏轼以大自然为导师，尤其是以流水为导师——

“行于所当行，止于所不可不止”，以此为写作和生活的座右铭，就有了“不可不止”、不与自我和周遭为敌的理论根据，但须以“所当行”的决绝和奔赴为前提。处理好“行”与“止”两者间的关系，苏轼是典范。

天色渐渐暗了。苏迈提醒父亲：“舟已雇好。”苏轼走下石钟山，步子微微有些摇荡，喃喃自语：“米酒和糟鱼，甚好。”连日来，苏轼屡屡亲近米酒和糟鱼，感叹：“湖口人有口福啊——但石钟山为何发出钟声，却说不清楚。郦道元、李渤来了也说不清楚。我要说清楚，不然，对不住这米酒和糟鱼……”小舟绕石钟山划动。明月高悬。舟子指出：“看那些岩洞，刻有很多诗呢，现在六月，水大，就淹没了。有一高僧圆寂，葬于那个最大的岩洞内。”苏轼笑了：“高僧日夜听江声——睡得好吗?”

突然，山间栖息的鹳鹤、鹘，高叫大笑如婴儿哭闹、老人疯癫。继而，“大声发于水上，噌吰如钟鼓不绝”。舟子双桨一乱，苏轼心头一紧、身子一颤，苏迈连忙伸手相扶：“回去吧，父亲，风大浪急，明日再来。”苏轼摇头：“你听，你看——”苍茫山体与湖水相切处隐约可见众多洞穴，微波入其内，钟声即澎湃而出，像高僧的鼾声澎湃而出。小舟渐渐自绝壁下划动到两山间，一大石横于江中，诸多空穴“有窾坎镗鞳之声”，与洞穴发出的声音相交响。苏轼对苏迈说出了石钟山这一座钟的发声原理：“空中而多窍，与风水相吞吐。”父子二人拥抱在一起。

客栈一灯如豆。苏轼连夜写下《石钟山记》。

郦元之所见闻，殆与余同，而言之不详；士大夫终不肯以小舟夜泊绝壁之下，故莫能知；而渔工水师，虽知而不能言；

此世所以不传也。而陋者乃以斧斤考击而求之，自以为得其实。余是以记之，盖叹郦元之简，而笑李渤之陋也。

在石钟山发声机制的研究上，苏轼体现出科学家的操守和素养，分析了认识事物的三种方式、三种人：知而能言——像苏轼，须泊小舟于月夜绝壁下，辨析于江心风浪中；知而不能言——像渔工水师，埋头劳作，但对周围事物习焉不察、无以言传；浅知甚至无知，便草率而言——像北魏郦道元、唐李渤及本地寺僧，有距离地、安全地、雅致地爱世界，这世界，怎么会把最深刻的秘密揭示给你看？我可能属于第三种人。大多数凌虚蹈空的知识者，都属于苏轼所嘲笑的这一“简陋的群体”。

元丰七年，即公元一〇八四年，夏，苏轼四十九岁，自贬谪地黄州沿江而下，送长子苏迈去饶州的德兴县任县尉，至湖口，上岸滞留数日。在石钟山写《石钟山记》，于庐山写《题西林壁》——“横看成岭侧成峰，远近高低各不同。不识庐山真面目，只缘身在此山中。”似乎与《石钟山记》主旨相暗通：切近事物的真相与本质，摆脱狭隘、自闭和幻象。在人与自然的关系上，中国古代知识阶层的身份，要么是浪漫主义的隐士与诗人，要么是神秘主义的巫士，独独缺乏有实证主义、科学精神的田野调查者、现实行动者——苏轼《石钟山记》与《题西林壁》的启示性意义，恰恰在这里。

此前，元丰五年，即一〇八二年，苏轼与友人携鱼、酒，分别在清秋与深冬泛舟于黄州赤壁，写下名篇《前赤壁赋》《后赤壁赋》，感慨万千：“且夫天地之间，物各有主。苟非吾之所有，虽一毫而莫取。惟江上之清风，与山间之明月，耳得之而为声，目遇之而成色，取之无禁，用之不竭，是造物者之无尽藏也，而吾与子之所共适。”

此后，自绍圣元年（一〇九四年）至元符三年（一一〇〇年），从五十九岁到六十五岁，苏轼一再遭贬于广东惠州、海南儋州。一路尽力尽情改良当地民众生存形态，一路研究酿酒新方法与猪肉烹饪新方式，一路写诗、画画、交朋友，“眼前见天下无一个不好人”。六十六岁，在常州病亡。

黄州与湖口，上下距离约两百公里，沿江高速公路走势就有了长江般的逶迤宛转。开车，三小时左右即可往返。苏轼当年顺流而下，大约需两天时间吧。他喜欢在小舟上解决疑难、留下名篇。当代人喜欢乘飞机、坐高铁、开汽车，以苏轼为师的难度比较大，态度比较消极。

好在清风无禁、明月不竭，苏轼与我辈后人尚可共适、咏诵。

三

因苏轼到此一游，石钟山成为风景名胜地。宋代以后，各类文人、武士、官员纷纷在山上题词、镌刻，像一代代收藏家在名画上题跋、落款——借水行舟，借苏轼之水，让自己的名字在历史长河上行走得远一些，不至于淹没无痕。

在石钟山上徘徊半日，抄录若干石刻如下：

（一）“万里流”。明代监察御史张科题刻。写实，简劲。

（二）“云根”“冷云”“梦梦梦”“元精耿耿”。清代湘军水师将领，后官至两江总督、兵部尚书的彭玉麟题刻。清代书法家、金石学家翁方纲手书的苏轼《石钟山记》，正是由彭玉麟组织镌刻立碑于石钟山，并题跋于碑后，其中一句豁然醒目：“百战山河增感慨，千秋名士有文章。”彭玉麟一生数次登临此地，在石头上感慨万端，落款化名“吟香外使”“梅花使者”“退省山人”，大概是觉得占有太多石头有些惭愧？但“没镞饮羽，诚心石穿”一题词，他直书本名——石钟山是彭玉麟功成名就之地，湘军在此大破太平军。

（三）“万方多难”。清末川汉、粤汉铁路督办大臣端方题刻。之后，他果然死于辛亥革命起义士兵之手。

（四）“石钟浪击，雄心顿起，帷幄运筹，歼除异类”。辛亥革命军蓝世怀题刻。一个战士在石头上宣言，就无退路可走了。

（五）“先父血战处”。清代，题刻者佚名。他来此凭吊，看江流湖潮都是父亲血？不知道他父亲属于哪一阵营，但亡灵都应安息，否则山水如何能够静美如斯？

（六）“莫杀俘虏”。民国首任湖口县县长萧幹题刻。罕见。可见此地为兵家必争之关键处，居高临下即可控江锁湖。也可见一个地方官员内心悲恸之至。

（七）“毕生修得到蓬莱”“旷怀”“隽秀”“这世界绝少竞争”“回头是岸”“江山重复争供眼”“浮生如梦”“有仙则名”“巨观”“扼险”“江天一宽”“旁薄郁积轮困离奇”“东之障”“千仞岗”“抱水握火”“国难”“牺牲救国”“听石耳新”“忘怀天地”“补天”“江流不转”“他年无事要重来”“观鱼”“十年沧海事，惆怅我重来”“骨气”“清澄”……题刻者姓名云集，略去。

像一部小史册的标题、关键词、脚注，石钟山题刻芜杂纷纭，相互冲突而又呼应，可以说是桃花源与生死场叠印，田园诗与鼓角杂陈，隐士与武士接踵，风、雅、颂与兴、观、群、怨交加——石缘情，石言志，石钟山成为一部“石头记”。

如果石钟山上只有苏轼《石钟山记》这块石碑，该有多好。只谈谈一座山的发声机制，该有多好。让石头成为石头自身，而不联系于血泪情仇、兵戈箭镝，该有多好。

这块石碑，背面镌刻《石钟山记》全文，正面刻有苏轼的线描轮廓像——长方体形状的石头，满身苏东坡：长衫匝地，双手上下合拢在胸前，望着我。我捏着手机，捏着谋生的伎俩手段，丧失了双手一上一下拢在胸前的美感和诚意。他也像一座钟，双手像云朵那样在钟形身体上缭绕。一座不合时宜的钟，空阔的钟，与北宋的风声流水相吞吐。

我或许能用手机铃声冒充钟声，将麻木、沉寂的自我置于震动状态，就能在周围朋友的忽视中，独自感受北宋时代遥遥传来的一个人的壮大心律。

四

听一场湖口高腔。

一座老宅中央的古戏台上，锣鼓如风，吹前尘旧梦。生旦净末丑，唱念做打。听不懂方言中的抒情与叙事，就看。那举手投足、眼波流转之间的爱、恨、情、仇，与其他剧种无二，与人间烟火洽和为一。

戏台就是山河万朵，被人性的光辉所照破。

元代废除科举，汉族文人断绝仕途。部分人沉溺于文人画，将这一肇始于唐代王维的画种推向顶峰，黄公望、王蒙、钱选、赵孟頫、吴镇、倪瓒等等衣冠贵胄，把丧失了的汉家江山恢复在宣纸上，“逸笔草草，不求形似”——形似与写实，是北宋以前汉唐时代的事情。或许“离形而能得意，得意而后忘形”。但这“意”，大抵是苦意、孤意、凄凉意；那“形”，也面目全非、国破城春。

另一部分文人，投身于戏曲改造与创新，随戏班子在江湖游走，比在私塾里头悬梁锥刺股、在庙堂上钩心斗角，略微愉快。关汉卿、王实甫、马致远、白朴等一批戏曲家，使汉语的诗化叙事水平达到新高度。在他们身后，明代，汤显祖主动挂冠还乡，从一个知县转型为戏曲家，写出昆曲《牡丹亭》。这一时期，莎士比亚刚刚出现于异国他邦。

湖口高腔这一剧种的建立者张科，也出现于明代。这一个御史以疗恙之名告归湖口，成立戏班子，把从浙江带来的海盐腔女乐，与本地小调、弋阳腔融合，形成湖口高腔“一唱众和、杂白混唱、曲调婉转、通俗易懂”之特征。因湖口地利，贸易繁荣，商人云集，湖口高腔也像商品流通一样，影响长江上游的川剧、湘剧，触动下游的京剧、黄梅戏——万里流。

湖口唱高腔——这样一个大口，适宜诵唱高腔，让长江上下游的人听见了，都会被其中的悲情、深情和豪情所感染。少年子弟江湖老，红粉佳人两鬓斑。春浓花艳佳人胆，月黑风高壮士心。我口小、口臭、口腔溃疡，口腔科医院大夫说我内火大、吃肉多，大概只适合低声唱唱通俗小调，比如《双节棍》等等。

戏台上悬有一朱红匾额“窾坎镗鞳”。一群武士举旗鸣号，列队巡游。之后，一对光彩照人的少年男女登台，执手相望，倾诉衷肠。从沙场转换为情场，只需要琴弦和嘴巴从疾风骤雨的快板，转换为一吟三叹的慢板，这就是中国戏台的魅力，莎士比亚不懂。我喜欢慢板，尤其是花旦嘴巴慢下来言说，才美好。在没有口红的古代，花旦嘴巴依靠天然种植的胭脂来晕染，像湖口，依靠长江上天生的霞光来晕染，更明艳动人。

我懵懂猜测戏台上的念白与唱词，随手翻看湖口高腔剧本，发现一段定场诗，像张科写的，是关汉卿、王实甫、马致远、白朴、汤显祖们的喟叹，也是苏轼、陶渊明等等历代知识者的心声：

杏花红雨，梨花白雪，羞对长亭短路。
胸中万卷，笔头千古，方信儒冠多误。

五

儒生挂冠，风吹头发，很舒服。抛却“只把杭州作汴州”的谵妄，获得“便下襄阳向洛阳”的归途，很幸福。一个仙人扔掉鞋子，在鄱阳湖水中洗脚，也很舒服、很幸福——湖中就有了这一座鞋山。仙人鞋子很大，大概要配上云朵织成的棉袜，让晚风组成的脚去穿，走夜路，闯江湖……

与朋友乘船至鄱阳湖中央，爬鞋山，像几粒蚂蚁，爬上空鞋子。白天，仙人们赤脚或者换上皮鞋、拖鞋、运动鞋，假装是湖口人，去县城里的酒吧、电影院、发廊休闲去了？

在鞋山顶峰眺望，隐隐可见远方庐山轮廓。陶渊明依然在那山下湖边隐居耕作？在“草盛豆苗稀”的窘境中，坚信“力耕不吾欺”。其诗屡屡出现“一只归鸟”意象。他本身就是一只归鸟。

陶渊明当年任职的彭泽县所在地，位于湖口境内文桥乡一片田野。陶渊明开凿的“洗墨池”、建设的“玩月台”，无迹可觅。晋义熙元年（即公元四〇五年）八月，陶渊明任彭泽县令。十一月，督邮来县视察工作，要求陶县令束带拜见。陶渊明叹出名句“岂能为五斗米而折腰”，辞官还乡，写出《归去来兮辞》《桃花源记》等“江左高文”——长江左岸之高文，同样影响右岸、光裕后世。那督邮有功，逼出一个伟大的诗人、一只归鸟。

陶渊明叙述：南阳人刘子骥慕名欲访桃花源，无果，郁郁而终。我也是南阳人，比刘子骥明白一个道理：桃花源只能由自身来建立，无法借光或分享。

苏轼来湖口、登石钟山，自然会想起生息于此地的陶渊明。陆游说："东坡在岭海间，最喜读陶渊明、柳子厚二集，谓之'南迁二友'。"在一路向南的迁贬途中，陶渊明成为苏轼的精神支柱。黄州期间，他把自己在东坡躬耕与陶渊明还乡劳作相类比，"梦中了了醉中醒，只渊明，是前生"。对陶渊明诗品、人品无限倾慕，与陶渊明隔代唱和。其《和陶西田获早稻》，有"人间无正味，美好出艰难"一句，我尤爱咀嚼回味。

陶渊明诗曰："岁云夕矣，慨然永怀。今我不述，后生何闻哉！"苏轼以及宋代朱熹、范成大，都是陶渊明所预期的异代后生。正是在宋代，陶渊明的文学史地位得以确立。此前，华丽文人对朴拙的陶渊明一直忽视、轻视。或许是因为，宋代以后，士大夫们在危境中难以自治，终于想起陶渊明的"挂冠"和"转身"。

美籍俄裔诗人布罗茨基，屡屡以自己的文章"取悦一个影子"——奥登；"求爱于无生命者"——哈代、弗罗斯特、奥勒留、贺拉斯……苏轼同样以言辞与行动，取悦前贤陶渊明一个长身玉立的影子。反过来，陶渊明也在求爱于暂时尚无生命迹象、萌动于空无之中的后世知音。这样的取悦和求爱，跨时代、越生死，何等孤绝动人。一直被忽视轻视的陶渊明，对来世传诵他的声音、鸟声，有信心——这其实也是对汉语的前途抱持信心。

柏拉图对"美"下了一个定义："美是困难的。"像读过苏东坡诗句——美景是困难的，需要寻觅和坚守；美人是困难的，只有时间能够克服；美好的语言是困难的，一代代写作者耗尽墨水、白发，次第建设一条永远无法完工的修辞之路，那其实也是人类命运之路。从陶渊明、苏东坡到柏拉图，美好的景色、人物、言辞，一概出自艰难世事。我喜欢这样的句子、这样的人，像喜欢庐山下、鄱阳湖边、西田里那一株又一株在风雨中渐渐沉实的稻穗，锋芒中收敛了无限的爱意。

在鄱阳湖中央，在鞋山，看不见陶渊明的西田早稻、东篱晚菊。惊看半山白！半山的草异乎寻常地绿，半山的树却白了。没有下雪，为何白？原来，鄱阳湖上水鸟蹁跹，把体内鱼虾消化、空投成一种"雪"——微臭，成为本地一景："神鸟降雪。"那微微臭的"雪"，降到草叶上就颤动几下，落入泥土，滋养草根。降到树枝上就白了。在不能随地大小便、处于种种藩篱的人类头顶，鸟，有理由保持一百米以上的高傲和放任。

处在衣服这一小笼子内，我自卑，仰望远古和飞鸟。

六

小说家马原也像"一只归鸟"。

八十年代，他在西藏写了《冈底斯的诱惑》，一举成名，被誉为"中国的马尔克斯"。他那时还不知道马尔克斯是谁、魔幻现实主义如何。之后，移居上海，任同济大学中文系主任，讲小说和电影，生了一场险恶的病，与新婚妻子去云南高原一个村庄定居。他大概不适合低海拔、人口密度大的生活。在高原清新空气中，爬山、种地、开车去镇上购物。一群孔雀、鸡、狗、鸭子和孩子，围绕他，也充满起飞的冲动和可能性？一年后，身体竟渐渐好了。奇迹。

鄱阳湖上船舱里，听马原讲云南生活。我调侃他：上海可不允许一个人这么放肆，姓马也不能这么放肆，只能喜欢斑马线、马戏团，允许捅一捅公园里的马蜂窝。他笑了。“一个人渐渐放大，他用自己的脸保存了童年。”我这句话，与所拍的马原沿一条小路渐渐走近的九幅照片，发在微信朋友圈，点赞者云集。马原喜欢这句话：“我要记下来。”周遭充满中老年阴冷的笑、讥讽的笑、淡漠的笑、无奈的笑、苦笑、奸笑、窃笑。六十余岁的马原，儿童般的笑，简单、笨拙、透明，是奇迹。我遇到这样的笑，是奇迹。

在地广人稀的云南，马原很自在。云南的云像疫苗，防止他朝阴沉一路走下去。一群孔雀、鸡、狗、鸭子和孩子，在家门前吱喳乱叫，像童话，马原是作者。无法定稿，因为这些事物一直处于成长之中，秩序不明。马原说：“我给朋友们寄鸡蛋吃吧，保证原生态。就是邮寄费太贵了。”夜晚，他养的一群鸡高飞到树上睡觉。鸭子看家，与狗一起半睡半警醒。孔雀张扬华丽的翅膀跃跃欲飞，马原只好在院子里拉起一张大网。

知道为孔雀张起大网，就依然生活于世俗大地，而不至于陷入高蹈和虚无。也好。

现在，若干友人自云南、上海、北京相聚于鄱阳湖，很高兴。看见马原，我尤其高兴，像雾霾看见云朵就尤其高兴。看见一种方向和可能性。尽管陶渊明的西田东篱被建成高速公路，“悠然见”成为一种困难的态度，“君不见”成为李白遗传给后人的伤感，但种种的“不见”之间尚有“相见欢”，多么难，就多么值得珍惜。以地偏促成心远，以心远造就地偏，多么难，就多么值得勉力以求。

在美国，陶渊明的精神同道颇多：在瓦尔登湖边确立“第一人称”的作家、人道主义者梭罗，在咸水农场养牛挤奶的农场主、前

《纽约客》杂志主笔怀特，在沙乡观察四季、沉思人生的李奥帕德，在内华达山中禅修、耕作的诗人斯奈德……这些现代知识分子，在山水间、自然中，生发出与大地相一致的完整性与存在感——今古一也，中外一也。

马原转身在高原，尽管与一场疾病的暗示有关，但仍是主动选择。在中国偏西南方向的云朵下，他用童话和诗，用一群孔雀、鸡、狗、鸭子和孩子，尝试解答一个永远的难题——如何与这个世界保持“初相见”的天真、融洽与欢喜。

七

这次聚会，需要几位朋友坐下来谈一个主题：文学与跨界。湖口县城的一个小会议室灯火辉煌。网络现场直播，隐形围观者达数万人，匿名评点、嘲谑或欢呼遍布中国东南西北。几个人的思想与言说，在房间内跨来跨去，被摄像机、照相机、手机的取景框追逐摄取——那种种的跨姿，飘逸或踉跄。

马原的发言是野外鸟鸣，有些刺耳，笼子里的鸟听了就不开心。我听了马原的发言很开心，破笼而出，成为一只归鸟的可能性，就比较大。但网络也是鸟笼，摆脱这一鸟笼的难度就比较大。

窗外，鄱阳湖锦衣夜行，持续跨界，跨入长江。

文学就是跨界，像神话、童话那样打乱旧秩序，生成新活力。人生也是跨界。死者们在亲人后人脑海中持续横渡，尝试跨越这些头颅的海岸线，在尘世里重新浮现。我目前尚能在地图上各种路线、界线之间，呼吸与游荡，在种种有形无形的边界旁，蠢蠢欲动。的确有必要围坐于茶壶周围，谈谈跨界，谈谈陶渊明、苏轼们如何在跨界中恢复自由和天真。《后赤壁赋》中，苏轼在小舟上看见孤鹤“横江东来，翅如车轮，玄裳缟衣，戛然长鸣，掠予舟而西也”，就是他梦中道士羽衣蹁跹的一次跨界。

窗外，湖北、江西、安徽三省，似乎也围坐于湖口周围，谈谈如何跨越省界，到对岸地方戏里听听另一种陌生的锣鼓、马嘶和情话，鄱阳湖遂加强跨出自身的势能——像一个情种，在长江动荡起伏的身体里消融自我。

湖口这一夜，穿着星辰的绣花鞋跨过我——次日下午，在返程火车上，我发现右手出现一个老年斑形状的脚印。

离开湖口，离开鄱阳湖与长江亲吻的嘴巴。火车，一行火热的泪，流过江西胭脂中的晚霞。火车上的人，须惊喜、干净、自由自在，才有资格作为这热泪的一部分、爱的一部分，像我身旁的那个孩子。他久久盯着地平线上的落日欢呼，不断向他母亲提问：“为什么叫火车呀?”“为什么山会跑啊?”

我已经成为这孩子的反义词。我是这火车、这一行泪水中虚伪、芜杂、苦涩的部分，负责爱情中的惨淡和冷意，支持“爱情诗”这一文体保持痛感、延续下去——

火车，这一行热泪流过江西的晚霞和胭脂，只有湖口的舌尖，知道其中的艰难滋味。

吴越记

吴越变奏

古吴越，大致上就是今天江苏、浙江两省的范畴。吴与越交界于今天的上海——左半身吴歌，右半身越雪？

在上海生息，常常去周围古吴越之地游历，感慨多多，写过短诗《吴越变奏》：

干戈化为玉帛、缀玉的丝帛，
被刺绣上莲叶之田田、桃之夭夭
——披肩灿烂
半掩着月光和流水组成的酥胸和芳心。

闻鸡起舞的人，放弃仇恨
化身为昆剧团越剧团的武生、刀马旦。
战马改吃汽油，驰骋于
大海附近的 F1 赛车场和电视摄像机。

绍兴师爷走出帷幕换上西服
在工商管理学院讲授商战谋略。
府衙县衙转折为博物馆、景点，
刀笔吏们尝试着去热爱木刻的鱼米山河。

情人们不用像梁祝化为蝴蝶，
就能一同飞翔在网络内虚拟的温柔和夜色。
当然，才子、流氓之间的战争依然持续，
笔名网名的面具盾牌伤痕累累。

铁路的快，平衡着水路的慢
铁，火热的铁，在雨水中嘶鸣、穿刺
——飞鸣镝，
以万千码头转化而成的车站为靶子！

一个男人扛着借满箭矢的草船
沿街高喊："冰——糖——葫——芦——"
吴越，南方中国每日最先清醒的部分，
吴和越，中国南方最古老的鲜花两朵……

运河缓慢

一条大运河穿越半个中国，从北京，到杭州，沟通钱塘江、长江、淮河、黄河、海河五大水系。

自隋代开始，历朝历代不断开掘、修缮、利用的这一条人工大河，与海运相比，建设维护的成本都比较高，航速缓慢。例如，四川的树木被伐倒后，编制成木排顺长江而下，在镇江进入运河，最后抵达建设雕梁画栋的北京，需要三年左右时间。但对于大海以外世界的拒绝和畏惧，使古老帝国长期采取海禁政策，形成一种封闭、内向的格局和气质。在明代，海边渔民若私下打造双桅船，即被视为通敌，处死。

每天约有一万五千艘船只行进其间的大运河，在帝国生活中的位置，可想而知：北上的是丝织品、陶瓷、棉布、米、桐油、干果、茶叶、胡椒、盐、蜂蜜、药材、家禽、黄蜡、灯芯、漆器、太湖石、剑、弓箭、草料、宣纸、湖笔、赶考的才子、新刻的小说，南下的是牛皮、羊毛、小麦、枣、龙船、太监、皇帝发怒的诏书、边塞告急的讯息……

归有光在第七次赴京赶考的冬天，看到一千余艘船皆受阻于冰冻的运河，乘客中相当一部分是奔向仕途的书生，遂感叹：“半天下之士在此矣。”黄仁宇在《明代的漕运》中谈到，明王朝末期，科举考试时间改在春天，就是为了避免出现前述情形，误了天下学子前程。在嘉定孔庙，我曾看到一份中国历代状元名单，其籍贯，大部分属于吴越江南。

经济、文化的南方，政治、军事的北方，两者间存在一种不平衡的压强、势能：贡献与索取，繁华与征服。

江南运河是整个大运河中最美好的一段——长江与运河，大致上垂直交叉于扬州或者说广陵、瓜洲渡。“江”“河”，用六滴水决定江南的命运和景象。这两个汉字的创造者，或许就是江南一带人民。其幽灵，暗自与我交换过体内的流域、旧事前欢、烛光、烽火？

某年春，从扬州上船，我用两天一夜时间抵达杭州——缓慢，像词牌“扬州慢”“雨中花慢”一样慢，流水落花一样慢。反正我是没有雄心大志的人。反正我对京城毫不迷恋。慢，就慢慢慢慢地吧。在运河上缓慢过渡，方可深深体验汉语中国的存在——“春风十里扬州路”（杜牧），“明月何时照我还”（王安石），“夜船吹笛雨潇潇”（皇甫松）……

缓慢穿过无锡、苏州、湖州、盛泽、嘉兴等城镇。船上满载各类建筑材料。有急务、前程远大的人，都去乘附近的京沪高铁、浦东国际机场航班了。若干妇人、孩子和狗，使那些船工安心把船当成家园。从前的文人，在没有高铁和飞机的年代里，穿长衫，走水路，读竖排的线装书。自明朝归有光，到清朝张岱、李渔、袁枚，再到民国丰子恺、柳亚子，一概墨迹缓和，心跳则异常激烈。半路上岸，去一个小镇里隐居、结社、雅集，窥探京城动静，吟诵传世诗篇，顺便遭遇若干鲜艳女人和一些水粉般的事情。四散而去，一路好风，吹动酒意和深情。

缓慢。武松从打虎直到砸店的故事，被茶馆内的说书人，从春季叙述到秋天。在北方，这个故事只需一小时的唱念做打，即可了结悬念。江南缓慢，因为有无数细节和微妙来支持，不会出现一丝漏洞和搪塞——从美人眼波流转，到屋檐雨滴在青瓦薄唇上欲说还休，绵密、幽深、一吟三叹。

缓慢。河边村镇都有流水纵横，船桨捣乱液态的树木、石桥、天空，淙淙与潺潺，也会产生流言——关于江南以外的尘世，以及小镇内部雕花屏风一样繁复幽曲的恩怨。明清富商遗留下的宅邸园林成为景点，导游如同早年诡秘管家的化身，把游人作为来宾，引领至每个细节和关键处——绣楼，一扇花窗半开半合，仿佛依然有闺女在窗内偷窥、暗恋，视某个过客为英俊长工或赶考归来的才子。一块蓝印花布飘成巨大夜空，白花朵般密集的星子凌风飘动——江南万千染坊溅起的灿烂星子，使小镇蜜蜂汹涌、露水甜蜜。街道、天井里的古旧青砖，密集如鳞，充满了游入运河成为一群青鱼的冲动。

缓慢。扬州慢一样的慢，足以让俗人在船上成为诗人，充满无所作为的颓废气、一无是处的失败感。春阴湿透管弦，湿透岸上幽深的街巷、细密的柳丝，风声鸟语便有了一些微寒和恍惚。我在船上生活两天，就消磨了闯天下的雄心豪气，幻想到小镇裁缝铺里去，用流水缝织出漫长水袖，掩护双手，去向本地女人献媚——献上妩媚的桃花或者玉兰……

一路吃扬州干丝、喝苏州米酒、嚼湖州熏鱼。一路醉意、美意和爱意。月上中天，船老板说："兄弟，睡一觉就到杭州了。"我假装满腹才华的样子，像归有光、张岱、李渔、袁枚、丰子恺、柳亚子那样，放肆斜卧船舱，沉沉睡去。

枕边，流水像女子私语，发动机像激动的喘息。

一卷平原

杭州、嘉兴、湖州三点决定一个平面、一个平原——杭嘉湖平原。

杭、嘉、湖，三座城像三块镇纸，使一纸美景不至于被风吹乱——太湖是巨大砚台，谁手持毛笔点染出这一卷中国最美最重要的水墨平原？集镇五百余，面积六千四百多平方公里，由长江、钱塘江泥沙和湖水积聚而成。地势低平，除零星孤丘，一般海拔仅三到七米，湖泊众多，河流纵横，水域面积约占十分之一。

此地，光、热、水资源丰富，促使稻类作物一年三熟。粮、油、蚕丝、鱼、湖羊……驰名中外。明清以来，中国经济的发动机暗藏于这片平原。被开发成旅游区的名门大宅，在杭嘉湖平原比比皆是，证明这一地区的富庶和神奇。它们拥有大致相似的格局：一进、二进、三进、四进……幽深曲折——

一进，正堂，举行家族婚丧、迎宾、节庆、祭祀等重大仪式之地，气氛森严；二进，男主人喝茶、议事、闲谈之地，雕花的扶手椅、茶几、古瓷器；三进，女主人与女宾聚会、处理家务的地方，椅子尺寸缩小，没有扶手，须垂手直坐，房间陈设简单，表明男女地位的差异；四进、五进则是卧室、书房、库房一类区域，玻璃柜里陈列着黑白照片、名人之间的信札；丫鬟、仆人的房间处于不显眼的角落；四面高墙围拢而成的天井，种植玉兰、竹子，笔直向上，似乎想看一看墙外世界；地面，石子精心铺设出的各种图案，隐喻主人心志；后花园，在“才子佳人相见欢，私订终身后花园。落难公子中状元，奉旨完婚大团圆”的传统戏剧中是重要空间，须以琵琶伴奏女声：“盼佳音，无佳信，误佳期，媚景芳年”；小池塘，养有莲花、鲤鱼、万重心事……

这些宅邸的第一代主人，有大致相似的发家史：从学徒成长为资本家，从蚕农递变成丝绸商，从盐商转身为官僚……家族后代的命运、归宿，也大致相似：或壮大如繁密的树枝，或凋零，或移居各地、随风四散，随时代之疾风骤雨而四方流散。什么样的庭院，有什么样的主人和结局。

现在，这些江南私宅最终成了公共景点，被游客羡慕、流连、猜想、感慨。宋、元、明、清以至民国的江南秘史，大部分章节，书写在这些宅邸内的阴影处、空白里。从这些宅邸里穿过，我觉得自己像一个落难公子、情人、别有用心的身份不明者、海外来宾、革命家、扛一麻袋粮食的长工……

一个傍晚，我进入杭嘉湖平原边缘的朱家角，在课植园看“情景昆曲”《牡丹亭》。课植园又叫“马家花园”，主人是热爱读书种地的清末乡绅马文卿。课植园正厅悬有对联：“课经书学千悟万，植稻麦耕九余三。”读，学习一千就能悟出一万种道理；耕，劳作九个月即可休息三个月。热爱生活也善于生活的马文卿，用十五年时间建成中西风格合璧的课植园，面积一百公顷，辟有稻类实验区、手工作坊、藏书楼。一个乡村智者，在园内读书、学英文、实验稻种、修理家具、弹琴说爱。

马文卿消失。马家后人去海外留学、经商、繁衍。此地被艺术家们青睐，让穿古代戏装的演员在楼台溪水边，咏唱青春和爱情。我隔一条溪水坐着，听、看、想，清代以前的月亮渐渐浮现树梢。演员们提灯笼，挥动溪水般的水袖，唱腔潺潺作响。我隔一条溪水打量才子佳人，像没有台词和行动力的老仆人，惆怅万端。

移居上海二十年，比邻杭嘉湖平原，我渐渐热爱速度缓慢的南方剧种，如昆曲、沪剧、评弹、越剧，一概水袖飘逸、唱腔逶迤，充满散意与古意。唱腔缓慢，让时间减速？热爱缓慢，是一个人加速趋入晚年的标志。朱家角的夜晚深了，马文卿体验过的夜晚深了，半弯新月明媚，如美人头上的银簪。

反复穿过杭嘉湖平原。杭嘉湖平原地图上一片湖蓝色。高速公路穿过阴性的水乡，如同公牛，必须被围在公路两侧漫长水泥围栏构成的漫长牛圈里，约束荷尔蒙。高速公路之外，平原上，小路闪烁像女孩喜欢拐弯，藏到树林或草地里去被人呼喊、追寻。

一个正逐步进入晚年的人，在江南生活，像杭嘉湖平原这水墨长卷上有意味的墨点和枯笔，防止成为污点和败笔。

一双眼：南北湖

开车脱离上海，去南北湖。

一个半小时的路途中，汽油味时时飘拂，让我想起热爱汽油味的普鲁斯特："汽油味沁人心脾，意味着乡村广袤无边，意味着深入矢车菊、虞美人、紫苜蓿中间的快乐，我们将到达女友的快乐。"

南北湖，位于海盐境内，山（鹰窠顶、谈仙岭）、海（东海）、湖（南湖、北湖），相通相望复相爱。南北湖景区里没有女友，也没有异国风情的矢车菊、虞美人、紫苜蓿，但我的快乐广袤无边。在山间旅馆内小睡，安静如婴儿。醒来，沿狭窄公路盘旋而上，在山顶看湖、望海、发呆。然后沿山路盘旋而下，在湖边闲散游走。

景区把十多座村庄数千农民归置于一张门票后面，村民身影也就成为景色一种，有了价值和价格。他们的祖先依靠产盐生活。清代后，海岸线内移，海水含盐成分淡化，只能废弃传承千年的制盐工艺，依靠湖光山色生活：骑三轮车、驾驶面包车载客，种茶叶、卖茶叶，开餐馆、茶馆、旅馆、咖啡馆，清扫垃圾，管理停车场，卖山笋、樱桃、当归、菊花、土鸡，左胳膊上戴着写有"保安"两字的袖标指挥游客来往……

南湖、北湖由长堤分开，像一个高耸的鼻子把左脸右脸分开。两汪湖水，如同充满柔情蜜意的双眼，看着我，我就成了被爱恋的人。必须放弃内心积累的毒素和怨恨，干净、明亮，才配得上这美丽的双眼皮大眼——岸边石阶上湿润的野草，如同眼睫毛。夜色里的南北湖，像一个人戴上墨镜藏爱藏心。

长堤上柳树迎风起舞，练习风情万种。柳树下，农妇招徕生意，皴裂、结茧的手指，与游客细腻、白皙的手指相来往，交换土特产和钱币。游客少。本地人、本地人的远亲近邻，因免票而闲散游走者众。他们免费走，我自费走，姿势和心态差异不小——本地人有着丈夫般的倦怠和平静，我有着情人般的喜悦和忐忑。

用两个小时徒步绕湖一周。湖岸边，一半酒店，一半农舍。酒店华丽，旅行社三角旗帜像三角形花朵，向山水献媚。农舍素朴散乱，小路在其间曲折穿过。居民与湖水关系紧密：提一桶湖水洗汽车或浇菜，在湖边石头上以棒槌捶打衣服，把鱼竿从卧室后窗伸出来垂入湖面钓鱼……他们倦怠而平静。我喜悦而忐忑。

西涧草堂，门扉敞开寂无人。此宅邸主人原是清道光年间著名藏书家蒋光育，藏书达数十万卷，分置于西涧草堂楼上楼下，今空空如也。正厅有八仙桌、太师椅，虚位以待，待早年主人及宾客在深夜幽幽归来？四壁悬有本地画家绘制的与南北湖有关的人物画卷，如，山阴文人徐渭荡舟湖上把酒吟咏，秦淮名妓董小宛湖畔隐居葬花，韩国开国元勋金九在一九三二年刺杀侵沪日军总司令之后来此地避难蓄志，影星胡蝶在春风中模仿蝴蝶，等等。二楼，透窗可见庭院中一棵苍老硕大的香樟树，以及枝叶缝隙间的湖水。我所在的位置，蒋光育在一百多年前应该站过。

南北湖位于上海、杭州之间，宜隐居，宜显达。东海海水上涨与钱塘江水下行的冲突，引发附近海宁盐官镇上的钱塘潮景观。冲突，自我冲突，与周遭生活之间的冲突，大海之显与湖水之隐的冲突，形成壮烈的美——从南北湖，到盐官镇，蜿蜒几十里的杭州湾上，次第出现金庸、王国维、徐志摩、穆旦等故居，是奇异的事情。

访问上述故居、上述蝉蜕后的著名空壳，可探析蝉鸣发生机理——它们或许、可能、必然，与这杭州湾上的山风海潮湖光，有关。

诸葛村或熟地

跟随导游的三角旗穿越兰溪市内诸葛村。一个异乡人若摆脱导游，会迷失于这座按照八卦图设计的古老村庄。

诸葛亮的第二十七世孙诸葛大狮，在元代中期选择这一片地形独特的蛮荒山冈，构建起由庙宇、厅堂、石牌坊、花园别墅、廊庑、楼阁、井巷等等元素组成的迷宫，与诸葛先生明暗变幻的心境对称——

将生土变为熟地与故乡。

跟随导游穿过这座全国重点文物保护单位，村民、牛羊、石狮、雕花门楣、鸟、古藤、墙头上随风摇曳的牵牛花，都充满被重点保护的凝重与矜持。导游线路的设计别具匠心，往往绕过一户深宅大院的照壁、天井，进入正房、后花园、侧门，再绕过另一户深宅大院的照壁、天井，复进入正房、后花园、侧门……城府很深，犹如诸葛先生的内心。

挺拔的松木、柏木、桐木、椿木做成的栋梁，谐音“松柏同春”。气定神闲的老翁笔走龙蛇，摹写、出售《前出师表》《后出师表》，旁边摆放“浙江省书法家协会会员”“兰溪市书法大赛鼓励奖”一类证书，说服游客打开钱包。“三顾茅庐”“舌战群儒”“草船借箭”“空城计”“借东风”“巧布八阵图”等等主题的油画反复出现，悬于正堂，怀念先祖。苏州定制、用船运回、拼装而成的青灰磨砖雕花门楼，镌刻名言：“淡泊明志，宁静致远。”梅花鹿走动，蜂箱嗡嗡，可收取鹿茸、蜂蜜作为药材……

村民们白昼来诸葛村上班，温习并表演祖先旧生活，夜晚回到新区公寓——夜晚的诸葛村，只有诸葛亮一个人轻摇鹅毛扇演出一场“空城计”？

“不为良相，便为良医。”有诸葛亮这一良相如此嘱托，后人便纷纷去走良医之路。良相治国，良医救人。诸葛家族历朝历代殷实富庶，大都得益于药材经营。明末清初鼎盛时期，诸葛村的药材生意做到了苏州、上海、杭州、香港等地，知名药行有“祥源”“同庆”“庆余”“文成”“天一”“益生”“裕康”“德成”“鸿茂”“太和”“春雨”“春山”“九德”“天福”等等。

穿越诸葛村，时时可见如演员背诵台词般在背诵《药性赋》的幼童，收藏《本草纲目》《医宗金鉴》一类典籍的如同舞台布景般的书房，炮制中药的一系列如同演出道具般的巨大药碾和微小陶罐……在泛黄、竖写、繁体的《诸葛宗谱》上，我甚至读到一篇内含六十四味中药名字的奇妙祭文。被祭者乃清末年间诸葛斐斋，履历、体验、业绩、品格，被“熟地”“冬桑”“原朴”“苦丁”“浮海”“当归”“绿萼”“丹皮”“连翘”“薄荷”“麻黄”等等药性植物隐约簇绕，表达出人生与大地之间的联通、暗合。例如，熟地，可以强心、利尿、保肝、降血糖、抗增生、抗炎、抗真菌、抗放射——

一个人死在故乡，就是归入熟地，无忧不惊。

> 山路风来草木香，雨余凉意到胡床，泉石膏肓吾已甚，多病，堤防风月费篇章。　　孤负寻常山简醉，独自，故应知子草玄忙。湖海早知身汗漫，谁伴？只甘松竹共凄凉。

这是辛弃疾的词《定风波·用药名招婺源马荀仲游雨岩》。其中，“木香”“雨余凉”“石膏”“防风”“常山”“知子”“海早”“甘松”均为药名，在词中浑然相谐，像植物、雨水、草香在野外浑然相谐。辛弃疾的朋友马荀仲，是婺源医生，接到这首词，一定笑了、来了、同游雨岩了。这首词中藏着“汗漫”，一个我？从形容词到笔名，我也充满进入植物的冲动和必然性，内心喜悦而非凄凉。

辛弃疾在绍兴短暂任职，与陆游来往密切。不知他当时访问过二百余里外的诸葛村否。在疾病重重、剧痛分裂的南宋，一个诗人、良将，也难以成为良医、一剂重药。

如今，诸葛村主业是经营风景，像江南众多水乡古村，从景色中提取、熬制利润——收获门票而非药材，接待游客而非商人，村内村外的茶馆、旅店、酒楼、礼品店，繁密如草药种植园。一辆辆旅游车停泊于村外广场，如刘、关、张三顾茅庐时拴在松树下的骏马，像当年随诸葛亮在浓雾中借箭的草船。

村中央大公堂前，一个叫作“钟池”的水塘，状若太极阴阳鱼，令我想起药品广告“白天吃白片，黑夜吃黑片”。一座吴越村庄，在服用钟池这枚药片，调节体内的阴阳节律而不至于病变——白天吃白鱼，黑夜吃黑鱼？

路过李渔

春天，一个下午，路过金华。

“水通南国三千里，气压江城十四州。”有古诗吟诵此地，气势壮丽，非李渔这样一个终生只关注细节的当地清代书生所为，乃路过此地的宋人李清照手笔。金华城外，李清照留下另一绝唱：“犹恐双溪蚱蜢舟，载不动、许多愁。”双溪上，当代轻舟依然形若蚱蜢，载不动的是南方春光，与前述“水通”“气压”诗句构成强烈反差。

一个大爱大恨、至刚至柔的女子，与李渔构成强烈反差。

李渔，情色小说《肉蒲团》、清代雅士生活指南《闲情偶寄》的作者，古典享乐主义信徒。从《肉蒲团》可以想见李渔对于美色的把握能力——字“笠翁”，“千山鸟飞绝，万径人踪灭”中那一叶孤舟上的“蓑笠翁”？喜欢独自垂钓能够取暖御寒的女人，而非寒江大雪吧。其诱饵，是生动活泼的绝妙好词。据说，暮年李渔，仍有能力让小姑娘意乱情迷，可见笠翁绝非乏味无聊之徒。

我收藏有五个不同时代版本的《闲情偶寄》。书中，李渔对于词曲、演习、声容、居室、器玩、饮馔、种植、颐养均一一涉猎，无微不至，尤其是“声容”部分对于女子风情的研究，纤毫毕至，慧眼独具：从肌肤、眉眼、手足、态度四个方面遴选形姿，从盥栉、熏陶、点染三个方面修养容颜，从首饰、衣衫、鞋袜三个方面装扮形体，从文艺、丝竹、歌舞三个方面陶冶气韵……犹如一部选美手册。李渔没有欣赏过当代 T 台上的妖娆猫步和流行色，遗憾。

李渔认为：脚小而能疾走的女子，在兰州、大同一带多见；眉眼细长的女子性情温柔，眉如远山，眼如新月；有媚态的女人，类似灯之有光、火之有焰；美人发髻以乌云、蟠龙这两种形态互动互应于一体，最妙，云从龙而风从虎；以胭脂在嘴唇点染一下如同樱桃就可以了，若陆陆续续抹出一行宽窄不同的痕迹，就变成一大串樱桃；耳环以小为好，非元宵之夜，不必在耳朵上挂灯笼；黑衣对于女子都相宜，穷人家女子以黑衣遮盖内衣破旧，富人家女子以黑衣衬托内衣华美；女人所穿的“凌波小袜”，颜色以雪白或浅红为佳，鞋则以深红为妙；吹箫弄笛的女子，手臂应戴钏，但不宜太大，否则容易滑到袖子深处，看不见了……

这般体贴呵护、怜香惜玉，李渔怎能不得到女性的广泛青睐？但他辩白：自己乃卑微书生，潦倒落魄，与女子的缘分并不深刻，对于想象中的美妙情景的感受，比那些锦衣玉食终日陷在脂粉堆中的公子哥，反而更绝妙。有道理。我周围有许多写情诗的才子，屡屡被女人忽视、伤害，若干情场高手则木然而行。红袖素纸间，胭脂笔墨间，李渔徘徊复流连。

在李渔游走咏叹的故园江南，如今出现东阳木雕、义乌丝袜等等知名品牌。不知李渔的隔代乡亲，是否受过这位清代文人的趣味熏陶。倘若李渔生逢当代，可以受聘为木雕厂、丝袜厂的顾问，但不会担任总经理一类冗杂差事。最有可能成为上海、香港选美比赛的策划、总监、评委会主席。他曾在扬州一富豪的深宅大院，帮朋友选拔小妾。那是一场小规模的选美比赛，参赛者只有三人。

金华这座城市的名字，可能不被李渔喜欢。李渔谈到“蕉叶题诗”时认为，宜蘸取石黄在绿芭蕉上走笔，全用金色则太俗。其出生地位于兰溪，名字美，不知李渔是否对此阐发高论。当地朋友送一套女性“浪莎”丝袜，供我向女子们献媚。肉色丝袜，穿若无袜，设计灵感或许来源于李渔所欣赏的“凌波小袜”。

车窗外闪过一个院落的匾额“李渔纪念馆”。不知馆内藏有哪些与李渔有关的物品。大约有一张今人想象出来的大床，床头不能遗漏一盆李渔喜爱的兰花或水仙。这个被大量盗版、没有版税和稿费的清寒书生，最大癖好是在花香里入眠，即使没有钱来吃晚餐……想到《肉蒲团》开篇“秋风萧瑟，木脱虫吟”八个舒朗干净的字，觉得李渔骨子里应是一个悲观孤单的人。

路过李渔，在某个春天，吴越江南正木茂而虫唱。

乌镇的修辞

从《乌镇旅游图》上抄录乌镇基本信息：

别名：乌墩、青墩；方言：吴语；所属地区：浙江省北部，太湖南岸，春秋时代吴越分界处，京杭大运河穿镇而过；著名景点：江浙分府，百床馆，民俗馆，木雕陈列馆，昭明书院，观前街等等；门票价格：东栅一百元，西栅一百二十元，东栅与西栅一百五十元；电话区号：0573；邮政编码：314501；特产：蓝印花布，姑嫂饼，三白酒，臭豆腐干，蚕茧，竹编器具……

茅盾与木心，两个乌镇之子，对上述表达应该熟稔于心并萦回于异乡梦中。

茅盾，一八九六年生于乌镇东栅，本名沈雁冰，后外出求学从文、投身社会变革运动，先后用过几十个笔名，最终以“茅盾”和《子夜》《林家铺子》《春蚕》等小说，确立其在中国文坛的位置。“茅盾”这一笔名，显影出大革命失败后一个左翼文人的苦闷、犹豫和矛盾——人生困境即语言之困境。双重的困境，使他在一九四九年后处于一种微妙、尴尬的位置。反复检讨其内心与行动的革命坚定性，站在那些表面上从来没有苦闷、犹豫和矛盾的文人的偏远处。正是这种“偏远”，赢得我的敬意。当然，一个小人物的敬意，分量不大。

在乌镇，找到茅盾笔下林家铺子的原型——一家老杂货店，现改成专营字画古玩的商铺，位于观前街茅盾故居对面。眼前的老板并不姓林，尽管按《林家铺子》里的描写打扮自己，着长袍马褂，表情灿烂像乌镇上的晴空，没有一丝面临破产的忧愤。我伏在柜台上问他，那林老板的后人还在乌镇否？他说，都去了国外。因茅盾小说，一个普通店铺，有望永远保持格局而不被拆迁，显现出修辞的力量。

木心，本名孙牧心，一九二七年生于茅盾故居附近一富裕人家，入上海美专、杭州国立艺专求学，师从于刘海粟、林风眠学习油画。一九七一年蒙冤入狱，三根手指被折断，写作，在纸上画出白键黑键“弹钢琴”。获释后，一九八二年移居纽约，以作画、讲学谋生，出版小说集、散文集、诗集十多部——九十年代华语文坛突然出现一个新人。语言充满汉语言的诗意、别致，例如：“公园石栏上伏着两个男人，毫无作为地容光焕发。”“昨夜有人送我归来，前面的持火把，后面的吹笛。”“秋天的风都是从往年秋天吹来的。”这风，也都是从乌镇吹来的吧？晚年，木心乘风还乡，二〇一一年辞世。

木心家的“孙家花园”，乌镇最美私宅。花园，应该有鲜花和如花女子。民国时代乌镇码头上搬运的麻袋，都印“孙”字。仆人打扫房间，把花瓶抱出抱进重新摆在案头，出错会遭到主人责备：“怎么把明代的花瓶搬出来了——去，摆宋朝的，要记住样式的不同。”一个富贵华丽之家，一九四九年后相继改造成为农具厂、铁器社、五金轴承厂、野草高过围墙的废园……九十年代，木心声名大动，乌镇镇政府邀请画家陈丹青做顾问，于孙家花园原址重建“晚晴小筑”。二〇〇六年，木心回乌镇在此居住，五年后去世。木心纪念馆建成开放后，展有各种版本的木心著作、手稿、乐谱及其用过的写字台、礼帽、皮鞋、手杖等遗物——以修辞的力量，挽留一个人的余温和气息。

乌镇，分东栅、西栅、南栅、北栅四个镇区——栅，指的是桥洞下的栅栏，阻止外来舟船在夜晚入镇，以防不测。如今，桥下栅栏消失，四个镇区之间竖立起围墙、售票处、验票口，阻止外来游客无票进入镇区。风景成为品牌、资产、利润，西栅门票最贵，因迁移居民的成本和改建景区投资巨大。现在，西栅完全成为游客们表演怀旧姿态的舞台，精致、干净，子夜深巷无一人一犬，除了河边酒店里的梦呓在价格昂贵地独白——水声、梦呓，也是一种修辞？

赖声川作为艺术总监的乌镇国际戏剧节，一年一度，在秋天、在舞台感强烈的西栅举行。由若干临水古建筑改建而成为剧场群：乌镇剧院、国乐剧院、沈家戏园、秀水廊剧园、蚌湾剧场、水剧场、诗田广场……我最喜欢露天的水剧场：湖中，一座残破的石拱桥转型成为舞台，观众席是湖边石阶，身后有马头墙、古塔、书院，像着古装的看客。坐在湖边石阶上，我看完英国“浓缩莎士比亚剧团”演出的话剧《莎士比亚全集（浓缩版）》。三个男人在九十分钟内，快速演完莎士比亚的全部三十七部作品，让莎士比亚提速，一夜说尽万物千年。南腔北调，东风西声，修辞艺术如春风传递花粉，催动乌镇金融业、服务业蓬勃生长。

显然，相比西栅，茅盾、木心两人出生的东栅，以及目前尚未收费的南栅、北栅，仍然保留着原初的人间烟火气息。我晃荡在这些破旧、杂乱、拥挤的街道，体会到木心的乌镇感觉：“睡过午觉，下午两点多的时候，小街都是卖鱼的人，地上湿哒哒的，很色情。两边的楼上像是都有人在通奸。”木心语言也湿哒哒的，很色情。一方水土养一种修辞。比如，我竟然听见两个女人在小街上方两个窗口对骂，如越剧中的吟诵与歌唱。

木心不是游客，不会喜欢西栅的面目一新。在剧变中的故乡，一个人，反而加重异乡感。孙家花园转化成晚晴小筑，木心如落叶转化成树根处的泥土，大约会想：乌镇还在乌镇吗？我还是我吗？“从前的那个我如果来找现在的我，会得到很好的款待。”木心这样说，充满对“从前”的留恋和对“现在”的谅解——从前的金鞍玉勒、矮帽轻裘，现在的霜天断雁、淡茶清酒。

留恋和谅解，我大抵上也持如此态度，对乌镇，对青春。

湖州帖

湖州，姓湖，姓太湖，名州。太湖周围有无锡、苏州、长兴、宜兴等城市，独有湖州以太湖为姓，可见其与太湖关系之密切。

晚秋，在湖州小住两天，沿街散漫走动。街名路名风格不纯，有横塘路、潜园路、梦溪路、青铜路、凤凰路，古意尚在；也有红旗路、人民路、建设路、朝阳街、国威路、轻纺路、红丰路、车站路、体育场路，报纸社论气息和物质主义味道，交杂流连。在这座小城生活过的颜真卿、苏轼、赵孟頫，若读当下《湖州地图》，是否会困惑、怨怒？幸而一些小街道和小桥，在赓续前朝旧州一脉气息：金婆弄、洗帚弄、狮象弄、上塘路、骆驼桥、甘棠桥……颜真卿、苏轼、赵孟頫们，应该喜欢从这些小街小桥上走过。

沿塔下街进入飞英公园，读颜真卿任湖州刺史写下的《湖州帖》：

> 江外唯湖州最卑下，今年诸州水并凑此州入太湖，田苗非常没溺。赖刘尚书大抚，以此人心差安。不然仅不可安耳。真卿白。

后人推测，此帖书写时间应是唐大历七年，湖州大水，太湖之水入城。

此帖前后有历代鉴藏印六十枚左右，显示出《湖州帖》流传过程：宋徽宗赵佶、宋高宗赵构、宋宗室赵与勤、贾似道、元人欧阳玄、明初朱元璋内府、项元汴、梁清标、安岐、故宫博物院。其间，此帖约有二百年的收藏空白期，没有印鉴可供追寻。观古代名家字画，均布满收藏者题款印鉴，前呼后拥，大有喧宾夺主之势，意图搭车远行、一并流芳。而此帖二百年间的收藏者，匿名，怀谦卑敬重之心，像乡村私塾先生，束手仰观一卷云天——真卿白。

颜真卿任职湖州五年，其间，邀陆羽等一大批江东名士，完成大型类书《韵海镜源》的编撰。诗人张志和慕名自会稽划船而来，与颜真卿一见如故，成莫逆之交。船破，颜真卿赠送一叶新舟，张志和遂“浮家泛宅，沿溯江湖之上，往来苕霅之间”，并产生名作《渔歌子》，有“西塞山前白鹭飞”云云。不久，张志和溺水而亡。颜真卿悲痛之至，撰碑文纪念。我在湖州寻找到发源于天目山的苕溪、霅溪，水势微弱，已无载舟覆舟之力，但坚持流向太湖。

宋代，公元一〇七九年，苏轼来到这座小城短暂履职，有《北游帖》传世，云：

> 轼启。辱书，承法体安隐，甚慰想念。北游五年，尘垢所蒙，已化为俗吏矣。不知林下高人犹复不忘耶！未由会见，万万自重。不宣。轼顿首，坐主久上人。五月廿二日。

收信者“坐主久上人”，为西湖诗僧可久，东坡第一次在杭州工作时期结交的朋友。离开杭州，他相继在密州、徐州、湖州任太守，均在杭州之北，故有“北游五年”之语。东坡对来自杭州的故友问讯万分感动，遂以此信札作复。七月，东坡在湖州任职不足半年，即遭同辈文人罗织罪名，被捕，八月，抵汴京，蒙受“乌台诗案”之难。十年后，一〇八九年，东坡重返杭州疏浚西湖，筑苏堤，诗僧可久已成亡友，无法同饮、同吟、同隐。东坡旧诗《五月十日，与吕仲甫、周邠、僧惠勤、惠思、清顺、可久、惟肃、义诠同泛湖游北山》云："三吴雨连月，湖水日夜添。寻僧去无路，潋潋水拍檐。……"

有一诗僧可以寻访、交游、清尘祛俗，是寒凉世界上的一件暖和开朗的事。苏轼为此顿首，顿白发苍苍之首。

宋末元初，这座城市与文人赵孟頫关联深厚。我在莲花庄公园内四处寻觅，见到赵孟頫在一块太湖石上的真迹"莲花奇峰"，以及印水山房、松雪斋、鸥波亭等等与赵有关的建筑。赵在湖州所作字画，落款、印章皆为印水山房、松雪斋或鸥波亭。目前公园内这些建筑，皆为后人想象的产物。莲花庄是赵幼年在湖州生活的别墅，原址在公园北。中年，赵作为宋朝皇族后裔，在湖州以南的德清乡野间隐居避难，以松雪自况。松衰雪化，入仕于元朝宫廷，在忽必烈身边风光、蒙辱、挣扎，后辞官返湖州，建鸥波亭隐居其中，试图重新变成自在的江鸥——"白鸥没浩荡，万里谁能驯"（杜甫句）中那一只孤高江鸥，但一只被驯养的家禽想恢复为野鸟，是多么困难、痛苦的事。

朋友、湖州诗人柯平考证：赵孟頫的印水山房、松雪斋，应该在德清，那里山远水清，远离政治纷扰和同辈苛责，宜洗耳洗心洗面。晚年，赵孟頫在德清的印水山房、松雪斋和湖州鸥波亭之间来去，反复书写《归去来兮辞》。归，江南依旧，人事已非。赵孟頫埋首于笔墨宣纸，以字画谋生反思，无意中转型成为与颜真卿、柳公权、欧阳询齐名的楷书大家，并光大"文人画"这一流派——在纸上而非庙堂，表达对山河万物的依恋和感伤。画卷中的人，如芥子，一粒或若干粒，渺小，寂寥。

莲花庄公园外小街，笔店众多，售湖笔。湖州毛笔，与徽州墨、宣城纸、端州砚并称文房四宝。有意味的是，湖州、徽州、宣城、端州均在南方，宫廷大都在北方。以笔墨纸砚去与权杖江山保持对立、平衡，或实现两者之间的转换，对于颜真卿、苏轼、赵孟𫖯这些士子，都是一个需要面对、应试的考题，境界高低，分数各异。他们喜欢用湖州毛笔，写信札、诗词、诉状、公文。颜、苏、赵，湖州行迹已渺然不可寻，幸有笔墨留住他们的心潮起伏。狂草、行、隶、楷，仿佛他们湖州山水间狂放或凝重的身影。

此文并非以湖笔书写，我手拙，只能以电脑键盘敲打而成。在湖州一旅馆，我双手滴滴答答作响如窗外雨滴，如唐宋元时代湖州的雨滴。请友人阅读、海涵。

汗漫顿首。十月十八日。

西风南浔

秋。西风吹动。至太湖旁边的南浔古镇一游。

西风吹动小莲庄。池塘中的莲梗莲蓬，参差纵横，水中倒影如同宣纸墨迹。莲花不可见，暗香犹在，如美妇人刚刚起身离去。

小莲庄又称“刘园”，清末南浔首富刘镛、次子刘锦藻，历经四十载寒暑，至民国初期修筑完成。围绕池塘，有碑刻长廊（《紫藤花馆藏帖》和《梅花仙馆藏真》刻石四十五方，真、草、隶、篆各体皆备）、扇亭（形似扇，清风徘徊）、御赐牌坊（光绪、宣统两代皇帝为嘉勉刘氏家族善举颁旨建造。刘家专门划定百亩义田供无地者耕种、自食，余粮用于赈灾公益）、后花园（散步。幽会。好的后花园产生好姻缘）、刘家家庙（刘家祭祀先人之地，堂皇，端庄）、照壁（松、梅、鹤图案精雕细刻）、石板通道（进进出出过多少悠闲、杂沓、急促的脚步?）……

一座法式楼房隐现其间（俗称“小姐楼”，是接受西式教育的刘家小姐闺房，可窥视后花园、莲池、少年）。窗子外层以百叶窗遮光，室内有雕花圆柱、波斯地毯、壁炉。西式风格。西风。整个小莲庄的风貌，中西杂陈，东风西风次第吹，显现于楼台、窗棂、门楣诸多细节间。

刘家作为南浔首富的历史，绵延百年。其持家秘诀，被揭示于家族史展厅内的三段话：“官府内有熟人，海外有洋朋友，学堂里有自家孩子。”展厅照片内，刘家男人长袍马褂或西装皮鞋，女人旗袍高髻或风衣长裙。中西杂陈，东风西风次第吹。暂时无法看到风吹莲叶的景象。莲叶田田，隐喻高洁也形似金钱，主人以小莲庄命名自家园林，抱负宽广而复杂。

西风吹动小莲庄旁边的藏书楼。中西合璧，回廊式的两层建筑物，鸟瞰之，平面呈“口”字形，砖木结构。

一楼底层高五米，青砖铺地，其下铺垫专门烧制的瓦钵，瓦钵下再铺细沙，层层阻隔地下潮气上升。全楼均为落地长窗，通风，隔热，采光。四面建筑围合而成的天井，杂草不生，云影徘徊。墙基高六尺，用花岗石砌筑，坚固且防白蚁滋生。外围溪水环绕，防火防盗。藏书楼主人刘承干，小莲庄主人刘镛的孙子，晚清秀才，于一九二〇年至一九二四年间建成此楼，名“嘉业”。爱书复藏书，一种美好的事业。刘承干利用辛亥革命后各地古籍流散之机疯狂购书，历二十年，费银三十万两，得书六十万卷，藏有宋元明清刊本、孤本、文集数百种，地方志书一千余种。三十年代以后刘氏家道中落，藏书残缺严重。一九五一年，刘承干将藏书楼及书籍捐献给浙江图书馆。

我在藏书楼一楼书架，看到刘承干收藏的部分雕版。刘的雕版印书蜚声海内，刻印过许多禁书。不知道这些陈迹斑斑的雕版是哪些书。刘氏家族能够容忍一个书呆子沉浸于买书、藏书、印书之中，未逼迫其像家族其他成员那样投身于耕种桑田、买卖丝绸之事功，去跻身南浔镇“四象、八牛、七十二条金黄狗”的富翁序列，需要多么开阔的胸襟和强大的承受力。我曾去宁波天一阁，又来南浔嘉业藏书楼，读中国私人藏书史上两章绝唱，东风西风次第吹，吹到哪章读哪章。

西风吹动小莲庄、藏书楼一公里外的两处张宅。隔溪对望，主人分别是张石铭、张静江，南浔“四象”之一张颂贤的两个孙子。

（一）张石铭之张宅：前厅两进，精雕梁柱、红木桌椅、大理石挂屏、木刻书画屏风……从第三进内庭开始至第四进、第五进，风格渐变而臻突变——窗棂镶嵌的西洋蓝色刻花玻璃、壁炉、克林斯铁柱头、化妆间、更衣室、法国地砖、舞厅……东风西风次第吹。想象上世纪二三十年代，在一处江南私宅里，穿长袍马褂的男人与穿西裙的女孩携手舞蹈，小乐队伴奏，喷泉般的吊灯明媚高照，这是多么震撼人心的场景，但依然是低调、有分寸的华丽：包含舞厅的第四进、第五进建筑，降低高度，并极力掩饰掉外观上的西式风貌，以免引起周边邻人注目侧目。

（二）张静江之张宅：传统的三进五间式古建筑风格，布局、陈设均不及张石铭之张宅那样豪华瑰丽。孙中山书写的中堂对联“满堂花醉三千客，一剑霜寒四十州”，晚清两代帝王之师翁同龢所题的抱柱双联“世上几百年旧家无非积德，天下第一件好事还是读书”，孙中山、宋庆龄、何香凝、于右任、陈布雷、蒋介石等民国要人与张静江之间的手札，张的小夫人朱逸民与蒋介石前妻陈洁如的许多闺蜜生活照等，使这一看似寻常的宅邸洋溢出非常的政治气息。辛亥革命，张静江是孙中山密友和革命活动经费提供者，国民党四大元老之一，后成为浙江省政府主席。晚年，与蒋介石生隙，皈依佛门，居美国，了却残生。东风西风次第吹。

西风吹动由小莲庄、藏书楼、两处张宅作为核心的南浔古镇。

外围，是南浔新城、经济开发区、大街、住宅区、五星级酒店、度假村、G50 高速公路……格局和细节，均雷同于其他现代新城。古镇核心，溪流纵横，大致形成十字形水系，溪流两岸依靠桥梁沟通。我在广惠桥、通津桥、洪济桥这三座著名古石桥上坐、望、走。明清时期南浔“辑里丝”享誉海内外，通津桥畔，就是当年的丝市中心，蚕丝由此通过水路运往上海和海外。目前，游船缓缓，桨声欸乃，似乎是从船尾俯仰划桨的男女身上散发而出。船上，游客举着手机、相机、摄像机，为未来的回忆收集素材。一开始就是回忆，一转眼就是往事。

三个少年在洪济桥旁稍微开阔的水面上，轮番摆弄一个崭新的皮划艇。岸上，两个漂亮少女在注视，使少年们平衡身体和呼吸的难度加大。皮划艇不幸侧翻，一少年落水然后游泳上岸，窘迫。在两个漂亮少女的注视下，这窘迫尤其显得严重。

傍晚，西风更凉，我像溪流上的鸬鹚那样缩着脖子、裹紧衣服，沿石板路走出刘氏梯号（一幢西式房屋。主人刘梯青，小莲庄主人刘镛的第三个儿子。金庸《鹿鼎记》开篇讲述的“庄家冤案”即清朝初年第一大冤案“明史案”的发生地），走过颖园（南浔“八牛”之一清朝商人陈熊的住宅花园），走入百间楼（江南罕见之沿河逶迤数百米的民居建筑群，明代礼部尚书董份专门为女眷而建——有那么多女眷需要建立秩序，是管理学上的一个难题。挑檐画栋，错落有致。如今，百间楼成为民居、商铺、旅馆、茶室、咖啡馆、酒吧……），止步。

在帽檐一般伸向溪流的廊棚内坐下，喝杯咖啡，看太阳在古镇一片参差起伏的屋顶上垂落、消失。灯笼迫不及待亮了。

具有遮日、避雨、阻挡外界视线等等功能的漫长廊棚，让我想起沉浸于“巴黎拱廊研究”的本雅明，他通过巴黎拱廊来透视一座城市的现代化进程，充满赞美和疑虑。南浔廊棚与巴黎拱廊的相似处在于：在遮蔽中敞开，让风、空气、光线穿过。对比我走过的江南名镇周庄、同里、角直、朱家角、乌镇、西塘，南浔是另类的、拼接的、奇异的，解构中重新建构，持守间隐秘开放。我很想在这个小镇，与百年前那些男女相遇并成为至交，一起逛后花园、谈恋爱、读禁书、做生意、跳舞、革命。

在咖啡催发之下，我脑海也泛起廊棚外溪流上的类似波纹，东风西风次第吹……

太湖之瓮

太湖的命名者很可爱。他用毛笔在“大湖”的“大”字上添了一点，就笑了：“这是一个比世界上所有大湖都多了一滴水的湖！”

从地图上看太湖，它环闭，如粗陶质地的水瓮。环湖公路如水瓮边缘，奔跑的汽车如同甲虫蠕动，充满对这瓮中湖水的喜悦和向心力。

太湖周围，是苏州（丝绸一般的旷野被风吹动，模仿着湖水的波纹和愉快）、无锡（二胡曲《二泉映月》过于著名，盲人阿炳过于著名，使太湖中的月光减弱三分，无锡街头模仿阿炳戴墨镜漫游的男人汹涌）、宜兴（烧陶的火焰在泥土中涌动——太湖之瓮就是宜兴陶工烧制而成的吧?）、湖州（湖笔，沿湖公路笔直，似乎含有把太湖转化成砚台的冲动）……

通往湖边的千万条小路，充满了成为溪流的欲望和可能性——路上游人似鱼虾。

我在太湖边游荡数天，独自驾驶一辆老帕萨特奔跑。下车，来到水边，在礁石、芦苇间徘徊流连。晚上，进入湖边一家小旅馆里发呆、入梦。湖水无边无际，与大海似乎没有区别，且有河流联通于东海，像是加盟大海企业集团的连锁商店，有着统一的标志色（从黄渐变到蓝）和统一的运行模式（潮落而后潮起）。但与大海相比，湖安详、宽和，像出世的隐者，内向、自省，像进入减法程序的中年，仍关心一百公里以外、三十年以外的大海带来咸涩、动荡的人间消息。

我所居住旅馆的窗子朝着湖水，比其他没有临湖的房间就贵了五十元。市场经济时代，太湖波光也有了价格，像僧人隐居的寺庙目前也都在销售门票。我看湖水的目光就难免带着消费者的俗气。需要做一些功课，比如阅读，来与自己目光中的俗气对抗。在台灯下翻看爱尔兰诗人西默斯·希尼的文集。他在诺贝尔文学奖受奖时演说《归功于诗》中的这些句子，被我用铅笔画出湖水亲吻沙滩般的一条条横线：

> 无历史记载、先于性别分判、悬荡在古代和现代之间，我们就如同立在一只水桶里的饮用水那样敏感：每当一辆过路的列车使大地震颤，那桶水的表面就会无声无息地泛起柔美的、同心圆状的涟漪。

归功于诗歌，它自足自立……成就了一种流动与滋养的关系。

寄希望于由一种音乐般的令人满意的音响秩序所赋予的稳定性。仿佛水圈荡漾到最大时，意欲通过调整自身而得到印证，经过其原点内外涌动……

当西默斯·希尼在斯德哥尔摩演讲，我相信他眼前始终有一只敏感的水桶在荡漾涟漪，试图建立起音响秩序，在流动与滋养人烟之间游移不定——他多像在描述窗外太湖，以及我童年生活中的水瓮、水桶、水井。祖父挑一担井水回家，往往在水桶中放上柳条或苇叶，桶中水就不会溅出，像太湖中也放上若干柳条、苇叶一般的岛屿，使湖水不会溅出江南……

我，一个浪游异乡的人、把家乡变成故乡亦即“亡故了的家乡”的人，在太湖，还能想起遥远的瓮、井、水桶以及异国的诗人希尼，而不是想起自来水龙头、水塔、水厂，说明我还保持获得幸福的能力。希尼崇尚地方性，诗句有着爱尔兰乡间地方性的潮湿、起伏和开阔。我也是一个在小地方长期生活的乡下人，在太湖，认识到自己多么富有——一种地方性的富有。

太湖，湖水浩荡，波纹连绵，“橹声齐和归帆急，渔歌渐远鸣榔息”（朱庭玉）。它滋养出王羲之、沈约、颜真卿、陆羽、孟郊、杜牧、陆龟蒙、米芾、蒋捷、赵孟頫、冯梦龙、金圣叹、沈德潜、徐悲鸿、刘半农、吴昌硕、俞平伯、钱锺书、吴冠中等等南方士子。他们是世界性的，因为他们首先是地方性的，太湖波光照拂他们越朝历代、一路前行。

我是异乡人、河南南阳人。我不能随随便便地喊：太湖啊，娘！那会让北方故乡的黄河、白河、唐河很生气。现在，对于一个向晚年加速过渡的中年游客、向晚年的湖泊加速游渡的过客而言，天下流水都仿佛有了血缘关系。比如，目前的太湖，也开始在我头脑建立“一种音乐般令人满意的音响秩序”，代替童年时代的瓮、水桶、井以及祖父，让我重新成为简单的孩子、矮水桶般的孩子——水滴溅出水桶，就是孩子脸上的笑容。

窗外，太湖水面的一弯新月，像俯首于瓮中饮水者的薄嘴唇。

沙溪，废园

沙溪，上海以北六十公里、苏州以东约三十公里处的一座水乡小镇。

我被“沙溪”二字的美感吸引而来，没有见到想象中的沙滩清溪。

穿镇而过一条大河“戚浦塘”，两端联系古运河与长江。货船往来，载水泥、钢材、粮食、船工、女人、狗、灶台、炊烟、收音机里的昆曲……这条河，与明代戚继光乘船出海抗倭有关。河水浑浊。

与戚浦塘大致平行的一条小溪穿过古镇区，明清房舍、廊桥、茶馆、米店、煤球店、书店、诊所、古石桥，次第布设。溪水浑浊。若干游船破旧龟缩于水边。江南一带才子如袁枚、李渔、金圣叹，应该都曾到此一游。那时的溪水，应清晰可见沙粒。

游客寥寥，我在镇上就显得醒目。镇上人过自己的日子，我看他们怎么过日子。一堵旧墙，张贴着沙溪镇卫生院打印的《妇女体检通知》，有“临检前四十八小时内不要发生性关系，可喝水以使膀胱澎湃便于检查”等等字眼，丝毫不顾忌读者观感。“膀胱澎湃”四字尤好，唯水乡人能写出这般文字。

中午时分，回收并出售文物的一家小店铺，刚刚摘下门板开始营业。店老板从乡下摆摊收货回来，对我说：“收了一个银茶壶，乾隆的；收了一个碗，光绪的；十一个毛主席像章……”他货架上摆着粉盒、烟壶、茶碗、砚台、花瓶、耳环、佛像、砚台……依稀指向旧时代江南生活。生意清淡。老板抱怨：“周围的千灯、同里、周庄，以前都没沙溪好——这里是交通要道，通江达海呵。现在，沙溪不要门票也没人来——你为什么来？”我笑笑。我不敢说因为沙溪名字好才来的，那太显得矫情和可笑。

嚼着新出炉的烧饼，在镇上乱走。篱生竹笋，径落残花。忽看到一座废园：两层住宅，一棵桂花树满覆庭院，压水井铁质出水口长出的青苔像嘴巴上芜杂的胡须，野草匝地，一辆旧自行车在墙角萎靡不振，窗帘泛出旧色且垂落一半，纱门内，正间里有破沙发依稀可辨……没有主人来迎接或拒绝一个过客的偷窥。他去了哪里？有着废园一样的命运？

汽车上的GPS无意指示出沙溪镇旁的一片稻田和小溪流：项脊泾。想起归有光的名篇《项脊轩志》。开车直奔这一地址——归有光应该出生在这片稻田和小溪流之间的位置上。他的父辈建立于昆山的一个小庭院，被命名为“项脊轩”，归有光纪念这片田野，遂有了《项脊轩志》。我曾在昆山游荡，在传说就是项脊轩所处位置建起的饭馆里吃了一碗面，以志敬意。

喜欢归有光这一名篇结尾处的闲笔：“庭有枇杷树，吾妻死之年所手植也，今已亭亭如盖也。”沉痛之至。沙溪镇上废园内，桂花树亦亭亭如盖，暗藏无名的哀凉和欢喜。万物终将被废弃，例如，一个人的身体、一辆在暮色中奔回上海的汽车。

但沙溪、沙堤清溪，在归有光、我、一个废园主人的身体内，曾经、也将继续澎湃涌动。

角直，未厌

角直，苏州附近一古镇。其历史可以追溯到两千五百年前的春秋时期，比周庄老一千六百岁，比同里老一千五百岁，被称为“古都”——吴王阖闾的离宫，在此。全镇由六条溪流、一条吴淞江，构成一个“角”字。角，一种吉兽。六条溪流构成它的身体，吴淞江在“兽角”位置上一掠而过——在下游成为苏州河，成为上海传奇与流言的一部分。

角直、同里、周庄，景色大致相似：隐喻财富的流水，锁住财富的密集石桥，乌篷船，头顶绿头帕像肩上长出荷叶的摇船女人，小调，精雕细琢、逸事繁多的古宅，收藏钱币、纽扣、绣花鞋、砚台、性用品等等旧物的小型博物馆，石头或青砖铺就的鱼鳞般的小街，春阴轻寒中的管弦柳丝，南腔北调的游客，用河流做枕头的小旅馆，为灯火和叫卖声收税的税务官，旅游集散中心……人散后，一钩新月也相似。但小镇一角现代作家、教育家、出版人叶圣陶墓碑镌刻的“未厌”二字，使我内心一振：角直有新意、有深意存焉——

未厌。晚唐，陆龟蒙屡试不第，在湖州刺史、苏州刺史身后的帷幕里当幕僚，兴味不大。转身来角直盖房耕田，扔了四书五经，写《耒耜经》。其中，记载陆龟蒙在角直将犁由直辕改为曲辕以节省人力、畜力这一唐代最重要的农具发明。我怀疑，甪直曲折的流水启示了这一发明。“邻翁意绪相安慰，多说明年是稔年”，陆龟蒙一边改造农具，一边咏叹。这个关心稼穑和天气的文人，类似于有理工科色彩的现代知识分子，从心灵到四肢都在自我解放。他自名为“散人”。“散人者，散诞之人也。心散，意散，形散，神散，既无羁限。”——像在谈论散文写作秘诀。这个散人、散文般的人，拒绝成为公文。长庆年间，朝廷以高士之名赞誉并征召入京，陆龟蒙坚辞。再征召，陆龟蒙干脆提前死掉，埋在甪直。未厌与厌，甪直与长安。

未厌。晚清，甪直人王韬来上海，成为墨海书馆的编辑，修改、润色西方科技书刊，把英语中“物理”“天文”一类名词翻译为“格致”。格物致知，是中国传统知识谱系匮乏的理念和能力，导致王韬耳边鸦片战争的炮声隆隆袭来。王韬，在摇头晃脑之乎者也的儒生一族中，是异端、异类，和徐光启一样成为睁眼看世界的第一批中国人。后因反清逃往香港，创办中国第一份华人报纸《循环日报》，成为“中国记者之父”，每天一文，纵论强国之策，文风锐利痛快如攻城拔寨、砸瓜切梨。“五四”白话杂文这一文体，滥觞于此。晚年，王韬乡愁深深，得李鸿章默许，回故乡，甲午战争爆发前病故，用骨头感知乡土冷暖和草根绿意。

未厌。五四时代，叶圣陶来甪直，在保圣寺内所办的吴县第五高等小学教书，开始了他“教育救国”这一理想的实践与实验。既往讲佛念经之地，回荡童声，这是在甪直才能发生的事情。叶圣陶在保圣寺编写的《国文》教材篇目如下：《最后一课》（都德）、《项链》（莫泊桑）、《玩偶之家》（易卜生）、《史记》（司马迁）、《茅屋为秋风所破歌》（杜甫）……“铸一柄合用的斧头而不是绣花针。”叶圣陶举着自己编写的教材、举着这一柄合用的斧头，带领学生在校园办起农场、手工室、图书馆，编印民国时代第一本诗刊《诗》。他试图造就一代新人，在现实中，在小说里。保圣寺一盏油灯下，叶圣陶写出长篇小说《倪焕之》、短篇小说《多收了三五斗》等等。一九八八年去世后，叶圣陶长眠在保圣寺一角的千年银杏树下……

从陆龟蒙、王韬、叶圣陶，到今天的游人、我，对角直和江南，爱而未厌。悯农、忧国、启蒙，这一传统在角直暗滋默扬，区别于其他江南古镇。《多收了三五斗》这篇小说中的"万盛米行"，目前落实于角直的一个景点，陈列着现今江南已经消失的各种农具：曲辕犁、水车、木锨、镰、耧、斗、秤……但没有米。我站在万盛米行，像一个因为米贱而伤心的戴旧毡帽的稻农，又像一个从眼镜上方投出鄙夷眼神的账房先生。坐米行前的一条游船，穿过角直，我像一粒干净的米，也可能像一枚圆滑的、发臭的铜钱。

摇橹的船娘胸怀起伏，高唱情歌："打一个金人来换，也不换你那人。就是金人也是有限的金儿，你那人有无限的风流景。"这结尾出人意料，妩媚，大好。明清交替之际的苏州人冯梦龙，热衷于收集江南一带民歌（亦称吴歌、江南小调、挂枝儿），编纂出《民歌时调集》，其中一首《金不换》与这位船娘的歌词基本相似。冯梦龙应该来过角直，认识这位船娘的祖先。这情歌，陆龟蒙、王韬、叶圣陶也在角直的船上听过吧，甚至参与过歌词的加工创作？

所以，未厌。

在南京遇到梅花

无意中与南京梅花山的梅花相遇。

陪母亲和妻游南京，计划中的目的地有四：中山陵、明孝陵、总统府、夫子庙。却在明孝陵前的梅花山，推翻原定行程，消磨一个下午。这灿烂、香气袭人的山丘。火红、粉红、玉白、雪白、暗绿、鲜绿、金黄、蜡黄……如此大面积、多种类的梅花，初次相遇，在我的萎靡中年，在花期正盛的阴历早春。

数年前与妻、幼子来南京，游明孝陵时最感兴趣于陵前甬道两侧的一系列石雕：武士操剑、文人握笔、马、麒麟、羊……汉代石雕的粗拙风格，与我的粗服乱发很协调。旧石头，与我皱纹重重的老身体很协调。没有意识到甬道旁边存在这座名为梅花山的山丘。当时五月，梅花匿迹于树根，等待雪和寒意。梅花与炽热的生活没有关系，像低温、安静的女子，一辈子不想认识高烧、热闹的荷花与牡丹。一万种花朵，隐喻一万种人生和世界观。

日本能乐艺人家族内部秘传四百余年才公开出版的谈艺录《风姿花传》，书名意思是“艺人的风姿，须像花朵那样传扬”。作者、能乐艺术大师世阿弥，在书中叮嘱后辈：要了解十种艺术类型，“更要牢记年年来去之花”。

目前，二月，在南京终于认识并将牢记这年年来去之梅花。

与母亲和妻在山丘流连。周围游人如云，表情一概痴迷，纷纷以手机、相机留影于梅花与梅花之间——摄影术是一种悲伤的艺术，任何摄影者都能意识到时间和空间的双重丧失。母亲吩咐：“给我再照一张，与这棵梅树合个影——谁知道还能不能再来看梅花了……”她已过古稀之年，名字中就有“梅”字。外祖父、中原乡村里的一个著名中医，应该喜欢梅花。后来，我父亲接着喜欢梅花。外祖父、父亲都已去世。母亲常常梦见他们，像一棵梅树梦见树下走远了的人。

清代伊秉绶有名句：“梅花百树鼻功德，茅屋三间心太平。”我鼻子功德很高，对女人脂粉香和满山梅花香很敏感。体内也有茅屋三间，来安放一颗渐渐苍老的中年心。梅花山顶，有亭翼然，坐下来四望。山丘下的明孝陵及两公里外的中山陵，一派苍绿。孙文、朱元璋，一个推翻了帝制的人，一个热爱帝制的人，分别睡在两处山脉之巅，风声和流水在两者之间似断实连。游人不知道这两个人睡姿的区别、两座陵墓的区别，但我知道，这两个人都是内心不平静之人、胸怀万间广厦的人。

我是小人物，无雄心壮志。帮母亲和妻背旅行包、提茶壶、照相，就有成就感和幸福感。她们在梅树下动情、动心。妻名字中有“石”字，性格中含了坚毅，遇到这些云霞般的花朵，也柔软得像山丘春泥。她和我母亲的关系，在满山梅花里达到新高度：评价两棵树的差异，商量穿过山丘的路线，协调合影时的立场，指导我仰拍、俯拍时的角度……南京梅花参与到一个家庭的生活了。

妻要为我和梅花合影，我疑虑：“男人在花丛里拍照，有女性气啊。”她说：“梅花不是别的花。你站那一棵干枝梅前吧——枝条硬的梅，英俊！”以一棵英俊梅树为镜子，我看到自己的尘俗和软弱。

在中国，关于梅花，有无数名诗名篇名画。或许与汉民族长期处于低温的生活有关——坚持让人性在低温中保持光彩和暗香。显然，在南京，这样一个充满失败感、创伤感、遗址感的六朝古都，荷花、牡丹不宜大规模生长。在南京遇到梅花、牢记这年年来去之梅花，合适，必需。

“只要想起一生中后悔的事/梅花便落满了南山。”诗人张枣写下这一名句，也过早凋落了。梅花与后悔有关，这是他的发现。穿过梅花山，几朵梅花落在头上，我暗自在后悔什么？

在秦淮河附近一家旅馆的便笺上，写了几行句子：

梅花山的梅花开了：
粉红、朱红、淡黄、金黄、绿、浅绿、白……
一棵梅树的花期也是另一棵梅树的花期，
像一个人就是人海。
在满山花香里闻到自身狐臭气——
我内心藏着一只、两三只狐狸？
山坡上成群结队的游人和悲伤，加强春意和失意。

片石山房的月亮

扬州慢，时间在扬州园林里慢下来，
叙事和沉思在繁复的细节里才会减速，半日可抵百年——
何园，何芷舠的园子，一个晚清重臣的园子。
从快，退隐到慢，从庙堂退隐到片石山房，
以乱石模拟山川，池塘隐喻江湖，石缝间一处孔穴和光
合作完成池面上一轮白昼的月亮——
一个归人的白日梦、心脏病？

这是我游荡扬州两日后写下的诗作《扬州慢》中的一节。

晚清湖北按察使、江汉关监督何芷舠，在四十九岁时急流勇退，购入片石山房并用十多年时间建成这一私家园林——何园。如今成为与个园齐名的“晚清第一园林”。

中国园林，南北有别。北方园林格局阔大，喜红黄二色，似官服，似官方报纸套红标题，平铺直叙。南方园林大都因占地面积有限，须叠石、筑楼、曲廊，方能移步换景、摇曳多姿，像用不多的

词汇、不长的篇幅来写诗，必须让语言在不断转折中凸显深意。白墙黑瓦，如园林主人知白守黑的信条——知白昼之繁嚣，守黑夜之静幽。何芷舠，就是这样一个厌倦了晚清宦海，把何园当成春夜春梦的智者。

“舠”，刀子一样的小船，停泊在何园一角用瓦片铺就的“浪花”上，成为“船厅”。何芷舠与小妾斜卧其中，喝茶、听雨、读书，想想李鸿章、左宗棠们正乘风破浪或逆水行舟，嘴角就微微露出一丝嘲讽。他并非彻底熄灭人间烟火气的隐者雅士，天井地砖上用卵石铺就的图案，泄露隐秘内心：凤凰在梅花鹿脊背飞翔，暗示“俸禄”；花瓶中插着三把剑戟，兆示“平升三级”。善于使用隐喻，是中国士人的特点，无论言情叙事，都需要歪打正着一般的修辞能力。何园，是何芷舠的一阕《扬州慢》。

它更像复调叙事，结构、语言、内涵，矛盾而多元，众声喧哗，非单一旋律的奏鸣——何园中央悬空的两层复式回廊，被建筑界誉为“城市立交桥”的雏形和模型，可供主人、来宾、女眷、仆从，分层次、分区域有序流动，提升空间利用效率，维护众多居住者各自的私密性。房间内的佛像、香炉、日式拉门、法式壁炉、油画架、百叶窗、西洋歌剧唱片、太师椅、沙发、山水画、黄酒作坊……叙述着晚清时期中西杂糅的一种生活方式。多年后，何芷舠移居上海，耗尽财力创办持志大学（上海外国语大学的前身），培养翻译家、外交家——这是一种出人意料而又合乎逻辑的复式小说结局。

我更喜欢把这个园子称为片石山房，因它与苦瓜和尚、清初画家石涛有关。

石涛也是复调的人。原名朱若极，生于明末皇族世家，十岁时明亡、家人罹难，成孤儿，被太监背着逃出华丽宫阙，剃发修行，改名石涛。在寺院习禅、画画，尤爱在敬亭山、黄山一带漫游，手摹心追，“搜尽奇峰打草稿”，创造出湿墨笔法：将一张空白宣纸弄湿，再施行笔墨，如雨后旷野浮现奇山异水。与同一时代的八大山人齐名。受到两下江南的康熙接见，跪拜于扬州运河边码头，呈上《海清河晏图》。还俗，娶妻生子，卖画养家。死后葬于瘦西湖边蜀冈，成为奇峰之上的一地青草。矛盾，多元，一言难尽。

在扬州，石涛用画卷和石头安顿身心。片石山房，是石涛用片片石头作为笔墨层层堆就的立体山水画卷：一道白墙如宣纸，白墙前一方池塘，“池上有太湖石山子一座，高五六丈，甚奇峭”（清人钱泳《履园丛话》）。细细端详这一脉蜿蜒仅百余丈、石头顶端旧色如积雪的“寒山”，山峰形势与石头纹理相一致，实践石涛的笔墨理念：“峰与皴合，皴自峰生”“一峰突起，连冈断堑，变幻顷刻，似续不续”。想象石涛当年，大约一块石头一块石头地观察、选择、搬动、叠放，如同把种种块垒、积郁一一搬出内心，来接受风雪淘洗，终成为山水自然的一部分……

雪老千山。在片石山房生活或游走，就处在弥天寒意里了。一件传世之作，成为石涛和一个时代的化身。

在这一带“寒山”之巅，石涛有意构造出一个圆形缝隙，助天光穿过，在池面上造就一轮白昼的月亮——沿池塘，慢慢走，随角度的转换，可看到这轮虚拟的月亮在变幻盈缺，从新月、满月到残月——像石涛的心、何芷舠的心，悲欢离合，阴晴圆缺，安详、战栗、梗塞。

复调的月亮。复调的片石山房。

山房一侧矮墙开设一方形空口，如铜镜，透漏出矮墙那边的梅花、牡丹、芍药、槐花、桂花等等依序开放而后凋败的花朵——镜中花。一种隐喻。

石涛与曹雪芹的祖父、江宁织造曹寅关系密切。清廷在南京、苏州设置的多个织造府，负责向紫禁城输送丝绸布匹，又暗自作为皇帝的情报机构，搜集江南资讯动态，防范统治风险。所以，曹寅与石涛的话题比较复杂，不仅仅是琴棋书画、蜜桃苦瓜。扬州，这样一个在宋元、明清改朝换代之际屡屡蒙难的烈女般的城市，大约也是曹寅、石涛的一个重要话题吧。可以谈“春风十里扬州路”（杜牧），但回避“烽火扬州路”（辛弃疾）？

曹雪芹或许来过扬州，看过祖父监督校刻、印制的《全唐诗》，在片石山房看过那一带“寒山”和白昼的月亮。《红楼梦》中多处写到叠石假山构成的园子，像片石山房。《红楼梦》也可被看成一部中国最早的复调小说，由人物、叙事者、隐含作者之间的矛盾构成的复调，由主旨的多元而构成的复调，像片石山房，像这个以片石山房作为核心的何园。

清末民初，画家黄宾虹作为何芷舠的亲戚，屡屡居住于此，以片石山房为师，揣摩石涛笔意，却误以自己收藏的石涛真迹换来张大千模仿石涛的伪作。张大千痴迷于石涛，大量仿作已借石涛之名存世。片石山房唯一，白昼的月亮唯一，不可模仿、流通、私藏。

片石山房建于清初，何园扩建于晚清。在上世纪六十年代成为一座废园，重修于八十年代末，游客如云。

三百多年来，园子主人次第浮现而后消失，但毕竟留下一个园子，作为他人追忆、怀想一段旧光阴的路标。我出生于中原的那个清寒院落，已成为田野。我现在所居的上海市区一座房子，某日也许会写上“拆”字。

或许，镜中花、水中月，才是这红尘俗世的真正主人。你、我、他，皆为过客游客，欢会少，缘分浅。

忽想起杜甫所写过的三个字：无家别。

西湖记

一

写西湖，危险，会因才气匮乏而落入俗套的危险——像吴敬梓笔下的马二先生，沿西湖一路吃喝、看“一船一船乡下妇女”，最后，坐湖边山顶眺望左右一江一湖，想起《中庸》里一个句子，就草草了结游程。

但我本来就不是杰出的写作者，写西湖的危险性反而降低许多。人是万物的尺度——我用肥胖的自身这把浮夸的尺子衡量西湖，或许也能量出意外的一角长天阔水。像西湖旁边绸缎布店内的木尺，春夜里也能隐秘开放几朵花、几只蜜蜂，衡量出三四寸的暗香春风。

西湖有万种风情，是古典的、当下的、人们的、我的、艳的、淡的、冷的、热的——“我认为我写了一种西湖，它就像在越来越难以把西湖当作西湖来生活的时候，献给西湖的最后一首爱情诗”。仿写卡尔维诺关于《看不见的城市》的访谈录中一句话。

所谓诗，“就是那尘埃给工人的东西，肉给屠夫的东西”（阿米亥），也应当是湖水给舟子的东西。我既然反复从上海来西湖乘舟游荡，就没有理由回避西湖，像一个工人、屠夫、舟子，没有理由回避尘埃、肉、湖水——

一支笔模仿一把西湖之桨去写，应该能献上半纸桨声、满身灯影吧。

二

面对西湖，必想起《西湖七月半》《湖心亭看雪》，这是明末清初文人张岱献给西湖的两首爱情诗。

《西湖七月半》。写初秋西湖种种人物行状。“西湖七月半，一无可看，止可看看七月半之人。”人分五类：“名为看月而实不见月”的达官贵人，“身在月下而实不看月”的名娃闺秀，“亦在月下、亦看月而欲人看其看月”的名妓闲僧，“月亦看、看月者亦看、不看月者亦看而实无一看”的市井之徒，“看月而人不见其看月之态，亦不作意看月”的文人雅士——这最后一类人中有张岱。待其他人散入城门内万户千家，西湖寂静，明月高悬，“吾辈纵舟酣睡于十里荷花之中，香气拍人，清梦甚惬”。

我自上海去杭州看西湖，那五类人仍在。当然，“名妓”已无名隐形，“闲僧”正忙着用手机炒股、发微信。我大约属于“市井之徒”一类？走，看，想，与西湖有关的前尘旧梦散漫涌上心怀，却无一字能写，似乎所有感喟都被张岱以及更早的白居易、苏东坡、杨万里等文人写尽。他们属于张岱笔下第五类人，越朝迭代，欢聚同醉，散乱共眠于荷花丛中的轻舟内——我若作为舟子或书童在旁边侍奉，也是好的。目前，荷花十里依然，明月依然，但纵舟酣睡于荷香清风之古景，不复存在。

《湖心亭看雪》。湖心亭如今需购门票才能乘舟上岛，且夜晚禁入。只能回想张岱文字中曾经发生的著名一夜：

> 崇祯五年十二月，余住西湖。大雪三日，湖中人鸟声俱绝。是日更定矣，余拏一小舟，拥毳衣炉火，独往湖心亭看雪。雾凇沆砀，天与云、与山、与水，上下一白。湖上影子，惟长堤一痕，湖心亭一点，与余舟一芥，舟中人两三粒而已。
>
> 到亭上，有两人铺毡对坐，一童子烧酒，炉正沸。见余，大喜曰："湖中焉得更有此人！"拉余同饮。余强饮三大白而别，问其姓氏，是金陵人，客此。及下船，舟子喃喃曰："莫说相公痴，更有痴似相公者！"

张岱笔下雪夜，使我所经历的一切雪、一切夜晚黯然失色，让我所有的文字乏善可陈。只能幻想在深夜里拥抱皮肤雪白的女子，让她西湖般卧着，"上下一白"，唯长腿"一痕"，嘴唇"一点"，我手"一芥"，手上老年斑"两三粒而已"……趣味鄙俗。

我有缺点，为了能够与张岱交往。他说，"人无瑕疵不可交也"。

我需要把这些老年斑一样的缺点、瑕疵，改造为雕花木窗，为体内引进一缕湖光山色、鸟声荷香。

三

由《西湖七月半》《湖心亭看雪》等七十二章文字构成的《西湖梦寻》，是一部西湖传，文字古雅活泼，适合上床睡觉时握着，由其指引入梦的路径、旧生活的方向。

张岱，少年生活华丽、放纵。晚年失色，砚台缺角，灶膛缺柴，家国缺亲人旧臣。寓居杭州，张岱回忆前尘往事若苍狗白云。幸有西湖仍在。半湖荷叶热风里，满城桂香月色中，足以安顿失败之人。

西湖有收留失败者的传统，如岳飞、张苍水、秋瑾、徐锡麟等等，因壮烈而失败，埋骨于此，山水与人一并由阴柔而臻壮丽。

失败、丧失，使一个人成为诗人，在言辞中恢复力量和存在感，比如秋瑾，“秋风秋雨愁煞人，寒宵独坐心如捣”。

今天，西湖晚钟依旧如秋瑾的心，一声一声，捣捣捣。

四

苏小小墓，西湖边最早、最醒目、最热闹的墓。一个最先热爱西湖的女子，被诸代才子所思慕。这个青楼女子，因其澄净如湖水的爱，而消弭了风尘感，成为风景。

传说，苏小小乘油壁车在西湖游春，遇一书生骑青骢马而来，名“鲍仁”。苏小小倾心，资助鲍仁进京赶考。小小因风寒而香消玉殒。名成功就的鲍仁归来，痛哭，将其遗骨隆重下葬于西泠桥畔。

苏小小墓上筑有“慕才亭”，像才子为佳人张开雨伞、外衣？西湖收留烈士隐士，亦怜惜有情有义之人。西湖周围那么多墓地，像一大群孩子，偎依着柔情如水的母亲，睡去。

我坐慕才亭下，避雨、咳嗽，姿态像心痛咳血的才子鲍仁，但没有一匹青骢马和万丈才情。我想在李渔写于西湖的《同窗记》中与祝英台携手到附近万松书院读书，但没有蝴蝶的美艳、梁山伯的轻盈。

我肥胖、凝滞，只适合在西湖边走走，在这纸上说说。

五

孤山立于西湖一角，孤立，像孤傲出尘的雅士。梅花依旧像艳丽的妻，北宋、林和靖、鹤，已模糊如一卷水墨册页。

把西湖看成宣纸、湖心岛看成镇纸、白堤看成毛笔，林和靖作画题词，想不著名都很困难。“疏影横斜水清浅，暗香浮动月黄昏。”皇帝在皇城里遥遥闻到了孤山梅香，就想请林和靖到汴京做官。林和靖拒之。一个隐士名动天下，让林和靖有些羞惭和不安。

驾小舟，林和靖屡屡访问西湖周围诸寺庙，与诗僧酬唱不归。每有客人来访，书童只能纵鹤放飞，林和靖见鹤飞如同今人见手机短信，即扬桨归来。此时，西湖只有白堤。苏轼和苏堤还没有在这个世界上出现。

如今，孤山并不孤寂，山间摩崖繁多，皆为后人篆刻笔迹。孤山也成为西泠印社所在地，吴昌硕、李叔同、黄宾虹、丰子恺、吴湖帆、赵朴初，或许想借得林和靖的暗香疏影，来为刻刀、笔墨增添一缕遗韵。游客徘徊，如立雪程门的虔诚弟子，等待门内沉睡的大师醒来，教导如何在纸上、在人生中留白，像孤山留残雪，梅枝留清寒。

孤山对面隔着荷塘的南山路，建立着中国美术学院，很合适。其前身为民国时期的国立杭州艺专，校长是林风眠。

风，从湖面、荷塘过渡到南山路，就被自身的香气熏得沉沉欲眠。

六

白堤、苏堤，两行著名的唐诗、宋词，并列呼应。作者：白居易、苏东坡。两个诗人次第而来，以诗人的立场、想象力治理一座城市，政绩斐然。

白堤有断桥。断桥不断，桥与倒影进行心脏搭桥手术，挽救因多情而心梗的一座桥、一个心脏——白娘子的心脏。雨天，游客过断桥，男人们幻想自己是即将发生一场艳遇的许仙，女人们期望遇到比许仙稍微深情的少年。湖对岸，雷峰塔在纪念一种可能或不可能的爱情——或许正因其处于可能、不可能之间，爱情才成为爱情？

苏堤两侧植满垂柳。春天，柳条密集倒映湖面，像热爱、赞叹苏堤这一行诗的阅读者，用铅笔在苏堤下画了一条粗线——蜿蜒两公里的一道笔迹，暗绿，荡漾。

西湖以南，山中古寺繁多，东坡的诗僧友人众多，如佛印。佛印好吃，常于三餐时分去东坡家访问，吃，斗嘴。一天，东坡邀远道而来的黄山谷夜游西湖。湖上，东坡对山谷说："今晚我们乘船在湖中央喝酒吟诗，佛印无论如何也来不了啦，哈哈！"二人即景对句。东坡："浮云拨开，明月出来，天何言哉？天何言哉？"山谷："莲萍拨开，游鱼出来，得其所哉！得其所哉！"船板下忽然传出佛印声音："船板拨开，佛印出来，憋煞人哉！憋煞人哉！"三人大笑。

是夜，明月端坐中天，如一尊佛。月色如经文，印刻于宣纸般的湖面。

七

尤爱东坡其文其人。

东坡谈作文之道，有两个比喻：

第一，好文章“如釜上气”，蒸腾（显然源自他热爱做饭、酿酒、研制“东坡肉”“东坡肘子”之世俗经验）；

第二，好文章“如行云流水，初无定质，但常行于所当行，止于所不可不止，文理自然，姿态横生”（大约源自他的人生经历，反复入仕、流放，次第越汴州、杭州、密州、徐州、湖州、黄州、常州、杭州、颍州、扬州、定州、惠州、儋州、常州，一路如行云流水或冻云寒水，终止于常州——行于所当行，止于所不可不止）。

作文即做人，做人亦应“如釜上气”，蒸腾内心气象；亦应“如行云流水”，自然而然，顺势而为，不拘泥，不苟且，不穿凿，不落俗套。“须信此翁未死。到如今凛然生气。吾侪心事，古今长在，高山流水。”这是辛弃疾追慕陶渊明的句子。东坡亦以陶渊明为师，作文做人风格酷似陶翁：自然与真。须信陶翁、东坡未死——西湖也是桃花源？

东坡因迁调而两度与杭州发生关系，前后共五年光阴。疏浚西湖，以湖中泥草构筑而成苏堤，堤上设六桥沟通湖水，湖水中央竖立三个小石塔测量水位，由此形成“苏堤春晓”“三潭印月”两帧风景。苏堤从此一年四季定格于春日晓色，而三潭在白天也荡漾月光？除了春晓和月光，什么都不再去爱了，苏堤、三潭像决绝的恋爱者。

东坡在杭州爱了一个懂得他有“一肚子不合时宜”的王朝云作为侍妾。他一辈子爱的三个女子都姓王。十多年后，朝云在惠州留下幼子，死去——“花褪残红青杏小”。惠州也有西湖，像杭州西湖的纪念品。东坡心痛不已。杭州给他一个女子，他给杭州一道苏堤、一首诗：“水光潋滟晴方好，山色空濛雨亦奇。欲把西湖比西子，淡妆浓抹总相宜。”无论晴雨，苏东坡都能怡然面对。这首《饮湖上初晴后雨》，暗通于黄州时期他所写的《定风波》一词：“回首向来萧瑟处，归去，也无风雨也无晴。”

东坡屡屡遭贬，从而与长江（黄州）、西湖（惠州）、南海（儋州）发生关系。与水发生关系，就成为水一样的智者：长江般随物赋形、西湖般澄静、南海般兼容广阔。黄州、惠州、儋州，以晴、雨、水，给了我一个兄长般通透敞亮的伟大诗人。其文章常常出现“人生如寄”四字——他把自己的爱与眷恋，寄托于后世今人，用马、小舟、赤壁之夜横江东来翅如车轮的孤鹤，作为邮箱、邮差……

东坡文章被称为“苏海”，我的文章如汗滴，尴尬、紧张、惭愧不已的汗滴。我想成为张怀民，让东坡在失眠之夜来承天寺敲我的门，“相与步于中庭。庭下如积水空明，水中藻荇交横”。我想成为子由，东坡在若干驿站之间来回几十里反复互送、牵挂的那个弟弟子由：“丙辰中秋，欢饮达旦，大醉。作此篇，兼怀子由。明月几时有，把酒问青天……”

在西湖，我有明月、酒、青天，作此篇，兼怀东坡。

八

西湖在东坡消失之后的南宋时期得以成名。

柳永《望海潮》一词写尽杭州之美：“东南形胜，三吴都会，钱塘自古繁华。烟柳画桥，风帘翠幕，参差十万人家……有三秋桂子，十里荷花。”金主完颜亮读罢神往，生发出投鞭渡江、立马吴山之志。隔年，六十万铁骑南下攻宋。北宋化名为南宋——难以为宋。

把江山丧失、家国沦陷的责任推卸于诗人，是诗歌的耻辱还是光荣？一个沉醉于创作北宋流行歌曲并由歌妓们痴迷传诵的才子，是西湖的情人还是仇人？

柳永之后，诗人林升来西湖，作《题临安邸》：“山外青山楼外楼，西湖歌舞几时休？暖风熏得游人醉，直把杭州作汴州。”如果大雪落满西湖，就能惊醒、振作那些南逃而来的汴州人？临安，临时安全而已。据说，当时的国民生产总值占据世界总量的百分之八十，其懦弱也占据世界总量的百分之八十？

林升在一个小旅馆墙壁上泼墨题诗，《题临安邸》成为咏叹西湖的诗词中的异类、不和谐音。青山、楼台、歌舞、暖风本无罪过，罪在“游人”？我是当代游人，出生于汴州一带的中原人，在湖边，心虚复脸热。

但乡亲岳飞之墓在此。有岳飞在，就能坚持沿湖走下去。我用河南土话读“三十功名尘与土，八千里路云和月”，应该和岳飞音调相同。“满江红”这一词牌属于岳飞，属于壮士悲心。软弱的人、格局狭小的人，适宜写《烛影摇红》《念奴娇》《踏莎行》一类词牌。岳飞墓背倚栖霞岭，很合适——霞光栖息。

今天的杭州话隐约夹杂中原方言。街头小吃店食谱中，面食的比例不低于河南。一座模仿汴州的城市，一种仿写。像宋徽宗赵佶创造出“瘦金体”，在枯涩宣纸上去仿写脱水了的繁花锦绣。

赵佶后来被金人囚禁，亡，埋葬于洛阳附近。瘦金体一样的遗骨，由金、南宋达成协议，移葬于绍兴僻静一角，而没有被埋于西湖——这是赵佶之子宋高宗赵构的明智之举。

九

清晨，傍晚，南屏山净慈寺内的钟声两度回响湖上，形成一种对称感、仪式感。

济公曾经每天在这座寺内制作钟声。一个破衣烂衫、游走民间、济困行善的癫狂僧人，在干净、慈祥的寺庙内打钟，很合适；面对喧嚣众生，打钟、唤醒，有必要。

威尼斯人马可·波罗在游记里写到西湖晚钟。他用很长篇幅描绘元初杭州风土人情，写到西湖，笔调尤为沉醉。南宋覆灭之前，元军骑兵在杭州郊区驻扎数日以求达成协议：和平进入临安，不屠城，从而使马可·波罗得以看到继续繁华的人口已达一百万的东方水城。当代学者质疑马可·波罗来过杭州，甚至认为他并未到过中国，他的种种描写来自波斯商人的旅行手册及想象力。也就是说，他可能梦游杭州和南方中国。

卡尔维诺小说《看不见的城市》以马可·波罗为主人公，向忽必烈讲述他游历过的那些“看不见的城市”，如迪奥米拉、伊西多拉、扎伊拉等等与记忆、欲望有关，轻盈、连绵、隐蔽的五十五座城市。没有提到杭州。杭州是一座看得见的城市，不玄幻，实在，有烟火人间的暖意、清凉和忧伤。

现在，西湖边有马可·波罗和一匹马，定居在铜质雕塑里。用铜来克服虚无，把一个热爱做梦的西方人印证于现实中的西湖。他也许在回味卡尔维诺代表忽必烈在《看不见的城市》中提出的疑问：“你是为了回到你的过去而旅行吗？或者说，你是为了找回你的未来而旅行吗？”他回答：“异乡，是一块反面的镜子。旅行者能够看到自己所拥有的何等少，而他所未曾拥有和永远不会拥有的，何等多。”

西湖也是一块反面的镜子，让马可·波罗、我、周围游客，看到种种的少和多。因这种种的少和多，游客们埋头沿湖疾走，如同市场上、官场上、情场上的抢购者、奋发有为者、排斥异己者，去摆脱那些少，争取那些多。停下脚步，看湖面波纹，脸上就蔓延出层层皱纹、重重疑虑。在这块反面的镜子前，一个拥有大量隐痛和暗疾的人，需要裹紧内衣和嘴唇。

马可·波罗在游记里反复把杭州称为“行在”——且行且在。南宋政权坚持把汴州称为“京师”。杭州、临安，不过是临时安放身体和灵魂的驿站。南宋，也是一个游人，为回到北宋而努力在时间中旅行。当然，这是一次失败的旅行，旧梦益少新悲多。

净慈寺晚钟，铁嘴唇的晚钟，声声慢，说满城风云灯火，说一个看不见的杭州。

十

胡雪岩出现于西湖，在晚清——晚晴？暴雨来临前的短暂晚晴。

一个学习做生意的徽州钱庄小伙计，接受算命者的指引，“利于向东行，止于有湖水的地方”，就懵懵懂懂来到杭州。

在西湖的有力推动下，这位与左宗棠联手合作的晚清红顶商人，涉足粮食、房地产、医药等多种行业，深度游走于宫廷和江湖，广泛交通于洋商、土豪，富可敌国，服黄马褂，像今天某些积极参政议政的董事局主席、总裁。

胡雪岩故居离西湖很近，形制朴素，内涵奢华。家人早已消失，游客涌动其中。爱西湖，他把家建在湖边。面对西湖，他不会像马二先生那样想起一堆无用的名句。听鸟叫像钱庄内算盘声，看月色里波光细碎闪动如白银——西湖酷似大银库。胡雪岩故居一角，有暗道通往地下小银库，像隐秘的小西湖。

竞争、鼎盛、衰败，似乎是所有成功者的三部曲。晚年，胡雪岩在市场和官府间被撕裂。潦倒。西湖边这一豪宅被典当于他人，院子深幽处栖息的女子风吹云散。想起“情深不寿，强极则辱”八字，金庸《书剑恩仇录》中的句子。我的确像马二想起《中庸》那样，愚拙，无用，属于“知道分子”而已。

夜深人静，失眠、失神、失势的胡雪岩，屡屡步行至西湖。晚年一轮明月下，细碎闪动的波光仅仅是波光，西湖依然是西湖自身，而他已经不是初到杭州时的那个少年。

二〇〇三年，西湖进行过历史上最浩大的疏浚工程。排出湖水之后的淤泥暴露阳光下，考古队从上到下挖掘出种种遗存，构成一部由近而远的断代史——矿泉水瓶、手机、塑料花、传呼机、硬币、毛泽东像章、红缨枪、匕首、剑、手枪、中华苏维埃银元、“袁大头”银圆、孙中山银圆、黎元洪徐世昌曹锟段祺瑞纪念币、光绪元宝、宣统元宝、大清银圆、崇祯通宝、皇宋通宝……

胡雪岩所在时区，应该对应于断代史中“光绪元宝”这一章节吧。

“胡庆余堂”在当下江南街肆依旧可见，胡雪岩建立的这一中药品牌，与北方“同仁堂”遥相呼应与竞争。湖边清河坊街上的胡庆余堂内，顶天立地的中药柜刻满药材名字：半夏、地黄、当归、莲子、瓦松、大戟、夜合、决明、六月雪、天南星、鸟不宿、无名子、寒水石、大飞扬……药名如诗，以寒、热、温、平四种性能，泄寒积，解心热，除风湿，通关窍，清肝肺，定魂魄，以毒攻毒，借力打力，在废墟般的身体内重建秩序和生机。世事不定，本草永恒，贯穿一部断代史，试图让且断且残的时光疗伤祛痛——

江南盛行汤药。西湖，就是一个煮药的土陶罐，让失败、失意、失利的人们，饮，安顿自我和身心。西湖之下新开辟的西湖隧道，有地铁、车流隆隆作响，如同火焰在加热、煮沸这一巨大药罐？

“用现实医治现实。”（阿米亥）

十一

辛亥革命者、时僧时俗的诗人、情痴、酒徒、画家苏曼殊，凉悲而又热狂。灯下看剑，杯中伤心，美人胸前题诗。生于横滨，长于广东，把西湖当成可以依恋的亲人、情人。《忆西湖》：“春雨楼头尺八箫，何时归看浙江潮？芒鞋破钵无人识，踏过樱花第几桥？”苏曼殊曾试图自杀以警醒国人反清：“易水萧萧人去也，一天明月白如霜。”这是情诗，致西湖家国。后病亡，年仅三十七岁，埋在西湖苏小小墓附近，这是他的本意还是天意？据说，有很多绝望的男女一双一双去他墓前殉情。

非凡之人必有非凡之情，对称于非凡之西湖。

自宋、元、明、清而至民国，岳飞、于谦、张苍水、秋瑾、徐锡麟、章太炎、苏曼殊等等烈士、秋士，次第长眠于此，使西湖柔美表象下蒸腾出霜风剑气。张苍水有诗：“国破家亡欲何之，西子湖头有我师。”其师者，岳飞、于谦也。而今，他们一同在西湖边清醒地沉睡，构成汉家子孙的精神导师。以西湖为教室，有几人能在这里毕业成才？

欲把西湖比西子，且把西湖比西风。

一九七一年，京剧老生盖叫天遭磨难死于杭州，葬于西湖以南的山间。一个热衷于演绎武松一类壮士的京剧老生，与武松墓比邻长眠，也算极大安慰。我猜测，夜深人静，盖叫天或许在西皮流水般持续不息的西湖流水、京胡般紧拉慢唱的断桥、铜锣般哐然惊天的圆月面前，触景生情，一吟三叹：“且把西湖比西风，浓情淡语总相宜。”

西子之骨为西风，三千越甲可吞吴。

存在一个看不见的西湖。

十二

西湖“山外山”餐馆，有经典菜“西湖醋鱼”。西湖鱼，通过醋，携带西湖进入游人的肺腑肠胃，化解酸楚。旅行社导游的小旗帜在餐厅飘扬，南腔北调飘扬。

餐馆背景音乐轻轻回旋——童声合唱《送别》：

> 长亭外，古道边，芳草碧连天。晚风拂柳笛声残，夕阳山外山。
>
> 天之涯，地之角，知交半零落。一壶浊酒尽余欢，今宵别梦寒。

歌词作者李叔同，抒情对象即西湖景色与况味，创作于他任教浙江第一师范学校期间。一个西湖热爱者，自上海来杭州教授音乐和美术。此时，其同学、朋友正在上海滩挣大钱：涂画月份牌、美人图、戏台布景，或傍富婆、当买办。

浙江一师美术教室里，李叔同指导少年丰子恺，如何观察裸体模特肌肤上光线的变化。抬头，窗外，西湖上依稀呈现出一种圆满前景。在西湖边画水彩水墨是合适的。在画卷般的西湖边转身、遁世，是合于逻辑的。西湖自古以来就是送别之地，送别鲍仁一样的才子、苏小小一样的美女，送别往事和自己。

李叔同成为弘一法师，去西湖以南山中的虎跑寺，焚香诵经。因来访者太多，终移居泉州修行。他与苏曼殊曾为友人，先后踏上参禅之路，但性情与去向迥异。苏曼殊心系红尘的绚烂激烈，弘一则神通于佛境的枯淡清明——天心月圆人间寂。圆寂后，部分灵骨与舍利，代表弘一回到虎跑寺安息。

与西湖为邻就是与雄壮、凄丽为邻，就必须接受湖水对一个人、一种灵魂的审视和追问。悲欣交集。

“山外山”附近有“楼外楼”，同样食客云集，同样价贵，因窗外西湖秀色可餐而产生价值。徐志摩坐在“楼外楼”里喝酒、痛苦，看西湖波光如陆小曼眼波流转，写《爱眉小札》：“前晚在杭州，正当雪天奇冷，旅馆屋内又不生火。下午风雪猛厉，只得困守”，也不忘去灵峰探梅，坐在轿子里，“脚冻如冰，手指也直了”。“水潭浮红涨绿，俨然织锦，阳光自林隙来，附丽其上，益增娟媚。”

徐志摩身体外一个西湖，身体内一个西湖。陆小曼，或者说小眉，时冷时热、阴晴不定，最终浮红涨绿地淹没徐志摩。在西湖边写情书会有灵感绵远而至，因为周遭溪山无际，但也难以掌控恋爱结局——山光水色能够美化情人、促成爱情，但离开西湖，回到现实，种种裂痕就难以掩饰。西湖本身就是一个看不见的裂痕，洋溢看不见的痛楚。

鲁迅看到西湖之痛。“平楚日和憎健翮，小山香满蔽高岑。坟坛冷落将军岳，梅鹤凄凉处士林。”这是他《阻郁达夫移家杭州》一诗中的句子。鲁迅阻止郁达夫，未果。他木刻刀子般的眼神，看到了西湖的冷和凉。

郁达夫与王映霞，徐志摩与陆小曼，戴望舒与穆丽娟，过西湖，各奔东西。

西湖——惜乎？一壶浊酒、一湖浊酒，尽余欢。

十三

杭州城通往西湖有万千小巷，类似万千溪流注入湖中，其中一巷，广福里，就是戴望舒名诗《雨巷》中的“雨巷”。戴望舒曾经“撑着油纸伞，独自彷徨在悠长/悠长又寂寥的雨巷，/我希望逢着/一个丁香一样的/结着愁怨的姑娘”。

我多次独自彷徨在这条巷子，揣摩戴望舒的步态和心境。巷子里没有雨，没有愁怨的姑娘和丁香，只有杭州其他巷子里大同小异的时尚女人和香水气，并不显得寂寥和悠长——因为我手中没有一把油纸伞？一旦撑起油纸伞，旧情前欢就随风雨扑面而来，在这油纸伞构成的一个圆锥体、纸质的小世界里。

更喜欢他的另一首诗《我用这残损的手掌》，狱中题壁。他用曾经撑着雨伞的残损手掌，抚摸被列强践踏的地图。这地图包含杭州、西湖、广福里、“丁香一样的结着愁怨的姑娘”。一首情诗，献给被伤害、被侮辱的故土大地。

广福里直通西湖一角荷塘。在这里，我看过各季节的荷叶，尤其是深秋半枯的荷叶，令我动心动容——像油纸伞，像残损的手掌，湖水下有莲藕般的断肠忧思。

十四

儒学大家、诗人、鲁迅的同乡同代人马一浮，早年游学美日，学贯中西。后隐居西湖边的蒋庄。刻经，读书，作诗，弹琴，写字。弘一法师、丰子恺来了，熊十力、梁漱溟来了，周恩来、陈毅来了，把盏言欢满庭芳……

一九六七年，庭院里两棵高大的玉兰被烧焦，毛笔折断，砚台摔碎，大量书画珍品被撕毁。马一浮胃部大出血，去世。

蒋庄周围，如今是西湖景点“花港观鱼”。荷花下热烈游荡的鲤鱼身上，斑斑点点鲜红如血。我想起马一浮的胃。

马一浮在西湖边书写：“古之所以为诗者，约有四端：一曰慕俦侣，二曰忧天下，三曰观无常，四曰乐自然。诗人之志，四者摄之略尽。”西湖今古多少事，似乎也涵括于马先生所言四端。

在西湖边容易成为诗人，但成为一个杰出诗人的难度反而加大。

十五

无数诗句、面孔联系于西湖，像一滴滴湖水难以计数——

“接天莲叶无穷碧，映日荷花别样红。”杨万里。

“小楼一夜听春雨，深巷明朝卖杏花。”陆游。

“飞红若到西湖底，搅翠澜、总是愁鱼。”吴文英。

“旧时月色，算几番照我，梅边吹笛。……千树压，西湖寒碧。”姜白石。

“画舫西湖载酒行，藕花风渡管弦声。”王阳明。

“落梅风里经声远，修竹阴中梵响迟。饭罢松窗重回首，夕阳花坞下山时。”钱谦益。

“贫以墓田归北阮，老将诗骨葬西湖。”李渔。

“湖光开潋滟，临幸及芳时。浅翠堆山色，轻香拂水湄。”康熙。

“雨余红意敛，风定黛痕长。妾请学西湖，今朝是淡妆。”袁枚。

“画罗纨扇总如云，细草新泥簇蝶裙。孤愤何关儿女事，踏青争上岳王坟。”黄任。

“谁把长桥短桥月，谱入吴娘《暮雨歌》。”厉鹗。

“凄凉白马市中箫，梦入西湖数六桥。绝好江山谁看取？涛声怒断浙江潮。”康有为。

“山中岁月无古今，世外风烟空往来。”史量才。

“山前山后乱鸣泉，有人独立怅空溟。”徐志摩。

……

西湖诗会，穿越时光。“神交如共游。”

所有诗人都是同代人、同一个梦境里的人，欢聚一堂，围着“山外山”或“楼外楼”内的同一张桌子痛饮共吟。两任杭州市市长白居易、苏东坡做东领衔，诗人们联袂而行，沿长桥、断桥、孤山、三潭、湖心亭、九溪、西溪，游走，无限地欢欣、惆怅、伤心、孤愤、凄凉、空溟。

当然，老白、老苏在西湖写下的诗篇，最早、最多、最美好，应成为西湖诗人协会的会长、副会长，授课，立论。即便康熙，其诗作也因宫廷气而属末流，只能谦卑地走在西湖诗人方阵末尾处，遥遥眺望老白与老苏……

一种依赖语言来跨越种种藩篱、边界的美景，属于看不见的杭州。

印度诗人泰戈尔慕名来西湖，追上白与苏的脚步，高声大喊：“天空没有翅膀的痕迹，而我已经飞过。”苏东坡内心一震，转身，听完徐志摩的翻译，回应：“人生到处知何似，应似飞鸿踏雪泥。泥上偶然留指爪，鸿飞那复计东西。”两个长袍宽袖的人紧紧拥抱在一起。白居易站在旁边感叹：“不易啊不易……”

白居易、苏东坡、泰戈尔们携手踏过断桥和残雪，鸿飞东西。吟诵诗句的声音，隐隐转化为次年春天柳浪深处的莺啼……

我知道自己这样一个只会背诵或仿写名句的人，像马二，没有资格走在他们耀眼而必然的行列里，就远远跟着，无限惆怅与欢欣。

我，一个偶然，转瞬即逝。

十六

> 这西湖，乃是天下第一个真山真水的景致！且不说那灵隐的幽深，天竺的清雅，只这出了钱塘门，过圣因寺，上了苏堤，中间是金沙港，转过去就望见雷峰塔；到了净慈寺，有十多里路，真乃五步一楼，十步一阁，一处是金粉楼台，一处是竹篱茅舍，一处是桃柳争妍，一处是桑麻遍野。那些卖酒的青帘高扬，卖茶的红炭满炉，士女游人，络绎不绝，真乃“三十六家花酒店，七十二座管弦楼”。

吴敬梓在《儒林外史》中写西湖，写到像我一样的书生马二。一个“高考落榜者”，靠编印“高考作文模拟试卷”为生，西湖游，一路忙着吃各种点心、牛肉饼，喝茶，看“一船一船乡下妇女”。最后迈上湖边山冈，左望钱塘江，右看西湖，想起《中庸》，马二感叹：“真乃‘载华岳而不重，振河海而不泄，万物载焉’!”

少年时代，我经高考进入一所不知名大学，受挫感强烈如马二落榜。曾反复背诵的古典名句一类高考复习资料，仍支撑着当下内心生活。游西湖，好像也拥有马二那样饥饿的大胃、斜觑异性的眼神，辜负湖上风光。缺少独到的发现和言辞，就缺少独立的境界和命运。在同代文朋诗友聪明地让自己的笔远离西湖时，我大胆来写西湖。一个愚人的笔，因缺少竞争者而有可能赢得美人芳心?

如今，马二走过的“钱塘门”“金沙港”等等景观，已抽象为旅游地图上的地名、符号，往日景象渺然不可寻觅。幸而有“桃柳”“桑麻”，根据泥土和雨水，延续生机和媚艳。“一船一船乡下妇女”的后人，仍一船一船在湖面游荡直到夜晚，不知能不能遇到苏东坡、黄庭坚、佛印、马二等等有趣或乏味的人。

西湖游，我手捏矿泉水瓶子、三明治、手机，是一个升级版的马二?西湖周围的月色树林，在模仿儒林?树林以外的当代史，依然回旋着“学而优则仕”“致君尧舜上”“士为知己者死”“士不可以不弘毅，任重而道远”等等慷慨中正的句子……

在西湖，我曾从日暮一直坐到子夜，没遇到吴敬梓来谈心。我想和他讨论士、仕、失、诗、史这些字眼间的关系。我需要一个标准答案，以便化解现实疑难，像高考模拟试卷需要一个明确的阐释。我像马二。

十七

西湖与老虎、龙这些英俊物种有关。龙翔虎奔，如志士英雄们修齐治平。

据说，两只老虎从西湖开始奔跑，在山中驻足、刨地，虎跑泉便汩汩涌现；一条龙，自东海起身穿行于大地深处，在虎跑泉附近破土而出，耸立，成为一口井——龙井。虎跑泉、龙井配合茶叶，让全世界想起杭州，就会羡慕这座城市里生活在草木间的人、“茶”字中的人。

我属兔，没有老虎、龙的体态和奇迹，没有如虎似龙者的雄心和才华。集渺小、平庸于一身，像马二。多年来，在上海失魂落魄，就开车来杭州喝茶看云，把一簇簇游人看成云团，而不再是市场、情场、文场上的合作伙伴、竞争对手。沿虎跑路、龙井路奔驰——风从龙，云从虎。在奔驰中，间接体验一丝风云人物的快感、成就感、危险感、穷途末路感。

> 我心里处于一种芝加哥状态。模模糊糊觉得一种无名的空虚，心在扩张，感到一种难以忍受的渴望，灵魂的直觉要求表现自己，有些像服用过量咖啡因的那种症状。……人已经驱走了这片土地的空旷，而空旷的土地对人的回报只有善意。我们坐在这里，周围充斥美女、酒、时装、香水男子。

如果把美国作家索尔·贝娄《洪堡的礼物》中这段话里的“芝加哥状态”置换为“上海状态”，也成立。我就是上海状态中的人，“像服用过量咖啡因的那种症状”——

西湖龙井茶入肠，可抵御、缓解过量咖啡因带来的后遗症？

十八

屡屡自上海来西湖边滞留、喝茶。住过的地方有梅家坞、三台山、南山路、万松岭、湖滨路等等。树木茂密，草香袭人。

在湖边消磨时间最长的一次，有两周。数年前，为克服一场火山爆发般的内心危机，我以休假名义从上海消失，来西湖自省自治。关闭手机，面对西湖，喝茶，翻一本随身携带的《随园食单》，从口腹欢喜里回味世俗忧伤。

清代杭州文人袁枚的人生态度，就是随园中的“随”字。随，是水的态度，随物而赋形。不随、执迷，就危机四伏。袁枚，或者说随园，与东坡、李渔这两个也爱吃、善饮、依恋西湖的文人，酷似。仨文人湖边行，皆为我师。东坡、李渔、袁枚不知道咖啡因，不知道芝加哥、上海，但何尝没有体验过那种“像服用过量的咖啡因的症状”？那种笔墨、身体、灵魂与现实激烈摩擦后产生的疑难杂症，一代又一代遗传。袁枚通过《随园食单》给出药方：“七碗生风，一杯忘世，非饮用六清不可。”他所说的“六清”之一，即龙井茶。“烹时用武火，用穿心罐，一滚便泡，滚久则水味变矣。”

西湖旁边某茶室一女子，按袁枚上述教导为我烹茶、冲茶。“武”“穿心”“滚”，这些激烈字眼，引导出一室茶香和清凉。冲茶之余，女子弹奏古筝。她起起伏伏于古筝，像窗外湖面上舟子的身体起起伏伏于小舟。她对我连续多日出现在这个茶馆并不诧异。周围，那几张闭眼斜卧、看湖喝茶的面孔，似乎也连续多天出现。

并非我一人需要以茶消解咖啡因。并非我一人处于上海状态。

那女子告诉我，茶勺在宋代被称作“撩云”。她手持茶勺或弹奏古筝的样子，的确像春风撩动云朵。古人言语，叫“古人云”，每个字眼、词组都云朵般澄净，被风撩动出天籁与天真。我说脏话、口臭、失眠、焦虑、四肢乏力、心律不齐、面目浑浊，需要撩云、喝茶、听古琴。“古人云”，古人如云，云集西湖。“人云亦云”，我亦应如云，在西湖上空隐约浮动，并在荷叶、屋檐、亭台、伞、鸟羽等等细微处，滴滴答答叙述一场雨……

一杯龙井茶，一个直立起来的热西湖，也是一块反面的镜子？引导我渐渐看清自身和内心。那经过激烈烹煮已虚脱如中年的茶叶，在杯子中缓缓舒展，恢复成满山茶树和青春，去治愈“一种无名的空虚”……

天黑了，一杯茶，晃晃悠悠走出茶馆，代替我环湖而行。一个我，代替那杯茶，独坐茶几——茶杯内壁上的茶锈，如体内暗疾？

十九

卡尔维诺在《看不见的城市》序言中这样说：

> 预言灾难和世界末日的书已经有很多了，再写一本将是同义重复，再说也不符合我的性格。我的马可·波罗心中想的是要发现使人们生活在这些城市中的秘密理由，是能够胜过所有这些危机的理由。

卡尔维诺若来过杭州，也许会把柳树、荷花、水、断桥、塔这些西湖元素，融入他那由海螺楼梯等等物象结构而成的看不见的城市。在杭州，他应该能够发现使马可·波罗热爱这座城市的秘密理由。

我来，我看，我写，一种西湖，在纸上建立个人的西湖。它显然与马可·波罗、一个杭州土著或南宋移民的西湖，不同。抒写西湖，以文字来增强自己化解种种危机的能力。失散的魂、落败的魄，渐渐淡入湖水和纸页。西湖包容一切，无论那如雷贯耳、痛彻肺腑的失败，还是微微的卑、隐隐的痛。

西湖帮助我辨认出自身的马二情怀和上海状态，引导我放弃汽车发动机所伪造的快，安心于双腿中的钙和血液支持的慢，环湖，步行，重新成为一个慢人。诗，就是一种慢。一个慢下来的人、诗人，距离善意、美，反而会缩短两三米距离吧。

我就这样面对着杭州的、纸上的双重西湖，发呆。肉体逐步获得湖水、茶水的充盈。焕然一新，转身，回到芜杂破碎的日常生活和现实，像工人回到尘埃，屠夫回到肉，舟子回到湖水——在世俗中反对庸俗，充满难度、撕裂和张力，但一首诗，恰恰由此而生成。

一种西湖，通过词语改造我格局狭隘的身体，在心脏的位置建设鸟巢。鸟宿湖边树，我就有可能混入树木的序列，扎根湖边。一代又一代僧人，捻动佛珠想起南山的葡萄园，檀香燃尽感受到未来已来，敲打木鱼听出木头中有一群西湖里的鱼在游戏，坐在蒲团上看见莲花、鸟、粗枝大叶的我……

上海与西湖相距二百一十三公里。桌子上的法律合同、财务报表与唐诗宋词明清文，相距二百一十三公里。看得见的我与看不见的我，相距二百一十三公里。

不远。远？

景宁记

一

因为这道峡谷，我和对面群山上的云朵，隔阂很深。

峡谷名为炉西峡，位于浙江景宁县境，被称为华东第一大峡谷，全长约四十公里。源于梅岐乡绿桐溪、东坑镇茗源溪、鹤溪镇三木坑溪。三条溪流，在梅岐乡桂远村附近碰头、商量，抱在一起、折北，经渤海镇林圩、门潭，于大顺乡炉西坑口，注入瓯江，成为下游古东瓯国旧事前欢的一部分，向东流，入海。

近年来，炉西峡谷成为探险者神往心倾之地。现在，几个年轻朋友也去访问峡谷底部的激流。他们头戴软边遮阳帽，挽起裤腿，双肩包里装着矿泉水、面包，背影渐渐消失于峡谷边缘的一片苍绿，就也成了我与对面群山云朵之间隔阂的一部分。这隔阂，优美复壮美，像初秋和晚春之间的隔阂是夏天一样。

在悬崖边，借助于阵风，我试图与对面群山上的云朵交流，但不知从何说起。它们像高冷的美人和思想，我总习惯于敬而远之。我更喜欢低沉的事物。回顾这一生，喜欢交往的女子都有着平淡的姿容，好朋友也大都是寡言得近于沉闷的书生或门卫。现在，十月，天凉了。最后一批果实和花朵张灯结彩。周围黄叶与青藤交织而成的秋色，像老爱人而非新欢，收留着一个人的羞愧和失败。

捏着一张《景宁地图》，发现许多含“坑”的地名：潘坑、李坑、梅坑、上漈坑、湖坑、大赤坑、严坑、张坑、西坑……炉西峡，也被称为炉西坑。可见，景宁一带大小峡谷纵横、溪流密集——大地充满了向低矮处成长的愿望，连这高耸的群山也是为了加深、加强低矮处的流水。

峡谷对面的云朵渐渐、隐隐飘过来、落下来，似乎理解了我尘埃般的坐姿和沉默。我和它们之间的共识，是一场雨、夜雨。本地湿度大，夜晚常下雨，把云朵的高转化为流水的急——峡谷、老井的水位，在早晨都会稍稍上涨，以便大瓢贮月入秋瓮，煎茶熬粥酿米酒……

所谓隔阂，就是一行诗与另一行诗之间的空白？让两行汉字保持独立、自足，而又隐秘地冲突着、谅解着、欢喜着。

二

在峡谷旁边的桂远村晃荡一个上午。

景宁众多深奥僻远之地，竟都开辟了公交线。来自县城的小中巴，偶尔在公路上闪现。但公路狭窄，雨后时常塌方，就有推土机扬头复埋头，挖掘泥土，修正路面。

桂远村的公交站设在峡谷旁边。写有“桂远”地名的铁质站牌，被山风吹得有些倾斜，像在注释里尔克的一句诗：“没有胜利可言，挺住就是一切。”

我看到同一辆小中巴在此地出现两次，去与返，前后相隔大约一个半小时的样子。上下汽车的人，大都是老人、孩子。车身上的旅游广告图案是上海外滩、北京长城，召唤本地人去远行、挣扎，再衣锦还乡、荣归故里。桂远村空空荡荡。景宁山区大部分村庄空空荡荡。年轻人沿着公路，去远远近近的城市里谋生。

生活在别处。像我，从嚣张、夸张的上海，跑进这连绵起伏的寂静群山。这也是一种谋生——让体内种种积郁和暗疾，在没有雾霾和噪声的大自然里消毒，谋取一点生机，但也感受到了山区的黯淡和衰颓。

公路边，随处可见废弃的两层旧木楼。一楼，两厢木门大都挂着生锈的锁，不知道锁着什么样的陈年往事。正堂泥地，甚至长出青草或小树，像盼着家长归来的小孩子。沿楼梯到二楼，平台或走廊上堆积着生出木耳的朽木头，散落着八十年代的小学语文课本、破书包，悬挂几串发霉的玉米，墙壁上粘贴着政治人物的画像，或八仙过海、蟠桃会、天仙配一类年画，或家族成员彩色、黑白的小照、合影、遗像。木楼屋顶青瓦上爬满野藤，甚至会出现一个破铁锅，让我猜测它出现在屋顶的动力，或许来自一场家庭内部的暴力……

在一个格局宏大的门楼下，仰看一块镶嵌着“诗书传家”题字的青石匾额。门楼，像本地越剧舞台上的道具——它兀立，只有两个小石头狮子左右陪伴。院墙在风雨中做减法，已经减到地面了。院子中，水井仍在，堂屋廊檐下若干木柱的石头基础仍在，但木柱消失，堂屋早已倾颓一地成为土丘，酷似一座植物丛生的野坟，埋葬掉一个家族的悲欢离合、灯影私语。一位老人走近，告诉我，这是一个晚清秀才、民国时期乡绅的家。其后人带着诗和书去了山外世界，争取功名利禄。诗书传家。一个家族、一片家园，比繁体或简体的诗书脆弱。脆弱的事物，只有大地来怜惜、收留。

老人问我："你是测绘地图的吧?"我摇头："来玩的，转悠转悠。"看来这一带地貌变化很剧烈，国土局测量人员大概经常来观察、绘图，加固剧变中的记忆。

老人有些羞涩地拿出一个旧手机，问我怎么能把短信字体放大一些。他儿子在广东，几年间发来的短信，都一条一条存在手机里舍不得删掉。他眼睛有白内障了，看不清短信，想放大字迹，村子里的老人都不会摆弄，就向我这个看来还算年轻一些的陌生人求援。我教他如何放大，就瞥见一条短信上的话："爹，明年攒够钱了就回家陪你，搞一个农家乐。爹等着我。多吃饭。"老人看清了这条最新的短信，流泪了，用右手去掩饰。转身后，又回头朝我挥挥手。他走进一座格局也很大的两层木楼内。木楼显出年久失修的疲倦感。栏杆上晾晒的红绸被子喜气洋洋，大概在回味一对小夫妻新婚时期的夜晚。

同行的朋友告诉我，全国各地大大小小的食品超市、百货店经营者中，景宁籍人占了相当一部分。就像我故乡河南出现许多木匠村、油漆工村、保姆村、瓦工村一样，一个人好不容易走出一条生路，周围乡亲就跟着模仿、放大——在同样一条生路上走，抱团取暖、左顾右盼，才能在陌生异乡活下来。景宁人开百货店，大概比当木匠、油漆工、保姆，成就感要强烈许多。"春节，这山路上会出现挂着北京、石家庄、东莞等地牌照的奥迪、路虎，那生意就应该做得大，生意最差的人也会开着桑塔纳回来，让爹娘坐上，去县城转悠、快活半天。"

只有春节期间，山区才会出现杀猪宰牛的场景。为过节，也缘于过节期间才能找来几个还乡的年轻人，合力把一头猪、一头牛按倒在地上，白刀子进，红刀子出。平时，猪和牛都很有安全感，知道老人、孩子对它们的命运缺乏控制力。鸡、兔、鸭子比较不安，随时陷入一个人苍老或稚嫩的手臂而不能自拔。

沿公路，步行四公里回渤海镇。公路旁边有山民在种植果树、盖旅馆。偶尔可见一个广告牌，描画山区未来：一群群游客在涉水、爬山、摘果，花红柳绿，炊烟袅袅。我和朋友们没说什么话。山涧里的水絮絮叨叨，听不懂。一只鸟追上来为我翻译了几声，发现没有回应，就沮丧，“嗖”的一声飞进竹林。

我仅仅是过客，对这片群山没有资格叹息和感伤。但又不仅仅是一个过客，周围群山必然构成我内在景观的一部分，就像我腿脚的介入，必然会影响本地一片草丛的倾斜、一条溪流的秩序。我为自身而叹息和感伤，有谁可以指责、嘲笑？

在景宁，在中年与晚年、秋天与冬季之间的过渡带上，一个人、一片群山，暗藏着枯寂与芳烈，感受着匮乏与丰盈。

三

早晨，拉开旅馆窗帘、我的眼帘。

旅馆对面山顶的部分，非常亮——像蛋糕顶端的奶油、少妇头顶的发簪、一首诗醒目的标题、一个人的幼年期、一对情人的初相见……

第一批阳光蹲在山顶，在等待我的致敬和艳羡。大部分山坡居于幽暗，羞涩含蓄，像待字闺中的少女，尚未被爱人光线一样的灼热手指来揭示身体的秘密。但山坡已经开始战栗。需要半个小时左右，整个山坡就完全处于被热爱之中了。

旅馆处于山谷底部，像处于一个少女的脚尖？我站在旅馆阳台，向山顶表达赞美，握着牙刷努力把牙稍微刷亮一些，希望能把话说得也亮一些。朋友们还在沉睡，鼾声隐约。大家昨晚喝酒喝高了，高到梦境中的云间了，还没有落回到床下的鞋子里。鞋子空空，等待着。

那酒是本地家酿米酒，装在巨大陶坛里，倒进黑边小碗。大家一碗一碗地喝、说、唱。我对旅馆所在的“渤海镇”这一名字很困惑，朋友们都说不清楚镇名来历。旅馆老板娘俏丽复麻利，炒菜、端茶、敬酒，兼顾敷衍：“渤海嘛——咱这山也想变成大海嘛！可为什么想变成渤海、不想变成东海呢？东海这么近，渤海又那么远——在山东吧？老祖先不知道咋想的，哈哈……”我们也哈哈。酒桌上有这样女子，不喝高就不好意思。几个朋友就高到梦境中的云间了。我是胖子，再加上内心沉重，从云间落下来的速度就比较快，床前一双鞋子的充实感就恢复得早一些。

出门，进入阳光尚未触及的深谷。远远近近的梯田里，不规则的一块一块金黄，像磁铁，吸摄我废铁一样的目光——探测一个中年男人的目光里，铁的成分存在否？锐利否？那是一块一块成熟的稻田。像成熟的思想，拒绝溪水的异议或修正，冷静等待镰刀、炊烟、胃、人性……

山民们三三两两在自家稻田劳作，割稻、捆扎、扛到田头的小型脱粒机前，推电闸，一捆捆稻穗就在机器轰隆声中分裂，形成稻草和米两个阵营。稻草堆积于田埂边，米装入一个个布袋扛到公路上，被一辆手扶拖拉机或两厢车拉回家去，然后出现于不同地区的早餐、晚宴、点心店、田园诗。咀嚼一碗新米，就能懂得秋风和慈悲？

稻穗金黄触地。在起伏不平的田埂徘徊，我用手机拍照片。蹲下身仰拍、起身俯拍、踮起脚尖旋转自身全景地拍，再立即用微信传递到朋友圈。刚刚从梦里、云间落下来的朋友，坐在旅馆床上点赞、惊呼：“啊！哪里，在哪里？我来了！别跑，你给我等着！”我感受到了一种严重而快乐的威胁。在沉甸甸垂下来的稻穗中，似乎看见女人的辫子和狼尾巴。这样的美与力，让我眩晕、震惊、脚一滑，倒进稻田。稻穗密集沉实的外观下，暗藏流水。我的鞋子和牛仔裤惹上一层泥，像一次失败的求爱与出猎？

台湾诗人周梦蝶向他尊敬的诗人余光中请教一个问题：“诗是什么？”比周梦蝶还年幼一些的余光中大声回答：“美与力。”比余光中还年幼一些的我，轻声回答：“辫子和狼尾巴。”景宁山区稻田里的这一回答，周梦蝶已听不到了。他在二〇一四年去世，是我的故乡人。在大海对面的岛屿上，他依靠喝酒然后梦回中原群山里的蝴蝶与草香。

回旅馆，悄悄清洗身上泥迹，像遮掩对某人心田的倾慕、对旷野生活的敬畏。

阳光已彻底照进山谷底部的现实。山区各种形制的床前空虚了一夜的鞋子们，皮鞋、运动鞋、绣花鞋、粗布鞋们，各自拥护着相关的脚步，走在路上、水边、山岭里。

我泥迹斑斑的鞋子像戏剧中的花脸，停留在旅馆靠窗的一张桌子边，支持我坐在破藤椅里，在笔记本上写一首短诗。转眼就是回忆，转身就是丧失。只有被写下的事物，才有活下去的喜悦和勇气，比如，景宁山区的一个早晨、一块稻田。

手中，一支即将断掉墨水的老钢笔，在纸上磨蹭着、磨蹭着，像我一样倒下去。

四

一个醉醺醺的穿棉袍的老人，躺在路边草地上哭。一头白发像霜降里悲观的花朵。

我蹲下来："大伯啊，怎么了？遇到啥难过的事了？"

他闭着眼坐起来，又哭一会，才睁开眼，看清我，像孩子一样有些羞涩："让你看见了。你是谁啊？我哭哭心里舒服点。我去看我的换帖兄弟了……他病得厉害啊……"就又哽咽着想哭起来。

我把矿泉水瓶递给他，他摇摇手："我有酒，我换帖兄弟给的酒。"就想伸手去拿，却找不到酒瓶。我四下打量，见酒瓶躲藏到一堆乱草中，就捡起来递给他。敞开盖子的酒瓶已经没剩下多少酒了。

老人絮絮叨叨说着。他这一辈子有七个换帖兄弟，一起闯江湖、亲热女人、结仇人，现在就剩下这一个换过金兰帖的结拜兄弟活在世上了，"也快死了，我帮他把棺材一年漆一次。他躺进去试过好几次了……我不知道他死了谁会来报丧……他儿子在东北啊，远啊，我怕我赶不上去送他啊……"老人又哭起来。

老人住在五十公里外的景宁县城，一年见一次面——换帖的纪念日就是节日，他都会先坐车再爬山去看望兄长。"这是规矩，他是哥，比我大五天，只能我去看他——你有没有换帖兄弟啊？……我猜你也没有啊。不时兴这了。"

我告诉他，我有弟弟和朋友啊。他看看我，点点头，眼神迷离："好，好。不过你们没有金兰帖，容易撕破脸，为钱为权为女人——我有七个帖，藏在家里呢，发了誓呢。我有七个兄弟——你知道金兰是啥意思？不知道吧？"老人问我，优越感涌现，心情像是好了一些。

我扶老人起身，在公路边一块石头上坐下来。他儿子约定开车到这里来接。他捏着酒瓶给我："你喝，喝，你喝了它就走吧，我一个人再想想兄弟们的事——"声音就又哽咽了。我只好把瓶底的酒喝了，身子一下子热起来。走。

在公路拐弯处回头，看那个拥有七个金兰帖的老人，似乎又趴在石头上睡着了。好在阳光还算热，没有风。棉袍虽然破旧，但很厚，足以为他念想中的旧人旧事保暖驱寒。

没有金兰帖的人，写诗吧，呈给那隐秘而无名的金子般、兰草般的人们，尽管彼此一生都不会交逢于途中。

五

坐在邱村长家堂屋的一盏电灯下，读他珍藏的家谱序言。

邱氏家谱序

夫家之有谱，犹国之有史也。国无史则治乱，家无谱则昭穆之分不明，所系均重也。是以古来仁人孝子敦宗睦族，皆以谱为纲领矣。名宗望族若无谱以联宗亲，则涣散不羁，犹水之不溯其源则流不长，木之不培其根则枝不茂也。是可知，人不纪其族之所自出，则虽一脉至亲未有，不视其为途人者。故凡山陬僻壤，孰不以宗谱为急务哉！吾族之源，始自梅岭，而支派繁多，久未缮谱，则名号行第几莫能辨。兹幸族中长贤同心协力，端请凤山陈煜廷先生纂辑。叙吾先世始祖，迄至新枝自成一帙，以纪其渊源，条分缕析，所谓昭与昭序，穆与穆叙，以致千百世之子孙知其所自出，且以卜千百世之子孙宏猷大计。是举也，岂予一人之力哉？如国忠、国珍与国华，咸有劳焉。书巅末以示后人也。道光五年岁次乙酉仲冬月之吉十六。世裔孙，国元拜撰。

全篇自然没有标点，我尝试断句、领会。

这本家谱前后建立与修订共计两次：初次立谱，在清道光五年，即公元一八二五年，立谱人邱国忠、邱国珍、邱国元、邱国华；重修于光绪九年，即一八八三年，修谱人邱永庆、邱永知、邱茂传、邱茂东、邱茂宗。全谱出现两种字迹：道光五年，端正且清俊的楷体，大约就是聘请的那个来自凤山的陈煜廷先生的手笔；光绪九年，行书，洒脱而略显任性、草率，书写者匿名。前后相隔约六十年，世风与笔墨风格已经大变？此后，未再续谱。

"村子里就这一本家谱，我保存。家谱中的话已不太懂了。我们这一村的邱家人，都不再按照家谱中规定的辈序起名了，不讲避讳前人名字的事了。经商、出国的人都有了英文名，玛丽啊、海伦啊、瑞德啊。"邱村长说着说着笑起来。他还算年轻，当兵，退伍后做了村干部，最担心的事，一是村里这么多没有儿女在身边的老人生了急病怎么办，二是孩子们爬山越岭去上学有危险怎么办。他想办一个养老院、一个小学，经常往县城里跑，要经费，也打算让邱氏家族在海内外的成功者捐一些款，但没法联系。"再修修家谱才好，知道人和人的远近亲疏、来龙去脉，就能有一份挂念，但是太难了——这家谱已经断了一百多年了。"

对邱家而言，对这一片浙西南山区而言，我是这家谱序言中所说的"途人"——在途中擦肩而过的异乡人。但很难说我和邱村长之间没有一丝关联。

从家谱中看，邱氏祖先源自河南，相继迁移至福建汀州、浙江杭州、江西万安，可谓“一生三”。三处各有祠堂，明确记载其所处方位、祭祀日期。三生万物。村长猜测自己属于杭州邱氏一脉下游。他曾按照家谱中记载的时间“八月初四”和地址“登瀛门内东竺寺旁”，在杭州寻访邱氏祠堂，渺然不可见矣。登瀛门，已成为巨大广场，有喷泉和退休老人在随着音乐跳健身舞。

故乡在家谱中？但这一个家谱能够流传多久，村长没信心。我建议他把家谱复制，原本交给景宁图书馆甚至浙江省图书馆保存，或许会有后人来关心、研究。他叹口气，喝茶。

我小心翼翼翻读家谱，并用手机选拍若干页。他有些感动：“能看出来，你有情义，也是有心人啊。”我第一次手握这样的古旧家谱。对故乡河南省唐河县余冲村的记忆或叙述，我只能依次上溯至父亲余书进、祖父余孟光、曾祖父余克让为止。再远眺，云水茫茫。这样解释，邱村长不叹气了，很有同情心地看着我。

邱氏祖先在家谱中对男女婚嫁明确订立原则：“须择名门旧族，毋得妄与微贱仆隶之家为姻。”这段话让我叹一口气。在清代，我大约没资格成为邱家的女婿。家谱中有一插图，细致描绘出某小镇的山势、河流、祖屋、祠堂、坟茔、道路。显然不是目前我们所在村庄的地图——这村庄，是那一个清朝小镇的后裔，两地的月色、灯火、歌谣、风俗，也有血缘关系，隐隐赓续而不会断流。

几声狗叫，似乎与河南省的狗叫保持一样的节奏和内涵。对面山岭与天空被夜色统一成无边黑幕，没有界限。细细辨认出若干星辰，可看出其周围的云朵微白。

“所有的故乡都是从异乡演变而来，故乡是祖先流浪的最后一站。涧溪赴海料无还！可是月魄在天终不死，如果我们能在异乡创造价值，则形灭神存，功不唐捐，故乡有一天也会分享的吧？”从大陆到台湾而后定居纽约的作家王鼎钧，以这样一段话自我安抚。王鼎钧故乡在山东兰陵。他大约时时想起兰陵美酒，也应该喜欢王翰的《凉州词》：“兰陵美酒夜光杯，欲饮琵琶马上催。醉卧沙场君莫笑，古来征战几人回。”以及李白的《客中行》：“兰陵美酒郁金香，玉碗盛来琥珀光。但使主人能醉客，不知何处是他乡。”但即便没有征战和醉意，当下又有几人能返回家谱中的某一行？大地山河剧变，物非人亦非，像雨雪霏霏取代杨柳依依。

还乡，逆时光之流而上，与最初的故乡、故人、故事欢聚一堂，或许就是一个人去写作、去编撰家谱的隐秘动力。我，一个没有家谱的人，在家谱中没有位置的人，只能把自身演变成小规模的故乡——皱纹苍茫的“祖先流浪的最后一站”。

每一个作家都是为小别和永别而书写。不被写下的事物没有存在感。

写吧，无论非虚构编撰家谱，还是虚构性叙述与抒情，都是书写者在向若干人乃至全人类传达爱意和哀凉。

六

景宁，位于浙西南，亚热带季风气候，雨量充沛，冬夏长而春秋短。

东邻青田（田野盛产青芝）、文成（明代政治家、文学家、风水师、预言家刘基的故乡），南衔泰顺（丰沛雨水催生出众多廊桥蜿蜒于溪流上），西接龙泉（哥窑和弟窑里的瓷器也是用火焰作为帖子的换帖兄弟?)，北毗云和（云朵和睦）。

西周、春秋时期，属越。三国时期属临海郡。明景泰三年，即一四五二年，兵部尚书孙原贞以“山谷险远，狂徒啸聚”为由设置景宁县，属处州府。清沿其制。辛亥革命后，一九一四年起属瓯海道，一九二七年直属浙江省政府。一九五二年，属温州专区。一九六三年至今，属丽水市。

景宁是全国唯一的畲族自治县，目前畲族人口占全县人口的百分之十四左右。畲族先民在广东、福建、江西、浙江等地频繁迁移，有《起源歌》述说其缘由：“田差难种吃，田好官来争。官多难生养，思量再搬迁。”一个艰难、不安、迁徙的民族。常以大分散、小集中的聚居方式，在深山密林中搭寮居住，狩猎或播种。畲族人自称“山哈”，意为“居住在山里的客人”。

其实，谁又不是山哈、客人？你、我、他一概暂居于“尘世”这苍茫连绵的百年群山里，转瞬即逝再搬迁。

愿山内与山外、途人与亲人，风景身心皆安宁。

群岛记

洞头群岛，两个意象

意象之一：东海这部长篇小说的开头。

隶属古东瓯国（今温州），位于闽越悲喜交集处，由一百六十八座岛屿构成——大陆结束，东海开头。

一部长篇小说的开头，决定整部书的格局和走向。哥伦比亚作家马尔克斯善于开头。《百年孤独》第一句话："多年之后，面对行刑队，奥雷良诺布恩地亚上校将会想起父亲带他去见识冰块的那个下午。"《霍乱时期的爱情》第一句话："这是毋庸置疑的：苦扁桃的气味总引起他对情场失意的结局的回忆。胡维纳尔乌尔比诺医生刚走进那个似明似暗的房间，就领悟到了这一点。"

凤头俊美，方能引发出遒劲的豹尾。洞头群岛，一百六十八座岛屿、一百六十八个汉字构成了长篇东海的第一段，决定了其语调潮汐、情感深渊……直到结尾，在东海以东，"遗力余意、变为飞白"（苏东坡），变化为拍岸连天的浪涛云朵——这飞动的白。

像一个人的头颅，决定一张身份证所联系的人生轨迹。机场安检口的人像识别仪，对头颅以外的身体忽略不计。一个人的危险性、可能性源于头颅。履历表、求职信、征婚启事右上角，需贴免冠照。“三岁看老”，从一个孩子的三岁光景就能看见他的前程和暮色。编辑、评论家读了一部书稿开头，就决定是否激动地喝杯咖啡或者沮丧地去趟洗手间。洞彻、洞悟一个整体，把握开头即可。

台湾诗人余光中数年前越海而来，对“洞头”这一地名也感困惑，像我一样去询问岛上文人或渔夫：“洞”在何处，“头”为何物。最终，他尝试给出一个阐释：“洞天福地，从此开头。”洞头群岛处处镌刻这八字墨宝，须借力于时间的侵蚀而成为文物，词语巧妙，但并未阐明洞头与东海之间的关系，放之四海而皆准，就显得空泛。洞头是洞头周围的事物，像一盏灯是灯周围的光线和容颜，像一个人是人周围的社会关系、时代。

余光中在南京的一次演讲中深情万端：“我要用苏东坡的一句话结尾：在岛上写的文章，终归要传回中原。”掌声四起。我喜欢东坡这句话，苦于找不到出处。后来，接受记者采访，余光中说自己是在假托海南儋州流放时期的苏先生说话。显然，余光中喜欢东坡，就自作主张替东坡说话、模拟岛上的东坡说话——需要东坡的隐秘支持，一个才子的话语方能感人、动人？

意象之二：仰泳于东海里的一群头颅。

巴尔扎克有言：“文学要居于哲学之前，用最小的面积惊人地集中最大量的思想。”洞头群岛居于大陆之前，一百六十八个穷究深思的头颅，用总面积约一百平方公里的脑海去沟通大海——借助于潮水的联翩浮想与盐粒之力，去洞彻“世界与时间”“永恒与一瞬”“微渺与广阔”“漂泊与归宿”“动荡与寂静”“死亡与诞生”等等概念所内含的辩证法——思考者的头颅白发苍苍，大海之上的群岛白云茫茫。

在唐代，三百年间，先后有三百二十一位诗人，迤逦走出一条长约二百公里的吴越唐诗之路——自绍兴乘舟，历镜湖、曹娥江、剡溪，上岸，经天姥山、天台山至东海，望洋兴叹。卢照邻、骆宾王、李白、杜甫、孟浩然、贺知章、崔宗之、元稹、李绅……三百二十一个著名头颅，在眺望中恍惚感觉被悄悄置换成了三百二十一座岛屿。青年杜甫在此地延宕四年，游历溪山大海，接受壮丽与冲击——“飞动”，成为他世界观和个人诗学的关键词：“平生飞动意，见尔不能无”“意惬关飞动，篇终接浑茫”“精微穿溟涬，飞动摧霹雳”……显然，东海，就是关于“飞动”“浑茫”“溟涬”等等词汇的巨大词库，影响杜甫一生。“诗尽人间兴，兼须入海求。”人间逼仄，必须向大海求得关于生命和诗歌的顿悟、启示。

推测中原乡亲杜甫来过洞头。在海边，检验一个诗人的真伪，看他是否心潮难平，“多少泪，断脸复横颐”——这也是一个岛屿的形象：多少海水，断崖复横岭。当然，这一佳句属于李煜，出现于杜甫消失二百年之后的世界上，沉痛哀愁之至，“恰似一江春水向东流”。古往今来的失败者、穷途末路者，古往今来的心痛头疼之人，才会成为诗人，才会沿着江河向东走，在含盐的海风和渔火里，接受安抚、医治和力量……

乙未仲夏时节，台风到来之前的好日子，我携带六味地黄丸、龙牡壮骨冲剂、安神补脑液等等定心养身之物，与诗人马叙、黑陶等等友人相邀，来岛上游走数日。一场台风，是包括洞头在内沿海地区的一次偏头痛？每年夏天，它变换各种美丽的名字如“蝴蝶”“玛丽娅”“天鹅”“彩虹”等等，袭来，以艳遇的假象使人偏头痛。在岛上，各种预防措施启动：加固树木、海堤、广告牌，维修公寓、餐馆、度假村的玻璃，在港湾内停泊的几十艘渔船之间填充旧轮胎……偏头痛，也是证实头颅存在、激荡内心活力的一种方式？

从流行着厚黑学、竞争术、情感速配真人秀的陆地来，我试图让双肩之上的头颅，加入群岛的序列，成为最新鲜的小岛仰泳于东海——有能力去诱惑一场台风的到来？那就需要用诗行这些草绳，加固头部不断分裂而又汇合的记忆、欢喜和冲动。

入海求。

南方之樯

“归梦寄吴樯，水驿江程去路长。”“重到故乡交旧少，凄凉，却恐他乡胜故乡。”“吴樯楚柁动归思，陇月巴云空复情。”“楚柁吴樯又远游，浣花行乐梦西州。”这些句子，来自陆游的《南乡子》《秋思》《叙州》，写于游历途中，屡屡浮现的“吴樯”即南方之樯。

陆游应该来过洞头群岛。其故乡绍兴紧邻温州，同样处于东海的势力范围。一个伟大诗人的乡愁，大于洞头与南方、唐宋与秦汉，与历代诗人贯通无碍——所有诗人都是故乡人，来自语言这一方乡土。有人曾借助于计算机对唐宋诗人名篇进行检索，发现频繁出现的关键词是“千里”“万里”“何处”“不知”“今日”“白云”“不可”“不见”“春风”“不得”“故乡”“君不见”“行路难”……这又何尝不是当代诗人内心秘密的索引？

吴樯越帆闽南桨，千里万里乘风来——汇合而后分流，历朝历代，逐渐确立了洞头群岛作为中国南方最大渔场之一的地位。帆影点点，就是鱼鳞之光点点，就是炊烟、灯影、力量、欢颜、眺望、眷恋、惆怅……就是一切。一个岛民对大海的情感，核心在帆樯、鱼群。而我这样一个在内陆乡村长大的人，对土地的情感，核心在牛车、粮食。

岛上生长的民间故事家邱国鹰，祖籍闽南，渐入暮年。上世纪七十年代起，与朋友们收集、整理流传千年的关于大海与鱼类的民间故事，二〇〇九年出版了《洞头海洋动物故事集》，故事主人公涉及黄鱼、鳓鱼、石斑鱼、墨鱼、鲸鱼、蛤蟆鱼、鲻鱼、鲍鱼、马鲛鱼、带鱼、弹涂鱼、跳鱼、花专鱼、白节鱼、乌鳢鱼、河豚、章鱼、鱿鱼、玉珠鱼、龙头鱼、鲳鱼、蛏子、蚌、蟹、龟、花蛤、纹螺、海带、虾、海蜇……这些与海岛世俗生活关系密切的事物，通过叙事、抒情、劝诫、讽喻等等方式，次第过渡，最终泊居于文学亦即心灵的新海域。

在海边小酒馆，吃当天早晨捕捞的鲜鱼，听老邱讲“鱼为什么没有脚”的故事：鱼原来和熊、马一样有四只脚（所以繁体的“鱼”字下面有四个点），在陆地生活。天地初开，上下之间距离太近，人类无法生活。女娲就想用某种动物的四只脚，分别竖立在东西南北去擎天立地。豺、狼、虎、豹、牛、马、熊等等个头巨大的动物都拒绝、退避。鱼挺身而出：“天低了、暗了，多难受啊，就把我的四只脚献出来吧。”鱼的四只脚摆在大地四方，天空就高阔成当下的样子。作为回报，女娲把大海和自由赠送给了鱼。豺、狼、虎、豹、牛、马、熊一类走兽怅然止步于岸边，看鱼游大海，羡慕且愧疚……

与老邱和岛上渔夫相比，我依然是尘土里的走兽（大概只能算是猴、羊、鸡、鸭、兔一类体形渺小、力量有限的动物），无非从田野走进了街道、写字楼、商场；而他们，祖先无论来自越或闽，精神之躯早已转型成一条鱼。却恐他乡胜故乡，把他乡变故乡，需要一种宽阔的能力、转化的能力、爱的能力。

如今，帆影在东海渐渐消失。动力强劲的机械化钢质渔轮，正取代小名为“白底”“蟹背”“泥涂船”“网艚”的各种木船。相应地，“钓”“刺”“敲”“笼”等等传统捕鱼模式日渐式微，大规模张网拖网作业成为主流。在洞头，屡屡可见形态不一的木船废弃于沙滩、船坞、院落，船体嶙峋斑驳，如皱纹满身的老人。船舱内遗留有破碎的浮球、手套、手电筒、饭盒，尘埃里丛生出杂草甚至一棵高大的树，像老人们最后的体力和春心。

认识了岛上一个开设旧船加工厂的生意人小张。大学工艺美术专业毕业后，小张回岛，紧盯被时代淘汰的旧船。“一艘旧船的收购价在五万元左右。我要用探测仪对旧船自上而下进行体检——找钢钉，像找一个人的病灶——避免分解船体时被钢钉挫伤了刀刃。”

洞头群岛以及宁波以东的舟山群岛，在唐代已经是闻名世界的两大造船基地。前人造船，“梁与枋樯用楠木、槠木、樟木、榆木、槐木；栈板不拘何木；舵杆用榆木、榔木、槠木；关门棒用稠木、榔木；橹用杉木、桧木、楸木。”（宋应星《天工开物》）一艘旧船，木质最好的部位在船舱底部，往往是柚木、檀木，沉实，有力抵抗海水腐蚀。这些船木做出来的桌案大气充盈，像深山里隐居修行的高僧。由一艘木船转化而成的物品，除桌案之外，还有茶几、茶盘、书柜、屏风、琴匣、椅凳、笔筒……海风、浪潮磨砺过后的木器饱含天意，呈现出新木制品或仿船木制品所遥不可及的境界。

“有同行把新木头扔进水里浸泡，硫酸腐蚀，电焊冲击，也能造出晕、痕、洞、纹，但不自然，像割坏了的双眼皮。”岛上的木船大约还有三年就会全部淘汰掉，小张预订了十多艘。“这些木船，宝贵啊，很贵啊，很快就没有了……”

小张的船木展示厅外，露天陈放一艘小木船。船舱中间的桅杆或者说樯，像一个南方老人的脊椎，坚持着，向附近的大海告别、致意。也像一支旧毛笔，插进船体这一方干枯的砚台，在回味曾经书写过的南方大海之诗，一浪一行，一鱼一字……

渡与居

大瞿岛是洞头群岛的原生态岛屿之一。

我喜欢它的原名“渡居岛”。渡与居。渡过大海，定居。

洞头群岛上的朋友告诉我，自东晋开始，难以在大陆安身立命的祖先，次第渡海而来，在十四座适宜居住的岛屿上扎根结果、繁衍生息。大部分是越人、闽人，来自浙东或福建。岛上通用语言是越语、闽语。其中应该有诗人存在，下列岛屿、村庄的名字就是证据——

（一）霓屿：脸上始终保持霓虹霞光的一座岛屿，拒绝胭脂和粉底霜；

（二）元觉：最早的觉悟者，东海里游得最深远的一个泳者，向周围小岛指引出泅渡的方向；

（三）小朴村：小朴素的渔村有大华丽，村后山巅藏一座望海楼。“积水沧浪一望中”——最早登临此楼的唐代诗人、温州刺史张又新的诗句。他应该曾沿着小朴村与望海楼之间的白马古道拾级而上，望东海，豪迈而又惆怅；

（四）小风吹：小风吹动的一座村庄，台风也会怜爱，带来大海彼岸的树种和花籽，带来亲人返航的帆影和汗息；

（五）风吹岙：小风吹罢台风吹，两山间凹出的海湾，像被海风亲吻得微微肿胀了的情人嘴唇；

（六）深门、浅门：两座岛，两扇门，小门浅浅大门深，深入浅出的人成了智者，浅入深出的人成了愚汉。如今，两岛间以隧道、桥梁相连，我乘大巴车穿越深门和浅门，但不知东海、人性的深与浅……

渡，是古人的方式。在没有桥梁跨海、隧道越海的时代，以船济海，需辨风向、乘潮汐，方能抵达汪洋中一小块热土，立足，居。开田种粟，煮海取盐，捕鱼养鸭。渡，也是一切生命的方式。少年、青年、中年、晚年，这四座小岛构成群岛，有能力在其间反复摆渡、自由迁居，乃哲人高士。

在一场大雾中乘渡轮，去渡居岛。

位于洞头群岛最东端的这座岛屿，曾兵气凛冽。岛上有郑成功练兵场，有"东坑造枪、西坑陈兵"的民谣。兵气化为大雾，我和一群当地人同船过渡。舱内弥漫着青菜、香水和鱼腥气。掌握舵轮的黑脸汉子，紧盯前方隐约浮动的渡居岛。我持手机对着水墨般的大海和那些姿态写意的人，咔咔拍照，上传微信，引发朋友圈内的欢呼——朋友圈也是群岛，需要以点赞、评论等形式，减轻一座岛与另一座岛之间的疏离、隔膜和大雾。

渡居岛上的景色，酷似俄罗斯电影导演塔可夫斯基的影像风格：冷冽，缓慢，让环境、处境成为主角，人则充满消失其中的冲动。我身后，四百公里外，上海生活像法国导演侯麦的电影，男女在咖啡馆、办公室、街头之间游移，恍惚而暧昧，如同中午时分的光线。我喜欢这两个有诗人气质的导演。雾中的岛屿、正午的都市，在眼前纠缠而又融合。所谓诗意，就是各种故事、事故之间的喘息之地，对故事、事故充满厌倦和拒斥。我和朋友们在岛上的丛林、岩石、悬崖之间跳跃、喘息，暂时摆脱故事和事故，洋溢出无益于人类也无损于社会的诗人气质。

岛上那些用石头、青瓦叠加而成的老房子爬满青藤，写着“换”字，意义类似于陆地上屡屡可见的“拆”。“换”比“拆”，多了份温情和理解。换一个立场，换一种生活，比决绝地拆除某类生活与立场，疼痛感并不会减弱。竖立在海风中的规划图告诉我：渡居岛，这座因远离陆地而保持原始风貌的小岛，将建设成旅游度假岛。渔民将搬迁到洞头主岛，住进“换”来的公寓里，再换上“导游”“出租车司机”“酒馆老板”一类新身份，学习计算和算计，比较薪水与海水。

“不想走。先人的墓在岛上呢。空气好，鱼也鲜。能数得清星星。除了孩子们上学不方便，都好。年轻人的心在你们大城市里呢。土话都不会说了呢。听说你们城里的地下也能跑火车，像鲸鱼那样吗？……迟早要离开，要换……再过一百年，这岛是啥样子？不知道了……”补缀渔网的老妇人，戴着围绕脖颈的遮阳帽，惆怅地看我。她周围是漫长的绿色渔网，从码头一直铺展到海滩。一群同样装束的老妇人坐在渔网上补缀漏洞，像一群鱼，被岁月之网收紧、打尽，但拒绝从这些漏洞中逸出。她们服从大海的、时间的节律。

老人努力对我说普通话，我半懂半猜。不知她母语是闽南话还是瓯越语。

在渡居岛上南望。闽南之南、海南岛之南，有苏东坡在流放中渡居身心：“吾始至海南，环视天水无际，凄然而伤之，曰：‘何时得出此岛耶？’已而思之，天地在积水中，九州在大瀛海中，中国在少海中，有生孰不在岛者？”有生孰不在渡居之中？

语言也在渡和居。东坡的川音在渡和居。我在洞头群岛上酒醉之后常常脱口而出一句故乡中原土语——一朵云，从心灵的内陆飏起，摆渡、移居身体的海滨。而书桌边缘似乎也有着船舷形状。飞机、公交车、地铁和鲸鱼，沙发、木椅、床榻、棺材和蒲团，无事无物不渡，也就无时无处不可居。万物漂泊，且渡且居。

或许，只有身体这最后一块故土，唯死神能够剥夺。在此之前，我们洗澡、穿衣、拥抱、长跑、整容、吟诵、吃喝、沐浴、游历，都是在对这块故土表达眷恋和哀伤。这样想着，我对渡居岛乃至整个洞头群岛，减弱了过客感。我，也是此时此地的主人。苏东坡说：一个人的故乡产生于乡愁之中。实际上，这句话是我在假托东坡而说。当然，我没有像余光中替东坡说得那样好。

傍晚，云开雾散。在返回洞头主岛的轮渡上，看大海惊人的美艳。惊艳。难以言传，唯有持手机、相机拍照。像遇到惊艳女子，会使一个男人丧失表达的勇气和能力。唯有沉默，唯有凝望这无边纯粹的蓝……

回眸——那一座渐渐变小的渡居岛，像埋在惊艳女子胸脯上的少年头。

东海的秩序

在岛屿上晃荡，屡屡与坛子相遇，我像一个半满的墨水瓶去与坛子相遇。坛子均为粗陶质地，黑、灰、土黄、暗红、浅绿，硕大或微小，直立、倾斜、倒扣、横躺——不知道出于臂力还是风力的安排。

坛子周围的事物如下：

草丛（供海风表示存在感）；

路（在草丛里迷路的路，只好放弃自我，转化为树枝、云朵）；

流水（向往低矮处广大无边的生活）；

岩石（与浪花无休无止地辩白、争鸣，难以达成共识）；

鸽子窝（一种被高尔基的《海燕》所质疑的小资产阶级生存方式）；

野蜂巢（浪花中含有蜂蜜?）；

卡带式旧录音机（含着一盒《大海啊故乡》的歌曲磁带，能够像八十年代街头刚刚流行的两轮摩托一样旋转，瞬间联通我的青春）；

水缸（小岛用缸以及汽油桶等等一切容器作为怀抱，爱惜每滴雨水）；

旧轮胎（船舶防撞缓冲物，在角落里，回味着昔日撞击中的一波又一波快感）；

菜地（废弃的渔网作为篱笆围拢番茄地，像在捕捉一群红鱼）；

神龛（土地神、妈祖海神等等繁多的神性平台，两侧往往贴着“日照金甑呈瑞色，烟浮玉鼎有余香”一类对联）；

滴滴答答的湿衣服（大多数是老人、女人、孩子的衣服，男人们飘荡在海上、在远方）；

……

这些逸出日常生活秩序以外的坛子，凉而寂，远离曾经的热和闹。坛口敞开，若积有半坛雨水，就会反映出圆形的小蓝天和我鬼鬼祟祟的脸。我守口如瓶，如墨水瓶，说半疼半痒、暧昧不明的话。但坛子的嘴巴张着，回响出呜呜的海风。坛子内壁层层纹理，如同一个老人的心脏病和秘密。洞头群岛处处可见的风信鸡，敏感、旋转，像风情万种的女子。坛子、风信鸡负责传达风的秘密，我不知道，东海知道。

这些粗陶坛子，最初应该是酒坛、醋坛、酱油坛、咸菜坛、米坛、腌蛋坛，甚至是一个亡故于异乡的渔夫漂泊而归的骨灰坛。它们空空荡荡或半含雨水，试图重温酒、醋、酱油、米、鸡蛋、鸭蛋、人体等等事物的暖意……现在，它们剥离掉原有的实用功能，获得象征意味。像丧失做爱能力的老身体，开始象征废墟和荒原，反而获得更开阔的景观和意义。

想起美国诗人史蒂文斯的《坛子轶事》。一首著名的诗。很容易就想起这首诗，媚俗了。但故意否认这首诗在脑海中的浮现，也矫情。据好事者考证，《坛子轶事》中的坛子，乃史蒂文斯日常使用的“统治牌广口玻璃罐”，被他带到田纳西的一座山顶，就获得了日常生活以外的力量：

……荒野向坛子涌起，
仆伏于四周，不再荒凉。
它高大，如同空气中的一个门户。
它君临四界。
坛子灰而赤裸。
它不曾产生飞鸟或树丛，
与田纳西别的事物都不一样。

在洞头群岛一座最高的山顶，看到两个坛子联排在一起，如同数学中的无穷大符号“∞”。数学中的“无穷大”，与哲学中的“不可知”、诗学中的“空白”这些概念，神通于大海。海洋学就是数学、哲学、诗学？这些岛上废弃的坛子，因不及于一物而及于万物，赤裸着，隐秘地决定东海的秩序——

史蒂文斯有田纳西，我有洞头群岛。他把诗歌看成一种“最高的虚构”“在场的无物”，因语言的抽象性而获得广大的力量。田纳西的坛子就是洞头群岛的坛子。

我带走了“∞”中那个小坛子。下山后发现坛子内有雀巢，麻雀已被惊飞。带走这个坛子，使一只乃至一家麻雀丧失故乡，使草间求活的一批蚂蚁、蝴蝶、七星瓢虫失去路标，只能去尝试建立生存的新体制、新机制。把这个坛子摆在家中书柜的顶端，俯视一日三餐、一咏三叹，不知道对我的世俗生活和语言，形成怎样的影响力。

银碗盛瑞雪，陶坛载东海。

留在洞头山顶“∞”中的那个大坛子，负责继续承受东海向它一次次涌起吧——蓝色地，一次又一次，涌起。

海天如瓷

在洞头群岛发现：青、红、黄、白、黑……这海上天光，从清晨，到暮晚，如同太阳、月亮这两个名窑烧制出的无穷瓷器。均窑、汝窑、官窑、定窑、哥窑之外的这两座日窑、月窑，无休无止地烧制无穷无尽的海天。

瓷器是陶器的后代，繁盛于宋朝。洞头群岛所紧邻的哥窑，位于浙东群山中的龙泉，以青瓷著名：表面布满裂痕一样的纹路，有鳝鱼纹、黑蓝潮汐纹……我猜测，哥窑的窑工们观察过东海及天光。我怀疑，哥窑的火焰与东海阳光之间存在血缘关系。尤其在傍晚，洞头群岛上的夕辉感染着暗蓝天光，就会出现青瓷中的“金丝铁线”……

一瞬间的青瓷。

在岛上读到一本旧书《饮流斋说瓷》，许之衡著。他说：仅瓷器中的青色及其生发而出的蓝、绿两色，就有东青、豆青、豆彩、梨青、蛋青、蟹甲青、虾青、毡包青、影青、青花夹紫、新橘、瓜皮绿、哥绿、果绿、孔雀绿、翠羽、子母绿、菠菜绿、鹦哥绿、秋葵绿、松石绿、葡萄水、西湖水、积蓝、洒蓝、宝石蓝、玻璃蓝、鱼子蓝、抹蓝、海鼠色、鳖裙、绿褐、粉子褐……而红、黄、白、黑各个色系，也分别包含着几十种细微嬗变而出的颜色，但黑色系的颜色最少，只有黑彩、墨彩、黑褐、铁棕——

许之衡完全像是在叙述海上天色。从清晨，到暮晚，“支派百出，千绪万端，然概括之，不外浅深二字”。洞头群岛上也恰恰有浅门、深门两座小岛。人间门径千万重，然概括之，不外乎浅门、深门。你、我、他纷纭杂然，无非是掌门人、门徒、门客、门卫、门外汉……各自推敲、立雪、傍人门户、班门弄斧、登堂入室、闭门思过——“朝扣富儿门，暮随肥马尘”“小扣柴扉久不开”“仰天大笑出门去”……

人生、人性自古如此，形色、瓷色与天色，万象归一。

在船头、岸边、山顶、沙滩、渔家小筑十八号旅馆的阳台，仰望并承受这变幻不定的绚丽光线，感觉自己如同衰败的芦苇或荷叶，插入海上天空这一瓷器，微微能洋溢出一丝美感。在雾霾沉沉的内陆，车灯、信号灯、霓虹灯正联手伪造灿烂。拜金主义者时装绚丽，学习霞光，但远离了天真、天空的真理，只能趋近于金库、储钱罐、饰品盒的阴沉和虚妄。

诗人黑陶的父亲是太湖之滨宜兴镇上的制陶工匠。黑陶当然很黑，仿佛是他父亲烧制出来的一件黑色陶器，在夜色中充满消融于万物的渴望，仅仅保留目光来象征星辰和内心。在洞头群岛上晃荡的几天里，我肤色也迅速黑红。太阳也试图在我周身烧制出一层晚霞般的瓷光，我体内能够荡漾一个海湾，反映一角星空吗?

瓷如海天。在上海，在我家的餐桌、茶几、书柜、沙发等等事物所隐喻的沙滩上，有瓷碗、瓷瓶、瓷勺、瓷杯、瓷盘、瓷质浴缸，宛转传达出海上天空的影响力，必要且可行。

渔家姑娘在海边

洞头群岛竖立许多旅游广告牌："海霞带你游群岛。"画面中的海霞是一个时尚少女，手中的旅行社三角旗，被海风吹得没有了棱角，柔软得像芳心荡漾。

在岛上才晓得：上世纪七十年代，我小学书包里装着的一本长篇小说《海岛女民兵》（黎汝清著），以及看过的彩色宽银幕故事片《海霞》（谢铁骊根据《海岛女民兵》改编、导演，王酩作曲，蔡明扮演少年时期的女主角海霞），故事情节的发生地在洞头、在东海。女主角海霞的原型汪月霞，如今已是耄耋老人。

当下，一个体温趋于常态的市场经济时代，"海岛女民兵"概念开始转化为发展资源，为洞头群岛增强市场竞争力、国际影响力。正午灼热，海岛女民兵们在表演射击、格斗、擒拿，迷彩服内的青春因约束而怒放、鲜艳。汗水从这些年龄在十八岁到三十五岁之间的女子额头渗出。与一群游客坐在遮阳棚下沙发上戴墨镜观看，我羞愧，父亲和丈夫般的羞愧。表演结束，她们换上高跟鞋、裙子，披散长发，出现在洞头群岛的大街小巷，教书，看电影，出游，约会，经营餐馆、化妆品店、海鲜店、婚纱摄影店。我暗暗舒了一口气。

在东海，海神也是一个女性：妈祖。传说其真名为“林默娘”，从出生到二十八岁死后成为飞翔的海神，始终不会哭泣，佑东海，救渔民。洞头群岛上妈祖庙众多，与当代女民兵构成一种隐秘的对称。让妈祖回到林默娘，让女民兵回到世俗女性，霞光才能回到宁静和海天。非常的年代，动荡的生活，往往要求女性超越性别、进入神话。比如，中原地区的花木兰，旦辞爷娘，暮宿黄河，“安能辨我是雌雄?”“脱我战时袍，著我旧时裳，当窗理云鬓，对镜帖花黄。”——花木兰终于还乡了，织布机木梭与黄河流水，才恢复了唧唧和溅溅。

深夜，渔家小筑十八号旅馆地下室，朋友们用投影仪看电影《海霞》。童年乡村夜晚的宽银幕重新来到面前。电影中的男性旁白激昂慷慨，与那一时代的电台播音员语调、力度一致。故事是熟悉的、概念化的。片尾终于响起期待很久的主题曲，朋友们随声合唱：

大海边哎，沙滩上哎，
风吹榕树沙沙响，
渔家姑娘在海边哎，
织呀织渔网，织呀嘛织渔网。
哎，渔家姑娘在海边，
织呀嘛织渔网……

合唱者应该都是穿过七十年代夜晚去看露天电影的人。一个八十年代末出生的小朋友，斜卧长沙发一角，在电影和窗外双重的海浪声中，以鼾声表达自己的不解与谅解。

我喜欢这支歌。王酩这支歌曲在七十年代一出现，就预告了八十年代流行歌曲风格的即将来临：从心，抒情，有诚意，与僵硬、尖锐的六十年代歌曲截然对立。王酩后来的代表作《绒花》《边疆的泉水清又纯》《难忘今宵》，与《海霞》主题曲一样广泛流传。像航标灯，一支歌可以指示出某个海域的存在。一个人的回忆录、心灵史，完全可以由几支歌曲作为索引去追寻、复原。唯一听不清的重要歌曲，是自己生命结尾处的挽歌、葬礼进行曲。

“急景流年都一瞬，往事前欢，未免萦方寸。”晏殊，在宋代溪水边，看美景华年如急流。“去复去兮如长河，东流赴海无回波。”白居易在晏殊的上游望洋兴叹。历代诗人都把东海看成一个液体的“往事前欢博物馆”。我在这个博物馆外沉沉睡去，有能力成为其中的一滴水、一个字、一丝悲欢？在海浪声中睡去，像渔家姑娘在海边睡去。海浪声像小夜曲，说服睡眠者，去放弃不安、忧虑、妄想、创痛、牵挂……

次日晨，我早早出现在旅馆阳台上，看那霞光“吱呀”一声，推开这座博物馆深蓝色的大门。

海岸线上的诗意

“海岸线”，三字天然含有诗意，不是工厂里僵硬的机械化的流水线，天然，所以诗意。

“海岸线诗歌沙龙”是洞头群岛诗人定期聚会的方式，地点在海边一个两层茶楼的顶层，安静，侧耳可闻附近涛声。

夜。我、马叙和黑陶，应邀参加这一沙龙的诵读交流活动。木质茶几阔大，陶罐中插一丛芦苇。四壁书架放置着一层层大大小小的陶碗瓷碗。

忽想起某朋友多年前送我的小碗，碗底竟有一“漫”字。那是她在茶具店中无意遇到这一碗一字，就买了寄来，附有一张宣纸一句话：“一碗安然。”我故乡南阳盆地，古称“宛”，根据地形而来的一个名称。四围的伏牛山、桐柏山、秦岭、武当山，合作一个盆地、碗、宛——有一碗酒、茶、粥在手，即可安然一生，多么好。

海岸线宛如大碗边缘，全世界的海水连通、移动、分裂，最终合作一个形状不规则的大碗。有过海边经历的人端起碗，饮酒、喝茶、吃粥，会感觉手掌中有大海在隐秘动荡：它是东海，也是南海、太平洋、印度洋、地中海、黑海、加勒比海、波罗的海、波斯湾……全世界的海是同一个海。“你会发现没有新的土地，你会发现没有别的大海。/这城市将尾随着你，你游荡的街道/将一仍其旧，你老去，周围将是同样的邻居；/这些房屋也将一仍其旧，你将在其中白发丛生。”希腊诗人卡瓦菲斯，端着一个蓝色大碗，低语。而洞头群岛也是希腊，岛上一个被命名为“大卫”的巨鼻岩石也可以命名为“马叙”——诗人马叙，鼻子巨大，使我怀疑他祖先血液的复杂与广阔。他、你、我，没有别的大海、别的族群、别的生活、别的命运，在洞头，就是在人间。

围桌而坐如围绕大海。八九位洞头诗人朋友的名字里，大都有一个“海”字：陈海伟，中学校长；陈海舟，女税务官；陈海英，美甲店老板；刘海鸣，摄影师……自然而然。像群山里生长的人，名字中充满了“峰”“岭”“岩”“川”一样自然而然。

他们朗诵自己的诗：

余退："为转瞬即逝而写，为不必实现而写/挽留梦中残剩之一二断句和潮汐。"

沙漠："目光穿过窗外的栅栏、海岸，/她从三年前的角度匆匆飘过，/我喊还是不喊？/恍惚间，门前悬空的湿衣，/已能拧出哒哒的水滴和雨季。"

苏志强："母亲，你不在了/可你的影子不离不弃/宛如海水依偎礁石。"

……

大海没有在这三位诗人名字里出现，但隐伏于他们的句子、节奏。他们的写作与诗坛无关。那一个抽象的"坛"，有许多人装神弄鬼，不是海边屡屡可见的陶坛。岛上的诗人不需要借用诗歌改变命运，诗歌反而要依靠岛上的语言，向大海表达崭新的领悟和感激——"兼须入海求"。

日本作家三岛由纪夫在《文章读本》一书中说："就像是一条附着了许多贝壳的废船，语言总是带着时代的积垢死去、再生，循环不息。"在洞头，恰好看见渔民在海滩上用火焰烧除船体所积累的重重贝类——这些渔民就是诗人，让语言之船浴火而后重生。显然，在海岸线上写作，比在陆地上容易获得更多的启示。在陆地上，美和发现，早已被折算为单位面积内的价格。"你家小区环境好吗？""每平方米十万元呢！"这是上海咖啡馆里两个女子的对话。而大海，答应一个人去纵情、放心，就像答应一条鱼、一艘船去无边无际远游，扔掉算盘和盘算。

中国的曹操、张九龄、苏东坡，异域的米沃什、塞菲利斯、博尔赫斯、瓦雷里，都在海边写出杰作并成名。电影《邮差》中的海岛少年，在聂鲁达的引导下模仿、掌握了潮汐移动、换行、排比的技艺，最终以一首情诗征服酒馆里的美人。洞头群岛上的几位诗人，每月固定在这个海边茶馆谈诗。他们应该也谈论过火焰里的木船，甚至会在这个茶馆里结识恋人，都是自然而然的事情。

我、马叙、黑陶也分别朗诵了自己的诗。尽管距离洞头的海岸线远近不同，成为诗人的难度各异，但在这个夜晚，我们用各自的声音呼应窗外的晚潮——

马叙："我有睡不着的理由/齐溪镇之夜，四周大山耸立/沉默保护一滴雨声的到来/也保护我的一夜未眠。"

黑陶："像父亲弓起的油亮脊背，/大海，剧烈地，和礁岸、底岩和广大的天宇摩擦，/溅起灼烫的赤红碎星，/已被风，送还了沉睡的万千村庄。/接纳泪水、祝福、倾倒的美酒和永恒悲伤的大海！"

我："继续赞美故乡并尝试赞美异地吧/尽管这是徒劳的赞美，徒劳/但他总应该为自己破碎于旅馆、轮渡、火车内的/而非故乡木床上的睡眠乃至长眠/找到符合逻辑的依据。"

三人诗句同样与大海有关——人海也是大海。一个人的生长、挣扎、爱、衰败，就是渡。而诗，是构成人海所必需的盐，是医治种种伤口溃烂所必需的盐。

夜深沉。茶馆外一条幽暗小街的大排档上，树枝"结"出一个巨大的甜蜜吊灯，我们围坐喝酒。商铺大都已经关门，牌匾上的霓虹灯像口红，修饰着"玛丽发廊""大上海时装店""布鲁斯音像店"一类的"嘴唇"。飙车少年的摩托，吼叫着，闪逝于小街尽头的海滨公路……

这是洞头之夜，也是马叙的齐溪镇之夜。星空高远，是黑陶的陶工父亲弓起的脊背。渔家小筑十八号旅馆的木床，也是上海市的沙发床、南阳盆地余冲村里的清代雕花大床——

必须找到对这个世界充满爱意的符合逻辑的依据，我才能活下去，在尘埃里，在海边。

小码头之歌

码头，是陆地递向大海的一枝玫瑰，是大海与陆地相互捏紧的指尖，是情歌——来来往往的鱼群和人流，是玫瑰上的露水，是指尖上的灼热，是歌词。

洞头群岛一部分客轮码头，因近年来公路、隧道的大规模出现而废弃，相继转型为餐厅。老码头上的餐桌，充满游入大海的欲望。若干渔轮码头保持繁荣，成为东海渔场的重要避风港、栖息地、交易市场，接纳各地渔民和商人。

现在，我所写的渔家小筑十八号旅馆外小码头，是小玫瑰、小指尖、小情歌。

因处于六月、九月之间休渔期，小码头上渔船和人都不多，像不多的露水、热量、词。小码头正对着一个似乎起屏风作用的圆形小岛——内圆屿，左右两座岛屿——仙叠岩、半屏山。站在小码头上，我就处于内圆屿、仙叠岩、半屏山这三者构成的“品”字里了，尤其喜欢内圆屿，形状像一个戴着由树木、岩石制作的圆形礼帽的游泳者，礼帽以下身体隐伏于海水。内圆屿，说明这个“游泳者”内心圆融通达，而非陡峭激烈，像一个进入老境的父亲，守在孩子们出行远游的门前，无言而深情。

“清晨赶来填满整个空间，/大海迎接又归还光的天赋”（西蒙娜·薇依)。在洞头群岛上晃荡的这几天,我没有辜负光的天赋,早早起床,去旅馆门外的海滩,或爬上仙叠岩、半屏山,从不同角度表达对小码头、内圆屿和大海的无限欢喜。北京时间六点到八点这一时段,似乎只能在洞头群岛上才可以被正确地称呼为"清晨"——清新的早晨,被海水夜夜清洗一新。

用手机拍摄一系列照片,并现场直播般在微信朋友圈发表:

(一)码头上扛着钓竿、背着行囊的人。一艘机动小船渐渐驶近、近。载着这个人渐渐驶出海湾、内圆屿。他应该是海钓客,到深海岛礁上与鱼类谈判、博弈、胜出。他大约抬手向父亲一样的内圆屿打了个招呼。

(二)一艘舢板泊在小码头上。随风波动的舢板与码头轻轻摩擦,像反复热吻。舢板上的渔夫守着舱中一箱箱鲜鱼,等待约定中的人来交易。脸上有鱼鳞般的皱纹和霞光。倾身半坐于舱板,呆呆地看着内圆屿。对我和手机镜头的出现,表现出不屑和嘲谑,有聚光灯下的大师气象。

(三)穿蓝色夹克、腰里绑着钱包的人,站在码头底层台阶上,一一接过舢板上的"大师"递来的鱼箱。六个鱼箱,红、黄、蓝、绿、白、灰六种颜色的塑料箱。鱼在六个长方体的微型大海里游动。付款。一辆微型卡车急速驶来戛然而止,又载着鱼箱和蓝夹克蓦然离去。

(四)红色摩托冲往码头台阶。停。摩托车后下来一女子,到台阶边接过渔夫递来的一塑料袋海水和鱼。女子付款,把塑料袋内的海水哗哗啦啦倒出一半,提着,坐上摩托。揽着摩托车手的腰,像揽着一条雄性大鱼。

(五)少年拉动一箱鱼,有些吃力。鱼箱在光滑潮湿的码头上留下一道痕迹。一只狗跟在鱼箱后边摇动尾巴，欢呼海腥味的强烈到来。鱼箱终于被拉到码头旁边小酒馆外。一个厨师模样的人抱起鱼箱，少年、狗也一同消失在酒馆内。露天圆桌上的红布被晨风吹动翻飞像红裙子。八个歪歪斜斜的椅子，暂时空出八个食客的体态。酒馆上方一排红灯笼，表达出对夜晚的热爱、对白昼的倦怠。

（六）三个戴黄色铝盔帽子、穿灰色工作服的人推动一辆三轮车。三轮车上叠放着十个鱼箱。这一场景在码头和附近挂有“东海水产有限公司”标志的小厂房之间，重复出现三次。总共三十个鱼箱的海鲜，在这个早晨、在这个小厂房里转化为产品，奔赴远远近近的灶火、胃和悲欢。厂房内一群女工埋头在巨大工作台上分类、选择、组装。一老人巡视其间，阻止我对这一领地的深度介入。厂房内的巨大空调在嗡嗡沉思、讨论，主题是“论寒意与鲜活、热烈与腐败、东海与内陆之间的关系”。

（七）空空荡荡的小码头。焊铸在码头地面上的一排用来系缆的铁环锈迹斑驳，像一串省略号意味无穷，像女人胸前的一排旧纽扣暗示良多。

（八）小码头在第三个早晨完全消失。大风携带海浪涌到东海水产有限公司和小旅馆门前。内圆屿更小了——海水大约涨到了这个“游泳者”或“老父亲”耳朵的位置。码头和孩子们没有出现，内圆屿感到一丝孤单……

小码头像舞台，我是清晨时分的唯一观众。在附近的温州，稍远处的上海，更远处的北京、纽约、巴黎、维也纳，各种剧院的总经理担忧上座率的高低和评论家文章的褒贬。在这个小码头上表演日常生活的男女们，对我的观察和感受，漠然以待。“会有那么一天，戏剧使城市里的人们依然能想起水手、农民、牧民和使用长矛弓箭者的感情，就像在机器出现以前，城市里的房子、家具和陶制器皿，依然能记得岩石、树林和小山坡。”诗人叶芝如是说。爱尔兰群岛上生长而出的叶芝，应该热爱舞台一样的码头、码头一样的舞台。向他学习写诗，用分行文字“记得岩石、树林和小山坡”，记得清晨、大海和小码头，方能在晚年像叶芝眼中的枝条：“抖掉枝叶和花朵，在枯萎中进入真理”……

就这样看着、听着、想着，像小码头用那一行铁环，固定、系紧我对洞头群岛清晨的记忆和爱。

海边的悲伤术

摄影术就是悲伤术。在海边用手机摄影，摄取这转瞬即逝的光与影，是一种练习悲伤的艺术。

晃荡于洞头群岛的几天辰光里，手机持续啪啪作响以至于微微发烫，为未来的回忆积累素材，为自己在东海一掠而过留下证据。周围的人、事、情，转瞬就是故人、往事、旧情。其他手机也啪啪作响。大规模的忧伤在积蓄、释放。海上出现一道闪电，是谁的大手机在狂欢？

岛上的摄影家朋友表示压力很大。他们矜持、隆重地手持专业相机，对周围手机的像素、角度、构图，表达谅解和宽容。但一个业余摄影者的自信在于：专业的悲伤术已进入“婚姻”境界，业余的悲伤术却在尝试“初恋”——没经验，无法度，狂热，诚恳，反而有可能从画面中溢出新意和感染力，像业余化的夏季台风而不是专业化的电风扇，在帮助海水高高溢出海岸。在洞头，我摄取的种种画面都伴随涛声。像有画外音的电影、布列松的摄影，无数碎片、细节，依赖旁白而产生诗意。大海为我的一系列画面旁白，并启发我去洞察海边事物之间的隐秘关系。

若干镜头如下：大海从坛口里一涌而出，一盘海鲜同时荡漾在餐桌和窗外波涛，海边旅馆吊灯混淆了游客们的星座和岛上星空，沙滩上两条旧船之间的红色摩托车如老夫妻之间的小女儿，爬满牡蛎的礁石绚烂闪烁如同跃向大海的豹子，伸进海湾的栈桥如同毛笔伸进砚台，渔村屋顶上的瓦片一层层涌进大海成为波浪、鱼鳞……万物充满相互转化的渴慕和冲动，以便克服自身的微小和短暂——需要艺术，需要诗。

岛屿，是大海与陆地相互致意、质疑之地，是理智的陆地与悲伤的大海之间的转化融通之地。俄裔美国诗人布罗茨基认为，悲伤与理智是一切诗歌的永恒主题。我由此推论：一座岛屿，就是产生于大海与陆地、悲伤与理智之间的一首诗，有能力以简短形式陈述人性的全部秘密——既保持陆地的局部形态，周遭又澎湃海洋，像一个人，作为人类的局部，被周围喧动的光线与阴影包围。群岛，比如洞头群岛，就是一组诗。我们几个暂时摆脱日常生活状态的人，就是一组群岛进入东海。

在洞头，在东海，我意识到：诗人，厌恶陈词滥调的人，无论面对语言、风景、生存，须保持自身的独特性、唯一性，逃离布罗茨基所反复言及的“公分母”般的公共话语——像从数学分数式“X/Y”中的公分母“Y”逃离、从陆地逃离，越过洞头群岛的海岸线、东海的海平线这样一条线“/”，升起，成为分子位置“X”上的一座岛……但我终究要回到内陆生活，下降到公分母处的广场、车站、市场、街头、写字楼，继续攀登早高峰、晚高峰这两座名山，游泳于现金流、薪水这残酷的大海，去挣扎、痛、梦想、爱、衰老、死……唯有写作，能够在稿纸的上端虚拟出海岸线、海平线，帮助内心从下端的肉体这一公分母中，脱离，上升，到达分子、星辰的位置，那也是诗的位置。

在船上，在海滩，在岛上山顶，我拍摄了一系列面对大海的老人、孩子、新郎新娘们的背影。那些背影洋溢出强烈的悲伤感，与他们面对超市、银行、会场、幼儿园、游泳池时的背影，性质迥然不同。他们似乎是在与整个动荡不定的人生对望、接洽、话别。“悲伤”，在英语中与“蓝”是同一词语。这些天，我反复面对大海，尤其是中午时分的平静大海，酷似临终前的父亲。朋友为我和大海拍了一张合影，看照片，像我与父亲的最后一次合影：他躺着，我站着。

回想起上海静安寺附近的某个夏夜，等待十字路口的绿灯，我抓拍了一个手捏钱包的女子背影。长发、皮短裙、高跟鞋组成的背影，在黯淡路灯下充满性感和召唤力。毫无悲伤感，因为她面对上海而不是大海。她正与一个肩膀上有刺青的外国男子谈话。突然，另外一个女声逼近我：“先生，侬拍我妹妹干吗？”继续逼近我：“想不想和她玩玩？大哥，我给我妹妹说说，你们玩玩……”我转身而逃，像侯麦电影中一个尴尬的没有台词的小角色。充满冒犯感。但这也是一种对自我的逼近、审视和冒犯。一切风景都是观察者的自画像。我拍摄下来的画面，无不暴露出自己的心境和面孔：开阔或逼仄，隐晦或明亮，宁静或波动，凛然或猥琐……我是我眼中的一切，我就是静安寺附近不安静的夜色，红灯闪烁。现在，我是洞头群岛周围的天光海色，与静安寺附近的夜色灯火冲突而后和解。

海滩上，突兀孤立一个红色电话亭。旁边，遮雨布下有皮质旧旅行箱、伞、折叠椅、拖鞋，大约是某摄影师或某电影摄制组遗留的道具。它们进入我的手机画面，像某个情感故事的背影——悲伤感荡漾其中，与上海超市、银行、会场、游泳池、十字街头等等地带的背影性质迥然不同。围绕这个没有电线的电话亭，我远远近近、俯俯仰仰拍摄，像试图与某一个故事恢复联系并渴望置身其中，姿势怪异。一个肩扛铁锹大约挖掘牡蛎的男子，在海滩上观察我三分钟。

在洞头摄取光和影，进一步领会细节在表达中的意义：草叶和蝴蝶的一丝颤动，比电视中的卫星云图更有感染力；女子脖颈上的黑痣，比晚间新闻更能阐发“晚安”一词的情意。摄影，启发我不断转换角度去观察、确认，从而使心身获得一次转机——像一个伊犁牧人自乌鲁木齐起飞，在上海浦东机场落地，然后转机去了布宜诺斯艾利斯。在船上，镜头对陆地产生强烈的依恋。而我献给大海的诗句，也都得到了陆地的支撑和谅解——悲伤之子，生成于理智之母。在洞头，学会等待——当端着手机期望一个准确的身影出现于拟定的画面以增强感染力，感觉自己回到早年的街头或旅馆，期待某个准确的女子，出现在拟定的拐角或走廊……一切表达，都需要细节、角度、等待，必须准确、唯一、不可替代，从恋爱，到写作。

在洞头，诗人马叙送了我一幅画。他近两年沉浸于水墨文人画，名动南北。这幅画题为《自拍的年代》：一裸体女子手持相机在对镜自拍。显然，这是陆地上的女子、理智的女子，远离大海，只能从自身发现波涛下的悲伤。一切拍摄都是自拍，练习告别和永别——用一张张照片证实自己活过、爱过、思考过，从而能够逐渐接受晚年、失忆症乃至死亡的持续到来。一切文字都是自传，写洞头群岛就是写自我。与己无关的世界，不可能在一个作家笔下出现。

以色列小说家奥兹说：但丁神曲中的一行诗“在人生旅程的中途”，可以用作所有故事标准的第一行。这个夏天，我的自传可以另起一行，写：

在人生旅程的中途，我来到了东海。

山阴记

一

绍兴市环山路上的乌桕树大叶子，哗哗啦啦作响、落地，像拖鞋，说服人们像秋风一样穿着树叶拖鞋，去过一种闲适散淡的生活吧。

我和友人随意晃荡。忽想起明代书画家徐渭的旧居“青藤书屋”。在绍兴，热闹的地方是咸亨酒店、三味书屋、鲁迅故居以及陆游写《钗头凤》的沈园。询问数位路人，皆不知徐渭和青藤。借助于手机导航仪指引，经前观巷而至大乘弄，这一条狭窄的小弄堂尽头，即为目的地。

旧居一角，那一丛著名的青藤，像徐渭的替身迎接我。他十岁时种下的那丛青藤，已被毁。目前的青藤，自野外移植而来，表演四百年前那一丛青藤？在对人间风雨、宣纸线条的临摹体会中，像演员，渐渐进入角色，长成一卷狂草、一个疯子、一场明代病了的风……

徐渭，明正德十六年，即公元一五二一年，生于山阴。会稽山的阴面、北面，比较冷。苏轼在流放中喜欢去向阳的东坡上劳作，接受充分的光照，很必要，有效果，就成了温暖宽和的苏东坡。徐渭生母是父亲小妾，早逝。同父异母的兄长待人凉薄，箕豆相燃，骨肉相煎。成人后，入赘为上门女婿。妻病逝，旋即被逐。少年时代即以文名轰动江南的才子徐渭，参加八次科举考试，消磨二十四年光阴，一概名落孙山成为笑柄。

抗倭名将胡宗宪因功名赫赫而总督浙江，闻徐渭有异禀，遂延揽其成为幕客——陪胡宗宪聊天解闷，替胡宗宪写文章献媚，为胡宗宪出谋划策，像藤缠树？在八股文中不自在的徐渭，终可以借胡宗宪之名放言纵笔，消解仕途不畅所郁积的重重块垒。幕府沉沉，徐渭自负、自得且自傲。“绍兴师爷”的庞大阵容和悠久传统，又多了一个范例和注脚，但毕竟是藏于帷幕后面的人，那帷幕破了、落了、着火了，一个探头探脑的书生，如何在这纷乱世界里自主、自处？

明嘉靖四十四年，即公元一五六五年，胡宗宪在政治斗争中失败，徐渭失势。焦虑、抑郁、恐惧，佯狂以自保，却真的陷入精神错乱。清醒后，写《自为墓志铭》，备棺材，数次自杀，手法惨烈：用利斧敲击头盖骨，血流满面，头骨皆折；将一寸多长铁钉戳进两耳；用铁器击碎睾丸；等等。求死未遂。怀疑继室不贞而杀之，入牢。七年后出狱，浪游江南，写诗作文，探索出大写意花鸟画这一崭新的中国画类型。课徒、卖画度日。手推柴门拒权贵来访，大呼：“徐渭不在！有画不卖！”用残生，终于完成精神的独立。

一个反复自杀且杀人的激烈者，绝对不会蹈袭前人，成为谨小慎微的工笔画家。他泼墨，像瓢泼般的山阴大雨冲洗自我。在狂放中散怀抱，于法度外开先河。郑板桥、八大山人、石涛、齐白石、张大千等等后来者，皆受惠于这一山阴前贤的滋养和启示。郑板桥甚至刻一枚“青藤门下走狗”印章，梦想为徐渭守住这一方小园里的月色墨香。晚年，徐渭贫寒之至，“鬻手以食，有书数千卷，斥卖殆尽。帱管破敝，籍蒿以寝”（钱谦益）。忍饥月下独徘徊。一五九三年，徐渭死于一堆残书旧稿中，身边唯有一狗送行——那就是郑板桥的前世、原型？

现在，我来了。没看见狗。有白猫一只突然闪过，破开墙角竹丛的墨绿，像飞白——被狂乱中的徐渭捏着毛笔，一掷而出？这旧居，其实只与徐渭童年有关，此后便一直是他人家园。明末，画家陈老莲因敬慕徐渭，在此居住多年以体悟神追。正是陈老莲，把这一小园定名为“青藤书屋”。徐渭自号“天池山人”“田水月”“青藤老人”“青藤道人”“青藤居士”“天池渔隐”“白鹇山人”“山阴布衣”等等，像当代人的笔名、艺名、网名，隐喻一种世界观。其中，“天池”，即青藤书屋一角的水池，徐渭幼年俯察过水中云影和游鱼。天池和青藤，反复出现于徐渭名号，显现出一个无家可归者对童年和母爱的眷恋。

仅有两个房间的青藤书屋，形势逼仄。雕花木格窗，透漏秋光暮色。四周，沿墙设置的玻璃柜里，收藏有徐渭各种版本的诗集、剧本、册页。墙上悬有徐渭诗句墨迹：“半生落魄已成翁，独立书斋啸晚风。笔底明珠无处卖，闲抛闲掷野藤中。”当然，这也是复制品而非原迹了，如同窗外那丛青藤，仅仅起着兴发我辈情感的作用。绍兴旅游局没有从当代市场上淘来床、椅，去误导游客想象一种明代的家庭生活，是对的。徐渭不是鲁迅。鲁迅故居里的陈设，与江南豪门大院内的格局毫无二致——假如鲁迅化装成游客买一张门票进去看了，是什么感受？

青藤书屋山墙外立面，嵌一方石刻“自在岩”，出自徐渭手笔。这面墙因风雨剥蚀而斑驳如水墨，我喜欢。“自在岩”三字，我喜欢。徐渭期望成为自在的岩石，只与青苔、露水，林间的光、鸟鸣，发生一种自然而然的关系，却走了幕客与师爷这一条山阴路——阴影中的路，扭曲的路，可抵达峰顶也就必然通往深渊。在阴影和扭曲中，徐渭以残破之躯、残年，学习一丛青藤，生发绿叶和蜜蜂，向墙外广大的光芒凌风起舞。手握同样一支狼毫，从刀笔小吏复归为书生，必须接受种种的丧失：庙堂上的功名，银库里的月色，自家天井里的爱和灯影……

徐渭终于在砚台这一块最小的山阴岩石上，确认自我，得大自在。“会稽乃报仇雪耻之乡，非藏污纳垢之地。”明末王思任如是说，有根有据。他一定想到了勾践、陆游、徐渭，也想到未来的徐锡麟、秋瑾、鲁迅？在大地或素纸上，报仇雪耻。

会稽山以南，龙泉，就是中国铸剑业肇始之地。《越绝书》记载，越王勾践曾特请龙泉铸剑师欧冶子，铸造出五把名剑：湛卢、纯钧、胜邪、鱼肠、巨阙——清湛的草庐、纯粹的力量、正义的胜利、微弱的柔肠、巨阔的城池……以剑名言志抒情，比一支笔更有说服力。

友人让我像芭蕉那样也站在墙角，以“自在岩”为背景，留影——当然，这影子仅仅是我的小复制品而已，没有流传后世以供人想念、传诵的可能性。因为，我没有剑，一支笔也愚钝乏力。

出青藤书屋，入夜。沿河走到鲁迅故居前，大门深黑且紧闭，像一个暗藏吴越秘史的隐者闭口不语。临河而坐，我们说话、吃肉、喝黄酒、闲看。街上游客渐渐稀少，都假装自己不像闰土、祥林嫂、阿Q，也确实不像勾践、陆游、徐渭、徐锡麟、秋瑾、鲁迅。

一条狗卧在河边石阶上，等骨头。像徐渭家那条狗一样，都懂得人间的苦、辣、酸、甜、麻、咸、臭，喜、怒、哀、乐、悲、恐、惊。所以，这条狗不看我们，假装在听水声。

二

从百草园到三味书屋，很近。

一个书桌，立在三味书屋小角落里，被绳子圈起来，避免游客凑近，就显得孤独。杰出的事物必然孤独，像会稽山那样孤独于南方——“山水自相映发”。其他桌子就比较自由、舒服，因无名而自由、舒服。那一个杰出的桌子，被少年周树人用小刀在桌子一角刻下“早”字，警醒自己不要迟到。他热衷于趴在桌上描画《荡寇志》《西游记》中的绣像插图，卖给一个有钱的同窗。这时，他还没有预见到，多年后自己会成为“鲁迅”——说话像刀子一样尖锐、凛凛逼人，像画笔一样生动、传神。

百草园里的青菜，今年新生，是今年的新学生，不是古迹。今年的青菜，负责演绎鲁迅的一篇散文、当下孩子们吟诵的一篇课文《从百草园到三味书屋》。有秋虫依旧在菜地里唧唧鸣叫，像这篇散文、课文的注脚。一篇美好的文章。如果鲁迅此后不再写《为了忘却的记念》《祝福》《药》一类愤懑文字，会稍稍快乐一些吧？但注定不会快乐，因为他是鲁迅，木刻的、刀子入木三分的鲁迅。因为身处一个铁屋子般的时代、一个呼唤“前驱和闯将”的国度。他的肖像不适合画成水粉。

鲁迅的小说《药》，主人公夏瑜就是以秋瑾为原型，写于秋瑾牺牲十二年以后，发表在《新青年》杂志上。秋瑾家离鲁迅家很近，两家院子作为景点，格局和气质都被当地人布置得很相似。鲁迅与秋瑾在日本留学期间就有交集和歧见，分别走了文人、战士两条路——笔的路，刀子的路，都深深地影响了暗夜蒙昧的中国、用“人血馒头”来治病的中国。

秋瑾故居内有一尊坐在书桌前的女子蜡像，端庄、宁静，与照片里男装扮相的黑白秋瑾，气象迥异。三十二岁的秋瑾一九〇七年就义之地，已成为绍兴市最喧闹的十字路口，与她故居很近——生与死很近，十字路口指出的四个方向很远——“虽千万人，吾往矣”。

在中国，书桌上要有一把刀子或一柄短剑作为镇纸，才能使一支笔避免轻浮和倾覆的危险——

山阴，就是笔与刀，就是笔尖墨、刀刃霜雪。

三

绍兴大街上载客的三轮车篷，大都写着广告词“书圣故里”，或许因为东晋书圣王羲之比文学巨匠鲁迅稍微愉快一些？

王羲之《兰亭集序》也是好散文，乘酒意一挥而就，顾后且瞻前，惆怅复眷恋。一千六百多年前，永和九年，公元三百五十三年，王羲之、谢安及其门徒友人凡四十一人雅集兰亭，流觞曲水，抒怀赋诗，辑成《兰亭集》，王羲之乘酒兴作序，一挥而就，遂产生《兰亭集序》。该序以蚕茧纸、鼠须笔书写，二十八行，三百二十四字，尽美尽善。据说，其真迹被唐太宗陪葬于昭陵，传世者皆为摹本。

我坐一辆三轮车去会稽山下的兰亭。目前景区，乃后世重构，非永和九年之所在——一种摹本。四十一名演员在扮演王谢及其门徒，着前人衣饰，仿先贤姿态，在“之”字形的细微曲水边缘列座，流觞赋诗——也是一种摹本，对古老南方诗意生活方式的模仿。“后之视今，亦犹今之视昔，悲夫！”王羲之咏叹着不能前晤古人、后顾来者的悲伤，我等又何尝不哀凉万丈。所幸有笔墨流传，可以让后世从屡屡出现在信札末端的“羲之顿首”中，看见他倾身、倾情那一瞬间的白发苍苍——

《执手帖》：“不得执手，此恨何深。足下各自爱，数惠告。临书怅然。”

《又不能帖》：“又不能不痛熙荐亡，政尔，复何于求之？”

《疾不退帖》：“疾不退，潜损亦当日深，岂可以常理待之？”

《汝不帖》：“汝不可言，未知集聚日，但有慨叹。”

《快雪时晴帖》：“羲之顿首：快雪时晴，佳。想安善。未果为结，力不次。王羲之顿首。山阴张侯。”

……

绍兴城中，在王羲之旧居建成的戒珠寺内，陈放着一系列王羲之名帖，其屡屡有“不”字闪现——“不次”“不具”“不一一”等语，显示出中国历史上第一次南渡之后纷乱时代里文人身心的疲顿、不快。他身后的陆游、王阳明、徐渭、张岱、鲁迅等等山阴文人亦是，与笔做伴，就是与不愉快做伴，复为敌。但如果没有这一支笔，就连不愉快也没有了，在这世界上还有什么存在价值？

王羲之大概羡慕雪——《快雪时晴帖》中那一场山阴大雪，天晴后，艳阳下，那雪显得多么愉快、安善。现在，秋天，我只能想象山阴大雪以及雪后初晴的美景。只有低头写这篇文章时，才感觉：这白纸像一地山阴好雪，这些字，像我咯吱咯吱走出来的足印……

一座石桥，因王羲之为一卖扇子的老妇题字而轰动全城、传颂至今，更名为“题扇桥”。桥旁，富有宣纸意味的一面旧墙，临摹放大着《快雪时晴帖》。我在桥上站半天，没有看到卖扇子谋生的老妇或少女。我也没有随身携带盛名和毛笔。“扇子和雪”，这一组矛盾的意象结合于石桥，让过桥的人感觉身体内一阵灼热一阵寒吧。人世、命运就这样时暖时寒。若有种种爱意、深情赓续于笔墨言语间，就值得一个人为这雪月烟火，而顿首。

在绍兴或者说在山阴，不得与前贤执手言欢，此恨何深——不得执手，“惟晚景宜倍万自爱”，苏东坡《渡海帖》中的这句话，似乎回应了王羲之的《执手帖》。自爱，尤其是在晚景中，替所爱的人来爱自己，替无爱的尘世来爱自己——悲夫。

四

> 她应该住在莫斯科，而我住在农村，我将去看望她。日复一日的幸福、朝夕相处的幸福——我忍受不了。我答应当一个好丈夫，但求你给我一个这样的妻子，她像一个月亮，不会每天出现在我天空。

这是俄罗斯情种、小说家契诃夫写给朋友信中的话。南宋山阴人陆游，大概不同意。

无法与爱人朝夕相处到白头，分别、沈园重逢、题壁而成《钗头凤》一词、唐琬抑郁而亡，才造就陆游“爱国主义者”“诗人”“慈父”之外的另一重身份：“山阴情种”。正如爱国主义生成于国破家亡之际，情种往往造就于爱情无所归附之时。但契诃夫的观点似乎洋溢出花花公子气质：爱情不必归附于某一女子，才有写作的灵感、痛感持续而至。他爱情的种子洒满莫斯科郊外的晚上。契诃夫照片也似乎佐证其感情史的丰富性。陆游没有照片，后人只能依据《剑南诗稿》等等文本来描绘其肖像：嶙峋如会稽山，孤寒如山阴雪。

沈园与鲁迅故居，处在绍兴城区同一街道，相距不过五百米左右。作为一个以爱情为主题的园林，沈园入门处就矗立一石，裂作两半，题有“云”“断”二字，暗喻缘断。园内有“孤鹤轩”。陆游就是一只孤鹤，声闻于天，也声闻于野，但那是秋声悲声断肠声。我坐在“梅槛厅”连廊上，听密密麻麻写着当代情人誓词的小木牌，随风吹，哗哗啦啦摆动。在沈园谈恋爱、发誓，失恋的危险会比较大吧。尽管当下情人分手的原因，基本与父母之命无关了。

按照契诃夫的观点，“不会每天出现在我天空”的月亮，才令人魂断神牵。倘若陆游与唐琬终生举案齐眉，这爱情，或许就失踪于纸墨间？第二任妻子王氏，陆游的夜夜烛光，失去被叙述的价值，处于匿名状态。在流传于山阴乃至整个南方的《钗头凤》吟诵声里，王氏怎样地活着、痛苦着？

只有未完成的爱，充满了“错、错、错”“莫、莫、莫”和“难、难、难”“瞒、瞒、瞒”的爱，才撕心裂肺？为了体验爱的强度，必须躲避爱的完成、躲避月亮的每天出现？而那完成的爱，被人忽视、无视，像从来都不曾发生和存在。除了才华，我们似乎都像是隐蔽的契诃夫或陆游？“疑是惊鸿照影来”——只有这初相见、生死别、一闪而逝、不复再现的爱，才值得抒情、咏叹并流传？

如何在小说、诗、电影等艺术形式中，对夫妻间长期相处的情感进行省察和表达，是一个难题。苏东坡写给三任妻子的爱情诗，都在她们早亡之后，“十年生死两茫茫”“明月夜，短松冈”“每逢暮雨倍思卿”。沈复以《浮生六记》怀恋妻子陈芸，同样是在孤身独处的暮境里，一边哭，一边写。“汝果欲学诗，功夫在诗外”——陆游向幼子陆子聿传授写作秘诀时，大概很不安：必须在诗歌之外，学习承受丧失和苦难的能力。

陆游少年缘断，后读书、应试、为官。中年入蜀，“细雨骑驴入剑门”。作为范成大的知己和幕僚，一同谋划如何领导王师、北定中原。屡屡碰壁、遭排挤，被那些充盈“偏安小趣味”的同僚，讥讽为颓放狂放之士，就干脆自名“放翁”。多年后，梁启超读陆游诗，感慨万端：“辜负胸中十万兵，百无聊赖以诗鸣。谁怜爱国千行泪，说到胡尘意不平。”像众多士大夫一样，陆游本意并不想成为在“子曰”“诗云”之间消磨时光的诗人、风雅者，“孤灯耿霜夕，穷山读兵书”才是其精神写照。但爱国，国已破；爱人，人无踪。一只孤鹤山阴鸣。

公元一一九〇年，陆游六十六岁，还乡隐居，“风雨春残杜鹃哭，夜夜寒衾梦还蜀”，但已经丧失还蜀出征之力。所幸的是，一二〇三年，辛弃疾知绍兴府，年龄相差十五岁的两个诗人惺惺相惜，一同怀想已离世的旧友范成大、陈亮、朱熹，谈边塞，写边塞诗。陆游心有不甘，又能如何作为？“夜阑卧听风吹雨，铁马冰河入梦来”——《十一月四日风雨大作》，风雨大作就是泪雨倾盆。“自恨不如云际雁，南来犹得过中原”——《枕上偶成》，成为一个“枕上神游爱好者”。陆游一生作九千余首诗，与“梦”有关的诗占了相当大比例。“所谓醒悟就是从梦中向外跳伞。”（特朗斯特罗姆）陆游不想跳伞，又怎能做到长夜梦寐无尽飞？死？

一年后，辛弃疾离任，赴镇江，在北固山上与长江对岸的金兵对峙：“千古兴亡多少事？悠悠。不尽长江滚滚流。”一二〇七年秋，辛弃疾卒于铅山，终年六十八岁，在长梦中回到吹角连营。陆游更加孤独。除了骑驴到乡村里为病人把脉诊断送草药，反复给儿子写勉励的诗，剩下的一件事就是去沈园走走。或许在他眼里，沈园就是一个国度的象征——“不复旧亭台”。只能看看“伤心桥下春波绿”，想想“红酥手，黄縢酒”。园中草木旧，胸中波澜难平。不平，就写出不平常的诗词文章。只能成为诗人，尽管“提笔四顾天地窄”，已无法“提刀独立顾八荒”——那嵌有黄金纹的金错刀啊！

一二一〇年，八十五岁的陆游去世，临终绝笔：“但悲不见九州同。”

把对一个女子的爱放大到整个国家，爱情诗就成为边塞诗。而诗的伟大，一概生成于重大的丧失和失败——笔的伟大，生成于刀子的丧失与失败。

我，一个凡俗的人，生活于寻常时代，也是好的吧。口袋里装一支英雄牌金笔，是金错刀的纪念碑。

看沈园里游人穿红着绿、欢天喜地，没有一点伤心样子，俗艳，也是好的吧。

五

李白《东鲁门泛舟》：“日落沙明天倒开，波摇石动水萦回。轻舟泛月寻溪转，疑是山阴雪后来。”我喜欢最后一句，“疑是山阴雪后来”。

在山东曲阜一条溪流上，李白泛舟，忽想起山阴、剡溪、一场雪、王子猷雪夜访戴，就怀疑自己不是李白，而是王羲之的那个乘兴而行、兴尽而返的儿子了。

“乘兴而行”，也的确是李白写照——酒兴、诗兴、赋比兴。也似乎是隐喻——雪夜访戴，其实是要去访问自己，那名字叫作“戴安道”的人，无非是一个书生访问自我所需要的驿站和契机，继续与自我对白、激辩、和解。“我与我周旋久，宁作我。”与王羲之同处东晋时代的名士殷浩，因这一句话，与“雪夜访戴”等等魏晋时代逸事美谈，而被南北朝时期的刘义庆载入《世说新语》。

《世说新语》其实就是一部“乘兴而行之书”。刘义庆对刚刚消失的魏晋时代人物，乘兴而神往、书写，让那些乘兴而行之人，被后世我辈乘兴而读。比如，“郝隆七月七日出日中仰卧。人问其故，答曰：‘我晒书。’”“王孝伯言：‘名士不必须奇才，但使常得无事，痛饮酒，熟读《离骚》，便可称名士。’”……这部书中的“任诞”“简傲”“排调”各卷，充满了王子猷、殷浩、郝隆、王孝伯一类自治而自洽之人，李白喜欢，我喜欢。这类人物稀少，“疑是惊鸿照影来”。

我在绍兴饭店住三天。其旧址，恰恰是张岱故居所在地“快园”。须重温《陶庵梦忆》一书。一个同样任诞、简傲、排调之人，写下《西湖七月半》《湖心亭看雪》，我喜欢。张岱在此居住二十四年，“茶淫橘虐，书蠹诗魔”，欢快之至。快园外、绍兴饭店外，龙山，一座小山，秋风里树木莽苍苍，间杂枯枝败叶，像中年人身上出现的老年斑。小山联系着张岱的《龙山雪》，同样是写雪的好文章：

> 天启六年十二月，大雪深三尺许。晚霁，余登龙山，坐上城隍庙山门，李岕生、高眉生、王畹生、马小卿、潘小妃侍。万山载雪，明月薄之，月不能光，雪皆呆白。坐久清冽，苍头

送酒至，余勉强举大觥敌寒，酒气冉冉，积雪欱之，竟不得醉。马小卿唱曲，芥生吹洞箫和之，声为寒威所慑，咽涩不得出。三鼓归寝。马小卿、潘小妃相抱从百步街旋滚而下，直至山趾，浴雪而立。余坐一小羊头车，拖冰凌而归。

公元一六二六年的一个雪夜，二十九岁的张岱与李岕等五个男女伶人，登龙山。雪地因无月色映照而“呆白”，幸而有仆人送酒御寒。几位伶人唱曲吹箫，至三更。马小卿、潘小妃两个女子相互抱着，从雪山上旋滚而至山脚，浴雪而立，看张岱等人坐一辆小羊头车缓缓归。一个美好的夜晚，“万山载雪”——龙山、会稽山、天姥山、天台山等等江南山川，在这一夜团聚于白雪和张岱笔端。后，清兵南下，张岱披发入山，在困顿、逼仄之境回忆少年纨绔时光，这一夜，两个花旦在雪地里像花一样簌簌飘落的场景，就成为不真实的美梦了。

快园成为“不愉快之园”，才有好诗文生发。唐代韩愈感慨：“欢愉之辞难工，而穷苦之音易好也。”似乎道出作文秘密：“欢愉之辞”须由困顿者叙述，“穷苦之音”宜由富贵子吟哦，才会有动人肺腑、肝胆俱裂的不俗力量。陆游对韩愈观点持异议：“只道真情易写，那知怨句难工。”其实，不论“欢愉之辞”还是“怨句”，若欲表达得深刻独到，都不易，需要克制、淡然、对冲——写怨句，要像在黄酒中加姜丝、话梅、红糖，煮沸，以绵软、微甜之力去化解那重重苦涩和块垒，否则，就成了鲁迅笔下长吁短叹的祥林嫂了。

绍兴饭店里的人、南腔北调的游客，应该比陆游、张岱欢愉快乐，大约都不知道这座饭店后的小山旧事和张岱文章。我沿山路晃荡。静。张岱在《龙山放灯》一文中回忆某年元宵龙山灯会的盛景：

“山无不灯，灯无不席，席无不人，人无不歌唱鼓吹。”“父叔辈台于大松树下，亦席，亦声歌，每夜鼓吹笙簧与宴歌弦管，沉沉昧旦。”数日后，灯会结束，山间到处是游人留下的果核蔗滓，妇女们掉落的绸缎鞋子被人拾起挂在树梢，像一树树花花绿绿的叶子……

现在，有鸟鸣，如越剧中一声叹息。山更幽。乌桕树的叶子落下来，的确像拖鞋。

越王勾践去龙山上的宫殿蒸腾雄心，张岱在山上寻欢后回家，应该与我走过这同一条山路。

“疑是山阴雪后来。”需要在大雪中再来山阴，看旧我与新我、梦中之我与世俗之我，相互周旋并拥抱在一起，像龙山雪夜里那两朵拥抱着、旋转着滚下山的花旦。

六

会稽山以东，有溪流名为“惆怅溪”。

若干年前，本地一书生研读《全唐诗》，发现：自杭州钱塘江起程，经山阴、剡溪、天姥山、临海、天台山，终结于东海，是一条唐代诗人密集游走的“唐诗之路”。李白、杜甫、孟浩然等等三百余位唐代诗人，次第越过会稽山、天姥山，直抵台州旁边的大海，在长约二百公里的山水间，乘舟、骑驴、步行，写下约一千六百余首诗篇。

这条唐诗之路必经惆怅溪，诗人们在此必惆怅。诗，就是惆怅。陆地消失、大海浮现，带来无尽惆怅无尽诗，吸引无数唐代诗人及后世文人骚客，奔向山阴吴越。

李白吟罢“疑是山阴雪后来”，就写出《梦游天姥吟留别》，成为本地广告词和旅游说明书。其中，最好的句子并非篇首关于山阴越地盛景的梦中幻象，而在于结尾处的痛心疾首：“世间行乐亦如此，古来万事东流水。别君去兮何时还？且放白鹿青崖间。须行即骑访名山。安能摧眉折腰事权贵，使我不得开心颜。”一个惆怅人、诗人，走过惆怅溪，看溪水流逝如古往今来，人间万事明灭不定，东入海。

一群群惆怅人，结队走过惆怅溪、斑竹村、东晋山水诗人谢灵运伐木凿岩开辟的小路，登上天姥山，望洋兴叹。一代又一代惆怅人，走过惆怅溪，然后像溪水里的叶子、花朵、光线、鱼，消失于时间、诗……

在惆怅溪边，我自然想起不开心的李白。李白在此，应该想起惆怅溪下游的剡溪、雪夜、王子猷。王子猷在剡溪访戴的雪夜里，想起长睡在剡溪岸边的父亲王羲之。王羲之在惆怅溪以北山阴兰亭，想起他以前的古人、他之后的我、我们……惆怅。一溪惆怅。

水流逝，隐喻时间和生命。万水归海，海就是时间与人生的集合，如墓地，如蓝色屋顶、卷宗无际的伟大图书馆——美国现代诗人肯宁翰的一首两行诗：“生流向死就像溪水流向海，/生是新鲜的而死对于我却是盐。”这句子，像是在剡溪、惆怅溪、兰亭曲水边写就的，像是在向李白的“古来万事东流水”这一名句致敬。肯宁翰像李白，在梦中登山眺望大海和死亡。一个绝望的人，一个书生，只能在语言里自救、寻找盐。

在上海，环堵萧然，而山阴四面葱茏。豹隐青山龙归海。我非豹非龙，独自登山再下山，到斑竹村里晃荡。卵石铺筑的古驿道依旧，驿铺、客栈、饮食店、货栈、百货店依旧，官员、公差、隐士、侠客等等古人不再，往来者，皆为当代村民或游客。

茶馆老板边斟茶，边讲一个古老传说：很久以前，刘晨、阮肇二人入山采药，在溪边遇两位仙女，分别相恋，当即筑房成家；一日刘、阮下山卖药，归来，仙女渺无影踪；徘徊溪畔，惆怅不已，泪水使周围竹叶斑斑点点；回山下故乡，才知道二百年已经过去，物非人亦非——溪名、村名由此而来，一个词牌“阮郎归”由此而来。关于爱的惆怅，同样是关于时间的惆怅：怎样才能克服爱的虚幻、时间的短暂……

斑竹村粉刷一新的旧土墙题满诗句，署名为谢灵运、李白、杜甫、孟浩然、韦应物、朱庆余、王勃、贺知章、许浑、宋之问、杜牧、苏东坡、陆经、林逋、李渔、郁达夫……历代诗人打破时间界限，欢聚一壁。当然，这是戏仿。墙壁枯寂如古宣，因这些名字、墨迹而生发清欢。我没有毛笔，只能掏出小钢笔，在笔记本上抄录几首关于惆怅溪的句子：

“只见山相掩，谁言路尚通。人来千嶂外，犬吠百花中。细草香飘雨，垂杨闲卧风。却寻樵径去，惆怅绿溪东。”（刘长卿）

“我生南北本殊津，邂逅相逢若聚苹。送客溪边一惆怅，新欢过眼又前尘。”（王洋）

“桃溪惆怅不能过，红艳纷纷落地多。闻道郭西千树雪，欲将君去醉如何。”（韩愈）

……

吟留别。吟诵，把美好的汉语留给友人、后人，以补偿身体之间的小别或永别。

沿惆怅溪下行，经过沃洲湖和沃洲山禅院。禅院安静，墙壁镌刻白居易所写的《沃洲山禅院记》，最好的一句为“东南山水越为首，剡为面，沃洲、天姥为眉目”。这禅院，是东南眉目间的一粒长寿痣，我是这眉目间一粒尘埃。禅院内，竟设一戏台，逢阴历节日有越剧演出以娱神——神也寂寞、惆怅，需要欢愉和快乐。越剧，就产生于剡溪所一越而过的嵊州——剡溪，像越剧中女子的水袖，剡溪两岸的云团如同越剧念白。

尤其喜欢禅院戏台两侧木柱上所刻对联："白头夫妻三更月，碧血英雄一局棋。"人生大戏，无非"爱""恨""情""仇"四字。月落棋残，万千夫妻英雄，烟消云散——

惆怅。语言在缓解还是加重惆怅？诗、文、念白，是在淡水中加盐，还是在伤痕上撒盐？

捏一支钢笔，捏一溪墨水和惆怅。我手指像惆怅溪上那座石桥，爬满皱纹般的青苔。

七

在绍兴城内晃荡——像一桶水，被日光组成的左手、月光组成的右手，提着，累了就换一换手，提着一桶晃晃荡荡的我。

我是水？上善若水。我不能再暗藏一丝恶意了。"无欲常教心似水，有言自觉气如霜。"一处深宅大院正堂，悬有这副楹联，动我心扉。在越地山阴这一报仇雪耻之乡，似水如霜之人联袂而行。我有欲而乏爱，无言、残喘、气息如游丝——需要在霜降或雪天再来此一游。

中午，沿河走。一串纸灯笼灭了，只能向河水借波光，微微亮，像晚年中的人向周围少年借一点光。河埠头，捣衣的妇人腰身起伏，对亲人的体味变化比洗衣机敏感。枕河而居的人，容易梦见鱼水之欢。以河为弯曲的枕头，需要多么盛大的床榻和缠绵，才配得上这满城的桂花香？这样绣了花边的枕头和梦，足以承受降温的生活。爱和被爱吧，无名生息而不必像陆游、唐琬那样著名地爱、著名地痛。这世俗的、平淡的爱，是一壶加热的、有十五年以上历史的“古越龙山”——本地著名黄酒、龙山雪酿成的黄酒。众多小石桥及其倒影，那么圆，像嘴巴、吻，使这河、这弯曲的枕头，完整无忧。

大街上，是物质主义的潮流。千城一面。我踅进若干小、乱、陈旧的巷子里晃荡，微微体会到山阴一带闪现过的王阳明、许孚远、刘宗周、张履祥、黄宗羲、祝渊等等旧日书生的踪影和内心。深刻影响中国思想史的“心学”“浙学”，源自山阴——山川寒冷低温的一侧、北侧，宜于沉思和点灯；向阳的一侧、南侧，适合耕种和生殖。

在小街巷里晃荡、拍照，居民的日常生活显露无遗：滴水的拖把，花花绿绿的裤头、乳罩，穿着睡衣、提着蔬菜和鲜鱼的艳丽女子，戴毡帽、穿西装、晒太阳的老人，窗台上的鸽子——当我的手机镜头逼近、再逼近时，鸽子振翅而起，跃进小巷上的天空。它用自己的一跃而起，安慰我：“你并非一个毫无价值、没有分量和影响力的人，你看，我已被你惊飞！你要自信、沉着、愉快。”

——是张岱，化装成了这一只山阴的鸽子？

白马湖记

一

俞平伯弯腰从后门进入教室，坐在一个学生旁边的空位上。那学生侧过身，对这穿长衫的陌生人点头微笑，又扭头沉浸于讲台上那一先生的授课之中。

“我们春晖的校舍里最多的就是湖水，三面潺潺地流着。其次是草地，我从拥挤、局促的北平、上海、杭州，再到空旷的春晖，就有莫名的喜悦。”

学生们笑了。这么抒情的先生，让他们喜悦。

俞平伯也笑了。讲台上，这一个平素寡言的友人，像蓦然脱离剑鞘的哑寂，闪露出光芒了。俞平伯压抑自己身子，避免使那一个沉浸在思辨与言说中的讲课者受影响。

“白马湖的水很自由，我们先生、学生也应该是自由的，顺全天性，加以自然界的陶冶，趣味才会纯正。当然，现代生活的中心是城市，是杭州、上海、北平。乡村生活里的修养能否适应城市？这似乎是一个问题。我们可以通过旅行、社会调查，来体会城市生活——下周末，我带你们去西湖边，与浙江第一师范的同学交流，好不好?”

浙江第一师范青年教师俞平伯，小声附和学生们的回答：“好!”下周末在杭州交流，是俞平伯与讲台上的先生约定的事情。他拟好了一系列接待春晖师生的行程，包括游湖、祭拜岳飞墓、座谈、开新诗朗诵会等。

“我觉得，在春晖学习，在白马湖生活，可磨炼承受寂寞的定力，也能培养人与自然相一致的美，对不对啊，同学们?”学生们朗声赞同：“对!”讲台上的先生躬下微胖的身子，喝一口茶水，掏出手帕擦汗。

俞平伯又笑了，想起自己散文《桨声灯影里的秦淮河》中对这位先生的调侃：

> 河房里明窗洞启，映着玲珑入画的曲栏杆，顿然省得身在何处了。佩弦呢，他已是重来，很应当消释一些迷惘的。但看他太频繁地摇着我的黑纸扇。胖子是这样怯热的吗?

那是去年八月的事情，黑纸扇似乎也送给了佩弦——讲台上这一位长他两岁的兄长、北京大学同学、杭州一师前同事、《诗》杂志同仁、未来清华大学中文系主任、西南联大中文系主任。

三月小阳春，天气有那么热吗?俞平伯看看门外发芽的柳树，再看看讲台上年仅二十七岁的佩弦，有所悟：这是一个热烈的人啊。看看他讲台上的一沓教案、学生作业，再看看学生们专注的表情，就知道需要投入全部身心，才能让一堂中文课像春夜喜雨，“润物细无声”。

“今天课外阅读作业，是咱们校刊《春晖》节选、夏丏尊先生翻译的《爱的教育》。亚米契斯的这部书，值得一读。上学为了什么？升官吗？发财吗？做军阀吗？不，为了学习爱——爱自然，爱国家，爱友人，爱我们的每一天、每一秒。有爱的能力，才不辜负这一生一世啊，同学们。下周末，我们在杭州座谈读后感，好不好？”

俞平伯又小声附和学生们的回答：“好！”

下课铃声响起。俞平伯起身朝讲台走去。佩弦正在回答几个学生的问候或求教，抬眼看见俞平伯，笑了。两个人紧紧拥抱，丝毫没有顾忌周围学生惊奇、兴奋的眼神。他们上次在杭州见面，仅仅是几天前的事情。佩弦问俞平伯：“坐火车来的？我听见火车声音，就想：今天有客人来访吗？走，夏先生今晚请客，子恺兄也在，一醉方休！”

穿过校园，越过春晖中学后门外的木桥，沿一条煤渣路，两个年轻人朝夏丏尊先生家的平屋走去。

周围青山如大象。湖水舔舐岸边野草，酷似白马的嘴唇在咀嚼晚餐……

这是一九二四年春的一天。佩弦者，朱自清也。

二

近百年后的这一个秋日，我坐在春晖中学校园里。

九十年代初，电视剧《围城》拍摄的时候，来此取景。春晖中学假装是钱锺书笔下的三间大学，供几个扮演方鸿渐、赵辛楣、李梅亭的人，演绎一段“四十年代《儒林外史》”。那一群上海沦陷期的流亡者气质，似乎与春晖中学之底蕴，格格不入。

朱自清当年上课的仰山楼，是一座中西风格合璧的两层建筑，现成为春晖校史馆。其内，陈列着自编的教材、教具、校园模型、学生作业、半月刊校报《春晖》、杰出校友成就说明、师生著作等。一系列老照片，定格了来校教书、演讲、考察的众多名人的青春：蔡元培、何香凝、黄炎培、舒新城、张大千、黄宾虹、胡愈之、张闻天、陈望道、叶圣陶、李叔同、丰子恺、朱自清、俞平伯、朱光潜、柳亚子、刘大白……

这基本上是一个生长于南方、深刻影响中国文明进程的知识分子阵容。比如，陈望道，一九二〇年，将日文版《共产党宣言》翻译为白话文，以汉语的修辞之美和感染力，让普通工农也能入耳入心。北伐军士兵人手一册，像握着一盏革命的路灯——华夏神州的觉醒与巨变，从翻译所带来的新语汇、新句法、新逻辑，开始了。

近代以来的中国史，就是一个自南而北推动变革、再自北而南一统江山的历史，从洋务运动、辛亥革命到共产主义，无不如此。这或许与东晋、南宋、南明、抗战时期历次南渡有关——知识精英阶层经历一番番重创离散，在南方生养、蓄力，对中国的局面静观洞察，再适时发声、北上。从晚清，到民国，众多知识分子在南方演说、讲学、制造舆论，让清廷和军阀不安。比如，梁启超，在上海创办《时报》，创造出“中华民族”这一崭新词语，探索出一种半文半白、且叙且评的新文体，“纵笔所至不检束”。正是他，从巴黎和会现场发回种种讯息，引发五四运动乃至一系列历史事件。南方，不仅仅向北方输送粮食、布匹、木材、瓷器、机器、文人画、通俗小说、海外消息，也提供着一代代士子、质疑、叛逆、曙光。

在新生的民国，在远离上海、杭州的偏僻越地，一个乡村中学，如何能吸引众多名人、教育家次第乘汽车、火车，在驿亭站下车，步行数公里来到白马湖边，沉思、授业、栖息身心？原因大概如下：

第一，春晖中学一九二一年的初创者、出资人陈春澜，幼年家贫失学，后做学徒，渐渐谙熟经商之道，办货栈，开钱庄，成为名闻江浙一带的富商，思想开放，财力雄厚，足以支撑一系列富有新意的教育活动，比如各类学术论坛、演出、师生社会考察、理化学科实验等等。

第二，首任校长经亨颐，系国民党内左派代表性人物，一个有世界眼光的教育家、思想者，与廖仲恺、何香凝是儿女亲家，在政界、文化界的影响力可想而知，故能邀动众多非凡之士来校工作、交流，新风新雨扑面来。

第三，春晖中学校训为“与时俱进”，教育方针为“实事求是”，训育理念为“勤劳简朴”，契合于“做人与做事相结合、自由与责任相融汇”的现代人才教育观，强烈吸引远近学子入读春晖，即便抗战期间亦不息不辍，终成就“北有南开，南有春晖”之美誉。

在五四运动试图用科学和民主唤醒中国的时候，白马湖、春晖中学，以一个出人意料而又合于逻辑的南方乡村角度，让上世纪二十年代以来的人们，振拔复深思。

目前，春晖中学已成为白马湖旅游景区的一部分。进入校园，忐忑。门卫漠然瞥一眼，大约把我当成一个教师、家长或清洁工了。

这是一个周日的下午，校园安静。广播里轻柔播放着孟郊作词、丰子恺作曲的校歌《游子吟》，以及李叔同填词的毕业歌《送别》。一届又一届春晖学子，在开学典礼、毕业典礼上诵唱：“谁言寸草心，报得三春晖。”“一壶浊酒尽余欢，今宵别梦寒。”一个乡村学校，有无限的爱意深情可供抒发。眼下，似乎进入叙事、反讽的时代，连“抒情诗”都成为一种被嘲笑的文体。

偶有返校学生拉着行李箱走过校园。足球场上，一男生正独自踢球，在虚空中模拟出一个个对手、一个个疑难，闪、防、逼、转身、抢、穿插，最后呈现一记漂亮的射门。男生攥拳仰天作欢呼状，倒在地上……一代又一代学子，在为未来的、世界的、中国的惨烈竞争，练习谋胜的意志和步法。而我大致上已知道个人的结局和得分。渐渐离开主场甚至客场，坐在边场、看台，为新青年们鼓掌、欢呼或沮丧。

但身处春晖中学，尚能假装前景广阔。那些隐秘的大师，引领我，朝着美和爱的方向奋发。

三

春晖中学后门外那一座木桥，已改建成石桥。我在桥上站了站，沿一条早年的煤渣路变形而成的水泥路，朝夏丏尊先生的家“平屋”走去。步姿与心境可能更像朱自清。我也比较胖，爱出汗。

相较于俞平伯的雅正、博识，我更喜欢朱自清的自然、清简。独自走着、看着，想着从前的人事，这个秋日下午，比一九二四年春天的那个下午，就显得孤单。

李叔同先生的晚晴山房，正在装修，电锯声声急。丰子恺的小杨柳屋门前，没有杨柳。朱自清故居也在装修，门敞开，油漆气味刺鼻。我敲了敲平屋的黑色门扉，无人应答。夏丏尊在一九四六年搬到平屋后面的山脚，长眠于松风秋色。

夏丏尊一辈子从事教育、出版和文学创作，无文凭。出生于上虞一个教书先生之家，十五岁考中晚清时代的秀才，入上海中西书院接受现代教育，后因学费匮乏辍学。替父亲在私塾授课，阅读新思潮书籍和报刊，受触动。一九〇五年借款赴日本求学，费用枯竭，归国。因才华卓越被教育界接纳，先后受聘于湖南第一师范、浙江第一师范、春晖中学、浙江省立四中、上海暨南大学、上海南屏女中任教，尝试教育改革，培养现代中国迫切需要的知识分子，而非奴才、犬儒、山林高士。

其中，在浙江第一师范供职时间最长，达十二年之久，夏丏尊力图以教育改变这不合于人道的世界。主动承担起清高者避而不为的舍监职务，一早就督促学生起床、上课，晚上为学生掖被子、关灯，节假日提醒外出学生早归、不要醉酒。学生财物在宿舍被盗，他绝食数日，以示自责自戒。其教育方式被学生誉为“妈妈的教育”，其实就是爱的教育。

一九二二年，夏丏尊来春晖中学，继续“妈妈的教育”，年龄才三十六岁。

春晖中学实行男生女生混合上课，建立学生选择导师制度，在当时教育界属开先河之举。夏丏尊和受他影响来校任教的朱自清、丰子恺、朱光潜等人，把春晖中学作为现代教育试验田：编印半月刊《春晖》，培养学生编辑、学生记者；举办师生演讲比赛，鼓励思想交锋和口头表达；废除体罚，相信每个孩子都可以成为善者、英才；支持学生建立文学社等等社团，自我治理，多维交流……

“彷徨于分叉的歧路，饥渴于寥廓的荒原。”少年的现状与前途，无人关心注目，“是一件怪事和憾事”——三年后，夏丏尊移居上海创办《中学生》杂志，在发刊词中如此感慨。他大约把《中学生》这本杂志，当成全中国学生的《春晖》了。后来，创立开明书店，把教育、出版、写作结合起来，为那些“歧路与荒原”上的孩子点灯照明、提供食粮。

夏丏尊和其他先生相继离开春晖中学，在上海创办立达中学或赴他地工作，有家庭生计的考量，有扩大教育变革影响力的意图，也与省城派驻的督学压制新式办学实验有关。一个名字叫“黄源”的学生，头戴绍兴毡帽上体育课，被督学视为大逆不道、勒令开除，导致夏丏尊、丰子恺等一批教师集体辞职以示抗议，这就是春晖中学校史上著名的“毡帽事件”。其他名师随后相继来校任教，使春晖中学教育变革的主流未变。夏丏尊也常常自上海回到平屋小住，与师生们保持交流。

在平屋，深夜，夏丏尊先生翻译亚米契斯的长篇小说《爱的教育》。完成一章，就请隔壁朱自清、丰子恺来喝酒，讨论译本修改意见。喝的自然是黄酒，下酒菜自然是印膏、霉千张、臭豆腐一类越地小吃。译毕，出版，《爱的教育》成为历久不衰的畅销书。

在南方中国，曾经有这样一群人，把“爱的教育”作为志命，“持志如心痛”（王阳明）。

四

我坐在平屋门前一块石头上，看白马湖。

夏丏尊当年大概也坐在这块石头上，眺望未来。

湖边，一棵类似千手佛的巨大香樟树，枝条纷纷扬扬而起，把天空抱在绿胸怀里，像母亲。

他和我大概都会想到宋代李唐的《坐石看云图》——两个隐士，坐在溪流边乱石上，仰望周遭群山涌起的云团，念诵诗词，比如杜牧的“行乐及时时已晚，对酒当歌歌不成。千里暮山重叠翠，一溪寒水浅深清”。夏先生与朱自清、俞平伯、丰子恺、朱光潜等友人，一同坐在石头上看湖望云，尤其是暑天傍晚，室内闷热，湖边凉风有充分的吸引力。如果有学生来，石头不够用，就搬来几把竹椅、一张茶几，围坐聊天、喝酒，谈说南方北国的烟火世态。

在上世纪初期纷乱的辰光里，谁也无法成为真正的隐士。没有桃花源、乌托邦可供寄居偷生，连弘一法师也需要时时来白马湖小住，闭门静修，避开杭州、泉州的喧嚣与扰攘。在一九一八年转身成为弘一之际，李叔同为浙江第一师范同事、好友夏丏尊临别题词："勇猛精进。"此言出人意料，但合于情理。自古至今，中国不乏独善其身者，更需舍身赴死之人，夙兴夜寐、发声、践行，使一个古老国度朝理想的方向演进。所以痛苦，也因此动人——"冰炭满怀抱"（陶渊明）。

> 靠山的小后轩，算是我的书斋在全屋子中风最少的一间，我常把头上的罗宋帽拉得低低的，在洋灯下工作至夜深。松涛如吼，霜月当窗，饥鼠吱吱在承尘上奔窜。我于这种时候深感到萧瑟的诗趣，常独自拨划着炉灰，不肯就睡，把自己拟诸山水画中的人物，作种种幽邈的遐想。

若干年后，夏丏尊在上海写出《白马湖之冬》，如此自况。

从宋代的李唐，到现代春晖中学里授课、交流的黄宾虹、张大千，都明白：没有人物的山水画，寂寞无聊。哪怕出现一个樵夫、一匹驴子或一角屋檐，弥天寒意间就会透露一线生机，给观者带来安抚和怀想。白马湖这一山水长卷，四季嬗变色调，一群师生始终是引人注目的焦点，让周遭风物不同寻常。

丰子恺在春晖中学创造了中国漫画这一品类：人，成为被表达的主角，山水花木充满世俗的喜乐和善意。

留学日本归来，丰子恺到春晖中学讲授美术、音乐。平屋旁就是小杨柳屋。夜深了，月华如水，如同窗外白马湖上的水。丰子恺与夏丏尊、朱自清等人，酒聚毕，醺然难眠，展纸挥笔画下他的第一幅“漫画”《人散后，一钩新月天如水》。这幅作品发表在《春晖》半月刊，成为丰子恺代表作，代表一个典型的中国月夜、一种雅致的古典生活方式：竹帘半卷，新月妩媚，窗前木桌上是一个茶壶、四个杯子。虽无人，显然在人间。

六十年代，丰子恺“封建主义长须”被“小将们”割去。那一刻，他或许想到春晖中学里的孩子们。那些孩子对先生的长须是敬畏、好奇的，猜测其中蕴含某种志念和隐痛。但不问。长须落地那一刻，丰子恺大概想到在小杨柳屋所作的自画像：面如满月，省略五官，长须被画成萌发新芽的三月柳丝，两只燕子穿飞而过，那长须或者说柳丝下方，是一湖潋滟春水……

我坐在平屋前石头上，喝一瓶矿泉水。农夫、拖拉机和轿车来来往往，这景象，早年那几位先生没见过。当时的煤渣路到平屋为止，仿佛天尽头，的确是到了一个时代新思想的高迥处。现在，一条水泥路延展通往驿亭镇的北部。连绵群山间有一个缺口，北风就是从那里吹袭、进入夏丏尊的文章。早年往来于杭州和宁波之间的火车道，依旧存在于缺口外。隐约有汽笛传来，像利用那一缺口、嘴巴，呼喊着一代又一代新人次第出现。

前人有“坐石上，说因果”之谓。石头之永恒，与所坐者之须臾一闪，构成强烈对比。眼前石头依旧，二十年代的先生们移居于历史深处。我来访，稍纵即逝，亦微微能证明：古老中国爱与美之间的因果关系不息未休。

平屋前，一棵高大果树结着累累金黄色果实，像橘子。水边菜园里摘南瓜的老人告诉我，这叫香泡树，树龄有几十年了。大概是夏丏尊们种下的树。当时，周围还没有民居，一派荒凉。先生们种香泡树和杨柳树，是为了缓解孤单吧。

《春晖》上发表的另一幅丰子恺的漫画，也让我欢喜：三先生围坐，木桌上散放几个果子，似乎就是香泡。一只猫，站在墙洞里俯瞰桌面，像壁龛里的神在思考人间忧乐。漫画一角题款："草草杯盘供语笑，昏昏灯火话平生。"

画中人，大约对应着夏丏尊、朱自清、丰子恺。他们的三处旧居依偎湖边，像三人依偎在桌边。

那盏油灯火苗硕大，像倾吐出一个又一个准确的动词，推动新世界破晓、来临。

五

"问渠那得清如许，为有源头活水来。"朱熹名句。他的第二十六世孙、春晖中学青年教师朱光潜，熟知并认同。正是丰子恺漫画和春晖中学教育思想这些源头活水，激发朱光潜写出第一篇美学论文《无言之美》。夏丏尊、朱自清读罢初稿，激动不已：中国的现代美学原理、美学家，在白马湖边出现了。

无言之美，即含蓄、空白、省略之美。金刚怒目，不如菩萨低眉——那低眉，就是爱意与悲悯。白马湖北边连绵群山间那一缺口，是无，也是有。朱光潜在这一论文开篇，引用孔子的话："天何言哉？四时行焉，百物生焉。天何言哉?"天空不必言，四时百物，就足以展现大块之美。在篇尾，他又引用陶渊明诗句："此中有真意，欲辨已忘言。”忘言也就忘了，有真意深情眷眷在，就好。

朱自清的名篇《白马湖》，叙述白马湖春天的美，最感动我的句子如下：

> 天上偶见几只归鸟，我们看着它们越飞越远，直到不见为止。这个时候便是我们喝酒的时候。我们说话很少；上了灯才多些，但大家都已微有醉意。

说话很少，非无话可说，而是鸟飞过、酒已热，就说出彼此间的一切了。上了灯才多说一些，是为了帮助灯光缓解夜色的重负。朱自清这一名篇，也在诠释无言之美。

“我们喝酒的时候”，应该喝的是黄酒，郁郁乎，醉至日上三竿甚至一生。因为，是“我们”这一种人在一起喝酒啊。

移居上海后，夏丏尊索性在家办起“开明酒会”，以“每次能喝五斤绍兴黄酒”为入会条件。丰子恺、叶圣陶、郑振铎等人顺利登堂入室，大醉复欢颜。钱君匋只能喝三斤半，被章锡琛挡在门外：“你再锻炼锻炼，半年后来试试。”夏丏尊慈爱后辈，网开一面：“君匋年轻，入会尺度可放宽一些，慢慢培养，打个七折吧！”皆大欢喜。后来钱君匋果然喝到五斤标准，才气与声名水涨船高。

“白马湖散文作家群”，是文学界在上世纪九十年代提出的概念。白马湖边生活过的那批学者、作家，在文章中呈现出共同的美学追求：峻急与冲淡兼备，剑色与箫声共融，以艺术、以诗意，反制旧中国的荒凉与不堪，以白马湖、以春晖中学，抵御远远近近大大小小各种武力、权力的合谋与围剿，关注青年，相信未来，在陈腐与空无中铸造新人格、新世界。这一群体的代表作，有丰子恺《山水间的生活》《湖畔夜饮》、叶圣陶《没有秋虫的地方》、李叔同《白马湖放生记》、陈望道《从鸳鸯湖到白马湖》……

夏丏尊和他的朋友，当然不会知道被后人冠以“白马湖散文作家群”之名，也未必认同这一命名。他们每个人的声腔面目，都有各自鲜明的辨识度，但如果把先生们的文章比喻成黄酒，则应获得高度认同：在绵软、微甜中隐伏持续的刚烈，内力无穷，连他们书桌上的文具，也恍惚拥有南方酒器之美：锡制，里圆外方，中有夹层，天寒时节可注入热水以保温。夏先生的砚台就含着一个夹层，可放入炭块加热，免得墨水在冬夜里凝结为冰，就能在油灯下一直写到天色微明了。

六

离开平屋，我朝白马湖以北逶迤青山间那一个缺口处走去。

夏丏尊移居上海后，思念白马湖，文章中只写了此地的冬天。朱自清去清华大学任教后写《白马湖》，重点描述湖边春色和夏意。显然，这是为了给我留下秋季以供表达，免得一个后生无话可说。

罗兰·巴特曾提出“写作的秋天状态”这一概念，大意是：一个写作者的内心，在累累果实与迟暮秋风间，过往之物与将逝之事间，深信与质疑间，责任与自由间，词与物的广阔联系与精微考究的幽独行文间，转换不已。是的，我正处于这种秋天状态，无论生命还是写作，转换不已，尤其在白马湖、春晖中学，转换不已的节奏和压强，异常凌厉、巨大。是历史，是上世纪初期那批先知、先觉、先行者，为我提供一部分转换不已的动能。

当然，还有这湖边的秋日景象。

稻子成熟，金黄弥漫。湖水时聚时分，稻田的形状时大时小，形成一个个岛屿形状的秋色联合体。湖边，稻田边，随处可见以各种简单木板或铁皮拼成的小舟，系在柳树下、桥墩上甚至芦苇间。解开小舟，就可划向对岸或湖水深处，去割稻、采莲子、割水草、捕鱼、走亲戚。“扁舟不为鲈鱼去，收取声名四十年。”黄庭坚如果和我一起在白马湖边游荡，会修改其中句子——“扁舟但为鲈鱼去”。春晖中学早期那一代先生，砚台里蘸墨、宣纸上书写的时候，会联想到白马湖和舟子吗？毛笔的确有桨的形式，砚台的确有舟的内涵，宣纸的确有白马湖的苍茫开阔，可供收取声名，百年千载。

越过山口，我走到铁路边，恰好有一列绿皮火车隆隆驶来。几个孩子手牵手，看火车远去。奥登诗句：“一个词搁在另一个词旁边，究竟能发生什么动静？”这几个孩子，是几个手牵手的新词，有力量发生一系列火车和未来。他们幼小、爱、美，不应该被一个衰败的词所影响——我自觉，我转身离去。

这条铁路以北两公里处，是另外一条大致上相平行的高速铁路。子弹头形状的列车，呼啸着，冲出又射进一个个车站所构成的枪膛、假想敌。夏丏尊们如果穿越时空来到当下，会对物质进步如此迅疾、人性优化如此缓慢，很困惑吧。

朱自清频繁乘坐绿皮火车往返于宁波、白马湖之间，在数所中学兼职，直到后来专职在春晖中学工作。他有一大家子人要供养。父亲由于这个儿子的执拗、独立，基本上断了联系和资助。获悉父亲病重，已经在清华大学任职的朱自清，才意识到某种丧失的逼近，匆匆写出《背影》这一名篇——车站送别，那一个爬过月台、去为儿子买几只橘子的肥胖背影，父亲青布棉袍、黑布马褂的著名背影，打动一代代读者的心。回光返照时，父亲捧着发表《背影》的杂志，读到儿子眼中的自己，哭了。

朱自清写这篇散文时，大约想起一系列铁道、分别、迎接，包括白马湖边驿亭镇上这一个车站。他在此与家人拥抱、转身，北去清华大学。妻子在白马湖边又延宕半年，黄昏时分，常常步行到小车站，期待丈夫面影能突然闪现于出站口。

我的南方，我的南方，
那儿是山乡水乡！
那儿是醉乡梦乡！
五年来的彷徨，羽毛般地飞扬！

朱自清在清华大学写下这些诗句。感叹号很多，说明他当时很年轻。我现在写下的文字里，感叹号已经消失。

从车站走回春晖中学，一路体验夏丏尊、朱自清们的心境和脚力。我穿皮鞋和夹克。他们着布鞋与长衫，更容易感受并用身影表达出道路之起伏、北风之凛冽。

七

来春晖中学晃荡之前，我在绍兴一家饭店待了两天。

“回到源头：纪念《世界文学》杂志诞生六十五周年高峰论坛”的巨幅会标，立于饭店内的演讲厅前。鲁迅手持香烟作沉思状的速写，成为会标一角。众多翻译家、学者、作家甚至酒店旅客，纷纷以此为背景拍照留念。

鲁迅出现在会标上，出现在这一论坛关键词里，很合适，很必要。《世界文学》杂志的前身，就是鲁迅先生在上海创办的《译文》杂志。“回到源头”，就是回到鲁迅，回到绍兴这生发了中国文学现代性与人的现代性的地方。

与会者一个又一个登上演讲台，思辨、抒情——

“鲁迅先生对于五四新文学的兴起有开山之功。其开山之力，来自对俄国、德国、日本、法国众多作家的翻译，来自对异域人生的勘探。中国文学的现代性，或者说中国人的现代性，离开翻译，离开外部世界的参照与支持，无从谈起。语言不是工具，语言就是人、就是世界。”

“梁实秋批评鲁迅的‘硬译’，是没有理解鲁迅苦衷。鲁迅就是要以西方语言的新结构、新语式，改造、丰富汉语表达，继而改变中国人的认知方式，这也是他的启蒙计划之一。正是鲁迅、周作人、林语堂、朱自清、俞平伯、夏丏尊他们那一代人化欧化古，才有了我们今天的言语方式和世界观。”

“中国话剧从教师、学生演剧开始，比如春晖中学的话剧社，首演曹禺的《雷雨》。李叔同在浙江第一师范参演《茶花女》。直到今天，学校依然是话剧艺术发展的重要平台。”

“一九三五年，周作人主编《中国新文学大系》散文卷。他在‘序言’中对现代散文文体进行思考，说：新散文的发达成功有两重的因缘，一是外援，一是内应，外援即西洋的科学、哲学与文学上的新思想之影响，内应即是历史的言志派文艺运动之复兴。现代的散文好像是一条淹没在沙土下的河流，多少年后，又在下游被挖掘出来，这是一条古河，却又是新的。周作人的话，体现出汉语、汉人的自信与开阔。汉语文学传统不是一潭死水，而是一条大河，由于众多支流的不断支援而生生不息、一往无前。”

“鲁迅是剑，周作人是伤口。”

“我喜欢绍兴。每次来都去南方书店，在那里举办过读者见面会。听说南方书店关了，很伤感。还想去荒原书店看看。那里收藏许多民国时代的文学杂志和书籍。绍兴是文学之乡，是现代中国最先觉醒的地方。除了鲁迅、周作人，还有白马湖二十年代聚集的一批作家，都为中国的时代进步做出贡献。”

……

坐在会场里走神。席位卡像蝉蜕下的壳，我的内心已经走到白马湖边了。那些在“外援与内应”中更新汉语传统的、上世纪初期的先行者，引领我神游于湖边的秋色春晖。会场里的翻译家、学者、作家们，对此不知不觉。他们演讲的过程中，穿插了手机铃声、鸟叫、女服务员倒茶时杯盖碰触杯身的轻微叮当、主持人“注意控制演讲时间啊”的叮嘱、门前一辆货车“倒车，请注意；倒车，请注意”的喇叭提示音……

以“《世界文学》之夜”为主题的文艺晚会，由作家、翻译家高兴，诗人戴潍娜，联袂主持。学者陈众议吹奏口琴曲《送别》，大家齐声合唱：“长亭外，古道边，芳草碧连天……”作家程巍用汉英两种语言朗诵《哈姆雷特》中的著名独白：“生存还是毁灭，这是一个问题。”至今，这仍然是一个问题，永恒的问题，不论对于一个人还是一个民族。歌手、作家钟立风的吉他和歌唱，沸腾现场：

下午过去了一半，
当我对你说再见，说一贯的再见，
离开你是一种难以名状的忧伤，
它使我意识到，我是多么爱你呀。

这是阿根廷诗人卢贡内斯的一首诗，翻译者恰好就是陈众议。

我走上台去，读了西班牙诗人马查多的名诗《画像》，尤其热爱其中的三行：

> 我总跟那个同行的人说话，
> 是他教会我爱人类的秘密。
> 我不欠你什么，而你欠了我所写下的东西。

“那个同行的人”，“教会我爱人类的秘密”的人，是一代又一代异域的、祖国的志士与前贤：鲁迅、夏丏尊、朱自清、丰子恺……

论坛结束，我乘车，一个小时后，身体与精神高度统一于春晖中学。那些上世纪初期的先驱和前贤，收到白马湖边的消息：一个来访者，人生和下午都过去了一半，迫切需要补习爱人类的秘密。

八

一盏结构复杂的吊灯，把光辉礼献给一群中国知识分子。

鲁迅、郑振铎、沈雁冰、胡愈之、夏丏尊等先生坐在靠窗一桌，朱自清与叶圣陶等先生坐靠门一桌。两桌的交谈都很热烈，似乎忘了酒菜。租界警车喇叭时时响起，像是为这样的交谈提供时代背景和脚注。

朱自清在内心敬爱许久之后，第一次近距离与鲁迅相处，看他穿一件白色纺绸长衫，头发参差枯燥，大约多日未剪。脸略青，无表情，像《呐喊》序言，酷似黑白木刻。朱自清暗想，这面容，大约是饱经人生苦辛而归于冷静的缘故吧。在春晖中学课堂，朱自清讲过鲁迅短篇小说《药》，一句一句进行文本细读阐释，这方法，早于美国新批评派。

席散，朱自清上前向鲁迅问好、道别。夏丏尊陪鲁迅步行去旅馆。两个人的头碰在一起，大约说着私密有趣的旧事，法国梧桐在他们头顶哗哗啦啦随风摇动。

一九二六年八月三十日的这一个上海夏夜，是中国文学界、思想界、教育界重量级人物的一次盛会。与会者另有胡愈之、陈望道、王伯祥、周予同、周建人、刘大白、章雪村等等。这基本上是一个以鲁迅为旗帜、关心普罗大众命运的战士群体。大部分都有在白马湖讲学、授课、考察的经历。朱自清刚好离开白马湖，经杭州，至上海，稍事停留后，将去清华大学中文系任主任。鲁迅则是应林语堂之邀，自北平南下，经上海赴厦门大学任教，就与晚一代的朱自清，有了这次交集。

这一年，发生“三一八事件”，北师大学生刘和珍等四十余人死亡，李大钊等二百余人受伤。四月十二日，鲁迅在《语丝》周刊发表《记念刘和珍君》，引起北洋政府不满。此次南下，是避祸逃生。一年后，鲁迅将自厦门、广州再来上海，开始与许广平生活在一起。

在旅馆，夏丏尊又与鲁迅聊很久，调侃那件白色纺绸长衫：“还是在杭州教书时穿的那一件吧?”鲁迅笑笑，抽水烟。水烟里的水，咕咕噜噜响，显得比旱烟激动。“长歌当哭，是必须在痛定之后的。”“真的猛士，将更奋然而前行。”这都是《记念刘和珍君》中的名句，大约时时回旋于鲁迅浪急风高的脑海。

上海这一夏夜里的聚会，距五四运动已过去七年时光。当年同道，要么成为书斋中的雅士，静享英美式的自由主义或晚明式的宁静美学；要么走上策士之路，成为官场阔人。唯鲁迅“荷戟独彷徨”，彷徨后，呐喊不息——“肩着黑暗的闸门，把他们送到光明的地方去”。夏丏尊们对此回应不息，在白马湖边，在上海，持续以教育救救孩子，就是救救中国。《孔乙己》中，鲁迅最动情的笔墨，恰恰用在咸亨酒店小伙计、那个尚未凉薄的孩子身上。

我曾在某一年雪天，进入北京大学沙滩校区红楼、目前的“五四新文化运动纪念馆”浏览。其中一教室，保持了鲁迅一九二〇年被校长蔡元培聘为讲师上课时的格局。黑板上，是他讲授《中国小说史》时的粉笔字——“子曰”“虽小道必有可观者焉”“艺文志”……这些纷乱字迹，显然是今人对鲁迅手迹的模拟。站在空荡荡的教室内，我像一个迟到多年的学生，幸好讲台上没有一把戒尺飞来。先生和同学大约已下课，满身雪花跑到附近胡同的酒馆里，微醺着、神聊着……

在浙江第一师范教书时期，“鲁迅”这一笔名还没诞生——周树人教生理卫生，夏丏尊翻译日文教材，两个绍兴人都受学生爱戴。他们体态、面貌、口音、履历、心境、立场，很相似，私交甚好。周树人翻译并赠送的《域外小说集》，以及后来以“鲁迅”之名出版的《野草》等等著作，是夏丏尊在白马湖生活期间的床头书，并成为其教育改革思想的资源。比鲁迅仅仅小五岁，但夏丏尊视鲁迅为师长、启蒙者。春晖中学的自编教材，选入多篇鲁迅文章及鲁迅翻译的国外作家名篇。

上海孤岛时期，夏丏尊以开明书店为掩护，接济夏衍、楼适夷等等进步青年，这与鲁迅救助瞿秋白、柔石、萧红之作为，也相似。

日本军人多次来夏宅，令其写命题作文，宣传东亚共荣。夏丏尊拒绝，被捕入狱。审讯者拿出中国艺术家协会的抗日宣言，对作为协会主席的他，兴师问罪。夏丏尊坚持以汉语而非日语回答、反驳。遭严刑拷打，不屈。后被友人内山完造营救出狱，身体已蒙受重创，肺病与穷困交加。一九四六年去世，六十岁。亲人、友人在玉佛禅寺内举行追悼会，钟鼓大作，灵魂上升。可安慰的是，夏丏尊已看到中国光复如凤凰浴火重生。

鲁迅在上海沦陷之前的一九三六年辞世，五十五岁。

一九四八年，朱自清病逝于北京，五十一岁。

一九七五年，丰子恺去世，七十七岁。

一九七七年，陈望道去世，八十六岁。

一九八六年，朱光潜去世，八十九岁。

一九八八年，夏丏尊的亲家、与春晖中学同一时期在苏州甪直第五高等小学进行教育改革试验的叶圣陶，去世，九十四岁。

一九九〇年，依靠《红楼梦》、“小红楼梦”《浮生六记》、京剧，度过动荡一生的俞平伯，去世，九十岁。

……

“星垂平野阔。”一颗又一颗巨星垂落，增加了中国旷野的壮阔与深厚，让新生的青年、植物、星辰，组成一条不断隆起的地平线。

九

春晖中学、白马湖、驿亭镇，地理上属于上虞、绍兴、吴越南方。

“绍兴”之名，自“越州”“会稽”“山阴”演变而来。时局递嬗，导致版图盈缩消长、称谓纷纭不定，但“上虞”“驿亭”这两个地名，历久如初。

郭沫若首先在殷商甲骨文中发现“上虞”二字，考证其由来：

白马湖周围山水，属虞舜后代封地。“驿亭”，无须考证，就能读出“驿站与长亭”“告别与迎接”之美景深情。驿亭南，就是“梁祝化蝶”这一爱情传说的诞生地祝家庄。天黑了，我没有时间去游走。想象那里的蝴蝶，应该异常稠密、绚丽、生动。梁祝故事中的“长亭送别”，大约与驿亭有关吧。

中国最早的瓷器“越窑青瓷”，源于上虞。自东汉始，通过火焰，白马湖周围的泥土转化出青天般的美——天马行空一般自由、广大的美。容易破碎，但拒绝腐烂。千万载过去，瓷青依旧，天青如初。

“窑变”是一种神秘惊艳的现象，也是一个美好的词：让火焰与泥，在热恋中生发出难以预见的奇迹。目前，窑变现象少了，原因在于磁窑的热力来自恒定电能，而非恍惚的木柴火苗。从鲁迅、夏丏尊、朱自清、丰子恺，到今天的我，书桌一角的墨水瓶，都有着越窑形状——拒绝恒定，保持恍惚，才能写出惊心动魄的好文章吧。

春晖中学内保留一座民国风格的白马湖图书馆。我伏身，久久端详馆中玻璃柜子里珍藏的一枚唐代青瓷残片，如旦暮遇之。其上，深刻一个动词——“想念”。

同里记

一

以一园（退思园）、一楼（南园茶社），加上三堂（耕乐堂、崇本堂、嘉荫堂）、三桥（太平桥、吉利桥、长庆桥），再乘以流水、灯火、桨声、渔歌，减去喧哗、浮躁、愤怒、虚妄，除以心脏，等于同里——

二十多年前，毕业于某大学数学系。从此，我热衷于在内心加、减、乘、除地建立各种等式和秩序，着迷于等式两端万物的平衡和关联。写诗，也喜欢把那几行长长短短的话，排列得像是方程组——写，就是求解疑难，寻找一个准确的答案。我的诗充满来自数学系的问号。认同古希腊数学家、哲学家、勾股定理发现者毕达哥拉斯的一个观点：世界的本质存在于数量之间的关系。

盛夏，与友人在同里这一江南小镇游走三天，复习若干年前在此地认识的诸多风情，深化对若干场景和人物的认识，发现本文开端包含加、减、乘、除的数学运算，在我体内日益巩固。

业余写作，数学思维偶尔哀怨重现于我这个叛变了数学系培养目标者的脑海，比如："同里"，当我与这个陌生地名初相见，首先想到的竟然是"同理""同理可证"——数学证明题中经常用到的术语，意即在通过计算得到结论后，可以用相同原理类推，得出同类型的结论。

遂暗想，用"同里"这个小镇，能"同理""同理可证"出周边其他江南小镇的沉静和魅力吗？正如印度《奥义书》所言："孩子，通过一团泥巴便可以了解所有泥制品，其变化只是名称而已，只有'泥'是真实的；通过一块铜可以了解所有铜器，其变化只是名称而已，只有'铜'是真实的；同样，通过指甲刀可以了解所有铁器，其变化只是名称而已，只有'铁'才是真实的……"那么，我可以说"通过同里可以了解所有水乡，其变化只是水乡的名称而已，只有'水'才是真实的"吗？我已不是有教育价值的孩子，在中年，对美好事物仅能够浮泛浏览，忽视事物核心的深入探究。我在江南一带小镇上潦草跑来跑去。跑来跑去之间，发现：同里，是孤本，无法复制或繁殖，无法在其他小镇重逢从同里推导出来的静美。

当然，按照同里人的说法，同里最初名为"富土"：米白莲红，雨读晴耕，科名相继，吟诵成风，乃吴越一带名镇，富人文人如云团涌动，故经常下雨。宋代，一些本地人感觉"富土"过于张扬粗俗，有与"刘发财""李富贵"一类贫寒之士为伍的嫌疑，遂做文字游戏：将"富土"二字上下叠加、解构、重组，成为"同里"。一个另类的、后现代意味浓郁的名字，沿用至今。

夜晚，与友人在河边酒馆，模仿多年以前同里文人做拆字游戏。大家的才华集中于将"好"揭示为"女人"，"雷"拆解为"雨田"，"鲜"分化为"鱼羊"，就再无佳构妙思了。看来，我们缺乏那些同里文人精神物质上的双重富足，我们还是挣扎在困顿边缘的人：在雷声贯彻的雨中田野埋头插秧，渴望家中女人夜晚能煮一碗鱼羊好汤……

翻开《吴江旅游图》，可以在同里周围读到如下小镇名字：“松陵”“芦墟”“平望”“横扇”“震泽”“桃源”“盛泽”……一系列名词（“松”“陵”“芦”“扇”“桃”“泽”）、形容词（“平”“盛”）、动词（“横”“震”），供望文生义、望梅止渴，在想象中抵达所指引的美好。“同里”，处于上述响亮地名的簇拥中，反而因它的不知所云，隐藏自己的所指；反而醒目、盛名高张，诱发世界各地的人们来此一窥究竟。

当同里女孩彩娟带领大家去罗星洲划船，坦然介绍“同里周围还有江南第一水乡，大家可以顺便去那里走走”时，我就不感觉诧异了——

同里，拒绝成为各种排行榜上的第一、第二或第三，独处，独立。

它唯一。

二

一瘦男子穿青白二色长褂，赤脚斜躺于“菰雨生凉轩”内的湘妃榻。轩柱上悬挂对联：“种竹养鱼安乐法，读书织布吉祥声。”

他目光似乎丧失了焦距，散漫投向周围的亭、台、楼、阁、假山、水榭、连廊、竹子、花丛、鱼、仆人……用三年时光造就的这一番景象，围绕池塘，流连心中。这是他的家——这世界可以收留他的最后一个角落，退无可退的地方。“除了织布机的穿梭声尚未落实，其他，竹、鱼、书皆有，我安乐否、吉祥否？”一张瘦脸上，苦笑荡漾。

一八八七年的热风在池面过渡。丫鬟悄然，剖瓜斟茶。

他热爱夏天。按照春、秋、夏、冬的次序，在这庭院里自西而东一路设计出“登春望月楼”“桂花厅”“菰雨生凉轩”“岁寒居”等等处所。改变江南私宅一贯纵向部署的堂皇格局，横向，像缓慢打开的纸扇，自西而东，横向打开——依次为宅、庭、园……菰雨生凉轩，代表夏天立于中庭，处在整个庭院核心位置。放大夏天的热烈，抵抗内心寒意的加剧。

他就是任兰生，字畹香，号南云，曾官至凤颍六泗兵备道，治理大半个安徽，政绩斐然：仿制江南水车教民戽水以灌溉田园，倡捐募银十万余两，赈济十几万流入安徽的河南灾民。后遭同僚弹劾非议，免职，还乡，将祖传及自置的粮田一千零八十亩五分八厘六毫捐作义田，还以四亩四分六厘地基建庄屋家祠一所，共值银一万零二百六十八两七钱四分四厘，完成父亲任酉生前未竟的恤助孤老、不吝兴学、造福桑梓的义善之举。（袁中丕《退思园三代善举》）仅给自己留下十亩左右的余地，建退思园。

任兰生躺在暂时还没成名的退思园内，沉思，这是当前唯一的工作。晏婴、叔向、子产……春秋时代风云人物们忠良、刚直、精明的面影，浮现在手边《左传》的字里行间。“这些身系一国之安危的英杰，远矣。我，以‘退思’为余生事业？”“进思尽忠，退思补过。”八个字刀劈斧凿于《左传》、退思园门额碑廊、任兰生内心。“‘补过’，我何过之有……不，还须闭门思过——或许，‘过’在防范奸佞之人不足？”刚猛半世的任兰生小心翼翼。退思园一角，任兰生家人居住的内宅，被建设成封闭内向的“回”字形结构，四面房屋环抱天井，雨水涌汇其间，暗喻财不外露，天井两侧石库门均用双层清水方砖复加木头以米汁砌成，防火防盗，更防窥测之目、叵测之人。

任兰生不知道，一百多年后，这里成了公共园林、世界文化遗产，后人依稀，游客连绵。他也不知道，池塘上的石舸因泉水波动而恍惚产生脱离墙壁、乘风破浪的幻象，被一个大学建筑系教授命名为“闹红一舸”——闹动了一簇簇红色鲤鱼和荷花的船舸。池塘周围瘦、漏、透、皱的太湖石，在模仿云朵。这石舸，正凌云进取、乘风破浪？

他也不知道自己的心境被多年后的游客叽叽喳喳揣测：“这个任兰生，究竟是‘思退’还是‘思进’？说他‘思退’吧，瞧这花园地面上用鹅卵石铺成的图案：瓶子里插着三把长戟——还想着平升三级呢！说他‘思进’吧，又把家搞得这么舒服……”“说不清呢。人家进退自如呵——有这个底气。”“咱们失业了，往哪里退？”笑闹声一片。

回到一八八七年夏天的某个上午，任兰生退思、苦思、深思、忧思、长思。蝉，隐约鸣叫。四周的三曲廊、双层廊、碑廊、九曲廊高低错落婉转来去，模仿马背耸动。他曾经是将领官员，如今只能用这些连廊、石舸虚拟出动感，纪念来路，激发前途？他甚至建有一座旱船造型的客厅，“船”前地面用卵石铺出浪花、鱼群，“船头”两侧种有两棵兰花树模仿桅杆，一棵是春天里开花的白玉兰，一棵是夏天以后接着开放的广玉兰。

“兰，生生不息，可我呢……”任兰生似乎闻到广玉兰、荷花、西瓜混合而成的浓郁甜蜜气息。“眼下，读一读江南杂书，《陶庵梦忆》《闲情偶寄》《浮生六记》等等，才与现实境况贴切吧……《左传》《史记》乃沉痛之书，不读也罢。自古英雄谁读书？——这些石舸与旱船，或许不建才好。我还能回到马背、站在船首？我难道还有进思进发的可能？”他苦笑，苦笑自我残存天真气，苦笑内心依旧牵挂气息奄奄的晚清、动荡不定的江山。

“学习张翰前辈，在鲈鱼莼菜之间安居吧……”任兰生羡慕同里附近吴江在晋代出现的那一个因“莼鲈之思”而名动天下的书生。“他思美食，归，纵任不拘！疲倦于官场是非，‘思美食’是好借口。归，退，都好，只不过我退得如此被动，哪里能与张翰、陶渊明这些洒脱前贤并论……”久久凝眸于回廊上镶嵌的那一行起伏而去的大篆体太白诗句“清风明月不用一钱买”，任兰生从躺椅上蓦然坐起：“似乎可以对出一个下联——‘流水高山……自有万里心！’万里心……”他的心脏一阵阵萎缩、疼痛。

恍惚中感觉荷花在面前池水和身后明镜中，开得更热闹明艳。镜子，使周围事物都成为对称的复数了。任兰生觉得自己也一实一虚：“有两个我吗？一思，一行？一退，一进？一濯足，一濯缨？”他或许需要这面特意从德国进口的巨大玻璃镜，来使时间和空间广种高产，从而消除孤单？需要借助热爱哲学的德国人制造的镜子，揭示现实之虚幻？需要镜子这“垂直的湖泊”，使自己芜杂混沌的思绪得以清明、投“湖”而尽……

“老爷！苏州府来人了！八抬的大轿呢！”一个仆人跌跌撞撞边跑边喊，冲进菰雨生凉轩，任兰生手中茶豌当啷一声掉在地上……

《千年古镇世界同里》摘录：

> ……就在建好园子退而思过的时候，黄河决堤，任兰生忽又被复职，即被派往皖北抗洪救灾。他常骑马周历灾区千百余里，视察灾情，问民疾苦。光绪十四年，皖北又突发大水，下

流腾涌，任兰生在江岸飞马巡视，咆哮的洪水使马受惊，任兰生落马，伤口染了毒疮，卒，年仅五十。病榻之上，犹顾问水势，以手画灾情状，无一语及家事。

显然，不论“退思”与“进思”，任兰生与“好精舍美婢、好鲜衣美食、好华灯烟火、好梨园鼓吹、好古董花鸟”的张岱、李渔、沈三白一类明清文人，迥然不同——

“所思在远道。”

三

本地小说家荆歌，爱张岱、李渔、沈三白，不爱任兰生。荆歌不屑于思虑远方的风雨征程，同里就是自足自在的小世界，供他观察、想象并表达。或者说，对于荆歌而言，在同里就是在远方。

荆歌常在同里的古玩店、旧书店或普通人家出入，左顾右盼，寻找玉佩、残剑、小石狮子、明清孤本一类风雅事物。在街头，碰到晃荡的文朋诗友，就惊喜地搂抱着去喝茶饮酒。现在，他以地主、本地主人的身份，看望我们这几个同样热爱写字的异乡人。他眼神有江南流水的明亮和鱼戏莲动的活泼，像警察掏出手枪，掏出腰间暗藏的一把粉笔大小的手电筒，炫耀：“镇上店面或房屋都很暗，有这把手电筒协助，淘宝物时就不会走眼。”他甚至把手电筒揿亮，一一掠过我们举杯的手，仿佛在鉴定这些枝条质地如何、开花结果的可能性怎样。

彩娟眼睛淘气，一身本地印染剪裁的蓝印花布衣服，腰间有小型扩音器，大声放着镇上文人撰写的解说词，引经据典，比如南社的创始人柳亚子在同里写下的七律：“……白莲半为美人开。”惭愧，我只记住了这最美好的一句。彩娟语调娇媚，似乎嘴巴里真的浮动一大丛白莲，带领我们在曲折街道上散漫前行，朝着白莲、美人的方向。

与南方其他过度开发的小镇相比，同里游客不多，呈现出慵懒的形态和气质。我们甚至摆脱《同里旅游图》的引导，兀自敲开某条巷子深处的雕花木门，看院子内一丛芭蕉、若干主人。他们下棋、刺绣或面对电视。偶尔抬头看异乡人一眼，继续面向自我、云过雨落。

坐船环游小镇，桨声应和鸟鸣。十五条流水把整个同里镇分化成若干小岛，又依靠石桥把这些小岛团结为一体，家家临水，户户通舟。钉着“某某故居”“某某博物馆”“某某保护建筑”一类铭牌、沉淀百年以上光阴的白墙黑瓦，蜿蜒连绵。那黑，历尽风霜的黑，如砚台中宿墨渐次醒来，可助毛笔在运作中生发旧气；那白，陈年的白，有宣纸韵味，接纳瓦檐上淅沥而来的黑，成为水墨画卷。河水中，这些白墙黑瓦的倒影、画卷的倒影，则被鱼群和桨打乱边界，黑白圆融为一。同里，中正、敦厚而不剑走偏锋，像任兰生，且退且进，亦进亦退，进退间水阔天空……

小船缓慢。同里有信心在我们缓慢的凝眸中，展示细节中暗藏的惊艳。岸边一系列粗拙图案浮雕的缆船石，明清以前的缆船石，有北方拴马桩的功能。彩娟解释那些缆船石的图案意蕴：“瓶生蜂猴”“如意蹲鹿”“韩湘子吹笛”“双犀”“狐面如意”“童子面如意”……从这些名字，可想见缆船石的缤纷神秘，何况，我是坐小船与它们近距离对视。在这些“蜂”“猴”“鹿”“韩湘子”“狐”“童子”石质的眼睛里，我肯定是一个粗俗乏味、漏洞百出的家伙，只适合乘坐同里附近的高速铁路，迅速逃出被审视的境地，然后，长出一口气。

在岸边喝茶，认识“婆婆茶茶馆”老板李光头。李光头确实光亮着头颅，红圆领衫，白七分裤，黄拖鞋，眉眼手足间洋溢男旦气息。他毕业于苏州昆剧学校，爱同里，开茶馆，用本地产出的几种植物炒制出婆婆茶，养肝润肺，生意兴隆。李光头每每主动为客人免费演唱助兴：昆曲、苏州评弹、沪剧，《叔嫂推磨》《珍珠塔》《梁祝》……唱罢，飘然而去，茶馆交给一个东北籍雇员照应。李光头成为同里名人。彩娟说：“李光头自在，每天要睡很长的午觉呢。晚上喜欢去咖啡馆读小说。外地游客想来认识李光头，只能在中午以前碰见！酷啊。”

彩娟还讲了其他趣事。从前，同里女孩出生那一年，父母会在院内空庭栽一棵香樟树；女孩成年，香樟树高出院墙，进入墙外少年视野，媒人就上门提亲；香樟树伐倒做成樟木箱子，装满嫁妆，随新婚女孩进入新生活……大家强烈要求彩娟带我们到她家门外街道，看看“彩娟的香樟树”是否高出院墙，再敲门认识她的亲人，申请入赘，名正言顺成为同里人。彩娟笑红了脸：“我家没种香樟树呀。”大家七嘴八舌：“今天就种！”“移植一棵大香樟树！”“每隔半小时浇水施肥一次，待香樟树情绪稳定，后天就去提亲！”欢笑一片。

彩娟明白，我们仅仅是游客过客而非情种。我们用“距离就是美”“审美”来宽容自己的浮光掠影、一闪即逝。同里留下简明扼要的李光头，谢绝潦草芜杂的我们——早已丧失持久热爱一个人、一个地区、一种事物的决绝和能力，配不上某人、某地区、某种事物的深情。以游客、过客身份在世界上晃荡，把孤单粉饰成孤独，寂寞伪装成宁静。无家可归。永远在异乡。依靠汉字和水笔的悲悯，勉强收集、安放残存的自尊、记忆和梦。

在纸上、流水般的纸上，以同里为蓝本，能否建设起天下书生共同的故里？

这是一个问题。

四

日夕流连。

若干美术学院的旗帜飘扬，仿佛在向同里的美，致敬。

探头探脑打量美院学生们的画板，由各色颜料组成片段的同里，微微变形、闪光：

——雨中石板路上举伞的人，走着走着，混同于路尽头湖水中举着莲叶莲花的鱼。

——三桥（太平桥、吉利桥、长庆桥）相互呼应，三张祈祷吉祥的嘴巴相互呼喊应答：上嘴唇是石头做的，下嘴唇是水做的。桥边灯笼为这些嘴唇涂上口红，脱口而出的词是鱼、是舟。

——穿心弄狭窄悠长，两堵青砖斑驳的高墙，促进少男少女们产生依偎的渴望。

——河边竹榻上的梦游者，梦见自己化为破空而去的鸣蝉，皮囊成为蜕下的空壳，被中午的水声和阳光装满、清洗。

——河流如书桌，岸边灯笼如台灯，桨如笔。挥桨走笔，揭示南方写作的秘密：深入浅出，一波三折，细节必须像杂花生树、香袭两岸烟雨，气韵应当如群鱼逶迤浮载万家灯火。

——船头鱼鹰，被铁环约束喉咙的鱼鹰，孤立，思考：“捉，还是不捉？这是一个问题。”岸边，一个被领带约束喉咙的游客，俯身凝望。他在鱼鹰身上发现自己在办公室内的处境。

——三少女，双手在绣花，身体暗暗结果。她们低头，仿佛被自己胸前两枚果实的重量和香气，压弯腰肢。

——纹理斑驳的木门上，青铜门环一左一右，像一左一右的乳房掩护心扉。谁能“吱呀”一声推开、登堂入室？

——天井无数，白墙黑瓦围拢而成的天井无数。坐在天井里的主人或游客，仰望天空，就感觉月亮这个空水桶落下来，喉咙里恍惚有青蛙惊喜歌唱。

——翘向天空的屋脊，烧铸而出的一队无名走兽，从明清时代开始走，走到天空里转化为飞禽，把体内积蓄的火焰还给霞光？

——临河的雕花木窗一扇又一扇半开半掩。那些木质花朵需要流水浇灌。木窗内的人、爱、灯火，一代代凋谢，木质花朵依旧半开半落，鼓舞新人新爱新灯火。

——同里湖、叶泽湖、南星湖、庞山湖、九里湖，五湖环绕，同里如同五片叶子中间默默酿蜜的花蕊！游客如蜜蜂，旅行社大巴如蜂箱，嗡嗡作响。

——京杭大运河南北横亘，如琵琶，被同里怀抱、评弹……

五

沿青石板铺成的三元街，西行，访问诗人、革命者、南社发起人陈去病的故居。

陈去病原名庆林，字巢南、佩忍，号垂虹亭长。少年时读霍去病名句“匈奴未灭，何以家为”，毅然改名“去病”。陈家大门临河，门内有“百尺楼”“浩歌堂”等建筑——这些名字，暴露出清朝末年、民国时代一个江南人的狂狷气象。正堂，陈去病会见柳亚子等等同道宾客的地方，几把椅子空着。

彩娟说：“陈去病、柳亚子在南园茶社喝茶呢!”我们沿着鱼行街去追寻。

鱼行街，名字真好。行走在这条街道，就有了鱼的心情和形态，可以游手好闲，让忙着市场竞争的鲨鱼们到东海建功立业吧。穿西装或风衣的陈去病、柳亚子，当年沿鱼行街去南园茶社时的心境，大概也波涛汹涌、乌云密布。同里美好，却无法安顿两个叛逆者的身体和灵魂。鱼行街和鱼，令他们加深“我为鱼肉，人为刀俎”的愤懑。时移势异，我们这些热爱写字的人，歌叹愤懑的对象变得狭隘而浮泛——趋于钱币、玄幻或情场波澜，丧失了陈去病、柳亚子以及上世纪初期产生的鲁迅、郁达夫等等江南文人的峻阔和激烈。

登上两层小楼结构的南园茶社，果然看到陈去病、柳亚子对坐于一张茶桌，沉思不语。旁边小舞台，有两位苏州评弹演员，一女，一男，怀抱琵琶、三弦端坐咏唱。那女子旗袍、玉臂，转轴拨弦，吴语软侬，类似张岱眷恋的女伶朱楚生：“其孤意在眉，其深情在睫，其解意在烟视媚行。”且评且弹，这女子似乎与我们并不处于同一时空，兀自散发出明清时代的暗香哀艳。或许，由陈去病、柳亚子这些旧人来倾听南音、南方之音才合适。但陈去病、柳亚子始终对坐于那张茶桌，沉思不语——

当然，那是两尊蜡像，代表陈去病、柳亚子这两位南社创始人，使江南温柔地赓续一脉慷慨悲歌之气。

柳亚子故居在同里以南二十余里的黎里镇。柳出身于书香门第，中国同盟会早期会员。清宣统元年（一九〇九年），与陈去病等在苏州虎丘成立反清文学团体“南社”。辛亥革命后，任临时大总统府秘书。不适，到任三日即辞职，归黎里，纵情诗酒。五四运动后，柳醉心于马克思学说。国民党军警到黎里搜捕，柳藏身于复壁内，后化装成妖娆农妇摇船三日到达上海，逃日本，后归香港。毛泽东赴重庆谈判期间，与其会晤并手书《沁园春·雪》相赠。柳亚子曲线成名，声动南北。1949年后，任中央文史馆副馆长等职，与期望得到的高位和颐和园很遥远。复惘然。一个狂放文人，在对江南流水与茶香的思念中，消散了经世济民的雄心壮志，黯然老去。

“南社”，陈去病阐释：“南者，对北而言，寓不向满清之意。”柳亚子解释：“反对北庭的标志。”南社成员高旭写《南社启》：“乐操南音，不忘其归。”一群南方知识分子，发出南方的声音、南音。据史料记载，从一九〇九年至一九二二年，南社成员由最初的十七人发展到三千余人，分布地域涵盖整个南方，并在各地设有分社，如粤社、淮南社……鲁迅即属于越社。一个有意思的现象：南社发展成员的标准是必须在文艺领域有一技之长，善于吟诗作画，或工于书法篆刻。其集会名曰“雅集”。一群雅致的革命者，在同里一带纵酒、写诗、密谋、反抗。

如今，南园茶社成为“南社”的一个著名而隐秘的纪念碑——“南园茶社”一头一尾两字，合起来就是“南社”。这是陈去病的创意，似乎与“富土”化身为“同里”异曲同工。

南园茶社始建于清末，位于船只密集的镇区最南端，初名“福安茶社”。柳亚子、陈去病等南社成员常在这里会面，眺望北方，发出南音。一九三〇年，陈去病老迈还乡，常沿鱼行街来此饮茶，向茶社老板试探性提议，可否把福安茶社更名为“南园茶社”。老板顿悟，点头称好。福安茶社变成了默默纪念一群雅致革命者的“南园茶社”，与退思园一起，代表同里，成为知识分子沉思“出走与回归”“进与退”“中心与边缘”“显与隐”“独善与兼济”“立言与立功”“个体之轻与时代之重”这些主题、难题时的情感对应物。

我们这几个异乡人，不是南方的出走者、还乡者，听不懂评弹女子的唱词，神通于她的哀怨和凛然。借助于那面琵琶裂帛碎玉、密雨疾风般的支援，她在演唱中迅速消解柔弱和媚艳。我们仰望琵琶，喝茶，吃点心，偶尔惭愧地瞟一眼手机上的股市行情或暧昧短信。舞台上的女子如独处空庭，对我们的小动作视而不见，持续评弹。周围十来张茶桌上，茶杯随意摆放，若干当地老人持壶相坐凝神静听，在对苏州评弹的深度理解中，头颅渐渐晃荡、荡漾出一片朦胧睡意。

南园茶社紧邻码头，悬空于水上。码头联系周围江南万千湖泊和一条京杭大运河。在楼上，可依稀听见“鱼虾、莼菜、嫩藕”的叫卖声。老板说，清晨时分，茶楼生意尤好，楼上楼下人声喧闹，热气蒸腾。现在，中午，安静许多。

同里有“两头茶水，当中湖水”这一俗语。同里人身体内外一早一晚之间的生活，都被湖水茶水重重拥护。他们爱水，所以智慧，能够让全世界人民都知道：中国同里是一座低调的古镇——在低处，让异乡人携带梦想和钱包潺潺流入。同里人眼睛湿润地看着一身烟尘的游客过客，同情复谅解。我只能以出汗来表达对水乡的敬意和愧意。

任兰生、柳亚子、陈去病以及更早一些时代里的王安石、范成大、米芾、姜白石、唐伯虎，也曾被同里和附近吴江、苏州的湖水茶水重重拥护。水可载舟，才子去了远方。水也可煮粥，壮士返回故里，或在梦中的莼鲈之香里迷失归途。

我走了，像盗版的徐志摩，不带走同里的一片云彩。“我的身体就是我的乡土。”我用这句话来糊弄自己的孤单和无助。愚钝、浮躁且俗艳，需要多少湖水才能清洗？但毕竟有此一游，我对自己、对江南以及江南以外的世界，就有了新理解、新发现。

比如，我猜测，“江湖”一词，是南方甚至就是同里一带书生最先创制并以此与“庙堂”来对照。中国的江水湖泊，密集于江浙以南广大地区，《同里旅游图》上表达湖水的蓝色，被印刷得一望无际。

再比如，回想起同里时光，我身体内外往往也能汹涌出小规模的茶水、湖水，就独自仰泳、潜泳、蝶泳或狗刨其中，看周围衣冠楚楚的男人女士，搁浅在市场或单行道上。

盛泽记

一

江南名镇，有同里、周庄、乌镇、西塘、南浔、朱家角、盛泽、震泽、锦溪、横扇、千灯……散落于太湖周围，像太湖在摇荡中不小心溅出湖岸的若干水滴，被吴与越这两只手，急忙捧在掌纹和命运里。

大暑时节，访盛泽。

盛泽与周围其他水乡小镇相同处颇多：流水宛转，小桥密集，桨，因土地珍稀而建造得异常狭窄以利于男女拥抱的悠长古巷，三进甚至四进、五进的大宅深院，说书人，苏州评弹一吟三叹的前尘旧梦、吴越传奇，柳亚子、苏曼殊、陈去病一类不羁文人的行踪与言辞，女子暗香，豆腐的臭，米酒绵软中隐伏的刚烈……

不同之处亦多：盛泽有广阔密集的桑树，勤奋的蚕，适宜蚕类生长的太湖水系，日夜失眠的梭、织布机，细分为绸、缎、锦、绢、绫、纱、绡、纺、绉、罗、绨、葛、绒、呢等等门类的绚烂丝绸——肇始于汉唐、在明清时期开始大量出口、惊艳异国他乡的

“印度绸”“高丽纱”，像闺女出嫁随了夫姓，藏本名。

盛泽与大暑，以桑树之浓重、蚕茧之淳白、丝绸之柔情万端，包围我——

喜爱炎热的桑树正进入快速生长期，其叶沃若，蚕幸福；桑树下，青草开始腐烂并转化为萤火，预示秋意；一只鹰，振拔入云，俯视，而后俯冲向水中鱼虾，仔细辨认才发现那是一架航拍纪录片的无人机，俯视，俯冲向水中鱼虾；泥土濡湿，蟋蟀们大约从野外回到屋檐甚至内室避暑；大雨时行；觉雨闻雷而后失眠的敏感少年，正被催熟为诗人或情种；成群结队的云朵缓慢移动，像从丝绸厂里溜走的一团团蚕茧，像那些作茧自缚于文字然后破茧而出的才子，试图返回桑树般的青春时代，重生一次。

二

数千家制造厂、印染厂、贸易公司、物流公司，近二十万人的董事长、总经理、工人、设计师、商人、卡车司机、翻译、海关报关员、广告师、酒吧服务生、歌手、摄影家、记者……

在盛泽周围方圆一百五十平方公里的范畴内，运行着与丝绸有关的各种生意与忧欢。机器人在流水线上劳作，身上没有钱包、情书和汗水。盛泽镇上的有心人，保留了一个古老的丝绸作坊遗址，让我看到汉唐以来先辈们用来剥丝抽茧的灶台、锅、风箱、纺车，听到了旧日盛泽的声声机杼和谣曲：“千家一簇万间楼啊，估客如云采买绸。”

盛泽人相当一部分为汉唐时期屯垦守边、宋朝以后数次避乱南渡的移民后裔。辛苦劳作，使蛮荒之地嬗变为温柔乡。江南成为中国经济与政治的发动机，最早的工人，就是明代中叶的失地农民以及在竞争中失败破产的小老板。清晨，他们来到盛泽河边码头，等待茧行、丝号、绸庄、染坊里的掌柜前来雇用。盛泽丝绸业的兴起和雇佣关系的建立，是古代中国出现资本主义征兆的例证。明末清初的苏州文人冯梦龙，类似法国作家本雅明《发达资本主义时期的抒情诗人》一书中所言说的那个巴黎游荡者、观察者、书写者波德莱尔？

> 苏州府吴江县离城七十里有个乡镇，名盛泽。镇上居民稠广，土俗淳朴，俱以蚕桑为业。男女勤谨，络纬机杼之声，通宵彻夜。那市上两岸绸丝牙行，约有千百余家，远近村坊织成绸匹，俱到此上市。四方商贾来收买的，蜂攒蚁集，挨挤不开，路途无伫足之隙，乃出产锦绣之乡，积聚绫罗之地。江南养蚕所在甚多，惟此镇处最盛。

冯梦龙的话本集《醒世恒言》，在虚构的盛泽养蚕人施复周围，建构起五百年前的烟火人间，供后人追怀、探究。笔名为“吴下词奴”“姑苏词奴”的冯梦龙，在明代江南资本主义萌芽期里游荡、观察、书写。

小说家的血液或许比历史学家的墨水诚实，所以，司马迁把史书当成小说来写。小声说，才能婉转道出人间秘密，而不惊动庙堂和权力。

三

庄子讲述一个故事并由此生发成语“庖丁解牛”，得出结论：“技进乎道。”技艺精美绝伦之后进入“道”，合于大化人生的运行规律，得大自在。而道生一，一生二，二生三，三生万物。

一个种桑、养蚕、烘茧、缫丝、织锦、染缎、裁衣的人，承续着数千年来日臻完美的中国技艺，与桑叶、蚕茧、机杼、刀剪、丝绸，日夜晤对辨析，如处无人之境，亦为参禅修道——桑生蚕，蚕生丝绸，丝绸生万象。

运经弄、染坊弄、踩坊弄、梭子弄、糖房弄、竹行弄、豆腐弄、香肠弄、剪刀弄……弄堂幽深密集，匠人们匠心独运。济宁会馆、山西会馆、金陵会馆、绍兴会馆、闽南会馆……会馆林立，操各种方言甚至外语的客商，在此会晤洽谈。围绕丝绸这一柔软核心，盛泽建立起自身的秩序与辐射力——锦心绣口。口诵心惟。

“衣被天下”这一广告语，在盛泽屡屡可闻可见。先民们的衣与被，最初是树叶、草、兽皮，而后有丝麻、绸缎。宋朝开始大面积种植棉花，棉布从最初珍稀之物而进入寻常百姓家。发明纺车、传播织布技术的黄道婆，就生活于盛泽以东四十公里的松江府。但丝绸始终作为名贵衣料，与瓷器、茶叶，一同代表着雅致端庄的中国生活方式，继而穿山越海绵延成一条影响世界的丝绸之路。

盛泽镇丝绸博物馆内，几件精美古旧的绸缎衣服收藏展示于玻璃柜，吸引我久久伫立：对胸黑缎男皮袄（明代），拥护过一个中年商人或官员的身体和寒夜？提花绉纱灰长袍（清代），能推导出一个长身玉立的文士之高度？半绿半金交织花软缎旗袍（民国），依旧荡漾着一个大家闺秀的暗香和春愁？……灵魂早已破茧而出，锦绣华衣，依稀留下前人身体和生活的大致模型和情状。中国最早的悼亡诗，是《诗经》中的《绿衣》：“绿兮衣兮，绿衣黄里……我思古人，实获我心！”一男子手捧亡妻留下的衣裳哀恸不已。借衣抒情，在《诗经》中，采葛、绩麻、染色、织布、裁衣等等情节亦多。盛泽镇上这几件旧衣，滴过亡者亲人的多少泪水，才有可能一代又一代次第珍存、流传下来。

目前，天下衣被，天下的万种风情和暖榻良宵，大都与盛泽有关。据统计，盛泽绸缎年产量，可供全人类每人分得三尺的绚烂和体贴。当然，这一巨大产量是现代工业化生产和机械复制的奇迹，手工抽丝织绸过程中的灵机一动、小瑕疵，消失了。灵机一动、小瑕疵，如眼波一横、美人痣，有着出人意料的惊艳，消失了。

再一次想起本雅明。其《机械复制时代的艺术》一文，态度矛盾而含混，对照相机、电影等机械复制艺术的进步性予以褒扬，又对充满灵光的绘画一类传统表达方式深深挽留。面对机械复制时代的盛泽绸缎生产技术，我也矛盾、含混。机械化为传统丝绸制造业祛魅，又以其广大的影响力，为丝绸中暗藏的桑叶、春雷、流水、小满……而复魅。

仰望盛泽夜空，星辰密集而静寂，像巨大绸缎上的图案，在温存中保持尖锐的力，象征着与南方中国发生深度关联的名士高人。本雅明适合来盛泽，在中国江南走一走，想一想，说一说。我喜欢他创造的“星丛”一词，指代他所敬爱的、杰出的同类项。在日渐强盛的“机械”与渐次消失的“手工”之间发愁的人，就是被不断提速的时代所嘲谑、所警惕的诗人？

大暑盛泽，灼热如宋、元、明、清、民国，如巴黎。我像本雅明、波德莱尔、冯梦龙、柳亚子、苏曼殊一样游荡、观察、思量，能像他们一样书写出传世辞章、加入灿烂星丛？难矣。但盛泽一游，有可能加强我的笔力。“一个人是他周围的事物”（史蒂文斯），我体内一角，应该开始出现三卷丝绸、万亩桑田及其转化生成的无穷沧海。

四

暑气稍歇。借着昏暗灯笼，看关帝庙、岳庙，日夜纪念两个北方英雄。先蚕祠内供奉蚕神嫘祖。祠旁有戏台，在每年小满时节演出九天的“小满戏”。传说嫘祖生于小满。在中国，在任何一个城市或村镇，只要看到、听见或说出一座祠庙，那些与祠庙有关的神、人、梦寐、生息欢悲……就一涌而来。这三座祠庙组合于盛泽，使江南的隐秘情感结构豁然朗现——重利亦重义，种桑麻亦种荷花，爱绸缎之温软亦爱剑之霜寒，轻别离亦轻生死。

酒桌也是盛大泽国。大坛黄酒，酷似酒馆窗外那一片正午时分的湖水，以十足后劲，推动陌生人成为持久知己。盛泽镇上的名人沈莹宝，年过古稀，精神振作如处中年，喜欢被几个美丽女子敬酒并呼唤为“宝哥”，满头非虚构的青丝。谈起“秦淮八艳”之一柳如是，宝哥语调敬重。

柳如是生于盛泽，痛感明清易代之恨。“我见青山多妩媚，料青山见我应如是。”她喜欢辛弃疾这句词，自身也成为后世我辈心中的妩媚青山。“春日酿成秋日雨。念畴昔风流，暗伤如许。纵饶有，绕堤画舸，冷落尽，水云犹故。”宝哥用盛泽话吟诵了柳如是这一段词，语调音韵接近柳如是？大暑，为盛泽的一个女儿驱寒。

宝哥是盛泽地方志和丝绸史的研究者，出版著作多部。他递给我的名片上写着：作家协会会员、曲艺家协会会员、音乐舞蹈家协会会员、东方丝绸市场协会副秘书长、印染协会秘书长、广东商会顾问……由此可推断：这是一个可爱、智慧、复合型的有趣人物。一方地域，一个村镇，有三五个这样奇异人物，才丰富生动而不至于枯寂寡淡。

我以名片为依据，请宝哥唱苏州评弹。宝哥慨然而立："那就唱《杜十娘怒沉百宝箱》!"女子们鼓掌并模仿琵琶的腔调来伴奏附和：

窈窕风流杜十娘，自怜身落在平康。
她是落花无主随风舞，飞絮飘零泪数行。
青楼寄迹非她愿，有志从良配一双，
但愿荆钗布裙去度时光。

话本《杜十娘怒沉百宝箱》，亦出自冯梦龙之手笔。柳如是应该读过冯梦龙，在杜十娘身上看见自己的宿命和前景？

听宝哥唱诵，我像被杜十娘痛斥的薄情汉李甲。脸红耳赤，出酒馆。阳光凌厉而决绝，如杜十娘从天上砸下来的绫罗绸缎、珠宝玉玩。躲，进商店。买一把蒲苇编织而成的扇子以鼓舞自励，买一块绸制的厨房围裙作为送给妻的礼物，从而进一步证明了我的自私和狡黠。

五

蹲在贯穿盛泽的大运河边，想想北京和杭州。看运输货物的机动船突突突突掠过，像阳刚气十足的青年一往无前。

宋亡之后隐居不仕的词人蒋捷，有《舟过吴江》一词。那舟，应弱小。舟上所见，大概是苏州、盛泽到嘉兴这一带的风光。“何日归家洗客袍？银字笙调，心字香烧。流光容易把人抛，红了樱桃，绿了芭蕉。”那客袍，或许就是由盛泽丝绸缝制而成。一个江南人隐居太湖，却充满客人感——家在何处？

其实，樱桃、芭蕉、桑树，才是流光所眷顾爱惜的无穷主人。蒋捷与我皆过客，长衫西装皆客袍。但毕竟身历心历于江南流水风物，一个过客的身影，也渐渐半红半绿，可抵抗大暑后汹涌而至的秋寒。

突然发现一尊铜佛，在爬满藤蔓的一段旧墙下避暑，柳丝如同柔软的指尖，随热风轻抚佛身。这一尊佛，为什么走出喧闹的庙宇或香龛？也寂寞，也孤单，也需要没有吁求和负担的爱意和自由？

使劲为佛挥动几下蒲苇扇，致敬。佛，好像对我笑了。

东山记

一

寒露时节，在苏州远郊的东山半岛晃荡三日，就喜欢上“晃荡”一词。

“晃荡”的同义词、近义词很多，如“旅行”“漫游”“游荡”……但“旅行”一词显得郑重其事，需辅之以各种出行攻略、时间表，如同心机重重的成功人士对未来进行路线设计和资源储备；“漫游”一词，风雅，宜于指代古人骑驴骑马，在远山近水、长亭短亭间闲散怀抱，与我们乘高铁、飞机、大巴、拖拉机等等交通工具进行位移之当下态势，反差大；“游荡”，是纵情与狂放，有词牌“少年游”，诗人们在这一词牌下写出佳作，如周邦彦：“并刀如水，吴盐胜雪，纤手破新橙。锦幄初温，兽香不断，相对坐调笙。低声问，向谁行宿？城上已三更。马滑霜浓，不如休去，直是少人行。”这是美人卧室里的一次游荡，一次少年游。

我处中年，并加速向晚年过渡。少年尽芳朝，中年晚年尽余欢，如此而已。在东山半岛上的响水涧、陆巷溪这两条流水边，在翻过东山就有太湖在等候的三天时光里，喜欢上“晃荡”一词，很自然——“晃”，是随意左右摆动，没有直奔目的之趋利性和使命感，像东山的枇杷树、枣树、碧螺春茶园，减去果实与茶叶的重负，在秋风中随意摆动；“荡”，荡然有声，像涧水、溪水、湖水在风中漾出波浪，但又不会像海水在台风中暴怒恣肆溢出海岸——孔子所说的“从心所欲，不逾矩”，就是“晃荡”，就是中年期就应该培育的一种生动而不失分寸的态度，而不必非要等到七十岁以后。

在东山晃荡，并以“晃荡”为尺度衡量自我，内心滋生出种种欢喜。

二

响水涧就在我住宿的雕花楼宾馆旁边。

雕花楼是民国时期一个在上海发大财的富商所建的私宅，也是中国古建筑界“香山帮”的杰作。出生于东山附近的胥口镇、设计出北京天安门城楼的明代工匠蒯祥，是香山帮鼻祖。雕花楼内外上下无处不雕，像一个周身纹满图案的贵妇人。砖雕、石雕、木雕、金雕之繁复，浮雕、圆雕、透雕、阴阳雕之精粹，像极尽雕凿的八股文。其外观，看上去只有两层，但隐蔽的第三层只有这一豪宅主人在半夜举着蜡烛推开暗道的门，才可进入：藏金藏银复藏身，甚至连一眼水井也开凿在厨房里，以免被人下毒。我俯身窥探，水井黑暗，泉水已经拒绝涌现。

尽管是在雕花楼宾馆而非雕花楼里醒来，我也像那个民国财主一样不安。况且又没有太太、小妾和仆人来侍奉，更不安。

疾步走出宾馆，进入碧螺村一条小巷“施鹏弄”。响水涧从东山上晃荡下来，曲曲弯弯穿村而过，哗哗啦啦向我打招呼。我清清嗓子，理屈词穷。举起手机拍摄几张照片，以此向涧水致意。追随响水涧，曲曲弯弯晃荡于几条宽巷窄巷，内心渐渐安定，像村子里的一个茶农、商贩、木匠那样，沉静下来。想起王维《鸟鸣涧》，就真的有几只鸟飞过头顶。"人闲桂花落"——我闲了，巷子里的桂花在忙着开，香气袭人，像《红楼梦》中的袭人那样香？不像。这桂花香，是清新的、干净的。

碧螺村里的妇人和狗，似乎最早醒来。

响水涧边的石阶上，巷子拐角处的石井边，都有妇人洗衣，棒槌声声在责备床上睡懒觉的大丈夫？石阶边缘有墨绿青苔，穿高腰胶鞋站在水中的妇人，小心地弓着身子以免滑倒。石井壁上，勒痕深深，如同皱纹深深的老眼睛，含着泪水般的井水，望着天上的流云与鸟影。

许多年了，我只见洗衣机而不闻棒槌响，看这涧水边、井边洗衣的妇人，想起幼年和亲人。经妇人双手反复揉搓的衣服，比洗衣机直接甩干的衣服，多一份体温和爱意吧？她们偶尔抬头看看我，再看看巷子两侧白墙青瓦之上渐渐加强的晨光，眼神淡然。我对她们的生活没有影响力。晨光像她们的丈夫一样起伏腰身，也没有什么新鲜感。她们对这晃荡中的一涧秋水有深情，连洗衣粉或肥皂都没用，以免污染水质。她们甚至捧起涧水洗洗脸，回家做早饭去了。

若干只狗在巷子里晃荡。凶悍者直视、逼视，我就有些心虚，换一条路线继续晃荡；温柔者假装去闻墙角的草，回避视线接触，待我掠过后才将嘴巴从草上移开，倏然而去。巷子两侧的院落内部，有狗在尽责，听到我脚步声就汪汪叫。从叫声大小可推测狗的大小。这些有狗的院落，往往悬着"苏州市保护建筑"铭牌，必须保持原有的明清时代格局。粉墙如旧宣纸，被风雨泼墨出斑斑驳驳的画意，晨光透过树枝在这旧宣纸上添加几笔叶子，不一会儿就抹去了。

没有狗的院落，处于废弃状态。铁门、木门上挂有生锈的铜锁或锁链。院内野草从门缝、窗缝里使劲挤了出来，想看看门外世界。“原来姹紫嫣红开遍，似这般都付与断井颓垣。良辰美景奈何天，便赏心乐事谁家院?”昆曲《牡丹亭》，似乎就是以这些废园为背景而咏叹演绎。昆曲这一剧种，就产生于东山附近的昆山。

猜想废园主人，家事里也有种种隐情、悲情、艳情吧？远远出走，以摆脱旧情前尘的围困。在异地，在光阴里，他们大约已经失去归来的愿望或能力。

三

明朝正德初期的内阁大学士（相当于宰相）王鏊，归来东山、隐居故乡的愿望和能力，比较强。

我晃荡到陆巷深处的“惠和堂”，才知道王鏊的字是“守溪”——在经历过庙堂江山种种风云后，守着太湖边一条溪水，自由自在复自治，抛却建功立业壮年心、济世度人英雄志，在酒瓮和砚台里晃荡自我。不再想陪着那个在“豹房”中纵情声色的荒唐皇帝朱厚照玩了，像西晋时期的张翰以“莼鲈之思”为托词挂冠还乡一样，五十九岁那年，王鏊三次上疏辞职，终以“喜欢回太湖养金鱼”为理由，脱离紫禁城。

在惠和堂，果然看到庭院大缸养有金鱼和莲花。这处老宅，保持当年王鏊建设时的格局，简单而庄重，与雕花楼的奢华风格截然不同。青砖铺地，不需要“瓶子中插三把剑戟”以隐喻“平升三级”

野心的图案。书房很多。唐伯虎与正在刺绣的王鏊女儿王素兰，对坐于一厢房内闲谈——当然，我看到的场景是蜡像。

唐伯虎、文徵明、祝枝山，是王鏊隐居故乡后培育的几个学生。遥想当年，一代文章大家与风雅少年聚谈于惠和堂，晃荡在东山下，再加上一个怀春少女隔窗探望，这是怎样的美景？王鏊不知道女儿在暗恋，唐伯虎又遇到牢狱之灾，一对有情人终未能结成良缘。但王鏊的教导，使唐伯虎等人成为绝意于仕途的纯正书生，无阉然媚世之态，在山水纸墨里，而非庙堂案牍中，赢得正声美名，甚至成为话本、评弹中的有趣人物——晃荡在戏台上、琴弦里，进入永恒，克服光阴。

唐伯虎与王素兰，相识于惠和堂内“壑舟园”落成仪式。我在这一小后花园徘徊良久。秋风里，池塘莲叶枯萎如旧衣，莲蓬藏莲子，像女子胸脯内藏着爱、成熟、苦涩——莲子就是“怜子”“怜爱于你”。凉亭内，有才子佳人曾在此试探着碰触一下对方灼热的指尖？爱，往往并非甜蜜如桃李，只有苦涩如莲子，才能让一代代男女惆怅不已，生发情歌和情诗。

壑舟园一角，有一簇因“瘦、透、漏、皱”而闻名天下的太湖石，堆叠如山壑大川。太湖石，基本出产于太湖中央的三山岛，宋代以来被大规模开采，用于皇宫、园林、庭院，隐喻孤峰和群山。但这壑舟园内的“舟”位于何处？四顾无觅，或许被“夜半有力者”负去？

《庄子・大宗师》曰：“夫藏舟于壑，藏山于泽，谓之固矣。然而夜半有力者负之而走，昧者不知也。”后人以“壑舟”比喻事物的流变不居，比如青春、爱、美，转眼化为云烟。晋人陶潜《杂诗》云：“忆我少壮时，无乐自欣豫。猛志逸四海，骞翮思远翥。……壑舟无须臾，引我不得住。前涂当几许，未知止泊处。”陶潜最终止泊于豆苗菊花间，与庄子、张翰一起，启发诱导了王鏊的归隐之举。

王鏊去世七十年后，江南出现一个文人画家陈老莲，有册页《隐居十六观》——十六幅画均为白描淡色，主题依次为：访庄、酿桃、浇书、醒石、喷墨、味象、嗽句、杖菊、浣砚、寒沽、问月、谱泉、囊幽、孤往、缥香、品梵。后人猜测画中人，大约是庄子、刘辰翁、苏轼、陶渊明、班孟、宗炳、孙楚、魏野、李白、鱼玄机等。我倒觉得，王鏊应该也浮现其中——在人间隐居，与故乡风土烟火相洽和而不相疑，绝非深山大泽里的避世与逃亡。惠和堂内，陈列有《姑苏志》《震泽集》，都是王鏊辞官后潜心完成的著作。在晚年，在东山，酿桃且浇书，味象而孤往，他成为苏州这一地域的灵魂人物，而非二十四史里一个抽象苍白的注脚。

“十年尘土面，一洗向清流。”是王鏊《归省过太湖》中的诗句。用东山下的涧水、溪水、湖水、砚台里的墨水、杯盏中的酒水，洗尘，再加入哗哗清流之中，才是一个人的好前途。

王鏊一定热爱《易经》中的句子：“圣人以此洗心，退藏于密，吉凶与民同患，神以知来，知以藏往。”洗心，退藏，大智复大勇——守住一条自己的溪流。

壑舟须臾水无穷。

四

在陆巷溪边一个“八毫米书吧”内喝茶，喝碧螺春。一瓣瓣茶叶在玻璃茶杯内舒展，似乎想回到碧螺村外山坡上的春雨里。喝一杯，我就满腹青山白云，一洗十年尘土心。

书吧内，一个端茶倒水的少年，父母就是茶农。每年春分前后上山开采茶叶，到清明这一阶段采制的明前茶最名贵，至谷雨时节，结束茶叶采制。这一阶段是他父母乃至全体碧螺村人最忙的时节，在外打工的年轻人，也会请假回村帮助亲人劳作。早晨五点到九点上山采摘，九点到下午三点捡剔，炒制到深夜——须当天采摘当天炒制，不炒隔夜茶。茶叶嫩芽进入灼烫的铁锅，滋滋作响如细语，茶农黝黑的大手伸入锅底，反复插入茶叶并翻动……一夜过去，茶叶像少女转折成了暗含喜悦的少妇，制茶的灶房如新房。

在东山下晃荡，见众多茶馆：镜湖楼、古尚锦、听松堂、雨花胜景茶室、岱湖山庄……牌匾雅致，茶客不俗。我怀疑，其中某一茶室，就是因王鏊命名而一代代流传下来。王鏊自然爱茶，茶中藏大道，与烈酒中的志士滋味迥异。据说，“碧螺春”的命名有两个版本，一是康熙下江南在太湖边喝到此茶，脱口而出：“碧螺山的春茶——碧螺春!”二是王鏊还乡隐居后对这茶叶的原名“吓煞人香”有异议：“香就香了，何曾要去吓煞人呢？叫碧螺春吧。”我喜欢第二个版本，有美意、深意、善意藏焉。

目前，秋深了，茶农们闲下来，碧螺村、陆巷一带的巷子静下来。著名的白沙枇杷，正忙着吐放花蕊，至大寒前后盛开，次年初夏才能结出枇杷果——集四时之气，那果实就滋味深沉，像那些大俗复大雅、入世且出世的宽阔者，像王鏊。用干净、未剥皮的枇杷果浸入白酒，两周后饮用，可除疲劳、增食欲。我在巷子里晃荡，看到若干人家门前悬有“秘方自制枇杷膏，联系人某某某”的小广告。

游客不多。当地人对自己家乡成为人潮涌动、商机四伏的景区，不感兴趣。有好山好水好茶叶度日，就满意了。“东山是过日子的好地方啊，想挣钱就去上海、南京吧……”一个喝茶的老者，幽幽感叹。不知他是本地过日子的人，还是像我一样匆匆掠过此地的异乡客。

几家影视公司的摄影师在采景，拍摄演员试妆照。《小城之春》《一江春水向东流》《渔光曲》《月亮湾的笑声》《一盘没有下完的棋》《橘子红了》《红粉》《画魂》《理发师》《阮玲玉》《宰相刘罗锅》……这些中国电影、电视剧历史上不同时期的代表作，都产生于东山下的深巷大院、渡口溪边。法国新浪潮电影有一句名言：电影是现实的渐近线。东山烟火，是人间悲喜的一种渐近线？白杨、孙道临、王人美、上官云珠、周璇、张曼玉、巩俐、陈坤……次第出没于东山下，就成了喜、怒、哀、乐、悲、恐、惊中的东山人——环境生发命运。像我在雕花楼旁边醒来，就有了财主的不安一样。

在东山，在江南，我可能只适合扮演唐伯虎一类的人，但缺乏才气和桃花运——他居住于苏州城里的桃花坞。我或许连成为才子情种那样的梦都不要去做，有一壶热茶在体内晃荡如涧水溪流，就很好。

五

自古至今，人人来来去去，去去来来，来又去了了。

大千世界，事事沉沉浮浮，浮浮沉沉，沉又浮空空。

响水涧边，明代古宅“近水山庄”内这一副楹联，有禅意，有晃荡之意——近水且晃荡。

近水山庄原名“绍德堂”，有儒家气。东山一带类似命名的古院落，很多，如“明善堂”“遂祖堂”“怀荫堂”“凝德堂”“秋官第”“承德堂”“文德堂”等等，内部格局也大致相似：两进或三进的厅堂，幽暗的走廊，小天井里的一丛竹子或芭蕉，有扶手的椅子可供男主人琢磨手段，无扶手的椅子则使女眷们垂手侧身……

当代画家亚明先生，晚年自安徽来东山晃荡，发现绍德堂，即购置下来并修缮、定居，改名为“近水山庄”，境界顿然一新。绝交隐踪，听涧水来去，看落花沉浮，亚明有所悟，作上述对联。不再为携带巨款来求画的人开门，潜心于在四壁画唐宋诗人句意。后来去东山深处的紫金庵画了一幅壁画《寒山问拾得》。壁画成为墙壁的一部分，定居于水湄山陬，拒绝卷藏、拍卖与升值。

遂访紫金庵。壁画中的寒山与拾得，正一问一答：“世间有人谤我、欺我、辱我、笑我、轻我、骗我、贱我，如何处之?”“只要忍他、让他、避他、由他、耐他、敬他、不要理他，再过几年，你且看他。”这完全是涧水、溪水、湖水一般的回答。水，在忍、让、避、由、耐、敬之中，完成“利万物而不争”的慈与智的形象，对时间的推移和公正充满信心。

壁画中的寒山以破衣蔽体，头戴一顶自制的桦树皮帽子，符合一个古代山水诗人的形象设定。这个遗失本名、在寒冷山川里建立自我的僧人，在江南一带游走、吟诵：“欲得安身处，寒山可长保。微风吹幽松，近听声愈好。下有斑白人，喃喃读黄老。十年归不得，忘却来时道。”他来苏州寒山寺参禅，或许也到过东山和太湖——在湖光山色里忘却来时道，方得大自在。拾得的一首诗，也甚合我意：“无嗔即是戒，心净即出家。我性与你合，一切法无差”，为企图超越尘俗但又眷恋市井喧哗的我，提供理论支持。

紫金庵内，珍藏有十六尊神情各异的罗汉，系南宋民间工匠雷潮夫妇所雕塑。雷潮夫妇按照玄奘翻译的《法住记》中的描述，避开寻常寺庙中罗汉怒目的类型化形象设计，借罗汉来表达十六种人间情怀。尤其喜欢其中一尊“沉思罗汉”，让我想起罗丹的雕塑“沉思者”，但这个“沉思罗汉”是英俊恬静的东方少年，没有那位西方“沉思者”以手托额、身躯前倾的夸饰与紧张。

或许，东方式的沉思，就是一种美好、自然的事情，像庄子，梦一梦蝴蝶和大鹏，看一看流水和游鱼，就获得顿悟和慰藉。或许，东山半岛起伏晃荡的山形水势，给予了雷潮夫妻、王鏊、亚明这些古士今人以美感和启发，幸福感就比罗丹强烈许多——

那些泥巴、颜料、言辞，让前人的幸福有了载体，越朝历代，光芒无尽。

六

在东山晃荡，我也是幸福的人了，像碧螺村茶农，翻过东山就有太湖在浩浩荡荡等候，这比有一个女人在山丘那边等候，更真实可期。

登上东山顶，看见太湖波光簇拥的西山岛——有东山就有西山，像有日出就有月落，是自然而然的事情——月亮落入太湖，就成了“太湖三白”，白鱼、银鱼、虾，月色一般明媚、安静而抒情。而蹄髈、牛排一类北方食物，像夏日中午的阳光，嚣张、霸气、不可一世。

太湖上，帆影点点捕鱼忙。

本地独有的“七扇子船”、七个桅杆的大船，前身是南宋岳家军战船。岳飞殉难后，部分将士定居于太湖周围，在战船转化而成的渔船上练习捕鱼捉虾，把伤心地建设成鱼米乡，让河南腔渐变为苏州话。岳飞是我异代同乡，在东山晃荡，或许屡屡与岳家军、河南人的后代擦肩而过，彼此不知血液间的关系，像响水涧、陆巷溪彼此不知相互间的关系。也好。

游船、渡轮似乎多于渔船，往返于苏州、宜兴、湖州以及湖中的三山岛等等景点间。

清朝苏州书生沈复《浮生六记》有这样的情节：

沈复受父命去吴江吊唁一逝者，妻子陈芸私下央求："吴江必经太湖，妾欲偕往，一宽眼界。"沈复虑于无托词向父亲解释。陈芸说："托言归宁。君先登舟，妾当继至。"夏日早凉，沈复携仆人先至苏州城一渡口，陈芸稍后赶来，两人登舟出虎啸桥，"渐见风帆沙鸟，水天一色"。陈芸惊喜："此即所谓太湖耶？今得见天地之宽，不虚此生矣！想闺中人有终身不能见此者！"一个束缚于闺中的女子，见太湖，获得巨大解放和欢乐。沈复、陈芸之间深沉而不狭隘的爱情，或许也受到宽阔太湖的滋育。

俞平伯一生热爱、校点、研究《浮生六记》，八十一岁为《浮生六记》德文译本所作序言中说："沈复习幕经商，文学非其专业。今读其文，无端悲喜能移我情，家常言语，反若有胜于宏文巨制者，此无他，真与自然而已。言必由衷谓之真，称意而发谓之自然。"道出写作的秘密：真与自然。

俞平伯生于苏州，师从于周作人。其曾祖、清朝朴学大师俞樾，在殿试中吟诵出名句"花落春仍在"，有洋洋洒洒二百余卷的《春在堂全书》——雕花楼原名"春在楼"，即源于此。俞平伯与苏州、太湖、江南的关系，可想而知，对《浮生六记》的偏爱也就顺理成章。

正是南方中国“美感的涵泳”，使俞平伯乃至移居江南、寂寂无名的我，有无限眷恋。

云，巨大的岩失去体重，
山峦宛似倾倒的天空，
一片树木饮着小溪，
一切都在那里，对处境感到幸运。
面对不在那里的我们，
我们被愤怒、仇恨、爱情、死神生吞。

墨西哥诗人帕斯诗作《景致》里这些句子，也像是在太湖边的东山顶写成的。喜欢苏东坡，帕斯就把自己一部诗集命名为“东坡”——东面的山坡。

天色渐渐暗了。我从西面山坡下来，站在太湖边。湖水像天衣无缝的绸缎，游船上的灯火次第闪亮，就是绸缎上刺绣出的花朵——这件睡衣即将被江南穿上，锦衣夜行。

一切都在东山以及太湖里。我在这里晃荡，尚未被外力生吞，对目前处境感到幸运。

七

在旅馆翻读一本乾隆年间的太湖专志《太湖备考》，金友理编著。

书后附有手绘的太湖地图，可以看出金友理的手迹与心迹——有隶体味，雅致而庄重。太湖闭合，三州（苏州、常州、湖州）、十县（震泽、吴江、吴县、长洲、无锡、阳湖、宜兴、荆溪、长兴、乌程），分布于约八百里长的岸线上。用曲线表达的太湖波涛间，明显存在着东山、西山两座岛屿。显然，乾隆以后，太湖水面在收缩，东山渐渐与陆地建立密切关系，从而成为半岛——

万事万物皆服从于光阴这一“夜半有力者”的意志。

金友理在书中翔实记录太湖沿湖水口、滨湖山丘、村镇聚落、寺观祠庙、第宅园亭、坊表冢墓、名胜古迹、风土人情、风物特产，以及太湖历代职官衙署、仓庾教场、兵防设置、重大战例、都图田赋、地名源流、考试选举、艺文书目、人物列女、灾异杂记……一个清代书生，对太湖怀有多么强烈的爱意，又有着多么充沛的脚力，使后生我辈追索前尘旧梦时，有了一些路标和路灯。

联想起有关“东山”二字的著名言辞。

《晋书·谢安传》中写谢安隐居会稽东山，年逾四十复出，为桓温司马，累迁中书、司徒等要职，晋室赖以转危为安。遂有“东山再起”这一成语，东山成为一切失败者卧薪尝胆之地。

《诗经·东山》曰：“我徂东山，慆慆不归。我来自东，零雨其濛。我东曰归，我心西悲。制彼裳衣，勿士行枚。”把东山写成沙场。

两种“东山”，内蕴都无法贴合于太湖边这一半岛。还是读读唐宋以来文人骚客留在此地的诗句吧——

“水天向晚碧沉沉，树影霞光重叠深。”“十只画船何处宿，洞庭山脚太湖心。”苏州刺史白居易，修通七里山塘路直到虎丘。一个人以太湖为心脏，必然进入伟大者的序列。

“万顷湖光里，千家橘熟时。”范仲淹，苏州人，遭贬后还乡创办苏州府学，迷醉于橘香与书香。

“借问翠峰路，谁参雪窦禅？应真庭下木，说法井中泉。”范成大，苏州人，曾出使金国，慷慨有余哀。

“江南梦断横江渚，浪沾天，葡萄涨绿，半空烟雨。无限楼前沧波意，谁采蘋花寄取？”叶梦得，王鏊的异代邻居，南渡词人中的代表性人物，宋亡后辞官还乡，楼前沧波就是无限慰藉。

“湖水接天天不分，水禽夜呼烟际闻。满船明月唱歌去，七十二峰皆白云。”沙维杓，苏州人，满身明月一头云……

上述诗句里的东山，显然是凡人生息之地、高士禅定之境、晃荡者愉悦之邦。这些诗人，也都与苏州、江南发生深度关联，故有眷眷温情与爱意荡漾在字里行间，无得失心、哀凉意。

夜深了。在挂有红灯笼的“守溪酒家”里坐下来，与若干朋友围桌吃“太湖三白”，喝桂花酒。

自古以来，文人往往借助于美食相互抒情或自我安抚。王羲之有《奉橘帖》：“奉橘三百枚，霜未降，未可多得。”王献之有《送梨帖》：“今送梨三百。晚雪，殊不能佳。”苏东坡有《一夜帖》：“……却寄团茶一饼与之，旌其好事也。”东山半岛，苏州一带，橘子、梨、茶、枇杷、杨梅、莼菜、水红菱、太湖蟹、湖羊……遐迩闻名，故能成为多情之地温柔乡。

我起码有能力守住这一桌子变幻的山川与溪流吧。

惠山记

一

倪瓒的灵魂如果被这一祠堂招引，大概不会感觉很舒服——它与旁边的范仲淹祠堂一样，法度森严。庭院中，爬满青藤的一堵马头墙，像一匹正在穿过树林的白马，也像一卷旧墨淋漓的文人画，或许能被倪瓒稍稍喜欢吧。

太湖边这一座惠山古镇，祠堂林立：华孝子祠、至德祠、钱武肃王祠、留耕草堂、顾洞阳祠、杨藕芳祠、尤文简公祠、淮湘昭忠祠、陆宣公祠……汇集了唐代至民国时期约八十个姓氏、近两百个名人及其家族的光荣。显然，惠山藏风聚水——藏南风，聚湖水，风水宝地也。

祠堂类似壁龛、佛窟、十字架，为敬意和怀想，提供一种形式和方向感。像失恋的人需要旧情书，偶尔可以抚摸一下纸上的泪痕，身体就一凉、一热、一痛。

我慢慢走在镇上，看部分祠堂风吹花叶深闭门。大概只在祭日、后人婚庆日、春节、清明节，才会接纳家族成员举行纪念仪式，以维系复杂宽阔的血脉，平息内部冲突。一部分祠堂或许没有后裔来维持，转型成为茶室、书店、泥人作坊、陶器店，游客流连。部分重要祠堂格局依旧，比如范仲淹祠堂、倪瓒祠堂。但失去原有的家祭意义，成为博物馆、纪念馆性质的公共设施，被“国家历史保护建筑”“江苏省历史保护建筑”“无锡市历史保护建筑”一类铭牌，区分了层级——建筑即人。草庐即草民？也未必。

一架飞机掠过倪瓒祠堂上空，大约是从苏州、无锡交界处的苏南机场起飞。不像鸟，翅膀没有煽动性和感染力。

位于元末明初的倪瓒或者说倪云林，画笔下，鸟儿罕见。青年时代，其画中尚有青绿表达春愁。晚年，沉心于表达秋意，那残山剩水、空庭枯树，只需要黑白二色已经足够。他用自己创造的折皱皴，处理覆霜、积雪下的湖山，像岁月用皱纹来处理一个寒意加深的老人。落款处，连印章的红色都避开，连作品所处朝代的官方纪元都放弃——他试图超越自己所厌倦的时代，一个连书生们做隐士的权利都被剥夺的时代。果然，倪瓒以笔墨脱离元末与明初，成为与黄公望、吴镇、王蒙齐名不朽的“元四家”之一，并启发了身后“明四家”沈周、文徵明、唐寅、仇英的生成。

但这样的“齐名与不朽”，倪瓒大概也不屑一顾——“逸笔草草，聊以自娱耳”。一切无非是自娱而已。题画诗中，他也屡屡以“虚舟”“孤筏”自喻，有“举世何人到彼岸，独君知我似虚舟”之句。主动而非被动地抱持“虚与孤”，方可得大自在。

一座祠堂与其所祭奠纪念之人，已经没有了关系，乃生者、后人心灵之所需。如果以惠山西南角那一派怀抱虚舟孤筏的太湖，或者以其画卷中屡屡出现的空亭，作为倪瓒祠堂，更合适一些吧。

二

进入倪瓒祠堂前，我在惠山寺已经坐半天，喝茶。

香樟树叶子落一地，没有僧人来扫。十一月的风，时而来扫。落我怀里的两片叶子，风试着扫了扫，扫不动，就试图把我一同扫出寺门？也没扫动。

在唐代，陆羽来过惠山寺，以此地泉水烹茶，大喜复大赞。按照他列出的一个以庐山泉水为首的中国泉水排行榜，惠山寺这一眼泉水，被誉为“天下第二泉”。

陆羽确定的好水标准，如下：山水为上，江水为中，井水为下。其中，山水又分为泉水、翻腾之水和静水。日常生活中，我饮用从水库、水厂、水塔一路奔波进入水龙头里的水。

无锡城里盲人阿炳的一首二胡曲，本无题。上世纪五十年代，中央音乐学院教授、无锡人杨荫浏，回乡抢救这一名曲，问阿炳：“最喜欢在哪里拉这曲子？”阿炳说：“在二泉。”杨荫浏内心訇然：“《二泉映月》。”天下的人、事、情，就是这样明亮或隐秘地发生关系，让万物万象的孤单感稍稍缓解。

我不知道自己此时所喝茶水，是否从二泉中汲取。不宜深究。就像不宜深究某个人情书中的诗句，是否抄自白朗宁夫人或茨维塔耶娃。我又没有陆羽那样敏感的舌齿和味蕾，我又没有出乎其类、拔乎其萃的才华和命运。泉边石岸，有汲水的绳子造成的一道道勒痕，像一条条证据，说服我：去保持与二泉融合为一的整体感或者虚寂感吧。

陆羽，最初是一个寺庙收养的孤儿，偶然读到我的东汉乡亲、南阳人张衡的《南都赋》，被南阳、中原之美所吸引，遂有了读书入世之心。逃出寺庙，却成了戏班里的一个丑角扮演者，在戏台上的锣鼓声中，幻想着庙堂上暮鼓晨钟的盛大与辽远。遭遇安史之乱，流徙四方，竟然成就了一次遍及半个中国的访茶问泉之旅——与杜甫的痛歌病吟形成对比。陆羽把中国分为八大茶区、四十四个产茶州郡，由此确定了中国早期第一批贡茶，并衍生出一种风雅的生活方式——以茶树来认知大地，比以权柄把握朝野，生动有力了许多。

惠山寺，有茶叶店销售陆羽实地鉴定过的、太湖周边产出的两种名茶：苏州碧螺春、宜兴阳羡茶。店中悬挂陆羽认定的好茶产地标准，“其地，上者生烂石，中者生砾壤，下者生黄土。”“野者上，园者次。”我有些走神。好作家的生成，也往往与惨烈的生存经验有关，比如司马迁、苏东坡。好文字就是在阳崖阴林间、霜风苦雨下，抽枝展叶，组词造句。我在有通风系统和地暖的写字楼里生活，写出的文字，“园者次”，也是没办法的事情。一个缺乏在野之心的人，总在觊觎中心，又如何能像倪瓒那样获得永恒？

在太湖边游荡数年，陆羽认识了湖州妙喜寺诗僧皎然，获得烹茶真传，并创制出七大制茶工艺：采、蒸、捣、拍、焙、穿、封。又设计出二十四种做茶、煮茶、品茶的茶器：水方、风炉、交床、漉水囊、罗合、则、札……在对泉水、茶叶、茶器、茶道的系统研究之后，陆羽完成《茶经》，并使“饮茶”这一生活方式从贵族阶层进入民间——《茶经》之前，无“茶”字，陆羽将“荼”字减去一横，创造出这一新字，就是创造一种新境界。

没有惠山、太湖的支持，《茶经》的出现可能比较困难。

茶禅一味草木间。在惠山寺喝茶，是双重的静修，对于我这样一个愚顽且可疑之人，很必要。

三

出惠山寺，沿石阶而下，我才看见古镇一角的倪瓒祠堂和祠堂上空掠过的那一架飞机。

祠堂中央悬有倪瓒肖像，瘦骨嶙峋。四壁悬挂他的代表作——

《秋林野兴图》。树丛下，一亭临水，高士独坐，童子侍奉于其后侧，远山隐约。此画为倪瓒存世最早作品，三十九岁时所画。亭中人，大约是画家自我写照。此时，富家子倪瓒在兄长荫庇下，无忧度日，读书、作画、交友，一日数次沐浴更衣；反复清洗庭院里的梧桐以除尘，导致其死亡；约会歌妓，觉其不洁，令其反复清洗，天亮，递她一把银子，倪瓒叹息："回去吧。"此画之后，兄长去世，他不得不独自面对这肮脏不堪的尘世，心身俱疲，遂变卖家产，散财于友朋亲邻，浮舟太湖。收税官在岸边眺望、追捕，故意将其囚于厕所中："我看你还能做一个干净的人吗?!"

《六君子图》。六棵树，立于水边。显然，这是六棵不愿意站在庙堂内的在野之树。倪瓒重视树，曾言："先写以树，树为画中之首耳。次写以石，石为画中之体耳。"倪瓒中年以后的画卷，一个人影都没有了，只有树。乱世无君子，他只能借树抒情、象征——如何像一棵树那样，在阴历中自然而然、富有尊严地荣枯与生死？这是一个问题。

《平林远岫图》。从倪瓒题于画面右上角的文字可知，此画应友人德常之请而作。画家的视角，大约位于苏州木渎镇的对岸，"隔江遥望天平、灵岩诸山，在荒烟远霭中，浓纤出没，依约如画。渚上疏林枯柳，似我容发萧萧，可怜生不满百，其所以异于草木者，犹情好尔”——人与草木之差异，唯在于还有情感与喜好罢了。倪瓒之洁癖，载于明清小品和民间传说，夸张、嘲谑，使叙述者、聆听者置身于肮脏之地，也略略心安理得。倪瓒追求清洁，非病态，显决绝，怀大义——其作品一概送友人寄托情感，拒绝携重金购画的俗吏登门，以至于被围殴，伤痕累累也一言不发。别人疑惑：“你怎么不说、不怨、不吭声？”他答：“一说就俗了。”

《幽涧寒松图》。涧水一道，松树两株。画面左上角题五言诗一首：“秋暑多病暍，征夫怨行路。瑟瑟幽涧松，清阴满庭户。寒泉溜崖石，白云集朝暮。怀哉如金玉，周子美无度。息景以消摇，笑言思与晤。”友人周逊学入仕途，倪瓒以此画劝诫——仕途远征多病暍，不如归于幽涧寒松，与白云朝暮相处，岂不快哉。这首五言诗，墨迹微微向左下方倾斜，像几行雨，受到了右面来风的影响。

《容膝斋图》。此岸有杂树五棵、空亭一座，对岸有浅山重叠、断续、逶迤。两岸之间留白，湖水也。此画作于倪瓒七十二岁时。一友人藏之三年后，复请倪瓒补上题跋以赠潘仁仲医师。画中空亭，在题跋命名之前，并非潘医师所居之私斋。题跋中的诗句，“屋角春风多杏花，小斋容膝度年华”云云，合于人情世理，与画面中的萧索意味不谐，恰恰印证了倪瓒前后两次落笔的时间差。

……

倪瓒祠堂中这些画，一概是复制品。原件分别藏于世界各大著名美术馆、博物馆：故宫博物院、上海博物馆、无锡博物馆、台北故宫博物院、卢浮宫……

二〇一六年十一月，纽约，美国大都会艺术博物馆。在灿烂的毕加索、梵高、莫奈之中，我看见黑白萧索的《秋林野兴图》，如同在一片陌生蓝目中看见黑眼睛。一瞬间，我又置身于水墨枯涩的华夏祖国。不知道这幅画从元末明初的华夏南方流入当下纽约，其间发生了多少传奇故事。数了数收藏者的红色印鉴，二十一枚，撒在画面四角，像二十一朵暗红色的、不自然的假花。也就是说，前前后后有二十一个人试图借水行舟，与倪瓒一同流芳百世。他们可能没有见过太湖，也就不能获得与倪瓒一样的流速、流域。

世界各地游客，一群一群匆匆掠过《秋林野兴图》，掠过我。他们基本上也不知道太湖、元末明初、倪瓒。保安高大，像狐狸一样狐疑地盯着我。我不能过久在这幅画面前滞留了。没有想到，一年后，在惠山，与倪瓒深度相遇。

倪瓒祠堂在复制倪瓒？周围，是原版的中国和深秋，有助于增强我对一个古代文人的理解力。

四

数日前，自上海出发，开车，沿太湖南岸高速公路到湖州，看赵孟頫的松雪斋遗址和湖笔博物馆。再到陶都宜兴亦即阳羡，进东坡书院，想了想东坡。买了一摞新出窑的陶碗。最后来到太湖北岸的无锡，在惠山下的旅馆小住——这轨迹，大抵上算是一个半圆，像一弯残月与新月。

太湖边旅馆，大都筑成“合”字外形，酷似倪瓒画笔下的空亭。那空亭，屡屡出现于他宣纸上的山脚和湖边，基本上就是一个隶书体的“合”字。倪瓒就是按照“合”这个字造像、抒情、言志——天人合一。

文人画肇始于唐宋时期的王维、苏东坡，在元朝，日臻高峰——异族人得汉家天下，废科举，仕途便如同峭壁深渊。书生们大都改走写作与绘画之路，写词曲戏剧，画寒山剩水，涌现出关汉卿、马致远、郑光祖、白朴、施耐庵、罗贯中等等杂剧大家、小说家，以及赵孟頫、黄公望、倪瓒、吴镇、王蒙等文人画家。他们恰好都出生于太湖周围的湖州、常熟、无锡、嘉善一带。太湖如母亲，用宽大衣襟收留这些丧志失意的孩子，引导他们以审美化解痛苦。而艺术，恰恰是失败感的产物。艺术愈伟大，失败感愈痛楚。

文人画就是汉族士子的精神自画像——文辞、人格、画卷，三者融通。人的自觉、人文思想的萌动、士子的独立，在笔墨间渐渐摆脱暧昧而日臻明澈，如同湖山上的晨光试图破空而出，又何其难哉。所以，倪瓒的画面里空无一人。没有一个理想的、完整的、自由的人，那就干脆让它空着吧。西方的文艺复兴，与倪瓒们所处的时代，大致上叠加于同一时期。当西方借助文艺从黑暗的中世纪突破，向现代社会转型，古中国自宋而元而明清，文人士子一概成为客居故国的异邦人——从宽阔的苏东坡到激烈的谭嗣同。

捷克当代诗人赫鲁伯的诗《魔术师齐托》：

为使陛下开心，他允诺将水变成酒、青蛙变成男仆。
甲虫变成管家。用一只耗子做一个木匠。
他弯下腰，指尖上长出漂亮姑娘。
一只会说话的鸟儿坐在他的肩膀上。
如此这般。弄出一些别的东西吧，陛下要求道。
弄出一粒黑色的星星。他奉命。
弄出干燥的水。他照办。
弄出一条稻草镶边的河流。他执行。
如此这般。接着一位学生请求道：

从无中弄出大于一的东西来。
齐托脸色煞白：非常遗憾。
无介于正一和负一之间。
他无所作为，离开宏伟的皇宫，
穿过群臣，回家，回到一枚坚果之中。

为使陛下开心，古中国的皇宫里，同样充满齐托这样的魔术师，弄出黑色的星星和稻草镶边的河流，否则，就是流放，就是死，连回到一枚坚果之中的可能性都没有。

而艺术，就是“从无中弄出大于一”的慰藉和宁静，在重重宫阙外，在淡淡江湖。

五

倪瓒发自内心喜欢那个“别调独弹，一肚子不合时宜”、无意于“使陛下开心”的苏东坡——

东坡屡屡自湖州、杭州而来访问惠山，写下“独携天上小团月，来试人间第二泉”；倪瓒时时游惠山，写下：“佛香松叶里，僧饭石岩前”“清心有妙契，尘事久终捐”。

东坡说“写胸中之盘郁”，倪瓒说“写胸中之逸气”。东坡说“论画以形似，见以儿童邻”，倪瓒说“不求形似”。东坡说“宁可食无肉，不可居无竹”，倪瓒说“写竹叶一二枝，亦足以助画景”。东坡说“休对故人思故国，且将新火试新茶，诗酒趁年华”，倪瓒说“门前杨柳密藏鸦，春事到桐花，敲火试新茶”。东坡说“与君各记少年时，须信人生如寄”，倪瓒说“旅泊无成还自笑，吾生如寄欲何归”。东坡说“溪堂醉卧呼不醒，落花如雪春风颠”，倪瓒说“三杯桃李春风酒，一榻菰蒲夜雨船”。

东坡悼亡妻：“十年生死两茫茫，不思量，自难忘。千里孤坟，无处话凄凉。”倪瓒悼亡妻：“梅花夜月取冰魂，江竹秋风洒泪痕。天外飞鸾惟见影，忍教埋玉在荒村。”

东坡造西湖苏堤，倪瓒造苏州狮子林。东坡研究东坡肉、东坡肘子，倪瓒写作《云林堂饮食制度集》，其中，“云林鹅”制作要诀被袁枚载入《随园食单》。

东坡字迹宽扁，倪瓒的小楷也从早期的竖长渐渐过渡到扁宽，如同太湖上的一叶孤筏与虚舟……

最后，东坡死于常州，倪瓒死于江阴，两地相距不过三十公里，同在惠山北、长江南、纸墨间——咏而归，归于无，也就归于无穷无限。

明朝末期，太湖边出现一微雕艺人王叔远。他在核桃上雕刻了赤壁长江上的一叶小舟，内含：东坡、黄庭坚、佛印等五人，窗棂八扇，箬篷、楫、炉、壶、手卷、念珠各一，对联、题名并篆文共计三十四字。此核雕作品赠予魏学洢，遂有后者撰写的《核舟记》这一名篇。

倪瓒自然不知道《核舟记》，不知道与王叔远大致属于同一时期的莎士比亚也喜欢借核桃来沉思、抒情：“我可以深陷核桃壳，而自以为是无限空间之王。”倪瓒、东坡、莎士比亚，都是在各自内向、逼仄、黯淡的时代里，谋得核桃般大小的自由、自治区。那核桃是倪瓒的太湖，是东坡的惠州、黄州、儋州，也是莎士比亚的伦敦、文艺复兴运动——

去成为一个人，而不是成为酷似人脑的核桃肉，被一把锤子追击、敲打、粉碎。

六

太湖南岸，嘉善城，有一景点“梅花庵”。某年惊蛰，我去探访梅花庵的主人吴镇。梅花盛放，吴镇长眠于梅花庵旁边墓丘内。

“元四家”之一的吴镇，年长倪瓒二十六岁，以梅花、竹子、渔父为绘画题材——在梅花、竹子、渔父身上寄寓自我，像倪瓒，同样拒绝与时代合作、和解。

关于“元四家”组成名单，历代学者观点不一。赵孟頫，时而被纳入，时而被去除，就像他对异族入主中原的态度暧昧混沌，进退失据，也就处境难堪。但吴镇、倪瓒稳居“元四家”序列之中。这也完全是一个南方文人的序列。

在元朝，民众被分为四个层级，自高而低，依次为蒙古人、色目人、汉人、南人——反复南渡、难以为继的汉人，用艺术维护人的尊严、南方的尊严，或许就是“元四家”乃至同时代南方文人的动机。

吴镇自号“梅花道人”，在梅花凌寒怒放这一壮烈景象前，看清内心的道路。祖籍中原，祖父曾从事航海业。南渡后，家道中落。吴镇游走四方，最后，在嘉善筑梅花庵隐居不仕。画梅花、竹子、渔父，自赏或赠友，像倪瓒，拒绝把作品看作商品。以卖卜为生，在街头为困惑迷茫的探询者，指出一个解脱的方向。

梅花庵现改建为吴镇纪念馆，珍藏有一方断碑，是吴镇生前为自己亲手题凿的墓碑。中间竖刻一列大字：“梅花道人之塔”，左右两列小字：“生至元十七年庚辰七月十六”“殁至正十四年甲午”——

他准确预言了自己死期，像梅花知道自己将凋落在哪一天。

“卜算子”这一词牌盛行于北宋。万树撰《词律》，认为这一词牌的意义就是“卖卜算命之人”。吴镇，就是卜算子。

我没有找到吴镇与倪瓒之间往来的文献资料。他们之间应该存在一种敬意与温情，隔着太湖，隔着二十余年的时光。

诗言志。吴镇、倪瓒们次第以笔墨言志，言士子之心。

在梅花庵，这一天雷声阵阵，雨中红梅，像正在锻铸中的新铁器，插入水缸，通红、嘶嘶作响。春天，一个大象无形的铁匠，紧盯着梅花旁边废铁一样的我？

七

将鸡蛋搅拌均匀，倒入油锅内摊成蛋皮，晾凉，切成细丝；姜洗净，切片；母鹅洗净，沥干水分；葱洗净，葱叶、葱白分开，葱叶切末，葱白切段；紫菜洗净，撕成小片；把苏州黄酒五十克、精盐十五克、葱、椒调匀，擦抹鹅身内外；静置一小时，复用苏州黄酒三十克、蜂蜜十克调匀，抹于鹅身，葱白塞入鹅腹；将鸡清汤五百毫升、苏州黄酒二百二十克倒入砂锅内，放竹箅，置鹅于竹箅，姜片置于鹅身，压锅盖，用绵筋纸封口，用旺火蒸约两小时至酥烂；鹅取出，拣去姜片，装盘；鸡蛋皮丝、紫菜放入盘中，浇上砂锅内原汤，即成。

面对一盘依照倪瓒钻研出的上述方法制作而成的云林鹅，我坐在惠山镇一小餐馆，以口腹，体会一个前贤的人生五味。病从口入、口蜜腹剑、祸从口出、口诵心惟、口径、口口相传、口惠而实不至……显然，口感就是时代感、命运感。

以鹅为中介，我眼前似乎浮现出倪瓒在厨房烹调美食时那刀工的细腻、身影的欢乐、釜上气一般蒸腾的才华。面对宣纸，大抵如是。一纸湖山，就是一釜食粮。倪瓒自言“逸笔草草”，其实并非草率不羁，实乃简从繁出——运笔如运刀，每一笔、每一刀都如同折皱皴，如同他那英挺沉着的小楷。

倪瓒研究这一菜品时，强调要使用苏州黄酒。他大概对比过各地黄酒与一只鹅之间互动关系的差异。

鹅肉的香、蜂蜜的甜、黄酒的绵软、姜片的老辣……混合而成小规模的太湖烟雨，入我肠，动我心。吃了这只鹅的十分之一，微醉。更相信倪瓒是有趣味、有癖好、有定力的文人，绝非寡人孤家浪荡子——“人无癖不可交也，以其无深情也；人无疵不可与之交，以其无真气也”，山阴人张岱如是说。张岱应该像袁枚，喜欢倪瓒这样有洁癖、不苟且的人。

元朝以后，至晚清、民国，在长江南、太湖周围，出现无数倪瓒、张岱、陈老莲、徐渭、袁枚、李渔、祝枝山、文徵明、唐寅、仇英、张宏这样一类癖好各具的天真文人，与宫廷里那些案牍册页中的媚意谄姿，一别两宽。一方水土养一方人，一方人固一方水土。倘若没有倪瓒们这样有趣有情之人的存在，这南方、这尘世里的生活，还有什么可以值得眷恋、谈说？

把剩下的鹅打包，我提着，起身，瞥见后窗外的小院里，有一只鹅站在笼子里，抬头盯着屋檐下悬挂的一排风干的鹅。

沿镇子上的石板路晃荡。傍晚，游客寥寥。过横街，走直街，再越宝善桥——那倪瓒祠堂、范仲淹祠堂已闭门。祠堂旁，一个惠山泥人店，有一群鲜艳的泥人热情包围我。系着围裙的老师傅在灯下工作，手中泥人正在成形。我问他，这泥巴有什么特点？他头也不抬：惠山上的泥，天下独一无二，像宜兴烧陶的紫砂泥，也独一无二——无锡，泥好——你好！大概感觉自己说得有趣，他笑了，才抬头看看我。眼神纯净，六十多岁的样子。他说，与泥巴打一辈子交道。这店，也准备关了，徒弟都去上海、深圳挣大钱了。镇上的泥人店已经不多。

张岱来过惠山，在《陶庵梦忆》里写道："店精雅，卖泉酒、水坛、花缸、宜兴罐、风炉、盆盅、泥人等货。"这泥人，用惠山下一种细腻、纯净、可塑性强的黑泥捏制，而后彩绘开相。我问师傅，最困难的是哪一个环节，他说：配色。红要红得鲜艳，绿要绿得娇嫩，白要白得干净。

惠山泥人艺术始于南北朝，盛于明清，此时期，镇上的祠堂群开始形成规模。守护祠堂的祠丁，大部分时间很无聊，渐渐也成为手艺人。每家祠堂门口都设有泥人店，店后即为泥人作坊。祠堂祭祖时上演的戏曲，启发了手捏戏文的出现，神人共欢、红绿交加的景象，更易于招引倪瓒、范仲淹们的灵魂，时时回归于烟火人间……

买了一个"大阿福"泥人，出门。大阿福的姿态是喜悦的、世俗的，有些像我，不像倪瓒。街灯亮了。一处略显凋败的古宅前，众人群集于巨大方桌周围，举行某种仪式。鞠躬。唢呐独奏。桌子上蜡烛燃烧，摆有装满葡萄、香蕉、花生、枣、橘子、鹅、鸡的碟子。肩扛摄像机的记者在现场采访报道。原来，此处古宅将被拆迁，需要一个仪式，以敬告二百年前建造这一古宅的祖先，赢得他们的谅解和宽容。

暗含旧事前欢和未来种种戏文，一座惠山，累了，就隐入黑泥般的夜色沉沉大睡。

八

倪瓒所在的元末明初，处于惠山泥人艺术成熟期之前。他或许没见过又红又绿又白的“大阿福”，也不需要这三种颜色来抒情。表达流水，一概是空寂的宣纸本色。其他画家往往用鱼鳞纹、渔网纹来一笔一笔说明波浪，倪瓒不屑、不为。

简单、稚拙，像孩子，就是倪瓒倪云林。

在惠山下、太湖边的旅馆里，翻看中国美术出版社二〇一三年版的《倪瓒作品精选集》，我才知道，倪瓒首创了中国画“一河两岸图式”——前景为近岸、树木、空亭，中景为河流、沙洲，远景为对岸上的山脉、树木。其作品，大都是这一图式的不同变化。

那空亭，与我故乡南阳诸葛亮隐居躬耕时的草庐，外形酷似，内涵已迥异。那一座著名草庐，天下重视，被刘备、关羽、张飞三人一顾、再顾、三顾，现在成了一个风景区。倪瓒的空亭，只供清风云朵路过或栖息。一河两岸，就是承认与理想中的世界存在巨大间距，但不放弃精神超越之努力，所以，空亭在此岸。在此岸，在尘埃满面的现实中，有空亭，一个人清空身体、腾空而起成为云朵清风，这样的可能性依旧存在。在倪瓒画面中，一叶舟筏都不必出现——他把自身作为隐蔽的虚舟孤筏，投入墨水、湖水与河水，渡。

一河两岸，让我想起元杂剧、昆曲、京剧舞台上的一桌两椅。与复杂的西方戏曲道具艺术相比，中国戏曲不需要布景，一张桌子、两把椅子就是全世界，就是百年人生，足以言情与叙事、唱念与做打、还乡与远征。倪瓒的一河两岸，与繁芜的西方哲学、宗教学、美学并峙，让汉人获得精神上的解脱与救赎。“在自己的身体上克服一个时代。”尼采如是说，倪瓒如是行——以“虚”与“孤”，克服元末与明初的“实”与“众”。

于我等而言，又何尝不面对着种种的“实”与“众”？如何去克服或者……雌伏？

太湖波光闪烁如一卷宣纸，湖中三岛隐约，如墨痕。游船和渔船时而闪现。快餐盒、饮料瓶、避孕套、卫生巾、拖鞋、塑料泡沫板……这些倪瓒没有见到过的新时代事物，这些狂欢的后遗症，被湖水拒绝，排斥到岸边草丛里、乱石间。清洁工们戴着口罩、袖套，穿着胶鞋，捏着铁钳子，在湖边清理，像社会学家、外科医生、出版社校对。这些新生事物、后遗症，有可能出现于后现代绘画、装置艺术中去，表现“污浊的生活”这一主题？我不会到这样的美术馆中去欣赏、评论、欢呼。

在南方中国，我有一河两岸、一座空亭，足矣。

九

惠山因晋朝僧人惠照来此隐居而得名。

惠山寺建于南北朝。寺内，两棵六朝时期种下的古松，树皮纹理苍然。倪瓒或许就是在这松树下出神，琢磨出了折皱皴画法？

松下一石，状如床榻。李白的祖叔李阳冰躺上去。风中松涛，让山下湖水声有些恍惚。他也有些恍惚，在石头上挥毫题写“听松”，两个字被后人凿刻流传下来。据说，这块石头最初能够伸缩，随躺在石头上的人身体之长短而变幻。后来，一狡黠孕妇躺上去，这石头就失去神性，无法对这长短叠加、纷纭不定的一个人或者说两个人，做出判断和回应。恢复天然石性，处变不惊了，也好。

民国时期，阿炳常来此地走神。除了名曲《二泉映月》，他还创作了《听松》。一把二胡，的确状似孤松。蛇皮蒙于琴筒，花纹类似折皱皴。运弓如风动——“风入松”，这一词牌，倪瓒写过。大学时期，我曾经是学生民乐团的二胡手。后来放弃这一爱好。深层原因，还是恐惧于二胡曲的孤独与哀凉吧。钢琴家的命运似乎大都比较好，有一个乐队衬托着，显得壮阔华丽。我似乎热衷于在熙熙攘攘的乐队中隐身，也就丧失独奏般的存在感。

但“孤独与哀凉”，岂是某种乐器的意志？实乃一条必要的道路，通往自我的完成。

倪瓒爱松、爱石头、爱二泉，就是爱孤独与哀凉——松树、石头、泉水之外，这半山竹林也同样是他深爱的事物。竹叶片片形似汉字中的“个”“介”“人”，仿佛一个个狷介之人，苍苍然，如同泼墨。倪瓒与朋友在石头上听松、研究烹茶技艺，看通往山下小镇的一层一层石阶，一笔一笔淡了下去……当然，他不知道自己后世的声名和祠堂。自然，会想到陆羽这一个前人——用茶叶、泉水、陶器、火焰，来克服动乱中的时代，是一个文人活下来的秘诀？甚至，倪瓒会想到陆羽爱过的湖州女诗人李冶，其诗《八至》：“至近至远东西，至深至浅清溪。至高至明日月，至亲至疏夫妻。”至色至空人生，秋风透彻天下凉。喝茶吧，暖身复养心。

突然，倪瓒灵机一动，以核桃、松子和面粉，组织出山石外形，放置到茶水中，命名为“清泉白石茶”。很快，这一构思就风靡江南，被俗吏雅士们模仿——嘲笑他而又追从他，像一个时代，造就他就必须排斥他，但这嘲笑、追从、造就、排斥，对一个孤虚之人，无意义，“一说就俗”——倪瓒沉默，我也就无话可说。

在上海，我粗饮茶——一把茶叶扔进杯子，热水注入，茶叶激烈浮荡。我背对倪瓒和元末明初粗饮茶，他看不见，否则会与我绝交，拒绝这隐秘的纸上交流。他或许不会允许一个芜杂尘俗之人，写他爱过的这些山、泉、松、石。但写作，就是洗尘。

一个人要么遇到倪瓒，要么遇不到倪瓒。我在惠山遇到倪瓒，辨认他所处的时代和江南，内心必有所变化，像一尾大鱼游过太湖，湖面的波光山色就会剧烈动荡半个时辰；像一行汉字游过眼前白纸，这纸里粉身碎骨的草木枝条，也会隐隐想起春风野外。

破山寺记

一

在一个中午进入破山寺，所以没遇到清晨入寺的唐代诗人常建。

清晨入古寺，常建看见初日与高林，获得平静和喜悦，泼墨题壁，写下《题破山寺后禅院》这首名诗，安抚唐代以来的光阴和人心。对于千年前的常建而言，破山寺已经是一座古老名寺。建于南齐，名字数度变迁：大慈寺、福寿司、破山寺、兴福寺，但常建喜欢“破山寺”三字。我也喜欢。“破”，非形容词、动词——寺前有涧水破山而下，涌进茶馆、灶房、手掌、砚台、禾苗、马嘴、鸟喙、诗词歌赋……

“兴”与“福”，是主观感受、普世追逐。对诗人而言，一道涧水破山而下，如高僧顿悟后破壁而出，多么好。沈德潜、康有为等人在诗文里言及这一古寺，也都写成“破山寺”。他们手持狼毫，在宣纸上走云连风，的确像破山而下、破壁而出。

唐代后期，一个名字叫作李漼的皇帝，闻悉这座寺、这首诗，就题匾“兴福禅寺”，试图与其齐名流芳。他不喜欢“破”字，无论其作为动词还是形容词。皇帝与达官贵人，都不喜欢大破大立，也不喜欢破败萧条。如今，寺门前的匾额红底金字，充满世俗喜气，不知道是不是这个皇帝的墨迹。

寺内安静，阳光透过树枝，在青砖地面上影印一页佛经。来访者可取三炷香，各自点燃。没有某些寺庙常见的可疑僧人，向信众或游客推销包装华丽、价格昂贵的香火，或者借抽签来蛊惑牟利。

一个怀抱经书的少年僧人，缓缓来。我问他，常建诗碑在哪里？他引领我穿过竹林、长廊、观音楼、救虎阁、藏经楼，在清潭边指了指一个亭子。亭子下，就是那一个被玻璃密封保存的诗碑：唐代常建诗、宋代米芾字迹、清代穆大展雕刻——三个时代的人，穿越千年时光，拥抱于一块石头，共同呈现汉语之美。

显然，穆大展是一个懂得事理的人，把自己藏在石碑最左下角一列小字之中——“半百玩松山人穆氏大展铁笔”，有些俏皮和窃喜。一个五十岁的石匠，通过锤子和铁凿，与常建、米芾一同获得永恒。他要适度控制自我，不宜喧宾夺主。雕凿过无数官吏豪绅的墓碑、纪念碑、题词，他大约羞耻于在那些石头上署名。破山寺内的这首唐诗，对于穆大展是一次历史性的机遇。他把握住了。

这块碑上，其实隐含第四个人——言如泗。

孔门弟子中唯一的南方人言偃，即子游，有“南方夫子”“言子”之称。其第七十五世孙言如泗，于乾隆二十九年任襄阳知府，在坊间得到米芾书写的常建《题破山寺后禅院》一诗真迹，大喜，带回家乡常熟。乾隆三十七年，即公元一七七二年，在言如泗力促下，常建诗碑刻立落成。

这些石刻的字迹，似乎充满回到宣纸上、墨汁里的愿望。我俯身观察这一被封存于玻璃之内的诗碑，姿态谦恭，向前贤巨擘致敬。

从少年时代初次遇到一本残损不全的《唐诗三百首》，到在破山寺与常建再度相逢，我已经老了，心境或许更能贴近这一个唐代诗人与周围群山众水。

一张脸在玻璃上发出反光，与一首唐诗相叠加，像纹面与刺字。我是一个文人或逆子，文过饰非或逆流而动。

二百多年来，无数人慕名而至、伫立、俯身、凝眸，面孔与一首唐诗短暂叠加后，总会发生种种微妙变化吧。

来了，看了，走了，像尘埃，无数面影被亭前清风打扫得没有一丝痕迹。

二

米芾所书的常建《题破山寺后禅院》，与我熟悉的版本不同。

> 清晨入古寺，初日照（明）高林。曲（竹）径通幽处，禅房花木深。山光悦鸟性，潭影空人心。万籁此都（俱）寂，但余（惟闻）钟磬音。

括号内的言辞，是米芾书写的版本。

不知道是米芾修改了常建的诗，还是常建本意就是如此。

我觉得“照高林”胜过“明高林”——“照”，强调光线穿枝拨叶的动感，未必“明”，光影斑驳、层次丰富也很美好，就像我在这一天沿寺旁石阶登上虞山途中所见景象，多变幻，有难度。“高林”，也可指高拔的庙宇丛林，需佛法之初日，持续照拂僧人香客内心，消解不断变幻的隐痛，有难度。

“竹径”与“曲径”各有其长。破山寺后院，的确有一大片竹林漫上半山。小径通往幽暗处的长眠——历代高僧的二十多座小石塔，错落而立。小石塔前落有几个松塔，不知是少年僧人摆放在这里作为供奉品，还是松树被风吹落的果实，都好。松塔也像小石塔，松子是安眠其中的高僧。常建及其身后三百年才出现的米芾，都应该沿着竹径或者说曲径来此地一走。“竹”比“曲”具体，但把松径、草径、石径等等同样逶迤曲折的小径排除在外，就有些狭隘了。

“都寂”，读音比“俱寂”生硬。

“但余”比“惟闻”响亮。我也姓余。破山寺乃至整个常熟城、苏州、南方中国，只剩余钟磬声音。闻或未闻，仅系于个人的听力与心力。“但余”好于“惟闻”。

我认为米芾修改常建诗的可能性很大，因为米芾又被称为“米癫”——一个癫狂人，有可能在酒后进入破山寺，趁醉意展纸挥毫，表达对常建诗中空澄之境的理解。修改也是一种敬意和爱意，让自我与他者融通无间。当然，米芾没料到，七百年后，言如泗、穆大展把这一版本的常建诗刻成石碑，一首诗再斟酌修改的余地，没有了。

米芾，字元章，集诗人、书画家、收藏家于一身。与苏轼、黄庭坚、蔡襄合称“宋四家”，的确有癫狂高傲的资本。所藏晋唐真迹，日日展开于案头揣摩，夜晚必置放于枕边才能入眠。爱石成癖，呼石为兄——宋徽宗请他写字，写完了，就把御砚这一个小兄弟藏进怀里，一路滴滴答答着墨汁，出宫。宋徽宗站在廊檐下目送、大笑，不点破，任由米芾的一袭长衫成了一卷水墨图。

选女婿，未见面，米芾就喜欢上一个姓段、名拂、字去尘的人——“真吾婿也!”把女儿许配给一个好名字。写信，至“芾再拜”这一客套语，米芾竟真的搁下毛笔，对窗外云朵树影所代表的远方友人，拱手屈身一拜。临死之前，有预感，与故交一一写信告别，“芾再拜”，搁下毛笔，拱手屈身一拜，这姿势已经极其困难，也就更加动人。如此真性情者，我喜爱。写到此处，停笔一拜。

晚年定居镇江，距破山寺不远，米芾应该多次入寺，看见小松塔落在石塔前。

苏轼来过破山寺否？没有资料佐证。贬谪黄州，米芾千里迢迢来探视。一见面，苏轼就要求这个小他十四岁的友人，“君贴此纸壁上”，交流笔墨，无关庙堂。自岭南归，苏轼与米芾在镇江一带同游。他人请题字，苏轼一概说“有元章在”，米芾也不谦让：“苏兄知我也。”米芾与苏轼，一概癫气四溢。那其实就是稚气、天真烂漫气，为容易腐败的人性保鲜存真。

这次游历，苏轼与米芾日夕并肩，畅聊痛饮。苏轼肠胃被冰镇米酒刺激过度，得了细菌性痢疾。米芾遍寻药草相送，无效。数月后，苏轼死于常州。家人欲把其从米芾处借来赏玩的紫金砚放进棺材陪葬。米芾闻讯，马上索回，理由写在著名的《紫金研帖》中：“传世之物，岂可与清净圆明本来妙觉真常之性同去住哉。”紫金砚乃尘世之物，怎么能与苏轼先生的清明之体埋葬在一起？这理由，合情合理。

我猜想，这紫金砚，或许就是早年米芾怀中暗藏的那方御砚。

苏轼传世画作《木石图》中，有米芾题跋：“四十谁云是？三年不制衣。贫知世路险，老觉道心微。已是致身晚，何妨知我稀！欣逢风雅伴，岁晏未言归。”猜测这一题跋，应该书写于苏轼离世后。晚年米芾深感“知我稀”。幸而有水墨，溶解这人世的险峻与孤独。

今天，这人世的险峻与孤独仍然在。尽管已经有药物，支持我们放任口舌之欢，但苏与米的癫狂气、真性情，安在哉？

三

在虞山顶，看不见山脚下树木掩护的破山寺。

山顶有藏海寺，与破山寺关系密切。破山寺正门两侧由翁同龢题写的那一副楹联“山中藏古寺，门外尽劳人”，就是从藏海寺“借”过去，再也没有归还。或许因为破山寺离人间更近，离劳人更近，肩负的责任更艰巨？当然，缺少一首常建名诗，也使藏海寺在破山寺面前内敛、谦逊了几分。藏海寺内僧人少，香客更少，连钟声也似乎敲得低调。它隐藏东海也隐藏人海，秘而不宣，暗自广阔。

虞山不大。从破山寺旁边走上去，半小时就登峰造极，可以像大人物那样，俯瞰常熟城里熟练的人烟、尚湖上圆熟的荷叶。更远处，苏州城像刚刚苏醒的人，惺忪眼睛睁开一抹微光。清代，沈复曾经于“愁苦之中快游”虞山，捡得山中著名的赭石十余块而归。他用那些赭石研磨出的赭色，绘画未？《浮生六记》没有叙述。黄公望墓地周围的赭石最好、赭色最深。我去了，没有找到赭石。他为虞山所作画卷，没有超越《富春山居图》，就失传了。光荣属于异乡，骨肉还给故土。

如果绕山脚走一圈，大约是两小时的路程。我没有那么走，我是知难而退的人。石刻、碑林吸引我徘徊不前。它们像满山旧事前情的索引、脚注、小标题，让这座南方山岳拥有大气象。

黄公望墓地不远处，是诗人、歌妓、烈女柳如是之墓。墓碑顶端摆放有几个苹果和香蕉，大概是路边摆摊卖水果的妇人献上去的供品。有一亭立于附近，楹联为“远近青山画里看，浅深流水琴中听”，系后世文人为柳如是代言抒情。但柳如是如果操琴弹唱，歌词可能还是“我看青山多妩媚，料青山看我应如是”。只不过，这唱词中的“青山”，仅仅是青山、虞山而已，不再作为丈夫钱谦益的隐喻和象征了。

钱谦益墓在柳如是墓之外五十余米处，像夫妻分居于两个卧室。墓前石亭镌刻楹联：“遗民老似孤花在，陈迹闲随旧燕寻。”钱谦益的手笔和独白，似乎在为自己申辩。明末清初的这个文人，进退失据，众叛亲离，只能在孤花旧燕间寻安慰。墓碑前，没有苹果和香蕉。

陈寅恪先生在一九六三年完成《柳如是别传》，写这一个南方奇女子，其实，也是在写明清易代史、精英心灵史。在这部跨越诗学、小说、传记、考证等等文体的著作中，陈寅恪认为，柳如是与钱谦益相互酬唱的三百余首诗中，“谁家乐府唱无愁，望断浮云西北楼。汉珮敢同神女赠，越歌聊感鄂君舟。春前柳欲窥青眼，雪里山应想白头。莫为卢家怨银汉，年年河水向东流”一诗，为明末清初之最佳，非钱谦益所能为。这首诗，写于钱柳热恋期，充满对钱的赞美和期待。柳如是后来痛悔的是，青眼相加的这一白头男子，哪里有望断浮云、乐府无愁的大格局。

柳如是的这首诗用典颇多，与常建写在破山寺内的那首诗相比，晦涩了，像明清时代的中国比汉唐黯淡了。只有通过用典来传情达意，才不至于被网罗罪名。其中，嵌有“柳河东君”四字。

秦淮八艳，从柳如是到李香君，每个女子都大义嶙峋，但“好花枝不照丽人眠”（孔尚任《桃花扇》）——所爱男子无甚可观，从钱谦益到侯方域，花残枝败。明末兰溪诗人、学者、批评家胡应麟，在《少室山房笔丛》中写道：“文人无行，信乎？”创造出一个成语“文人无行”，让无行文人每每遇到这成语就脸红失语，也让文人在这一成语前，时时自省。胡应麟去世十多年后，明亡，清立。从钱谦益、侯方域等等同代文人身上，他早已看到了明王朝的无行与败象——一个时代的语言，就是一个时代的风貌命运。

虞山上这三座著名墓地周围，还有以下长眠者：先秦南方思想者言子、明代学者瞿景淳、清初画家王石谷、晚清重臣翁同龢、民国初期写出长篇小说《孽海花》的小说家曾朴……各种时代、立场、履历、人格的才子佳人，杂居群聚，使这座青山像一篇五味杂陈的文章。好文章必须五味杂陈、一言难尽。好作家是五味子。

在一个破败纷乱的时代里，怎样整合家国与内心？这是每个人都无法回避的难题，也是每座青山，尤其是著名青山，都深深铭刻、扪心自问的主题。虞山上，擘窠石刻纷纭呈现："果然""剑门""去思石""奇观""仰止"……文辞简省，言志寄意。

明万历四十三年，即一六一五年，破山寺法门凋零，钱谦益出面邀请维摩寺的洞闻禅师出任住持。后又邀请当时著名高僧憨山大师来破山寺弘法。钱谦益与故乡这一名寺之间渊源甚深，可见其孤愁之浓重。

柳如是也应该去过破山寺。当时，常建那一座诗碑尚未镌刻竖立。一个女子，在寺内，默诵诗篇，试图用干净的汉语，清空内心与潭水中浑浊的一部分。

四

在跨文体一般跌宕繁复的虞山下禅修，佛经的力量，须异乎寻常。

佛教自西土传入中国，流派众多，像中国诗歌流派众多一样。

破山寺，在民国初期，经月霞、应慈、持松等高僧的教育传播，次第涌现出苇舫、苇乘、正道、福善、智开、默如、存厚、潭月、妙真、归云、大谦、竹吾、谷峰、圆湛等等名僧，使清末显露败象的华严宗，振拔一新。

一九一四年，戊戌变法失败的康有为，在佛学中安慰身心。经他提议、周旋，月霞高僧在上海创办华严大学，为华严宗传薪布火。

一九一七年，年已六十的月霞高僧，将华严大学迁入破山寺，更名为法界学院，传灯不辍。该年末，月霞高僧积劳成疾，去世，世寿六十岁，灵塔建于破山寺后禅院竹林中。我来访，没有分辨出他在一群塔中的具体位置。于我而言，月霞就是应慈、持松，就是苇舫、苇乘、正道、福善、智开、默如。其仁厚、沉静、宽和、慈悲之情怀，一以贯之，如同他们法名中的明示与暗喻。比如，持松，手持青松，其志业大约就是要成为虞山般的人，在一动不动中化解羞耻与风雨，无悲无喜——

华严宗的要义，就是融通、不二，超越非此即彼的二元论，在入世与出世之间形成平衡，并不鼓励一味的隐逸与高蹈。

清净来自污秽，觉悟源于烦恼。

与维摩诘对话的文殊师利，如是说，让凡夫俗子有了自我解脱的信心与可能性。

僧人法名，诗人笔名，本意就是为了反制本名中的世俗甚至恶俗，去获得一个理想的自我。写诗也是禅修，在语言的寺庙里撞钟听风。

“飞鸟去不穷，连山复秋色。”“秋风兮吹衣，夕鸟兮争返。”“秋山敛余照，飞鸟逐前侣。”“月出惊山鸟，时鸣春涧中。”……唐代诗人王维写了众多与鸟有关的句子。其实，鸟，就是王维的自画像。

在诗中，王维基本没有直接出现，有一只鸟屡屡代言。

这位被称为“诗佛”的诗人，从《维摩诘经》中找到自己的名与字，参与包括《华严经》在内众多佛经的翻译、言辞修饰。从汉代，到唐代，是佛经翻译的高峰期。这一阶段的思想家、政治家、诗人中，大部分都信仰佛教，比如武则天。中国知识阶层儒、道、释合一的精神结构和内心景观，由此渐渐形成。对佛经的直译与意译，使中国文章的观念、词汇、声律，焕然一新——直译，带来陌生词汇，就是带来新世界；意译，翻新旧表达，使先秦汉语生发出新活力。

比如“劳谦”，最初出现于《周易》中的爻辞：“劳谦君子，万民服也。”被《维摩诘经》借用、翻新，表达对菩萨的赞美，也洽和、雅致、准确。

再比如“性海”，是《华严经》中运用得最多的概念之一——人性之海苍苍，有蒲团如舟，度人复度己。对于华严宗这一谱系的历代高僧而言，人生无处不古寺，落花浮萍皆蒲团。

据统计，三千多个现代常用汉语词汇、成语，来自佛经汉译：“世界”“爱河”“律师”“因果”“导师”“思维”“悲观”“理性”“商量”“刹那”“实际”“境界”“叶落归根”“唯我独尊”“想入非非”“种瓜得瓜”……

语言的边界，就是人类身体与内心的边界。从玄奘、王维，到近代徐光启，现代鲁迅、周作人、陈望道，对佛经、科学、文学、政治学、经济学等等领域著作的翻译，更新了中国的面容与灵魂。

破山寺外，停车场，我驾驶的那一辆汽车牌子是帕萨特，其德语原意是“季风”。我像季风一样疾行，它的皮质座椅，以及上海某间办公室内的转椅、家中客厅的沙发，如果与一团蒲草存在隐秘联系，那么，我就是坐在蒲团上的暴烈季风，试图禅修为融融春风。

西方现当代诗人普遍认为，最能代表中国典范的诗人，是王维、寒山这些把自我隐蔽于山水后面的人。他们，像一只又一只鸟，用鸟叫传达出漫山遍野的流水声、雨声、植物拔节声，在四季自然中缓解内心的孤寂与不安，“磅礴万物以为一”（庄子《逍遥游》）。

常建晚于王维出现在这个世界上，看见破山寺周围山光中的鸟，大约也看见自己。鸟的蒲团是树叶、树枝。山光是一个伟大传灯人手中的光，让万物众生充满喜悦、获得安定——

鸟性即人性，鸟鸣即人间的歌、哭、诵、咏。

五

常建诗碑临近池塘，旁边有一个露天茶座。五元钱一壶茶，粗腹茶瓶穿着竹编外壳，装满热水，可无限量续补。茶叶来自虞山茶田。破山寺、藏海寺内的僧人，各自都有茶田——在劳作中修思，可避免陷入虚无，像一瓣茶叶，历尽风、霜、雨、雪、煮、蒸、炒、晒，才有能力在一杯水中隐隐恢复青山……

穿着竹编外壳的粗腹茶瓶，是我少年时代常见的重要日用品之一。现在的商店、茶室，遇不到这种外观的茶瓶了——如见故人来，我喜欢。端着粗陶碗喝茶，桌面上再蹲着这种茶瓶，感觉很天真、稚气、癫，很米芾。热水从茶瓶里流出，像山涧从一片好竹林里一跃而出。

我问打理茶座的僧人，茶瓶在哪里买的？他说：“买不到。定制的。因为没人买。现在流行饮水机了。”“是啊，做什么都能用机器了，人的机心也就重了。”听见我这句话，他抬起头看看我，又低头清扫落叶去了。

茶座外，池塘外，墙外，是一大片餐馆、停车场。餐馆里卖的是常熟特色蕈油面、焖鱼面，停车场里是上海、江苏、浙江、安徽一带的车牌。破山寺和虞山这些景色衍生而出的意义，就是人间生意。连算命者，也有序分布在寺外溪边，热情招呼那些对命运充满困惑的路人。令我意外的是，算命者大都是妇人，面目姣好。其他地域里的算命者，大都是盲人、老夫。算命虞山下，彼此相对而晤，能稍微多一丝欢快和喜悦吧。

在破山寺东南角的救虎阁前，再次遇到那个为我引路的少年僧人。原来，他是法界学院的一年级新生，法名“一苇”。我笑了：“与《诗经》有关啊？‘一苇杭之’。”他点点头，表情有着同龄人稀无的宁静。

高中时代的一个暑天，随父亲来虞山和破山寺游走，一苇看到常建诗碑和法界学院，就动了来此修学之心。信佛、烧香、素食主义的母亲，激烈反对。喝酒、吃肉、享乐主义的父亲，却理解、支持这个少年：“你的路，自己走。走不通，拐弯再走。还是走不通，有父母有家。别怕，去吧。”这些话，像是在解说破山寺前的涧水。

上课之余，一苇就在救虎阁内抄经，整理经卷，再上传网络。

后梁时代破山寺内的一个深夜，高僧彦偁灯下读经，忽闻虎啸。出门，见一老虎被猎人追杀至此。彦偁急忙为老虎拔出长箭，在伤口处敷上止血药物。目睹此景，猎人惭愧而去。老虎归山伤愈后，数次进入破山寺访彦偁，依依难舍。此地遂命名为“救虎阁”，现在是法界学院的教室、图书馆。

对于少年僧人一苇及其同道而言，在救虎阁诵经也是救虎，去管理、拯救内心这只老虎。一种有难度的事业。寺庙内外、诗歌内外，伤害内心或被内心所伤害者，比比皆是。我的不少朋友，在写诗中缓解或加剧失眠症，成为夜色的友人或敌人。

我胸骨相当于动物园里的老虎笼子，一口热茶，对于这只老虎，就是当头一场暴雨。

六

一苇赠送我一本《华严学研究》，收入众多学者、僧人关于华严学研究的事迹心得。

慧云是破山寺目前的住持，法界学院的掌门人，我没有在寺内碰见。书中有他照片，一个年轻僧人，头顶戒疤像荷叶上的几滴雨。

我边喝茶，边看这本书。显然，我只能闲看而已。众多玄妙道理，非深思力行者难以彻悟。我更感兴趣于这本书屡屡出现的一些美好词汇：

虚照。在虚弱中弥漫真力——朝霞与落日，少幼与老壮，薄云与阵雨。

寂知。在寂静中获得对世界的认知——空山鸟语。

圆觉。最圆满的觉悟——满月临水。蒲团盛开。莲蓬藏秋意。

横遍。天地万象一概生发于自我——大江流日夜。

绝迹。得意后，尽可以忘形离相、了无踪影——雪泥鸿爪……

在种种清新、别致、充满诗性的佛学词汇里，最喜欢“分灯”与“传灯”。

灯，是佛教六种供奉器具之一，代表智慧。在中原偏南的唐河平原上，外婆拐着一双晚清时代造就的小脚，走八里左右的长路，领着幼小的我去寺庙供灯——献上一点灯油，表达对佛的敬爱。分灯与传灯，则是让更多的人脱离黑暗，进入光的领域。从月霞高僧，到一苇，这样的持灯人，让灯火一代又一代不歇不息。

如今，一些寺庙里电灯高照，佛经由录音机播放。但我还是喜欢佛前油灯的微弱感，更能体会到光明照临之不易与动人；还是喜欢修行者的亲口独白，让“信仰”一词有了载体、温度和诚意。

在破山寺各个佛殿走了走，于一尊佛前终于看见油灯，就想起供灯时分外婆的脸。那充满喜悦的重重皱纹，也像是光线在绵延。灯油，是她攒了半年左右的一碗芝麻油。现在，我明白，她供灯，其实是供奉一颗自己的心。

“万古分明看简册，一生照耀付文章。”元代谢宗可这一咏灯诗句，我喜欢。在灯下，好僧人与好诗人的身姿没有区别，经言和诗语没有区别，对于夜色所担负的责任，没有区别——那就是一盏灯的责任。在纸上写下第一行，一个诗人就踏上清修、苦修之路。他长长短短分行，就是在不断转折中通往峰顶。一阶一行，移步换景，通往峰顶也就面对深渊。

终将看清山下的全人类、全世界，一个诗人像高僧大贤。

七

我所供职的机构附近，就是上海展览中心，位于南京西路。五十年代初建成的这一苏联风格建筑，曾名“中苏友好大厦”。一颗铁铸的红色五角星，在建筑顶端闪耀，散发出政治的光辉。

此地，前身，就是著名的哈同花园，月霞高僧创办华严大学的地方。

出生于巴格达的犹太贫寒青年哈同，在一八六四年闯入上海滩，最初站在沙逊银行的门房里迎来送往，接受小规模贿赂。积累一定资金后，开始放贷收取利息。站在当时荒凉的黄浦江和苏州河交叉口，他心跳剧烈：所有城市的河流交汇之地，迟早是商业中心区域，蕴含商机与暴利。于是，进入地产领域。自费修建南京路，以便提升周围所购买地块的价值。后来修建的哈同花园，是上海滩第一私人花园，军阀、商人、黑社会头目、革命者、诗人、僧人，出没其间。

信仰佛教的哈同夫人罗迦陵，一个中法混血女子，女仆出身，未育，收养许多孤儿，热衷于慈善事业。她很胖，渐渐把自己也当成一尊佛，要求华严大学的学僧们向其跪拜行礼。月霞高僧不允。不欢而散。华严大学相继迁徙至杭州海潮寺、常熟破山寺，继续办学。

在复杂的哈同花园，在混血的上海，像哈同夫人一样自我冲突的人，千千万。著名古寺玉佛寺、静安寺、龙华寺，责任重大。所谓“深山藏古寺”，实应为“古寺藏深山”——渐渐由郊区进入闹市，自边缘成为中心，这些上海古寺，像深山一样保持禅定、普度众生的难度，比海潮寺、破山寺大了许多。

当然，在不息不止的山风海浪间，华严宗之灯闪耀，显得更有尊严、力量和美感。

比哈同小九岁的月霞高僧，在幼年，就认定“持灯人”这一角色和使命。七岁被迫结婚，十七岁生子，与父母告别：“不孝有三，无后为大，儿今日可告无罪矣。”出家，先后在南京观音寺、铜陵莲花寺、常州天宁寺、湖北归元寺，静修、开悟、讲学，曾赴泰国、缅甸、锡兰、印度考察佛教遗迹，交流佛学思想，成为近代海内外弘法之先驱，追随仰慕者众。

月霞高僧也曾站在苏州河与黄浦江汇合处，看到的不是商机与暴利，而是流逝与永恒。一个人看到什么，就会成为什么——月霞流逝复永恒。

破山寺法界学院，在月霞高僧圆寂后，灯火不灭——一代代持灯人，破开夜色，向虞山周围的江南、江南以外的世界，传播光辉。其中，慈舟，在汉口九华寺开办华严大学，在灵隐寺开办明教学院，在福州法海寺再办法界学院；持松，坚守破山寺，钻研、讲授《华严经》《维摩诘经》；霭亭，在镇江竹林寺创办竹林佛学院；常惺，在安庆迎江寺兴办佛学院；智光，在台湾十普寺创设华严莲社……

善男子！烦恼就是造成佛的成分之一。愚痴、渴求、贪欲和嗔恨，组成佛的家族。

很久以前，文殊师利与维摩诘交谈，如是说，从而赋予佛教广阔的人间性。慈舟、持松、霭亭、常惺、智光们亦如是说，手中灯火就区别于星辰的高冷——

烦恼、愚痴、渴求、贪欲和嗔恨，就是灯油，在解脱后转化为万家明媚。

正因此，包括月霞高僧在内的许多僧人，直接或者间接参加了辛亥革命。许多革命者又信仰佛教，如康有为、章太炎、黄宗仰、苏曼殊等等。黑暗，是佛学、政治学的共同敌人，当然，也是文学的敌人——

一个诗人的墨水瓶，就是一盏隐蔽的灯、语言之寺里的灯，让荒凉的人、书桌、书房，迅速拥有秩序和光，像那个著名的灰色坛子，位于美国诗人史蒂文森笔下的田纳西山顶。

八

翻读《常熟兴福寺志》——

唐桂，一九五九年枯萎。

宋梅，一九三六年九月十二日午夜倒地，后枯萎。

白玉兰，在救虎阁前白莲池北岸，树龄一百年，二〇〇六年，常熟市人民政府列为保护之二级古树名木。

香樟，在禅堂前庭，树龄六百五十年。二〇〇一年，常熟市人民政府列为一级保护之古树名木。

金钱松，持松法师自日本带回手植。

樱花，持松法师自日本带回手植……

天色渐暗，这一本繁体竖排的寺志，就像一棵繁体竖排的寺内的树，树叶和书页都模糊不清了。

人生代代无穷已，花木年年只相似。

我再次晃荡到常建诗碑前。覆盖石碑的玻璃，只能映出一个人的轮廓——石头上的字迹跌宕凌厉，像移植到我体内的胸骨，像医生手中的一张X光照片。我转身，走了，这玻璃、这镜中景象就全是暮色了——像隐者的心，无所挂碍。真好。

突然，一只鸽子穿过寺门，进入庭院，直接飞进大殿，在佛像面前扇动双翅，酷似香客合掌行礼。大约半分钟后，鸽子飞离大殿，越寺门，消失在进一步加深的暮色中。“你有幸啊，你看见了。”守门人对我说。这鸽子偶尔在黄昏时分入寺、拜佛。他已经不惊奇了：

“这鸽子，前世信佛吧。”“穿白衣的信佛人。”我这样回应，他笑了。

曾经在云冈石窟遇到类似一幕。一鸽子蹲在大佛手指上，像大佛戴着的戒指。我困惑：隔了三重石门的幽暗洞窟内，一只鸽子，如何能准确地飞进而后飞出？为何喜欢大佛的石刻手指，而不是洞窟外的树枝？破山寺、云冈石窟的两只鸽子，或许都是信鸽，向佛像传递人间消息，复又向人间带去佛音。

迈出破山寺门槛，沿破山涧朝低处走去。回头一看，暮色把虞山、破山寺渲染成一卷米家山水——米芾与其子米友仁的画笔，让宋朝赵家江山，在宣纸上改姓米字。

明朝曹臣，钱谦益的同时代人，常常去歙县呈坎山中寻友人罗远游。罗家藏有众多古书旧帖，曹臣往往沉浸其中，数日不归。某日，曹臣欲还乡，罗远游恳切挽留，“时天欲雨，邻山初合，松竹之颠，半露云表，指谓臣曰：‘汝纵不恋故人，忍舍此米家笔耶?’”为米家笔、故人情所感动，曹臣又在山中耽留数日。在《舌华录》一书中，曹臣记载了这件旧事。真好。

眼前常熟，半城灯火半城山。我看见，我写下，周遭万象就成为自我的一部分。无舍无得，亦舍亦得，这态度已经切近于禅境了吧。

北固山记

三山并峙我登临

于坚手指长江对岸一片苍茫处：“瓜洲渡吧……”他的光辉大头，犹如西瓜。我笑了：“是的，那就是扬州城方向——‘京口瓜洲一水间’啊，王安石句子吧。”他微微张口，像西瓜成熟后忍无可忍裂开一条缝隙。

“京口”，北宋开始定名“镇江”——南京城之嘴巴，中国历史的关键处。此地屡屡易名：春秋时代的“朱方”，战国时代的“谷阳”，秦朝的“丹徒”，三国的“京口”，之后的“南徐州”“润州”。一次命名，就是一次剧变。而“镇江”之名和镇守长江的使命，加诸长江南岸这座小城，显出北宋晚期对北方异族力量的不安预感——金山、北固山、焦山，这三山、三座江心岛，自西而东，各自独立，像镇江或者说京口中的三颗牙，咬紧一江流水、满城风烟。打碎、撬开它们，即可逆流而上、直捣中国内陆深广的肺腑。加固、修复它们，就是南宋以来的“补牙史”。

我和于坚此刻所处位置，就是北固山上的北固楼或者说北固亭。

两个诗人，在这牙齿上，像两滴镇江米醋、两个酸楚的词。

《水浒传》第一百一十一回“张顺夜伏金山寺，宋江智取润州城”，对柴进、张顺持刀来到北固山下所见景象，有如下描绘：

> 淘淘雪浪，滚滚烟波，是好江景也！有诗为证：
>
> 万里烟波万里天，红霞遥映海东边。打鱼舟子浑无事，醉拥青蓑自在眠。

这当然是施耐庵来镇江所见景象。“烟波”“红霞”，亘古未变，“打鱼舟子”已不可见。当地朋友薛永祥说，开始封江休渔了。陆游在《入蜀记》中写到过的白鳍豚等等长江鱼类，无踪无影了。

长江与大运河的十字交叉处，在瓜洲渡。中国的南北与东西在这里相遇、交锋，一次次，烽火扬州路，烟起镇江城，从宋到辽、金，到元、明、清，再到近现代越海而来的英军与日兵。我视力有限，看不清那一脉苍茫大运河穿越淮河、长江这两条南方屏障时，有着怎样的波动，但一颗苍老心脏，对华夏中国无数前欢旧悲，辨认得日益近切、明晰。

逆长江而上，镇江三十公里之外就是南京。高铁用二十分钟时间把这两座城池联系在一起。三国时代，孙权将霸业兴起的那一龙虎之地，命名为“建业”“石头城”。城内“乌衣巷”三字，是其得意之作——乌衣士兵驻扎于这一巷子，剑戟在手风萧萧。后来，中国历史上第一次“衣冠南渡”发生——西晋覆灭于异族，东晋定都于建康亦即建业、南京，像是为后来的一次次南渡示范、实验？唐朝的刘禹锡感叹王、谢、袁、萧等等名门望族堂前燕，飞进寻常百姓家，遂作诗一首，感慨万千。孙权不知晓身后的沧桑剧变，埋头与曹操、刘备争雄，攻占罢一个地域，就为它更名或命名：武昌、嘉兴、屯溪、新安、建德、广州……自古王将，似乎都有这样的爱好，像诗人埋头为一首又一首诗起标题，在纸上攻城略地的英雄感，强烈而又虚幻。

于坚某一时期的诗作，懒得起标题，用“1”“2”“3”“4”“5”……分别标记那些分行文字，像一个理性、寡言的会计，埋头书写分行的现金流、负债、盈亏。他戴着两只助听器耳塞，形似拒绝，又暗自过滤、接纳、放大着外部世界种种细语和喧嚣。青霉素，破坏、再造了一个云南少年的听觉。不知他中年以来耳闻的流水声、少女笑声，与我听觉里的鸟鸣风吹，有何差异。他面部表情的确不多，像饱满的西瓜暗含一粒一粒汉字，在烟花三月般的脑部沟回里生发、成熟，且待脱口而出。

瓜洲或者说广陵、扬州，与我们此刻所在的镇江北固楼，隔江相对。那一座浮瓜沉李之城，夏天应该是它最甜美的时节。目前，十月末，银杏树叶随凉风落满长江两岸。很快也将落雪——“楼船夜雪瓜洲渡。”气氛悲壮，像回味南宋、明末、晚清、民国初，“铁马秋风大散关”。

北固楼自然是北固山制高点。因沙土淤积，江面与山脚的距离拉开了。孙尚香如果现在为刘备殉情，从北固山一跃而下，只会落入江边公路而非江水，死亡的美感就会失去许多。我的视野，自然与孙权、刘备、孙尚香、王羲之、谢灵运、宋之问、王湾、李白、杜甫、刘禹锡、张若虚、苏轼、黄庭坚、柳永、岳飞、陆游、辛弃疾、陈亮、谢枋得、罗贯中、施耐庵、孔尚任、龚自珍等等前人的此地所见，大不同，大致相同。长江，这一本关于中国五千年历史的流水账，这巨大算盘，波浪般的算盘珠日夜加减乘除。得失与荣辱，在水色涛声中堆积，质疑每个江边汉人，那欠下的债务和利息，如何清还，如何心安？

自南京至东海这一部分长江，又名“扬子江”。长江或者说扬子江，在越过镇江城的时候，像牛头一样以最大力量抵向北方，部分江南就成为江东，遂有“无颜见江东父老”之典故生成。从此，父老故乡一概在“江东”，丢尽脸面的人，回不到彼岸。

我站在长江结尾处，也是站在一部流水账盘点盈亏结余的账房里，一行长诗得以确立的关键词内，历代中国诗人哽咽不止的喉头间——

三山并峙我登临，江风鼓吹一帆悬。

我暗自作两句旧体诗，觉得自己像穿长衫的旧人了。于坚、王祥夫、朱个、薛永祥等等友人，也默然不语。记忆奔流于血液，在寒冷气象中也不会结冰，类似眼前一派大江。没有帆影。以汽油、柴油为动力的巨大轮船，在江面掠过，满载内涵不明的长方体集装箱，通往下游的太仓港、洋山深水港，或者上游的一座座城市。长江，自古以来就是动脉、血管和柔肠，让中国一次次濒危、复活、万象更新。

我通过想象力，为这些巨轮增加风帆。这并非耽溺于一种古典美感，而是期望以此与前贤旧人，相呼暗通共悲欢。

望风樯战舰在烟霭间

雪停了，长江两岸白茫茫。

禅师领路，一袭青袍，在雪地里青白鲜明。陆游提醒韩无咎：“路有冰，望韩兄谨慎。”韩无咎一笑：“烽火瓜洲一水间啊。无烽火，这冰雪就融化得缓……”陆游搂了搂韩无咎臂膀，不响。

风吹悬崖，一些雪，微微落上他们的头颅、肩。身后是何德器、张玉仲，各自手提一壶加热后的黄酒、一个暗朱色雕花食盒。五人联袂去看江边摩崖石刻《瘗鹤铭》。

此时，隆兴二年，即公元一一六四年。隆冬，万物不兴。

前一年，在临安，陆游赴任镇江通判前，韩无咎赠诗送别，其中一句即“烽火瓜洲一水间”，化用王安石句子，暗自期待“春风又绿江南岸”？韩无咎赠诗中另有两句：“把酒赋诗甘露寺，眼中那更有金山。”金山，代表镇江，成为南宋偏瘫的身体上暂时保持痛感的一部分。不看金山，沉醉诗酒，陆游怎么能做到，韩无咎又如何洒脱自适？与陆游一样，他也被逐出南宋政治权力中心，调往江西任职，临行前，来镇江话别。在长江的上游、下游，两人各自面对蠢蠢欲动的北方金人，无力作为，郁闷、失眠，写写诗词——诗，就是丧失；词，就是让血肉难安的一枚刺、一片刺青？

这一年，陆游四十岁。

来到《瘗鹤铭》崖刻前，陆游把黄酒斟满五碗。在南朝，一篇哀悼家鹤的书法作品，由僧人雕刻于临江悬崖，被认为是隶体向楷体过渡的惊世杰作。历经风淘水洗，这碑刻剥落沉没江中。数度打捞，残缺不全。

五人仰望残石。雪落在一些深刻的笔画里，“天其未遂吾翔寥廓耶”等等字迹，更显悲凉。

禅师幽幽叹息：“全文约二百字呢。二十年前，尚能读到一百余字。现仅余十几字。我寺一代代僧人护守，免遭掠夺损坏。来此拓片者纷纷扰扰，鱼龙混杂。故须每日巡视，以防不测。”

五碗黄酒，略略朝残碑倾洒，向碑文的匿名作者、失去一只鹤而哀恸不已的古人，致敬。而后相互一碰，叮当作响。饮尽，五个人周身缓缓涌起热浪。

禅师面色醉红，向陆游请教："通判亦为书法大家，从这些字迹能否推测是何人所作?"陆游伸手，小心拂去残石上"寥廓"二字内积雪："这般沉雄，似属王羲之书风。然江水对笔画亦冲洗有功。这残碑，已属天人合一之作——天意与人心，洽和为一。"韩无咎点头赞许："这位前辈，或许预感到一篇悼文、一方碑刻屡屡凋落之运命，遂匿名隐身。这鹤，倒是有名的华亭鹤。"陆游吟诵："近日不闻秋鹤唳，乱蝉无数噪斜阳。"韩无咎击掌赞叹："好诗，陆兄新作?"陆游答："一弟子戴复古所作。韩兄与我，亦为待埋之秋鹤了。"韩无咎仰头盯着那"寥廓"二字，几粒雪落上眼眉，仍一动不动。

江面上，南宋战舰密布、旌旗猎猎，保持对于北岸、大运河的警觉。一个通判闲差，能有何作为?临安城里，赵构，一个皇帝临时安全，研习书法，临摹《灵飞经》《鸭头丸帖》，顺便在这些名帖前端或结尾署名，盖印鉴。江山半壁，偏安一隅，在纸墨间却充满占有欲——错位、错乱、错误，错、错、错。他知道《瘗鹤铭》，但不会来镇江临摹。这里距金人太近。南宋与金国之间的边界线，虽划定于秦岭至淮河，边界线以南至长江这一广阔地带，赵构已放弃、失控，金兵屡屡出没其间。一个苟且贪欢的王朝，拒绝陆游、韩无咎们收复中原的壮志，像几十年前拒绝岳飞、韩世忠，若干年后又拒绝辛弃疾、陈亮一样。这些被拒绝的人，本无心于诗名文途，最终却以壮丽修辞惊世，一概未能窥破皇宫里的隐惧：收复中原，迎回旧主，这个临时工一般的南宋新皇帝，怎么办?尽管旧主后来亡命于北方，临安城里乱蝉般赞美暖意熏风的人，仍比那些总是带来寒风消息的秋鹤，让圣心愉快。需要把死死北顾中原的人，像埋葬一只鹤那样，杀掉、囚禁或放逐，眼不见，心不烦。

何德器把食盒打开："黄酒配肴肉最相宜，镇江名吃，陆通判最爱，请韩公品尝。"众人潦草吃几口。唇齿间顿然甘美许多。又一阵大风，卷起悬崖上的雪，落进酒壶和食盒。五人起身，沿江边小路前行，沿途仰看米芾、黄庭坚、苏轼等人石刻。端赖于僧人收藏前贤墨迹，复凿于岩壁，才使得江山与人心两相激荡。乘舟，过江，五人在北固山上岸。天黑了。甘露寺灯火通明。禅师展纸研墨，邀陆游留字。线香袅袅。陆游沉吟片刻，俯身走笔。众人端详，无语。

次年春，禅师欲雕刻此文于江边悬崖，陆游补笔若干字，成就一篇最短最美的中国文章《焦山题记》：

> 陆务观、何德器、张玉仲、韩无咎，隆兴甲申闰月廿九日，踏雪观瘗鹤铭，置酒上方，烽火未息，望风樯战舰在烟霭间，慨然尽醉，薄晚泛舟，自甘露寺以归。明年二月壬午，圜禅师刻之石，务观书。

这一名篇，距离辛弃疾后来作《登京口北固亭有怀》，需再等待四十年时光。陆游后入蜀，在夔州就职，与诗人范成大共谋北伐，遭同僚以"放诞"一类言辞攻讦，干脆自号"放翁"，干脆"细雨骑驴入剑门"。见战马食草增肥，像面对镜中自我，愧愤不已心难平。后遭罢官，还山阴，晚年结识辛弃疾，对这个小自己十五岁的壮烈晚辈履职镇江，甚感振奋并勉励。

八百五十多年后，又一薄晚时分，我遵循陆游陆务观当年路线，自定慧寺，至江边，独自造访崖刻。像走在他们身后的第六个人。

竹木森森。米芾、黄庭坚们的摩崖石刻，历历在目。《瘗鹤铭》残碑，若干年前已经移往焦山碑林珍存。久久凝视悬崖上雕刻的《焦山题记》，泪湿双眼。一个乏味淡漠的人，尚能痛心动情，大概缘于衰老在显示力量和意义。入暮年，酷似南渡与北顾，回顾渐次失守的青年与壮年。在长江边，我感受着双重的丧失与眷恋。

定慧寺僧人为保护陆游遗笔，在这一碑刻上方，建设半边亭——它像一个人从山岩里挤出半个身子，搂紧一篇中国文章。

我从俗世里挤出半个身子，搂紧南宋时代的风樯大雪。

自甘露寺以归

像陆游那样，我自甘露寺以归。

入寺，见孙尚香和刘备坐在侧房内，相对无语。当然，那是一对蜡像。两人表情都塑造得充满世俗欢喜，看不出这一政治婚姻中的盘算和心机。他们身后，是一个巨大的雕花婚床。雕花真实，婚床上的体温和低语，依靠游客的想象力来填空。

当然，辛弃疾入甘露寺，不会看到今人发明的逼真蜡像。他认识蜡烛，写过“烛影摇红”这一词牌，对蜡烛燃尽后留下的残痕，久久发呆——它像一个人、一种记忆失踪后留下的小鞋子？至于“醉里挑灯看剑，梦回吹角连营”，应该是一盏喷吐光焰的巨大油灯，在照耀一个人的醉看与梦回，方能与词中意境相融洽。

无数诗人登临北固楼或者说北固亭后，都会在甘露寺歇脚、喝茶，甚至借宿寺内，在江声晚钟声里失眠，就起身、作诗，抒发周遭山水形势带来的汹涌情怀——

“望越心初切，思秦鬓已斑。”宋之问。

“潮平两岸阔，风正一帆悬。海日生残夜，江春入旧年。”王湾。

“江长天作限，山固壤无朽。”刘禹锡。

“岸冻千船雪，岩阴一寺云。”许浑。

“六朝人物东流尽，千古江山北固多。”蒋之奇。

“地从京口断，山到海门回。”卢肇。

“花绕楼台山倚郭，寺临江海水连天。”徐铉。

“尚有南朝树，能留北固云。”梅尧臣。

“云峰横起，障吴关三面，真成尤物。”叶梦得。

“眼见长江趋大海，青天却似向西飞。”孔尚任。

“听箫绝爱西湖瘦，试剑何如北固雄。”田汉。

……

从北固楼下来，没有僧人出面、端茶、留宿、求字，可见我才华匮乏。但尚存振拔之余地和契机——“要看银山拍天浪，开窗放入大江来”，北宋曾公亮《宿甘露寺僧舍》中这一名句，启发我朝长江掀了掀衣襟。解衣磅礴，方能才华横溢。甘露寺的门与窗，一概朝西，中国古寺中少见此现象，因为，那正是长江奔行而来的方向。

书写镇江、北固山的最好辞章，毫无争议，是辛弃疾《登京口北固亭有怀》。前不见古人曹、刘、孙，后不见来者。不愿成为诗人而只能成为诗人。从北固亭即北固楼下来，僧人就迎上去。甘露寺，线香袅袅。辛弃疾泼墨走笔、急就佳句，用这一阕词，为镇江人写下最珍视、最骄傲的广告语。

孤篇横绝北固楼。这一年，辛弃疾六十五岁。

辛弃疾及陆游所登北固楼，并非孙权、刘备所经历之原物，屡废屡建。我所攀登之北固楼，更是对前朝诗人立场与视角的新临摹——钢结构的仿木建筑，檐廊下，铁马或者说风铃，叮叮当当声依旧。

甘露寺外，一座小铁塔，三国时代遗留至今的原作。满身铁铸的波涛，涌向三丈高处的塔尖，共七层，像赞美长江的七绝诗篇。从鸦片战争到抗日战争，英军、日兵先后盯住镇江两件文物：《瘗鹤铭》残碑、小铁塔，试图将其劫往伦敦或东京的美术馆。《瘗鹤铭》残碑，由定慧寺僧人藏于卵石地面下，入侵者遍寻无着，悻悻然；小铁塔无法分解，巍然不动。数年前，文物部门在维修工程中，发现塔下封藏千年的经卷典籍——这些神意佛心，在隐秘护佑小铁塔和南方中国？

临江酒楼内，薛永祥为我们几个朋友接风。兴致渐高，就站起来代表辛弃疾吟诵："何处望神州？满眼风光北固楼。千古兴亡多少事，悠悠。不尽长江滚滚流。　　年少万兜鍪，坐断东南战未休。天下英雄谁敌手？曹刘。生子当如孙仲谋——喝了这杯酒！"就端起酒杯喝了。押韵，合理，大家笑。永祥说："辛弃疾也叫辛镇江——属于我们镇江。"口气自豪，我就陪他喝了一杯酒。伟大的人，才有资格将名字与一方地域相联系——柳宗元叫作柳河东，颜真卿叫作颜平原，孟浩然叫作孟襄阳，王安石叫作王临川……

我们喝黄酒。就是陆游喝过的镇江黄酒。桌上也有肴肉。汉人古今滋味大致相同，春秋凉热、家国悲欢如窗外长江，滚滚复悠悠。

吃到一种诸葛菜，野菜，凉拌。满嘴苦涩而凛冽的清香。永祥说，诸葛亮行军打仗，走到哪里，都让士兵种植这种容易生长的南阳野菜，以佐餐。陪刘备来京口相亲结缘的士兵，在北固山安顿下来，就把随身携带的诸葛菜种子撒进山坡，以备断粮受困等等不测。诸葛菜在镇江生生不息，成为各餐馆内有故事可讲的名菜。僧人觉灯写过一首《诸葛菜》，有佳句："我亦思归旧茅屋，一犁烟雨学南阳。”我是南阳人，埋头吃，没吭声。这比较明智。诸葛亮躬耕求志的南阳卧龙岗，目前不适合隐居了，游客汹涌，耕犁消失，如何还能被人向往、学习？

北固山从来都不适合隐居，只宜于魂破肠断望中原。——“北固”就是“北顾”。

嘉兴女子朱个，捏着没有烟雾的电子烟嘴，偶尔咀嚼，以此纪念长江上早已平息的烽火。她幽幽说：“平时单独吃饭的人，应该坐同一桌啊。”我笑。在各自城市晃荡，单独吃饭，北固山下终于坐同一桌了。与岳飞、陆游、辛弃疾、陈亮等等感时忧国者，在各自时代荣辱沉浮、单独吃饭，终于坐同一桌了。我们是能够坐在一起吃饭的人——

这桌面，也是胸前身后浩浩荡荡的一派大江。

醉里挑灯看剑

“年少万兜鍪。”

镇江数日，屡屡饮酒，杯子都比较小。陆游、辛弃疾的酒碗应该巨大，甚至会用头顶上的军盔，痛饮不息——万盏酒即万兜鍪，自头颅贯彻四肢，汹涌征伐，收复失地，唤醒深情与壮志。

公元一一六一年，靖康之变已三十余载。沦陷入金国版图的山东一带，汉族武装力量纷纷崛起。一出生就是金国人身份的辛弃疾二十一岁了，“肤硕体胖，目光有棱，红颊青眼，壮健如虎”，率两千余名乡人起兵抗金，成为义军领袖耿京的“掌书记”，负责檄文的撰写、传播。剑戟与笔墨，高度结合于一个英武少年。是年冬，南宋军队在采石矶打败越江金兵。这一大捷振奋中原，辛弃疾鼓动耿京率兵归南宋，获赞同。

次年二月，辛弃疾在镇江上岸，直奔临安，向赵构呈上奏章，代表耿京表达南归意。赵构大喜，当即授予耿京、辛弃疾军衔职位。返山东，一个悲讯等待辛弃疾：耿京已被叛将张安国杀死。辛弃疾大怒，带领五十余名随从打马直奔金军大营，于灯红酒绿中拔起瘫成一团泥的张安国，扔上马背，越江渡河，献其于建康。

辛弃疾名传江南，仿佛岳飞重生。但，岳飞的命运、个人史，也等着一个愤怒后生赓续、书写——“可怜白发生”。六十七岁，一二〇七年，在江西铅山郁郁而死。临终疾呼：“杀敌！杀敌！”瓢泉，在喊声中突然映出一弯激烈的残月，刀刃般闪光——“男儿到死心如铁”，一块残铁。

此前三年，一二〇四年，辛弃疾怅望长江，写就《南乡子·登京口北固亭有怀》。这一时期，金国之北，铁木真的身影不断放大，咄咄逼人的腥膻气息自草原上迢迢南袭。囚禁中的北宋皇帝已离世。南宋王朝觉得，与蒙军南北夹击金国的时机到了，遂将隐居中的辛弃疾召回前线，任镇江知府，赐予一条金腰带。在北固山重温北伐梦，辛弃疾以曹、刘、孙为尺度，衡量自我和南宋，雄心与忐忑俱在。

因北伐之志，也因生于金国的“归正人”身份，辛弃疾被皇帝及其身边幕僚疑虑，一次次被贬出政治核心。他自山东率领南来的一支飞虎军，像岳家军，也是南宋王朝眼中可疑的力量，渐渐废弃、消散。整个南宋王朝，战马规模极度萎缩，因南方养马成本远远高于北方。军队战力不堪一击，若与蒙元合作伐金，岂非再一次引狼入室？北宋当年曾与金人夹击辽兵而后自危之悲剧，果然像辛弃疾所预感的那样，在他死后重演。在北固楼上一望一叹，下楼，辛弃疾掷笔操剑，练兵布局，派密探深入北方收集谍报。同时力谏朝廷谋定而后动，军队废弛久矣，须蓄势待发，反被视为“怯战”，一年后，再度贬归山中。

在未来的墓地附近，辛弃疾早年所建“稼轩亭”，重新接纳一个老人。默默解下那一条金腰带，辛弃疾才懂得：它暗示一种圈养、一道边界——不要越出这腰带上的金色围栏，不要越出皇帝意志，在春风稼禾间藏身，成为一个诗人辛稼轩吧。

辛弃疾所生之年，一一四〇年，岳飞破金大捷，南宋得以在江南立足。但十二道金牌次第袭来，勒令岳家军撤回临安，不得乘胜重击金兵。辛弃疾两岁，南宋向金称臣，岳飞卒。辛弃疾四岁，陈亮生。辛弃疾十二岁，韩世忠卒。辛弃疾十六岁，秦桧死，姜夔生。二十三岁归入南宋，先后在江阴、建康、滁州、江东安抚司、江西刑狱、江陵府、湖南、福建等处任职。反复向皇帝建言以四条路线出兵北伐——川陕、荆襄、江南和东海，在长江上下呼应联动，直逼中原。反复提剑登楼，北顾，下楼喝闷酒。金国与南宋间的关系，从“君臣国”下降为“叔侄国”。含羞忍辱出山练兵，“马作的卢飞快”，再入山，“听取蛙声一片”。反复在瓢泉边迎送陈亮、朱熹，思念这两个死去的知己——“欲说还休，欲说还休，却道天凉好个秋”。

“秋”，在《周礼》中，确定其身份为“刑官”，肃杀万物，适宜于寒露霜降中点兵沙场。辛弃疾或者说辛稼轩，只能做到“梦回吹角连营”。瓢泉旁，先后有六个如花女子陪伴左右，吟诵新作，辛弃疾兀自心寒。默念欧阳修《秋声赋》中句子：“鏦鏦铮铮，金铁皆鸣。又如赴敌之兵，衔枚疾走，不闻号令，但闻人马之行声。”他喜欢在诗文中大量用典，只因背负前人重重的惆怅与狂想。秋风紧，不是他的马队与兵卒。

辛弃疾卒后十九年，一二二六年，谢枋得生。咸淳年间，谢枋得在铅山辛弃疾墓旁僧舍，读前辈壮词。忽有大声疾呼，自黄昏开始不绝于周遭。谢枋得顿悟，秉烛作文至三更，乃成《祭辛稼轩先生墓记》并诵读。呼声渐平息。卒后六十四年，稼轩祠落成，谢枋得再次作文为记，并投身于抗击蒙元大业，编订《千家诗》。卒后七十二年，经数度交锋、媾和，南宋的脸面与身躯彻底灰飞烟灭，先后三个幼儿皇帝，随母后降旨投降，或在大臣陆秀夫背负下蹈海于厓山。文天祥战败被俘不降，于囚室作《正气歌》，断头于宣武门外菜市口。辛弃疾卒后八十二年，谢枋得在其抱志藏身的闽地，被变脸伺奉新朝的旧日同僚发现，押往北京谋功。忽必烈惜才，以高官厚禄相诱惑，谢枋得绝食五天后慷慨赴死。遗骨迁葬故乡，与辛弃疾一同长眠于江西青山。

某年春，我与友人赴江西拜谒辛弃疾墓地。土墓如头颅，青草在大风中猎猎纷披，依旧是宋代发式？痛思与忧愁，在泥土里一岁一枯荣。"细听春山杜宇啼，一声声是送行诗。"我背诵先生名句，果然就有杜鹃凌空一掠，振翅远去。

杜鹃叫声是"不如归去""不如归去"，像辛弃疾激烈心声的录音机、钢琴伴奏、新闻发言人、翻译、遗嘱公证员。

"他需要那种在他之后能够继承他痛苦的人。"（卡内蒂）如果没有这样的人，杜鹃的责任，更沉重吧？

天其未遂吾翔寥廓耶

王祥夫系一条小围巾，装饰感大于保暖性。仰看《瘗鹤铭》残碑，他终于把墨镜取下来，暂时取消与现实之间的距离感。在这块从江边移入定慧寺室内保存的名碑前，把墨镜取下来，很必要。

作家祥夫，另一重身份是画家，尤工蜻蜓。画的价格按尺寸和鸟虫数目计算。他拒绝画一群鸟虫，给再多钱也不画。“两只就够了，留有余味嘛。”祥夫这样解释，像谈论短篇小说写作心得。我赞同。没见他画过杜鹃。或者画了，在扇面或斗方上的山水深远处，那杜鹃淡淡然，就看不清了。

他画过鹤，不是《瘗鹤铭》残碑中所言华亭鹤，而是丹顶鹤。把鹤顶涂得鲜红，对于祥夫是困难的事。他主张轻描淡写。即便红梅，也仅点染朱砂。一些官员友人，喜欢丹顶鹤的吉利寓意，求画。祥夫就在鹤顶涂抹鲜红，叹口气。于他而言，还是蜻蜓画得开心、逼真，似乎能把一页宣纸，熏陶成夏日荷塘，有爽风阵阵扑面来。

祥夫在大同生活，是雁门关附近的人。那一带，曾系北魏与辽金的都城所在，“北斗七星高”。宋朝历史与大同无关。祥夫祖上生活于东北，复西迁，心身庞杂开阔。家中书桌摆满各种淘来的古玩——香炉、铜钱、小兽、酒器，玉、铁、铜、木，北朝、宋、明、清。其中，一只近年出土的辽代男式银镯，有几缕刀痕如伤疤，使人猜想：这武士，死于何种境地，死于同僚、情敌或中原汉人？最惊异的是，整理这一银镯过程中，祥夫发现其内藏有细微纸条，展开，原来是小楷体《心经》!

此时，我们一同看定慧寺外大江流，像巨大心脏在跳荡。江声拍岸，与《心经》贯通一致：“度一切苦厄。”“不生不灭。”“无无明，亦无无明尽，乃至无老死，亦无老死尽。”“心无挂碍，无挂碍故，无有恐怖。”……定慧寺门前高悬一副大字楹联：“长江此天堑，中国有圣人。”大江与佛法，给予这古寺、旧城、南方中国，以不尽的勇气和力量，在一次次蹂躏中死去活来，如凤凰，浴火重生。

扬州十日屠、嘉定三屠，这些事件就发生在眼前与身后。烧杀抢掠者的首领、主体，均为投降于清廷的汉人兵卒。在扬州，有人曾在书店推销著作并演讲："当今中国是在融汇各民族过程中形成的，不宜追究历史上的屠杀事件，岳飞的意义不宜再讲。"听众席上一老人面红耳赤站起来，走上去，扇了演讲者一耳光，转身走进警局。警察请老人喝茶半日，开车送他回家。

"岳飞的意义不宜再讲"，秦桧的意义，就大行其道。岳母刺字，岳飞又为一代代中国人刺字——倘若抛弃这脊背上的隐痛与重负，贪恋当下欢快与轻逸，那被凌辱、宰割的历史就会重复。自古至今，地图上的种种边境线，固然因国力强弱而变幻推移，但人伦大义之底线，不可失守。唯有剑指自我而非追债异族的"隐痛与重负"，才能使南方中国"春江潮水连海平"，而非"风樯战舰在烟霭间"。

于坚、王祥夫、朱个、我、薛永祥，在《瘗鹤铭》残碑前留影纪念。永祥说，一个新加坡华侨每隔两年就来镇江看一次残碑，看一次，哭一次。"天其未遂吾翔寥廓耶。"每个人，都暗自在内心埋葬着某一只鹤、某一种天空。"未遂"，一个失败的人，不能再失明、失语——辨认吧，痛说吧，从杜甫、苏轼、颜真卿，到岳飞、陆游、辛弃疾、文天祥……

定慧寺碑林，沿着"回"字形状的连廊陈设，与西安碑林齐名并立。一块块碑刻，组成汉语的森林，篆、隶、草、行、楷，各书体兼备，像各季节的风吹动繁茂树叶。其文本，有诗、词、赋、散文、信札、墓志铭、遗书、经文、宣言、契约、界标等等。时间跨度近两千年。书写者身份，有皇帝、王侯、大臣、文人、士绅、武将、僧人、隐者——蔡邕、王羲之、江淹、贞观、颜真卿、李德裕、苏轼、黄庭坚、米芾、张即之、杨一清、文徵明、杨继盛、米万钟、王应鹏、乾隆、成亲王永瑆、陶澍、王文治、彭玉麟、康有为、郑孝胥、谢遐龄、吴迈……

另有赵孟頫，在宋与元之间，试图两全，反而两败。一个贰臣，在碑林中像枯枝败叶、病句败笔。

赵孟頫晚年数次游历北固山、金山、焦山，总有岳飞、陆游、辛弃疾们百年前的身影与呼喊，挟风带雨扑面来。“镇江”二字，就是一种耳提面命、诘问追问。赵孟頫只能以笔墨遮掩愧色。江边，崖刻其手书“浮玉”二字，赞美三座浮动于长江上的岛屿，如三块碧玉，像一块瓦在赞美玉碎？

定慧寺内，有赵孟頫楷体的《兰亭序》碑刻。从褚遂良、冯承素，到米芾、程梦阳、俞森，《兰亭序》的临摹者阵容浩荡无尽。始终存在两个版本，一为三百二十四字，另一为三百二十五字。差异在于“快然自足，不知老之将至”，或“快然自足，曾不知老之将至”。唯王羲之能确认有无这一个“曾”字。唐昭陵也默然不言。唐太宗是否怀抱《兰亭序》长眠，快然自足？无答案。赵孟頫选择三百二十五字这一版本，却将“曾”写成“僧”。意味深长。“僧不知老之将至。”晚年，他自元大都返回江南，痛悔至死。若当初作为僧人隐身江湖，尚能“快然自足”？

另一块赵孟頫书写的苏轼《前赤壁赋》碑刻，也吸引我驻足良久。

在定慧寺，赵孟頫净手焚香，抄录这一名篇，很合适。黄州赤壁因苏轼而光荣，类似于北固楼因辛弃疾而永恒，夔门因杜甫而沉雄万古。杜甫、苏轼、辛弃疾，持续写下长江之歌、自我之诗，为后人消毒、活血、壮骨。“惟江上之清风，与山间之明月，耳得之而为声，目遇之而成色，取之无禁，用之不竭，是造物者之无尽藏也，而吾与子之所共适。”一笔又一笔记取苏轼所言，赵孟頫以风声月色无尽藏，隐秘地进行一场自我的洗礼与雪耻？

这一石刻最右侧，是赵孟頫为苏轼所作肖像——峨冠长袍，面庞饱满，右手扶杖，“回首向来萧瑟处”。赵孟頫描绘这一肖像的依据是什么，我不知道，应该不完全出于想象。画家李公麟曾为好友苏轼造像，被佛印刻于金山石壁。黄庭坚来访，仰望，泪水夺眶而出：“吾兄也。”这一画像，赵孟頫或许见过、临摹过，遂能以笔墨还原苏轼风貌。至元代中期，苏轼的金山画像已不可觅。

刻罢好友苏轼画像，佛印离开金山寺，到定慧寺做方丈。是否去甘露寺夜宿、觅诗？镇江三山三寺，如手足，血脉相连于长江，同悲共欢。我这一篇关于北固山的文章，同样无法对另外两座山，略而不写、视而不见。一一〇一年，苏轼最后一次来镇江，佛印圆寂。在自己的石刻画像前驻足良久，写下《自题金山画像》：

心似已灰之木，身如不系之舟。问汝平生功业，黄州惠州儋州。

这是苏轼的最后一首诗。不久，卒于常州。两年后、二十四年后、三十九年后、一百三十五年后，岳飞、陆游、辛弃疾、文天祥，次第出生，再相继消失于史册——“但见长江送流水”。

苏轼个人的贬谪、南渡、北归未就，似乎就是为身后的南宋史，做了一次小规模的实验和预演。

幸而有赵孟頫勾勒出的苏轼形象，让我看见北宋的轮廓和余晖。

虽千万人吾往矣

绍兴戊午秋八月望前，过南阳，谒武侯祠。遇雨，遂宿于祠内。更深秉烛，细观壁间昔贤所赞先生文词诗赋及祠前石刻二表，不觉泪下如雨。是夜，竟不成眠，坐以待旦。道士献茶毕，出纸索字，挥涕走笔，不计工拙，稍舒胸中抑郁耳。岳飞并识。

岳飞在最后一张纸末端，写下以上跋文。诸葛亮前后《出师表》长卷一气呵成。大雨悄然而息。道士久久凝视宣纸上“鞠躬尽瘁，死而后已”八字，亦泪下如雨。

南阳盆地的晨光，照进武侯祠窗棂，稍稍褪去一些以“绍兴”开始纪年的黯淡。二十八张宣纸上的泼墨草书，铁画银钩如怒发冲冠，裹风携雨，似八千里路云和月。

一一三八年八月十四日，一场大雨，留住岳飞、岳云、牛皋一众将士的足迹与心迹。南阳城西一脉山岗，因诸葛亮隐居躬耕于此而成名为“卧龙岗”。一方草庐，转型成为盛大的“武侯祠”。李白来过，吟诵：“谁识卧龙客，长吟愁鬓斑。”刘禹锡来过，赞美：“南阳诸葛庐，西蜀子云亭。”许浑来过，感叹：“荒草连天风动地，不知谁学武侯耕。”此时，岳飞来了。卧龙岗，让岳飞获得一个前辈的安慰激励，“稍舒胸中抑郁耳”。岳家军，使武侯祠更加凝重深邃，如同一册石刻难焚的历史教科书。

目前，武侯祠成为南阳核心景区。祠内刻立的二十八块岳飞墨迹石碑，次第竖立于长廊，游客俯身亲近。祠门前商店，岳飞书诸葛亮前后《出师表》拓片，畅销不衰。全国各地武侯祠甚多，大都复刻岳飞这一墨迹，比如成都武侯祠。但前述跋文，使诸葛亮、岳飞，只能与南阳城联系在一起。

南阳，位于南宋与金国和议之后划定的分界线以南，理论上属于南宋，实际上被偏安江左的赵构，放弃了。处于两个政权间的过渡区，金人屡屡闪现、劫掠，后掌控大局。诗人元好问就作为金国官员，先后在内乡、南阳任县令，断案复抒情，感受汉人的不安与偷安。“遗民泪尽胡尘里，南望王师又一年。”这是山阴陆游的中原视角，像前人岳飞、后辈辛弃疾一样，“无日不瞻望”“无夕不思量”。但赵构不看不想，致力于养生、练字、谈恋爱。在临时安全的临安城，接受秦桧的赞美和包围，“且把杭州作汴州”。

汴州城里的种种败象，如血型遗传给临安城。

北宋，世界上最为发达的国家，诗词歌赋、书法、绘画、音乐、木器制作、兵器工艺、经济总量、饮食、人口规模……堪称先进。精神与政治腐败萎靡，为亡国埋下伏笔。皇帝不理朝政，埋头于瘦金体和吟诵：“秾芳依翠萼，焕烂一庭中。……舞蝶迷香径，翩翩逐晚风。”官员队伍庞大，纵情声色。朝中大权，由蔡京、童贯、王黼、梁师成、朱勔、李彦这六个宦官奸臣霸持。赋税沉重，盗贼四起。司马光等一百二十位异议者，被斥为“元祐奸党”，列入《元祐党籍碑》。碑文由赵佶亲自操笔，所列“奸党”，死者遭追贬，生者被流放，且不得聚居于同一地域。该碑复制众多，立于京城及各州郡，示压，树威，但更像是北宋为自己提前竖立的墓碑。

狼粪化成浓烟，屡屡升起在北方边境，粗壮有力如狼啸阵阵，却无法警醒中原。

《清明上河图》长卷中，端倪初现：城门失控，士兵零散萎靡于墙角。一一二六年十一月二十五日，靖康之变，金人攻入京城，或许就是从张择端暗自忧心的这一城门，狂飙突进。次年春，宋徽宗、宋钦宗以及花容失色的后妃三千人、惊魂不定的宗室贵戚九千人、善于错彩镂金的工匠三千人、精于宫商角徵羽的教坊乐工三千人、民间少女三千人等等，共两万余名俘虏，分七批，浩浩荡荡被押入金国黄龙府，遭受奴役、凌辱。北宋皇室所藏典籍、书画、礼器、财宝，洗劫一空。

满城春风宫柳青，暮鼓晨钟蜡灯红。四季一如既往，但剧变已发生。

北宋亡，金人以强凌弱，也是以弱胜强——以物质之弱、精神之强占据中原，将勇而志一，兵悍而力齐。多年后，反思北宋史，洪迈叹息："以堂堂大邦，中外之兵数十万，曾不能北向发一矢、获一胡，端坐都城，束手就毙！"

靖康之变，赵构一路南逃，自扬州、镇江而越州。岳家军激战半月，血溅满江红。赵构得以立足临安，转而重用投降派、主和派，以此向金人示弱，传达罢战和议、割据南北的"诚意""善意"。岳家军数度出兵，不过是为赵构增添和议砝码，也是安抚南渡旧臣的一种姿态而已。倘若收复失地，赵构以何种身份返回汴梁城？岳飞执迷不悟，长叹："十年之功，毁于一旦。"

岳飞返回临安之前，刚完成四次北伐中的最后一战——朱仙镇大捷，直逼金军所退守的汴梁城。赵构却急令南撤。原因在于金兀术给秦桧传来密件："必杀飞，始可和。"岳飞一路越山渡水，在镇江上岸后夜宿金山寺。辗转反侧，入眠，梦见两只猛犬相对言语不已。蓦然醒来，握剑起身四顾。窗外，一轮明月照长江。次日晨，与寺僧谈及这一梦境，僧大惊："这不就是'狱'字吗？两犬夹击，有大难。望将军留步于我寺，出家吧！”岳飞深深一叹：“道之所在，虽千万人，吾往矣。”次年，栖霞岭出现岳坟一座。

金山寺，大雄宝殿高阔。信徒供奉的一盏盏灯，自下而上层层排列，构成一座光辉的塔。每盏灯上都有信徒名字。数十个黄色蒲团，列于佛前。蒲团空空，有经文、书包、水杯在占座。我笑了。信徒们大约用餐或午休。一尊金色大佛，像教授面对空寂的教室，显得失落。出门，我绕大雄宝殿外转一周，仰看墙上砖雕中的人物行止，一概与金山寺有关：岳飞与寺僧对谈解梦，梁红玉击鼓战长江，许仙向白娘子倾诉衷肠。

一座古寺，有旧梦深情眷眷在，方近于言语之寺——诗。

岳飞去世之前十年，一一三〇年，战友韩世忠率八千水师，在镇江，迎战十万金兵、数百艘战船，将其引入黄天荡围困。为鼓舞士气，韩世忠妻子梁红玉在金山妙高台击鼓助威。金兵溃退。岳飞被囚后，韩世忠叱问秦桧“何罪之有”，秦桧遂为汉语创造出一个经典词语——“莫须有”。岳飞卒，韩世忠辞官，终日借酒消愁，在一一五一年忧愤而死。

许仙、白素贞的爱情故事，北宋时期就广泛流传民间。不知岳飞听说过没有。明代小说家冯梦龙对这一传说再加工，把背景设置为南宋时期的镇江与杭州，写出《白娘子永镇雷峰塔》，收入《警世通言》，成为后来戏剧、评书《白蛇传》的蓝本。

金山寺盛大——寺裹一座山。我登至山顶，眺望北固山、焦山、长江，想起《白蛇传》中许仙唱词：

> 那一日炉中焚宝香，夫妻们举酒庆贺端阳。
> 白氏妻醉卧牙床上，我与她端来醒酒汤。

闷沉沉来至江亭上，呀，好壮阔的长江也！
长江壮阔胜钱塘。

结句高迴，适合西湖边那几代掩门装睡的皇帝们听一听。

醋意与深惜

“吱呀”一声，推开一扇高大木门。刹那间，作坊里强烈的醋意，像侵略者乘风驭马，冲进鼻腔肺腑；又似收复失地，重建侠肝义胆和柔肠。

北固山下，镇江米醋文化博物馆，附设一个民国时代风格的老式作坊，让客人在现场感受原始的米醋加工过程。

四千年前，中原人杜康发明酿酒术，移居镇江，制酒为生。无意间在酒糟中兑水，产生一种新饮品——醋。渐渐揣摩出一套制醋工艺：蒸糯米，加入麦曲，酿制成酒，再加入麸皮、稻糠搅拌为固体，在适宜温度下每天翻动一次进行醋化发酵，经多日生长繁殖，米醋出缸。

酿醋师傅向我解释：“看看‘醋’这个字：二十一日，酉——经过二十一天，在下午五点到七点这一时间段出缸，就是好！好醋也是好酒。镇江以前的醋作坊都是酒作坊。”我第一次知道酒和醋之间的关系，恍然大悟：现在酒桌上流行喝醋，有根据。我问师傅：“为什么镇江米醋名气大?”师傅笑言：“镇江一带嘛，糯米好，江水好，空气湿度也合适——有梅雨嘛。”

长江中下游地区，拥有历时一个月左右的梅雨制度，涵盖福建、浙江、上海、江苏等地域，热力、细雨、阵风，合力催生催熟果实与花木：香樟、女贞、榉树、朴树、广玉兰、白玉兰、合欢、枫香、荔枝、乌梅、南酸枣、黄连木、小檗、连翘、茉莉、水生鸢尾、香蒲、扶芳藤、水稻、油菜……

江南多才子佳人，似乎同样受惠于梅雨的热烈培植。曾经在上海嘉定孔庙，看见一个历代科举遴选出的状元名单，江南地区占据大比重。政治、经济与自然环境，紧密相关。唐宋后，江南成为中国经济的发动机，用运河，向北方输送棉花、稻米、丝绸、盐巴、剑戟、谋士、舆论、革命者，再从北方运回边境或宫廷里的消息，羌笛马嘶阵阵急。觊觎这一片土地，从辽到金，再从元到清，入袭与反抗的历史屡屡叙写，忠诚与背叛的大戏，次第上演。

作坊内，巨硕陶缸云集，形制千年一贯，内含糯米、酒糟、醋。灶台上，热气蒸腾如雾。门外天寒黄叶飞，室内暖如春。酿醋师傅身穿短褂布鞋，与民国以前时代匠人酷似。数千年的醋意，不变。“争风吃醋”“添油加醋”“醋海翻波”……这与醋有关的成语，非醋之过错，乃世故人情。至于“酸文假醋”“穷酸书生”一类言辞，将“文”“文人”与“醋”相联系，是文人的自嘲、自省与自警？兼而有之。但也为反智尚俗之辈，提供口实——文人离醋缸近，壮士对酒碗亲？岂不知，醋与酒存在隐秘血缘，醋、酒一也。家国危亡之际挺身而出者，往往就是文人、诗人——从苏武、陆游、范成大，到辛弃疾、文天祥、于谦……

醋，从民间三餐到宫廷盛宴，均不可缺席。粗朴野菜因之爽然可口，猪羊鱼鸭借此脱俗去腻。是安慰，更似唤醒。作坊主人赠我一瓶醋，是对酸腐者的嘲谑？当然，这仅仅是一瓶自自然然的醋，满满一瓶而非半瓶。我将这瓶米醋，视为对美好生活的赞美和期许。醋，的确还可以消炎灭菌，甚至美容。

我把这瓶醋摆上餐桌。薛永祥眼睛一亮："爱醋就是爱镇江！镇江三大怪，米醋不会坏，肴肉不是菜，面条锅里煮锅盖。"镇江肴肉，的确好吃，蘸了米醋吃，更鲜美。朋友们迅速吃完一盘，永祥又点一盘。所谓"锅盖面"，我也吃了。在永祥带领下，还去厨房考察了这种本地特色面条的诞生过程。的确有一小锅盖，扔在大锅中央，像小岛浮荡于长江。面条纷乱团聚于锅盖周围，厨师用长筷子挑拨离间，像捕鱼人在小岛周围挥动船桨和钓竿。镇江街头，"锅盖面"餐馆标志比比皆是。

在镇江享受口腹之欢，老薛豪迈推出各种江鲜：鲈鱼、鳗鱼、鲫鱼、青鱼、鲢鱼，红烧、清蒸、烤、炖汤。江南滋味，曲折入肠。河豚、鲥鱼、刀鱼组成著名的"长江三鲜"，是阳春时节美味。一年四季，江水中的鱼群变幻不定，顺流而下入海，逆流而上产卵。碰见钓竿或渔网，就终止江海生涯，在餐桌上接受品评和激赏。我们没吃河豚。那一种含有毒素的鱼，以镇江下游江阴所产最负盛名，口感刺激强烈。目前，人工培育出无毒素河豚，还算是河豚吗？

吃了鲥鱼和刀鱼，显然来自冷库而非当下长江。刀鱼就是一把刀子，修长凛冽，横陈于盘中，最终纳入食客身体这一肥胖或轻盈的刀鞘——刀鞘上的花纹色彩各自不同，鲜艳或苍老。

"长江绕郭知鱼美，好竹连山觉笋香。"苏轼来镇江十四次，很频繁，与镇江作为大运河、长江交叉处的地理意义有关。南北来去客，东西往返人，必经北固山、焦山与金山。长江三鲜和米醋、肴肉，对于东坡肉、东坡肘子、烤羊排等等名吃的发明者，必拥有异乎寻常的诱惑力。"蒌蒿满地芦芽短，正是河豚欲上时。"苏轼在春天来镇江的次数最多。吃河豚，暗喻"向死而生"这一哲学命题，牵强了。但苏轼、陆游、辛弃疾们，的确是"知其不可为而为之"，在绝境、绝句中一次次自治求生。

李白、苏轼们用过的酒器，我在镇江博物馆内细细端详。唐代酒樽，宋代酒盏。青铜凤纹尊，圆口豁达，边缘处有四组长尾鸟连绵相接，作鸣叫起舞状。酒盏可手握，边缘呈梅花或莲花状，盏底有花蕊和蜜蜂图案。苏轼有佳句："深惜今年正月暖，灯光酒色摇金盏。"是不是就写于北固山下某酒馆，乘醉意泼墨于墙壁？

小博物馆一般收藏的都是当地文物，出土，或来自家族传承，对解读一个地域的历史，最具说服力和针对性。铜镜、木梳、圆奁、花鱼藻纹盘、铜鼓、天青釉兽耳花瓶、羊形瓷烛台、唾壶、玳瑁纹瓷碗、盛蛋罐、镀银金凤冠、牙雕仕女、檀香如意、雕漆红方盒……这些文物，曾经是镇江日常生活的一部分，与来访此地的李白、苏轼、陆游、辛弃疾，相晤相知，复与后世我辈相遇相惜。唯如此，时光的流逝，才不至于显得绝情无义。文物就是信物、漂流瓶。一代又一代传信抛瓶者，在江岸海边，眺望未来的收信捡瓶人。

还是在镇江博物馆，看见一清代手炉，铜质。外壁浮雕梅花。内分上下两层，下层可放炭，燃烧后将暖意传递到提炉者手上；上层，可放一壶需加热保暖的酒、醋或点心。

一个从前的老人或少年，雪夜里，提着微红手炉，走在通往长江或相好的路上，内心涌动着怎样的痛楚和欢喜？

星斗南，落日壮丽

镇江博物馆，曾是英国领事馆。鸦片战争的这一产物，位于北固山下、长江边、西津渡旁。

西津渡空留其名，渡口被江水携带的淤泥，湮灭于数十米下。

考古工作者陡峭地向下挖掘，发现部分渡口遗存，遂在其上方覆盖一层玻璃保护，作为古渡口现代主义风格的天空。我和游客们隔玻璃俯瞰，像古渡口上空的鸟、云朵，掠过苏轼、陆游的头顶？他们在这一渡口闪现，上岸歇息，或乘舟而去，忧国忧民复忧己。

现在，西津渡成为商业街市和风景区。

于坚、王祥夫去寻找文物——捡漏，就像去思想深处，捡一个被遮蔽的词。我和朱个，在茶馆坐下来。茶馆主人，高挽发髻，着暗花墨绿长袍，弹《广陵散》，声声慢。广陵或者说扬州，不远，这《广陵散》就更显清冽幽冷。那古琴大约也是上品，来自数百年前一棵山中松树。喝热茶，听朱个说近日股票行情。这些年，她一边写作，一边操持股票，尤其专注于某种名酒。手机盖装饰图案是一个酒瓶，她打电话的姿态，就像在举着一瓶美酒抒情、呼吁。炒股入世，写字脱俗，这“入”与“脱”，就有难度和张力，好。

镇江博物馆吸引我目光。五座小楼，在山坡上高低错落，像五瓣梅花。从英国领事馆，到日本海关，再到目前的镇江博物馆，小楼们的称谓、属性、命运在变迁，成为中国近代史的一个脚注——像一只脚的五个脚趾，英国的脚、日本的脚，轮番踩痛北固山。直到成为一只中国的脚，北固山重重集聚的旧疼新痛又时时发作，通过这只脚，上升至心脏与头颅。

一八四〇年六月至一八四二年八月，鸦片战争历时两年。英军相继攻陷定海、宁波、上海、镇江。在镇江发动扬子江战役，遭遇重创，守城清兵全部战死，随军家属亦纷纷自尽。万里之外的恩格斯关注镇江之战，认为：“如果侵略者到处都遇到同样的抵抗，他们绝对到不了南京。”千里之外，紫禁城里的道光皇帝，闻镇江被攻克，立马投降求和。清朝的南北漕运生命线，断了。

“康华丽号”英国军舰，停泊于南京的江面。《南京条约》签订仪式在此举行。乐队演奏迎宾曲。清廷无国歌，英国国歌回荡。条约文本，不论割让香港，还是战败赔偿、沿海城市开埠、英国军舰自由出入各港口，清廷全权大臣耆英与随从官员一概懵懵懂懂，完全不懂其中潜台词、伏笔，全部允诺。英国人为谈判所预留的讨价还价空间，毫无意义。西方世界对此非常震惊、惊喜、喜出望外，美、俄、法、德、日各国逐风而来，竞赛般参与分割中国利益与资源。从晚清，到民国初期，以阴历纪年或各个城市来命名的条约，累计达一千多个——中国的时空，就这样失去秩序和完整性。鸦片和鸦片鬼，流行神州。“东亚病夫”的日语新词生成了。“东方睡狮”的西方言论，像嘲讽、暗喜而非自我警示。

我在某一版本的《中国近代史》内看到一张油画插图，呈现《南京条约》的签字现场：一张圆桌放在舰长室中央，桌子上是摊开的协议文本。双方官员、军人，环桌或坐或立。地板左侧是一个翻开的文件箱，右侧卧一牧羊犬，眼神邪觑。图中的耆英与随从，确实有着羊的温顺表情。这一荒诞场景，显出协议签订的仓促，双方对于达成条约的急切。

《南京条约》签字毕，酒会。宾主双方大醉，黑色或蓝色的眼神一概恍惚，分不清谁是窗外长江的主人与宾客。

从鸦片流通中牟取暴利者，不仅仅有清朝的官员、商人，甚至涉及清军将士，这一战争的最终结局，可想而知。虎门销烟的林则徐，作为鸦片战争爆发“责任者”，被同仁弹劾，可想而知。失去脸面的道光，亦迁怒于斯人。在战争尚处于胶着状态的一八四一年六月，林则徐就被发配新疆。由杭州出发，经镇江，赴伊犁。途中，又临危受命返身开封，处理黄河决堤这一突发事件。安澜，复被道光敦促西行。大病一场，滞留西安。待重新上路，与妻生死诀别之际，留下名句：“苟利国家生死以，岂因祸福避趋之。”终于到达目的地惠远城，已是一八四二年十二月。三年后，荒原上生发出无边绿洲和清泉，被呼作“林公树”“林公渠”。召回内地，在云贵总督任上辞职还闽，一八五〇年秋，林则徐去世。临终，手指屋顶大喊：“星斗南。”不知其何意，猜测纷纭。想念北斗星下的新疆？预感到沙俄的虎视眈眈、蠢蠢欲动？这想念和预感，深切而准确——星斗南。

林则徐路过镇江那一天，秋风劲吹。好友魏源赶来相送。身边差役名为护送，实为监视、押解。魏源掏出一些碎银，才得以与林则徐共处长谈一夕。“万感苍茫日，相逢一语无。与君宵对榻，三度雨翻萍。”魏源后来作诗以记。“三度雨翻萍”，可能指夜雨三落三停，荷叶翻覆不定。更可能指两个人泪如雨下，悲慨万端。

“更能消几番风雨，最可惜一片江山。”多年后，梁启超集辛弃疾、姜夔词句，成就这一副名联，似乎也可以用来作为这次镇江夜谈的旁白、雨声、共鸣。

魏源以镇江的熏鱼、花生米、酒，安慰林则徐。林则徐激励魏源：“惟有睁开眼睛看世界，器良技熟，胆壮心齐，我华夏终不会受制于人。”他把正翻译的《四洲志》书稿交给魏源，嘱托其赓续此事。一八四二年底，魏源在《四洲志》基础上，完成五十卷本《海国图志》的翻译与刊刻，一八五二年完成一百卷本的翻译与刊刻。在序言中，魏源提出一句影响数代国人的名言：“师夷长技以制夷。”

晚清重臣李鸿章听懂了，在上海建立江南制造局，海军舰艇规模迅速扩张。日本人不安。甲午战争就是对清廷实力的测试，最终用枪炮确认其没落与落幕之必然。李鸿章哀叹：“千年未有之大变局。”侵略者依旧“器良技熟，胆壮心齐”。在马关春帆楼，与伊藤博文谈判博弈，李鸿章遭日本刺客持刀攻击，血流满面。他微笑、低语：“此血可以报国矣。”《马关条约》带来的羞耻、山河破碎，“此血”一缕就能缓解、报答？老谋深算的李鸿章，天真了。

某年夏，我随旅行团去过春帆楼。楼上悬有安倍晋太郎的题匾“和气满堂”。当年满堂腾腾杀气，已化妆为一派和气？附近立一石碑，上刻汉字：“明治维新胎动之地。”同胞们纷纷以春帆楼、匾额、石碑为背景留影。不知道他们留下什么念想。我看了看，走过去，不平之气盈胸。

也是这次出行，在京都国立博物馆，我看到日本画家与谢芜村在十八世纪中期所作《夜色楼台图》。右端，题有明代诗人李攀龙诗句：“夜色楼台雪万家。”左侧，是由这一诗句想象出的中国雪夜，落款处留下笔名“谢寅”。他想作为一个谢姓中国文人，消失于画卷中的雪夜？画面上，描绘雪花的点点胡粉，是从铅里提炼的白色颜料，被遣唐使们从中国传入日本。李攀龙这一行诗的上句是“春来鸿雁书千里”。在日本，李攀龙像杜甫、李白一样，拥有很大影响力。向唐诗、宋词、元曲学习，写俳句。向水墨、文人画学习，创浮世绘。汉语意境，加上胡粉一类奇异事物，使日本在十九世纪初期，仍处于一个尊重华夏神州的时代。

当日本开始维新变法，胎动、孕育、生发一个新局面，清廷依旧自闭、自大、自绝于外部世界。其变化或许仅仅是，面对龙椅上一代代天子，汉家士子在唐宋两朝还可以坐着谈说天下，到元明必须站着聆听训导，此时，则只能跪下来叩头不已。日益颓靡低垂的头颅与长辫，能存续几缕生气与壮志？

“维新”二字，源自《诗经》：“周虽旧邦，其命维新。”日本的明治维新成功了，中国的百日维新失败了。晚清，用一双变态的、臭熏熏的小脚，体验晚明、南宋般的穷途末路。辛亥革命，势不可当。谭嗣同、康广仁、刘光第、林旭、杨深秀、杨锐、徐锡麟、秋瑾……烈士头颅落地，成为壮丽的落日，染红历史潮流浩浩荡荡如长江，东流入海不复回——

“我将从死者中升起，说太阳依旧在闪耀。”（曼德尔施塔姆）

一九三七年，冬

“鬼子来了！弟兄们，为国尽忠的时候到了。”骆熺标盯着望远镜里渐渐放大的日本舰队，低声对身边战友说。一面太阳旗，渐渐放大。

扔下望远镜，骆熺标操作大炮，调整角度。战友递送炮弹，提枪警戒。一片寂静。偶尔有鸟叫惊心动魄。这是一九三七年十二月八日，上午。镇江，圌山要塞，中国军队的最后十二个士兵。

骆熺标回头看看西侧，北固山、金山、焦山，三山隐约，像三个面孔苍茫的亲人。

此时，淞沪战役刚刚结束，上海进入孤岛时期——除了租界这一“岛屿”，周围都是日本人的滔天恶浪。中国军队撤守南京。日本军队分三路步步紧逼。第一路，沿长江南岸自东向西攻击，占领江阴后渡江，伐扬州，控制大运河；第二路，从无锡、常州、金坛、句容，直扑南京城；最后一路，以“八重山号”为首的舰队，在司令官近藤英次郎指挥下，溯长江而上，力图包抄南京守军，切断其北渡撤退之后路，彻底完结中国抗战进程。“正面进攻，两翼合围”的战略战术，日军在与中国军队数度交锋间，屡屡操作屡屡胜。这一次，在长江上故伎重演——两岸山川城阙，揪心俯瞰这一个动荡不定的壮烈舞台。

日军进攻不畅。镇江这一当时的江苏省省会，作为水路关键节点，迟迟未能掌握。

自八月起，中国海军第一舰队司令陈季良指挥沉船封江。十二艘老旧舰艇、二十三艘商轮、八艘趸船、一百八十五艘民船及大量石方，在镇江以东江面，构筑一条封锁线。另有两百余艘小船满载石子，沉入封锁线上轮船之间缝隙中——像诗人在一行绝命诗的言辞间，加上众多感叹号！日军先后出动三百余架飞机，蝗虫般漫天而来，轰炸，试图撕开封锁线。封锁线后的中国军队，无战机呼应，只有四艘舰船应对。“平海号”“应瑞号”“逸仙号”三舰，依次受创、沉没。

陈季良依次更换指挥舰，将司令旗插在舰首。部下劝阻：“司令旗会暴露您的位置，招来重点轰炸。”陈季良握着发烫的手枪，嗓子嘶哑：“司令旗在，司令在，军心犹在，小日本就胆怯三分。有邓世昌、丁汝昌英灵在天俯瞰，我岂能退避？死而无憾！”腰部被弹片击中，血流甲板，陈季良半躺在藤椅上指挥战斗。长江上的这一对峙，持续数月。中国海军先后击落敌机二十余架，直到打尽最后一发炮弹、子弹。八年后，陈季良因旧伤复发去世。

此时，十二月，江风凛冽如刀刃。日本舰队渐渐放大，向圌山要塞逼来，如入无人之境。最前面一艘军舰甲板上，一个指挥官模样的人，手举望远镜四下窥望。太阳在镜片上反射出刺目光斑。

前一天，傍晚，要塞司令林显阳、炮台台长卢佐周，带领手下一百余人，欲乘船逃往对岸苏北。下令将炮台炸毁、拆掉。八门大炮轰轰隆隆沿山坡落入江水。第九门大炮一动不动。少尉骆熺标站在这门大炮旁，沉默着，脸色铁青。试图填充炸药毁掉这门大炮的士兵，看看骆熺标，罢手了，追随林显阳而去。彭永义、刘富贵、谢翔贵等十一名士兵，聚拢于骆熺标身边：“弟兄们跟着你干！死了也不当孬种。”“镇江城里有咱老婆孩子呢，没脸跑！不能逃！”“炸掉它小日本一艘军舰，咱死了也赚了！”十二个士兵，在最后一门大炮旁，收集残余的几十枚炮弹，轮流站岗，守望江面。

现在，骆熺标通过一门大炮，冷眼看敌舰。一声令下：“放！”炮弹脱口而出，像一句诅咒，扑向最前端那一艘军舰。未击中。掀起巨浪，使甲板蓦然倾斜，两个日本兵落入江中。“操他妈的！”骆熺标调整炮口，修正角度，一次次下令发出炮弹。一艘主力舰被击中起火，在江面旋转，像日本武士迎面遭到一记少林拳，倒下。日军乱了方寸：这经过数月激战似乎已经征服的长江上，突然冒出什么新对手？骆熺标的最后几发炮弹，像几句遗嘱、绝命书，脱口而出。日本舰队冒着浓烟，像恶魔披头散发、趔趄身子，调头逃之夭夭。

江面恢复平阔和安静。这是张若虚写出《春江花月夜》的地方。此时，即将进入冬至。中午了，太阳的热力很虚弱。十二个军人，两手空空。骆熺标下令：“撤。”

第二天，日军侦察机、轰炸机先后出动，环绕圌山要塞一圈圈俯视、轰炸，持续两天。日军地面部队分数路围攻圌山，登上山顶，才发现空无一人，满地弹壳。扩大搜索范围，至周围村庄、寺庙，仍无中国军队踪影，这才以旗语向江面传递信息。十二个中国士兵，使日军舰队滞后三天，才到达采石矶。南京城中约十万民众得以渡江逃亡，避开身后开始的大屠杀。

我在一册印刷粗糙的镇江地方志资料中，发现骆熺标们这一事迹。他们后来的生死荣辱，杳无消息。

一个名为小野正男的日本军医，在沦陷后的镇江街头游荡，举起照相机，留存了一叠当年的黑白照片：北固山气象台上升起太阳旗，遭日军焚烧的镇江城烈火熊熊，坦克在街道上前进，强奸中国妇女的日本士兵排队大笑，被搜刮来的煤炭、蔗糖、粮食、木材一车车运向江边的日舰，定慧寺内遭到侮辱、屠戮的僧人妇人躺满佛堂，一个汉奸模样的人在街头协助枪杀抗日者，腰里别着手枪的日本军人在学校黑板前教中国孩子写日文……

抗日战争时期，中国历史上出现又一次南渡。长江上游，在李庄，内地众多高校和科研机构例如同济大学等等，迁址于此继续办学、研究。李济、傅斯年、童第周、梁思成们的身影，让江水保持汹涌的力量。少年梁从诫问母亲："如果日本人打上来，怎么办?"林徽因回答："投江啊。"在昆明，西南联大为未来中国聚集另一批思想与文明的火种，如梅贻琦、蒋梦麟、张伯苓、沈从文、钱锺书、杨振宁等等。抗战胜利后，此地竖立起一座纪念碑。我在一个冬日傍晚来访，仰首诵读同乡前辈冯友兰所撰碑文：

> ……举凡五十年间，日本所鲸吞蚕食于我国家者，至是悉备图籍献还。全胜之局，秦汉以来所未有也。……我国家以世界之古国，居东亚之天府，本应绍汉唐遗烈，作并世之先进，将来建国完成，必于世界历史居独特之地位。盖并世列强，虽新而不古；希腊、罗马，有古而无今。惟我国家，亘古亘今，亦新亦旧，斯所谓"周虽旧邦，其命维新"者也。旷代之伟业，八年之抗战已开其规模、立其基础……稽之往史，我民族若不能立足于中原，偏安江表，称曰南渡。南渡之人，未有能北返

者……风景不殊，晋人之深悲；还我河山，宋人之虚愿。吾人为第四次南渡，乃能于不十年间，收恢复之全功，庾信不哀江南，杜甫喜收蓟北。……

一篇读罢头飞雪，雪消门外千山绿。

西南联大旧址校门上深刻“刚毅坚卓”四字，像岳飞脊背上刺下的那一行字迹。

与文天祥对话

北固山下亦耸立一古旧石碑，其上镌刻一行楷体大字——“文天祥镇江脱险渡口遗址”。

“渡口”已不存在，长江淤泥使其成为连接陆地的广场。“文天祥”三字，成为一个烈士身心的遗址，笔画间，依旧有热血汹涌、志气勃然。

碑的意义，就是为旧事前情招魂，像纪念日、佛龛、遗像、结婚戒指、旧日情书一样，作为寄托怀抱的形式。北固山，以这一座楼、一块碑，与中国山河间众多的楼与碑一起，使我有定力、静气，昂身走过《马关条约》签订处日本人的那一座楼、一块碑。

广场一角，有乐队演奏苏北民歌《拔根芦柴花》，一少女一少年在对唱：

叫啊我这么里来，我啊就来了，
拔根的芦柴花花，清香那个玫瑰玉兰花儿开。
蝴蝶那个恋花啊牵姐那个看呀，鸳鸯那个戏水要郎猜。

小小的郎儿呐，月下芙蓉牡丹花儿开。

叫啊我这么里来，我啊就来了。

拔根的芦柴花花，清香那个玫瑰玉兰花儿开。

乐队成员似乎都是七十岁上下的老人，头发如芦花一样斑白。那少女与少年，则如玫瑰玉兰花儿开。

文天祥如果听到这歌声与琴声，可安息矣。石碑上，那一行楷体大字湿漉漉，犹似泪痕未干。

捡起几片银杏树叶子，放在碑前致意。冥冥中，似乎可以与这一位七百年前的先人互通心曲——

我："在北京，我访问过忽必烈羁押您三年的土牢，明代起，改建成纪念您的祠堂。院子里有一棵枣树，巨大，是不是您亲手种下的？树身枝丫一概向南方倾斜，几乎垂临地面，酷似您在菜市口倒下那一瞬间的样子。'臣心一片磁针石，不指南方不肯休。'——那棵枣树像您的指南针。我去的那一天，满树红枣，像一滴滴血泪在流淌，痛彻今古。"

文天祥："此树系吾所栽。枣子清香，可抵御牢内腐鼠、陈米、死尸等等混合而成的晦气之侵蚀，助《正气歌》之生成。祠堂、塑像、匾额，其实无关于己矣。然每闻后世少年在此朗诵'时穷节乃见，一一垂丹青'之句，吾心自冥冥中振作如复生。自前朝钟仪、张良、苏武、管宁、诸葛亮、祖逖、张巡，至大宋岳飞、韩世忠、陆游、辛弃疾、谢枋得，再及后世袁崇焕等，一代代忠贞之士不绝，吾道不孤矣。"

我："北固山下，广泛流传您越江脱身的故事。此渡口，也是韩世忠、陆游、辛弃疾们先后登岸、续写历史之紧要处。"

文天祥：“蒙元入江南，吾同僚纷纷弃冠逃生，放眼朝廷，仅余文官六人。帝幼小，谢太后惶恐四顾无人。吾受命于大宋飘摇之际，变卖家产，募义兵，奔赴临安。后出使蒙元军营交涉，抱定赴死之信念。被拘，押解至镇江。若渡江北去，必无归于宋。德祐二年二月二十九日夜间，镇江百姓助吾，扮渔民，经此渡口乘舟顺江而下，得以脱险。帝、谢太后下旨降蒙元，吾与陆秀夫、张世杰宁死不从，相继扶持两位幼小新帝力撑大宋，终究回天无力。厓山一战，蹈海就义者无数。吾被俘，苟活三载而已。枣树下，时常怀想此渡口与长江，泪水潸然。”

我：“靖康之变后，李清照独自押送数车典籍书画，自济南赴江南。过镇江，也是在这一渡口上岸。”

文天祥：“一弱女子，令无数懦夫羞矣。其诗，吾爱‘至今思项羽，不肯过江东’，亦爱‘南来尚怯吴江冷，北狩应知易水寒’，发人深省。回首大宋之亡，其祸因，乃满朝文武贪暖避寒、贪欢避责。所谓花石纲，即搜寻江南奇石沿大运河运往汴京之船队，行径异常——花石高大，沿途桥梁与城阙，遂被拆毁以通行。如此怪象多矣，必惹民怨、兴盗匪，江山何以永固？”

我：“当代学者对历史上‘奸与忠’之现象屡屡思辨，有一种观点，认为您及其他义士先烈，对帝国帝王‘愚忠’。”

文天祥：“吾汉家所尊‘天、地、君、亲、师’，此‘天’此‘地’，即大道与河山。吾之忠诚，非仅仅寄托于一君一朝。大宋最终降于蒙元，吾与同道逆帝令而行——天地不降，即便君、亲、师纷纷失道丧义，吾何以有背叛之理？观夫华夏，洋洋乎数千载，端赖于代代英贤，不计一己之得失性命，正气沛然。聪明狡狯之徒，亦屡屡不绝，吾所处宋元交替之际尤甚。蔡京、秦桧、贾似道之流，凶残暴虐于内，孱弱献媚于外。后世明清易代之际，亦复如是。彼辈苟且恰似贬义词，砥砺吾辈持志赴义而终获历史之褒奖。忍辱三载，吾了结于菜市口之利刃一闪，无愧、无悔、无憾——‘仁、义、礼、智、信’备矣。”

我：“司马迁因同情‘李陵之祸’而遭腐刑，遂有《报任安书》这一名篇，悲怆郁勃，摩荡六虚。辛弃疾也为李陵叹息：‘将军百战身名裂。向河梁，回头万里，故人长绝。’古人今人，对此思绪纷纭。您又如何看待李陵及其旧友苏武?”

文天祥：“吾亦同情于李陵将军。匈奴猖獗，李主动请命北进。汉武帝珍惜骑兵而未遣，李仅率五千步卒远征朔方，义无反顾，与匈奴主力八万人相杀伐，搏斗十余日，重创单于，斯亦奇也。道穷矢尽，李徒手被俘，暗自图谋南返。然汉武帝听信佞臣流言，将李族三代诛杀一空，断其回归之念。李虽未以死尽忠于君，然从未与故国为敌，大义未弃。汉武帝终，汉朝差人劝将军归根并许以荣华。李曰‘归易尔，恐再辱’，一语道尽男儿哀凉：被逼无可归，辱也；令归，亦辱也。如此自尊自爱之人，岂懦弱偷安之徒? 然苏武北海牧羊十九载之壮烈身姿，如大河前横，李陵望河兴叹，其心之愧之悲，可想而知。吾惜之痛之，故凛然了断于蒙元刀斧，亦幸哉!”

我：“北宋范仲淹《岳阳楼记》末句‘微斯人，吾谁与归’，惆怅万千。倘若没有您及诸多前贤作为路标和镜子，我辈精神面目如何，就充满疑问了。”

文天祥：“范仲淹之‘先忧后乐观’，实针对彼时宫廷内外奢靡世相而言，振聋发聩。然汴梁城中君王与臣僚，装聋作哑。范仲淹作此篇八十载后，即有靖康之剧变，遂验证‘生于忧患，死于安乐’之铁律。陈与义南渡避祸，途中登岳阳楼感慨万千，有诗曰：‘万里来游还望远，三年多难更凭危。白头吊古风霜里，老木沧波无限悲。’如今，尔亦一白头后生矣，尚能于和平时代凭危望远，吾心甚慰。”

我：“您身后出现一文人张岱，在《自为墓志铭》中表达困惑：‘以书生而践戎马之场，以将军而翻文章之府，如此则文武错矣。’先生才大如海，如何看待自己‘诗人与武将’这双重的身份？”

文天祥：“自古至今，身份错位之现象屡屡不绝，帝不愿意为帝，溺于水墨、木工或佛事，多矣，以致万物失序、天下大乱。吾素喜诗书琴棋，然家国倾颓、英雄无觅，唯投笔从戎一途不能不走。壮志难酬气未休，复以诗文一浇块垒，恰如辛弃疾公所言，‘吾道悠悠，忧心悄悄’。何言才大如海？实乃忧愤如海也。”

……

下雨了。广场一角的乐队转移至连廊下。对唱的少年男女，消失了。一老人在京胡与锣鼓的伴奏下，引吭高歌：

韩世忠坐宝帐自思自想，
恨金兵犯疆土到处猖狂；
我有心招义民共同抵抗，
但愿得此一举重整家邦。

似乎是《战金山》中的唱段。梅兰芳、尚小云，都曾在北京、上海的舞台扮演梁红玉，擂鼓声声望长江。在北固山下、古渡口遗址旁，诵唱此地前情旧事，更洽和、动人。

张岱在某年中秋后一傍晚，乘船至北固山下。上岸，登北固楼。入夜，“月光倒囊入水，江涛吞吐”。张岱大喜，与仆人复登舟前往金山寺。二更天，“林下漏月光，疏疏如残雪”。张岱“盛张灯火大殿中”，演唱“韩世忠大战长江”之剧目，“一寺人皆起看”。演出毕，乘船过江。僧人送至山脚，“目送久之，不知是人，是怪，是鬼”。在名篇《金山夜戏》中，张岱重叙这一场景。当下流行的“快闪”，一个文人，在明末清初提前演绎过了，即便沉醉于美酒脂粉、灯火鼓吹，扮演韩世忠那一刻，张岱还是体验到刺心入骨的旧悲凉、新痛创吧。

长江边，这一“文天祥镇江脱险渡口遗址”石碑，张岱也曾目睹长思。它恰似文天祥傲骨，让一代代雨声，拥有烈士的脊梁和心律。它也像长江画卷边缘的一块镇纸，防止大风吹覆。

撑起一把伞，避开这繁体、行书、竖排的细雨——避开前人种种质疑与沉思，可免去重负？即便天气晴好，也随身携带雨伞，这是我多年养成的南方习惯，显然非壮士作风。

但这把伞有短剑般的形制，砰然打开，也能在一瞬间纪念那些持剑奔赴的英雄。

马辔头与长江

看看长江、瓜洲渡，朋友们下了北固楼。

无数人也这样，上楼看看长江、瓜洲渡，下楼吃锅盖面、喝黄酒、合影，消失。把辛弃疾留在北固楼，就像把陈子昂留在幽州台、崔颢留在黄鹤楼、王之涣留在鹳雀楼、王勃留在滕王阁。楼梯重重，如百转之柔肠、愁肠、断肠？“肠一日而九回。”“魂一夕而九逝。”伟大的人，必须承受不寻常的孤独与丧失，即便化作江西山中的离离青草，两首词，把辛弃疾永远留在北固楼。除了永祥在餐桌上吟诵的《登京口北固亭有怀》，另一首《京口北固亭怀古》，共同确立了辛弃疾的“北固楼孤独”。

人类拥有孤独的途径众多，辛弃疾的方式是大量用典，让前朝旧代的人与事，纷纷涌现于自我和笔端，抒情复言志。在《京口北固亭怀古》中，孙权、刘裕、廉颇一一出现。其中，“封狼居胥”一句表明，辛弃疾想起一个汉代少年霍去病。公元前一一九年春，远征匈奴，祭天封礼于狼居胥山，两年后卒，年仅二十四岁。遥想少年，再看看自己枯手上梅花般怒放的老年斑，何以妙手回春、去病弃疾？祖父辛赞，以“霍去病”为参照，给孙子定名“辛弃疾”，确立了一个人的命运：为家国中原注入生机活力。而霍去病之名，来自汉武帝笑谈：“斯婴一啼，朕病愈矣——去病！”更可能来自屈原《离骚》的启示——“离骚者，犹离忧也”。司马迁这一阐释，我认同。自屈原开始，一代代去病、弃疾、离忧之人，成为一个古老国度种种的病、疾、忧愁的担负者，其言其作其行，就是“病中吟”“遣疾诗”“离忧之歌”。

辛弃疾有《定风波》一词，用“木香”“石膏”“防风”“常山”“知子”“甘松”等等中药名组成佳句，自我治理，安抚心神。其中一句“湖海早知身汗漫”，将我笔名“汗漫”提前作为他遣愁抒怀的形容词——以广大、自由为志命，我与他跨代相通，毫无隔膜。“定风波”词牌，总使我——大概也使辛弃疾——屡屡想起临安城中的风波亭。风波不定意难平。何况，他又是姓“辛”的人——“艰辛做就，悲辛滋味，总是辛酸辛苦。更十分，向人辛辣，捣残椒桂堪吐”。《黄帝内经》曰：“酸入肝，辛入肺，苦入心，咸入肾，甘入脾，是谓五入。”辛弃疾的肺大概不好。五味，亦如生、旦、净、末、丑，进入一个人的身体这一小戏台，唱念做打放悲声。

杜鹃之外，各种鸟，也频频出现于辛弃疾诗词，助其表达悲辛滋味。鸟的轻盈高扬，能够减轻一个人的肝、肺、心、肾、脾之重负？

“惟有年年秋雁飞。”南渡与北归，只有化身为“人”字形雁阵，才能实现这天上的自由。“落日楼头，断鸿声里，江南游子。”辛弃疾把栏杆拍遍，也无人领会其悲意。“江晚正愁予，山深闻鹧鸪。”鹧鸪鸣叫声是“行不得也哥哥”。西湖边，临时的宫廷内，衣冠楚楚的鹧鸪们，与天光水色眉来眼去，包围几个杜鹃般的北顾忧愁者——“闲窗学得鹧鸪啼，却有杜鹃能劝道：不如归！”杜鹃啼血声声悲，不如归去如何归？“百般啼鸟苦撩人，除却提壶此外不堪闻。”除了叫声是“提葫芦、沽美酒”的提壶鸟，可惹得一笑一醉，其他鸟叫都是警告、诫勉，一个人如何安睡、隐遁、弃疾？辛弃疾沉溺于酒，试图在大醉中忘却鸟叫与马嘶。耳鸣嗡嗡作响，犹似击鼓与飞镝。

率领衰老的身体迈下北固楼，辛弃疾看江边崖刻。陆游《题金山记》，意境与字迹在浪淘风簸下，日益沉雄似长江。《瘗鹤铭》中“天其未遂吾翔寥廓耶”一句，尤令辛弃疾痛彻肺腑。鹤，也多次出现其笔下，例如：“怕一觞一咏，风流弦绝。我梦横江孤鹤去，觉来却与君相别。”依然用典。“一觞一咏”来自王羲之《兰亭序》，“风流弦绝”来自卢仝《有所思》，“我梦横江孤鹤去”来自苏东坡《后赤壁赋》。上下千秋知音在，孤然独迥不孤独？“不恨古人不见吾，恨古人不见吾狂耳。知我者，二三子。”辛弃疾心中的“二三子”，是谁？

北固山下，一小店铺在销售各种碑刻拓片。于坚盯着墙上高悬的《题金山记》。墨色宣纸上的白色字迹，如深夜里大雪压境。“多少钱?”于坚问。店主人是一俊俏女子，答：“一千五百元。最后一张拓片了。不能再拓了，陆游那块石刻保护起来了。”于坚作商量状：“能再便宜一点吧?”女子看看于坚的光辉大头，说：“一千二百元吧。”于坚急忙掏出丰满的钱包，一百元一百元地数出来，排列在柜台上，这态度显然比微信支付庄重、诚恳。把陆游墨迹小心叠好藏在肩上斜挂的书包里，出店铺，于坚就对我大声喊：“太便宜了！陆游的字迹！不公平！”我笑了。他所言“不公平”的参照物，是尘世里种种“昂贵”的寻欢、表演、交易……

我买了一张《禹迹图》石刻拓片。这是中国最早的地图，东至黄海岸边，西至青海祁连山，南至海南岛，北至黄河。图中有横线七十条，竖线七十三条，交叉形成五千一百一十个方格，一方格相当于一百里。这棋盘似的地图上，弈者已去棋子空。我曾看见一幅欧洲人在十八世纪初所画的《亚洲地图》，边缘处，画有中国人赤裸上身嬉戏、刽子手行刑、女子缠足等等景象，流露出对于古老东方的好奇、嘲谑和鄙夷。

于坚正在写《密西西比河某处》一书，中国的人、事、诗，大量涌现于字里行间。我问他：“在美国待了多久?”他说：“不长。与时间长短没关系。”明白他的意思。所有散文，归根结底写的是“我”。而“我”，中国的“我”，“我”的中国，即便在一本关涉异域经验的书内，也必然是主角而非配角——写密西西比河，就是写长江与黄河。

二〇一六年冬，我在美国晃荡一周。从华盛顿到纽约，儿子开车，高速公路两侧是陌生山河。彩色云团低垂于平野，像花花绿绿示威游行的人群。我想起喜欢的美国诗人勃莱。那一年，他还活在人间，赞美中国诗的源头深广，可供后辈汲取。对美国诗人没有传统可继承，感到焦虑，甚至羡慕爱尔兰诗人。他用了这样一个比喻：在爱尔兰的牲口棚里，可以看到现成的马辔头，而在美国，必须杀牛、剥皮、晒干、制革，再按照马头的情形来量度辔头的尺寸……一切都从零开始，传统的大河尚未形成，仅仅处于源头期。

在北固山，在长江边，我感到自己比勃莱幸福。一代又一代中国士子与诗神，从屈原、李白、杜甫，到苏轼、黄庭坚、岳飞、陆游、辛弃疾、文天祥，构成另一种隐秘长江，与横贯东西的现实长江相对称，让这一个古老国度，历尽劫难而生生不息。

“马上离愁三万里。”——手握马辔头的人，俯身于江浪般的马鬃，前途似海，与国无疆。

滁州记

一

过小桥，听让泉水声依旧潺潺。周围山脉依旧峰回路转，蔚然而深秀。迈进一道石墙，在苏轼所书《醉翁亭记》残碑前驻足片刻，过一圆月形小门，终于坐在醉翁亭用以联结四根立柱的廊椅上。少年时代初读欧阳修《醉翁亭记》，懵懂。终于进入醉翁亭，晚年在望。我是迟缓的人，有可能因迟缓，加深对这一名篇、一个北宋文人、一片滁州山水的认知。

四月的风兴之所至，委曲吹入亭中，身上汗息稍歇。

眼前醉翁亭，四角飞檐向天空跃起，如鸟翅。檐下木质构件，以红绿两色漆出喜悦的花纹。当然，这已不是近千年前僧人智仙为欧阳修所建那一亭子。屡屡倾废屡屡建。眼前这一版醉翁亭，重建于晚清、整修于上世纪九十年代。地理位置未变。欧阳修与友朋欢聚亭中，醉观周遭山色的视角未变。他的立场也就能赓续到我的站姿里，仿佛可以跨代并肩交谈。“不与俗耳论知音”，欧阳修如是说，我忐忑，摸摸耳朵。开车走京沪高速公路自上海来，三日游。欧阳修乘轿子和马匹越山渡河，自汴京贬谪于此地就任太守，两年余，留下名篇。显然，我与他的处境语境差异甚大。但有《醉翁亭记》和周遭大好山水作为共同分母，我和他这两个分子，就有了合并为同类项、同道中人的可能。

整篇《醉翁亭记》，对这一亭子着墨不多，仅“有亭翼然临于泉上者，醉翁亭也”一句。且采取非写实的手法——亭翼与让泉之间，尚有多步距离。开篇“环滁皆山也”五字，亦属写意。环绕滁州，除了这西南一角琅琊山，便是当代高楼人工的群岳。清代，书法家何绍基慕名来访，怀疑滁州地势在数百年间发生剧变，与欧阳修所述不符。他大约是一个写实以至于呆板的人吧。他似乎不写草书。

欧阳修把这一亭子命名为醉翁亭，似将此视为个人象征——敞开，腾空自我，无门无锁无碍，坦荡荡，接纳周围一切风声人语。其行文，也就需要避开对亭子的过度沉溺，亦即避开自恋，倾力于对所处时代的辨认。终得出结论：“醉翁之意不在酒，在乎山水之间也。山水之乐，得之心而寓之酒也。”阐明山水、心灵、美酒之间的互动关系。山与水，即仁与智、刚与柔、实与虚、阳与阴、空间与时间、守常与达变——山水之间即中国，山水之乐，即觉悟人间大道之欢乐。

当下东西南北客，来滁州，进琅琊山，兴冲冲直奔醉翁亭，直奔一个北宋文人的象征物，对周遭风景倒没有激烈反应，概因文章之美融涵山水之美。今日作家，记游、记名胜、记草木虫鱼、记蛤蟹竹笋焖猪肉，文字泛滥如过江之鲫，一新耳目、一动肺腑的好表达，寥寥。其原因，大约忘却了《醉翁亭记》的启示：须使山水风物与内心圆融为一，而不相互割裂、彼此缺位，这文章，方能美酒般生发出无穷醉意，历久弥醇。古译今、旅游说明书、电视风光片解说词一般的拙劣笔墨，无力无效。

《醉翁亭记》以另一名句收束全篇："禽鸟知山林之乐，而不知人之乐；人知从太守游而乐，而不知太守之乐其乐也。"道出欧阳修儒家情怀：以民众之乐为自我之乐的前提。范仲淹在邓州读到此句，怦然心动，写《岳阳楼记》，生发出"先天下之忧而忧，后天下之乐而乐"这一名句。显然，范仲淹、欧阳修乃至历代士子，大都没有把贬谪地当作隐身贪欢的桃花源。即便诽谤加身、羞愤在怀，也要守住一角神州、一寸热肠。太守，即知州、刺史也，唐宋以降对地方长官称谓混用兼通，但各有动词隐伏其间——守，知，刺。须以尘烟里、纸墨间的双重行动，自治且治世，拒绝在靡丽空泛的形容词中逃逸。除非彻底丧失行动力、动词般的能力，才会向老子、庄子寻求内援，作逍遥游。

一只喜鹊叽叽喳喳叫着，从醉翁亭中穿过，从我头上越过。它显然对这一飞行路径很熟悉，不担心撞上栏杆、围墙、碑廊，消失于绿树繁花间。它的北宋祖先，一只古典喜鹊，也这样叽叽喳喳飞过欧阳修头顶吧？"写"的古体字"寫"，就是屋顶下一只喜鹊摇动双翅的形象。写作，就是在屋顶下摇动双臂，表达来自山水、内心的美与力。"写，泻也。"就是倾泻流水心潮，让墨水通过笔尖倾泻于万千肺腑。

站在醉翁亭里，我摇了摇双臂，不像一只喜鹊。欧阳修宽衣长衫，挥动双臂，应该很像一只喜鹊。

二

在汴京，欧阳修被视为一只乌鸦，嘎啦嘎啦悲鸣，发出让皇帝和同僚不愉快的预警声，于是被贬往地理学与政治学的边缘处。

欧阳修个子矮小，牙齿外露，眼睛高度近视，形象欠优雅俊朗。小时候，被一个看相的人预言：有远大前程，然祸从口出。父母忧心忡忡。四岁时，父亲去世，母亲更忧心忡忡，在江西庐陵遥望仕途上坎坷求索的儿子，渐行渐远渐无音。

范仲淹推行“庆历新政”，向宋仁宗痛陈朝堂奢靡庸政之积弊，力推改革，四面树敌。欧阳修站在这位前辈和同道一边，被政敌列入所谓“范党”阵营。新政失败，范党覆没，一一被逐出话语中心。“自古小人谗害忠贤。”“今此数人一旦罢去，而使群邪相贺于内，四夷相贺于外，此臣所为陛下惜之也。”在《论杜衍范仲淹等罢政事状》一文中，像一只对死亡气息极其敏感的乌鸦，欧阳修痛呼不已，终累及自身。庆历五年，即公元一〇四五年，小人与群邪联手，制作出“欧阳修与外甥女发生不伦关系”这一性丑闻。宋仁宗将他贬于滁州。一方濒临长江与大海的东南孤绝之地，与范仲淹相遇，彼此成就对方的伟大。这一年，欧阳修三十八岁。

在滁州，欧阳修践行“范党”之“宽简”理念，精贡举，均公田，厚农桑，减徭役，拍板断案，治水种树。两年间，滁州因税赋严重而弃杀男婴现象渐少，人口数量上升。“民乐其岁物之丰成”“幸生无事之时也”。《丰乐亭记》中，欧阳修细腻描绘滁州治理图景。“滁人仰而望山，俯而听泉”“而喜与予游也”，官民关系欢洽，其乐融融。“夫宣上恩德，以与民共乐，刺史之事也”，在塑造个人形象的同时，表达对皇帝之忠。宋仁宗读罢，点头赞许。政敌读了，不开心：“一只乌鸦转变成喜鹊?”那是苍蝇的不开心。在《憎苍蝇赋》中，欧阳修斥责苍蝇“摇头鼓翼，聚散倏忽”，如“谗人之乱国”，显然没有乌鸦的痛感、喜鹊的美感。

丰乐亭距醉翁亭不远，我去看了。欧阳修疏泉凿石，为滁人进山游玩歇息建成此亭并命名。“丰乐”即“丰收之欢乐”，远离乌鸦的悲观与黯淡，在喜鹊翅膀下，让心情逐渐明朗。“掇幽芳而荫乔木。”欧阳修在滁州疗伤，以山水文章疗治内心创伤。

《醉翁亭记》是另一纸药方，写于《丰乐亭记》之后，名动天下。

宋仁宗在汴京遥望醉翁亭，激赏不已。政敌读罢此文，苍蝇般的妒意与失意相叠加，嗡嗡嘤嘤，更不开心：“这一只乌鸦、一只喜鹊，在山水间朝往暮归，醉意醺醺，且有滁人前呼后拥。好在，已苍颜白发自称翁，或许已丧失卷土重来之心力……”欧阳修作文目的达到了。他自我治愈，也治小人、群邪、苍蝇之恶意，向庙堂江湖也向前贤后世表态：“我是一个在山水文章间拥有欢乐的人。”正是《醉翁亭记》，确立欧阳修北宋文坛领袖位置、醉翁形象、滁州代言人身份。率曾巩、苏轼、苏辙、王安石等等晚生，向唐代韩愈、柳宗元致敬，组成跨越时空的中国文人阵容——唐宋八大家。当然，这一命名迟至明初：朱右推出选本《八先生文集》，后定名为《唐宋八大家文钞》，风行不息。

周作人喝苦茶，斜觑书柜中层层叠叠的唐宋八大家，对韩愈尤其不屑。他认为，八先生以文载道而非言志，“虚骄顽固，而又鄙陋势利”。他不认为文章可治世救人。文学观即世界观、人生观。从司马迁的“发愤”，到韩愈的“不平则鸣”、欧阳修的“穷而后工”，再到鲁迅的“呐喊”，一脉相承，从未将道与志对立撕裂，而致力于两者融通，方成就广大气象。其实，在唐宋，对于自韩愈绵延至欧阳修的一场古文运动，已有种种斜觑与不屑。那一场试图接通春秋文章传统、反对华丽萎靡文风的笔墨运动，也是一场振作世风的社会变革——语言即世界，作文即做人治世。周作人拒绝治世，作文做人之境界就逼仄肤浅了。

没读到周作人来访醉翁亭的记录。不喜欢山水，一个人的精神世界，就坍塌了重要一角。他沉溺于书房小天地，暗自在八个先生文章里下功夫。尽管“呼儿买烧酒”，也不会成为醉翁亭一般的醉翁——他拒绝敞开，孤守于一己之苦，胸前挂满没有钥匙的锁。

无意于成为时代的乌鸦，也就不会成为超越时代的喜鹊，一个人与悲伤、欢乐都无关了，还能自然而然吗？

三

出丰乐亭，曾巩略微慢一步，走在欧阳修侧后，以示敬重。两人脸色泛出酒红，腿脚有些飘忽如风中云朵，心就畅快许多。“我心写兮，是以有誉处兮。”“既见君子，云胡不喜。”《诗经》中的这些句子，在他们胸中回响。写兮泻兮，就是路边溪流的哗哗啦啦倾泻，胡不喜？

刚与若干文人喝罢一坛黄酒，黄昏像一坛更大的黄酒。欧阳修带曾巩去几百步外的醒心亭小坐。一童子怀抱古琴，远远跟随在后面。

曾巩，字子固，小欧阳修十二岁。此次自家乡迢迢来访，见恩师并未被汴京屈辱所击垮，在山水间振拔如初，笑起来牙齿与喉咙暴露无遗，曾巩松一口气。游荡二十余日，写出数首诗作。每每与欧阳修等人饮聚，不管在滁州城还是来醉翁亭、丰乐亭，诵读新作是一个重要环节。“不复论心与少年，世间情伪久茫然。”“一番桃李花开尽，惟有青青草色齐。” “朱楼四面钩疏箔，卧看千山急雨来。”……击掌声、赞叹声、碗盏相碰声，时时响起。欧阳修则抚琴以《小流水》伴奏。《小流水》是在古琴名曲《流水》基础上的改编版，悠缓，清澈，似断实续，隐忍自持，更符合滁州山水景象和欧阳修心境。

曲终酒散，欧阳修命题："子固，且作一篇《醒心亭记》与我吧。"曾巩激动。能够用一篇文章与恩师相呼应，多么光荣、幸运。

醒心亭自然也位于山路边。一松树，伸开巨阔枝条，像父母一样怀抱亭子和亭中人。肩并肩坐在廊椅上，没有说什么话，就很好。

七年前，汴京，欧阳修首次读到曾巩来信，其行文与见识均夺目骇人。喜出望外，请曾巩登堂入室，与这位迂阔后生结成师生关系。"入我家门者不知有百人千人，独独以得曾巩为喜。"恩师这句话，曾巩终生记着。也记着初次见面的一个细节：欧阳修拉他在客堂并肩坐，而非依上下尊卑秩序侧面相对，与醒心亭中这一傍晚情景相似。他们都来自赣：一个能够贡献文章的地方。韩愈曾贬谪于那里的宜春，留下佳话佳作。心追韩愈、柳宗元及眼前欧阳修，载道复言志，曾巩文风不羁。欧阳修赞赏之余略加点拨："渐敛收横澜。"曾巩顿悟，笔调日渐沉郁，终得以加入八先生或曰唐宋八大家之阵容。

拒绝沿袭科考中盛行的浮辞丽藻，曾巩抱道自守，"寡与俗人合也"。屡试不第。长亭更短亭，携弟弟反复走在赣江与黄河之间的赶考路上。"三年一度举场开，落杀曾家两秀才。有似檐间双燕子，一双飞去一双来。"家乡人戏唱歌谣，曾巩的脸一阵阵青、一阵阵红，心如刀绞。父亲死在陪他去汴京的路上，连一口棺材钱也由欧阳修所资助。数十口老少组成的大家族，曾巩是唯一支柱。功名无望，生计惨淡。在滁州作《醒心亭记》前后，曾巩除了在家乡种粮食，也屡赴异地求得幕僚、门客、私塾先生等等俗职以谋生，足迹遍布中原、荆楚、闽越，及至东海与南海。直到欧阳修于一〇五四年离滁州、返汴京，改革科举考试评价制度，曾巩终得以考中举人，年已三十八岁，时在一〇五七年。同场及第者即有苏轼，一鸣惊人，年仅二十一岁，继曾巩之后成为欧阳修得意门生。

此时，天色更暗。峰岭逶迤，旷野坦荡无穷。时属八月，风竟有了寒意。亭外那一棵松树，飒飒声犹似阵雨，像父母念叨游子。

曾巩看看欧阳修，笑了："先生酒色褪去了一些，可好?"欧阳修答："好，好。"曾巩感叹："这亭子，先生命名得好。"欧阳修摇头："亭名来自韩退之。"曾巩一惊："我却不知，惭愧。"欧阳修缓缓道："韩公贬放郴州，那里有北湖，故有诗句'应留醒心处，准拟醉时来'。有醉有醒，才不负逼仄人生。"曾巩赞叹："由丰乐亭，至醉翁亭，又至醒心亭，三亭暗通映发，真好。"突然，他声音有些哽咽："先生且乐且醉且醒，晚生虽不才，也懂得其中滋味一二。韩公身后数百年，方有先生出现，同代人有谁知晓如此贤才巨擘之难遇?再过百千年，会有敬慕先生品藻的后人访踪觅迹，然后知先生之难遇……"欧阳修转身，看山巅浮现一轮新月，用衣袖擦眼睛。曾巩继续说："我担心所写文章，能否配得上此亭与先生?"欧阳修回头，握着曾巩的手："俗人讥讽唱燕子，那就去做最高远的那一只！燕语报春惊晓睡——子固定有好文章娱我。"

这一天，庆历七年即一〇四七年，八月十五日。当日夜，曾巩在滁州府衙一侧客房中秉烛走笔。写完《醒心亭记》，滁州城天色大亮，鸡鸣不已。

百千年后，我乃至天下人，都知道欧阳修之难遇。晚矣？未晚。难遇？不难。在醉翁亭，埋首于一卷欧文苏字，就是穿州越府喜相逢。

四

我走到苏轼所书《醉翁亭记》的两块残碑前，伫立良久。

残碑覆以玻璃保护。几个游客欢笑着与欧文苏字合影。漫漶不清的字迹，像遗容。我低头，试图认出这遗容后的青春与萧瑟。

入琅琊山之前，我先去滁州博物馆，望苏轼碑帖拓片悬于中庭，贯天彻地。楷体，端庄沉雄。在滁州城游荡，进入大小餐馆，屡屡见这一拓片复制品作为装点与卖点，诱发食客多喝一壶酒。"醉翁之意不在酒嘛，来来来，喝不醉的——你去看看城外的山呀水呀才会醉——小心醉驾，哈哈哈哈……"在一个设计成醉翁亭形状的餐馆里，我听见邻桌女子这样劝一男子喝酒。那男子站起来，随势调情："我这就看看你胸前的山呀水呀才会醉……"全桌人哈哈哈哈大笑。那女子花枝乱颤。男子端起酒壶一饮而尽。欧阳修与苏东坡，联袂用一篇文章，参与着、影响着当下的世俗欢乐、沉醉与清醒。

《醉翁亭记》的第一块碑刻，出自欧阳修好友、北宋书法家苏堂卿之手。篆书。碑刻完成于一〇六四年，欧阳修已离开滁州返汴京。碑体沉重，无法运往滁州醉翁亭，只好树立于石头采掘处的安徽费县，为此地赢得光荣。历朝历代前来拓碑者连绵不绝。至抗日战争期间，倭寇欲将此碑运往大海彼岸。途中，石碑竟断裂为数块，像一个自杀避辱的烈性男儿。当地百姓趁夜色将石块深埋。后组合复原矗立至今，伤痕累累，充满置身于自己国度的尊严感。

苏轼书写《醉翁亭记》，已经五十四岁，时任颍州知府，在欧阳修去世近二十年后的一〇九一年。共有两个版本。

好友刘季孙迢迢自汴京来，求书，理由不可推辞："子瞻兄为欧阳公弟子，又是书法大家，惟笔墨出自兄手，方能与《醉翁亭记》相匹配——欧文苏字，一并流芳。”苏轼诺。二人畅饮十日后，乘醉意，苏轼以楷、行、草三种字体，一个时辰即完成长卷。如此将三种字体融汇为一，古今罕见。紧劲连绵如春云浮空、流水行地，酒气才气神仙气扑面而至，完全是一曲交响澎湃的贝多芬《欢乐颂》。篇首“欧阳永叔醉翁亭记”，篇尾“眉山苏轼书”，则用楷体写就，一笔一画，端肃庄敬，如面对恩师垂臂顿首，执弟子礼。这一版，尚未刻石即被秘藏，去向不明。至明代，被文渊阁大学士高拱展示，轰动四方。后刻石，立于鄢陵。拓碑者众，碑面渐渐混沌不清。康熙年间重刻。苏轼原迹辗转传入张居正手中，后落入清宫，毁于火灾。

另一版本，就是眼前醉翁亭旁的两块残碑。刘季孙在同一月末，再次来颍州求书，理由同样不可推辞：“滁州太守王诏托我求书，将刻石立碑以陪伴醉翁亭，犹似子瞻兄陪伴欧阳公！”苏轼大笑。他喜欢这一理由，有趣味，有深情。这一次，全文以楷体书写。书写前戒酒两日，洗手焚香，然后埋首于四张巨大宣纸，缓慢运墨，笔笔雄强宽厚如山岳，力透纸背。一日一夜，方完成全篇。掷笔于砚台，苏轼号啕数声如虎啸，随即倒床大睡。这一日一夜间，朝云端来熟食热茶放在门边，就悄悄退去，不作一声。刘季孙站在客房，倾听隔壁书房动静，不发一语。闻苏轼虎啸一般数声号啕，刘季孙泪流满面：“子瞻心痛……”

这庭院，正是欧阳修终老死去的地方。

别滁州，在汴京，欧阳修作为主考官，读到少年苏轼答卷，喜悦不已：“老夫当避路，让其出人头地。”遂为后世贡献一成语“出人头地”。历代书生做着成为苏轼的梦，却未必能遇到肯避路让贤、提携自己的欧阳修。晚年再度卷入党争，欧阳修心生倦意。辞职，不允。数次请求外任，终以颍州知府身份避乱求生。苏轼数度来颍州探望。欧阳修叮嘱："我所谓文，必与道俱。见利而迁，则非我徒!"一〇七二年，欧阳修死于颍州，终年六十五岁。按宋制，迢迢迁葬于新郑。一个重要官员死了，仍须处于皇帝控制力最强的中原。但伟大者死去的、被控制的，仅仅是那一小部分骸骨。

书写《醉翁亭记》这一年，苏轼已经成为苏东坡——遭逢乌台诗案远贬黄州，有《赤壁赋》《后赤壁赋》等等华章，声动四海。八先生或者说唐宋八大家，次第以不俗言说，赋予孔孟老庄等等中国早期作家以意义，像大海赋予上游雪山以意义。没有后裔的祖先，没有存在感。没有苏轼、曾巩的欧阳修，将会多几分孤独。

书写罢恩师的《醉翁亭记》，次年，苏轼作《潮州韩文公庙碑》，去追溯自我乃至一切不合时宜者、不平则鸣者的精神源头。后陷入元祐党争风波，相继远贬惠州、儋州，死于北归途中的常州，六十五岁，与欧阳修寿长完全相同。尸骨也被迢迢运送至中原埋葬。

苏轼曾三次去扬州，寻访恩师遗迹并作词怀念："三过平山堂下，半生弹指声中。十年不见老仙翁，壁上龙蛇飞动。　欲吊文章太守，仍歌杨柳春风。休言万事转头空，未转头时皆梦。"他没有来过滁州，一块石碑替他站在醉翁亭边——不转头，犹似梦中，也就不必轻言虚空。毕竟有文章与石头，证实这世间的欢乐、沉醉和清醒，曾经存在并赓续不息。

在楷体版《醉翁亭记》中，写到"提携"二字，为求字势变化，苏轼将"携"字中的"扌"，置于"乃"之上，像欧阳修的一只手把苏轼高高提起，置于自己肩膀之上，让一颗新星出人头地，环绕汉语汉心汉人身，运行不息。

五

入山门行走六七里，过醉翁亭、丰乐亭、醒心亭等等古亭，越过一道嵌有“峰回路转”楷体大字的关口，至深秀湖，登琅琊寺，最后站在顶峰南天门，即可北望中原、南顾长江——走完这样一条路线，有些匆忙，毕竟我是匆匆一游的过客。

琅琊山中这一路线，由唐宋以来一代代石块铺就，磨得光滑。石块与石块缝隙间，竟有野草生长，对草鞋、布鞋、皮鞋、马蹄、牛蹄的践踏，不管不顾，兀自吐绿。古石路两侧，不知道在现代哪一年得到拓宽，以柏油覆盖。柏油路簇绕古石路，像装裱后处于核心位置的一幅竖轴古画？欧阳修当然没有走过柏油路，我替他走。步履轻快，少了坎坷，也就丧失了伟大的可能性。

欧阳修屡屡沿这一路线游走，闲散自适，喝醉了，头上会插几朵花，惹得随从和路人开心大笑，也纷纷效仿采花插在头上。当然，“峰回路转”那一道关口的出现，是数十年后的事情——庆历新政中的危机感、欧阳修那一只乌鸦的预感，得到证实：北宋夭亡。新一代诗人、志士开始出现：岳飞、李清照、陆游、杨万里……壮丽修辞往往产生于惨烈和黯淡。为抵御咄咄逼人的金国自北方、自滁州以北淮河方向来袭，滁州知州辛弃疾，在琅琊山中这一危急处、中国南方北方转换的关键点，以石头构建起深达数丈的关口。“峰回路转”，这一成语来自欧阳修《醉翁亭记》。峰回路转，也是一个古老国度在绝境中抱持希望的大道与规律。

雪满山。辛弃疾骑马持剑，沿着多年后我所走的这一路线，带领燕世良、陈驰弼、同孚、阳森、慕容辉、戴居仁、丁俊民、李杨等等武士随从，巡行。马蹄在雪地上踩出一朵朵梅花形状，又迅疾被新雪覆盖。在醉翁亭，众人略作歇息。辛弃疾伏在欧文苏字那几块碑上，凝视，低声吟诵：“……临溪而渔，溪深而鱼肥，酿泉为酒，泉香而酒洌……”沉默良久，感叹：“山水依然，鱼肥酒洌依然，故国人事已非……”

这是一一七三年末的事情。一块摩崖石刻，向我传递前朝消息——辛弃疾笔迹劲拔苍拙。他写下巡行时间和同行者姓名，像当下各种场合的签到、打卡，在承诺对于周遭山川之责任。除此之外，这摩崖石刻一句闲言也没有。若干人名因风化而笔画剥落，像实在无法承受家国社稷之重负，解甲下马悄然去……

山中摩崖石刻或碑刻，大约有数百处，集中于欧阳修之后的宋、元、明、清各时代，以笔墨斧凿追怀前贤、赞美山水。碑刻落款处，那些载道言志者的名字，我很陌生：刘汝言、杜符卿、张及甫、许长裕、肖崇业、祝世禄、黄廷用、胡杰、郑大同、陈崇文、王赐魁、薛时雨……只有文徵明很著名，草书《醉翁亭记》，深刻于一巨石。

当年，欧阳修山中所见石刻，只能是北宋以前的笔墨与斧凿。比如，琅琊寺后院，藏有吴道子所绘《观自在菩萨》石碑，欧阳修多次随山僧智仙来访。碑刻中，菩萨立于云朵间，发髻高耸如叠翠堆岚，襟袖线条如小流水，双手交叠于胸前如双鱼游出袖口……“爱道画眉深浅入时无。”“笑问鸳鸯两字怎生书？”欧阳修低声吟诵旧日词句，眼睛湿润了。从这一端庄女子身上，他似乎看见母亲、两个早亡的妻子、一个夭折的女儿，看见人间一切慈悲美好。我站在这一碑前，贴近石碑，一颗破败苍凉的心，也顿然获得滋润与安慰。不知吴道子来过滁州没有。

欧阳修到处寻找滁州刺史韦应物的碑刻，无果。很失落。他喜欢这一个才华横溢、客死苏州的异代前任。对照《滁州西涧》意境，欧阳修寻觅野渡小舟的位置、几只黄鹂鸣叫于一丛深树的位置，无果。很惆怅。而后释然：一张书桌就是西涧，一支笔横于砚台，就是一叶桨横于小舟、野渡，可得大自在。我来滁州，也打听西涧，行人给我指出一条“西涧路”，路上车流如春潮带雨。滁州城中有“醉翁路”，比西涧路更宽阔正大。警察在醉翁路边异常警觉，手中普遍捏着酒精测量仪而非警棍。

唐代滁州的其他治理者，李幼卿、皇甫曾、钱可复、柳遂、赵元阳等人，留下若干碑刻诗文供欧阳修品味。“佛寺秋山里，僧堂绝顶边。助君成此地，一到一流连”云云。这些人虽诗才平平，犹似岩间涓滴，助力欧阳修在此地成就大观。两年间，欧阳修为滁州留下七十余首诗、数篇文章——文章因载道而郁勃，诗词则缘情而飞扬，众多名句被后人书写刻立于山中，我一一读过去、念出来：“空山雪消溪水涨，游客渡溪横古槎。”“一尺雪，几尺泥，泥深麦苗春始肥。”“野鸟窥我醉，溪云留我眠。”“惟有岩风来，吹我还醒然。”“野僧不用相迎送，乘兴闲来兴尽归。”“我亦且如常日醉，莫教弦管作离声”……

醉翁亭前广场，一群女孩身着古典长裙跳舞，一男子手持摄像机录制视频，不知道是拍小视频还是专题片。背景音乐，是一曲古琴伴奏的女声独唱：“别后不知君远近，触目凄凉多少闷。渐行渐远渐无书，水阔鱼沉何处问。夜深风竹敲秋韵，万叶千声皆是恨。故倚单枕梦中寻，梦又不成灯又烬。”欧阳修的词《玉楼春》。在醉翁亭前回响这首词，很合适，也不合适。这首词是欧阳修早期作品，与“月上柳梢头，人约黄昏后”“衣带渐宽终不悔，为伊消得人憔悴”“人为丝轻那忍折，莺嫌枝嫩不胜吟，留著待春深”等等名句，属于同一时期，一概是缠绵词语少年心。欧阳修蒙辱外放之罪证，就有对“艳词丽句”的恶意解读，与苏轼沦陷于乌台诗案，同出一辙。在相似的命运中成为相似的人。

人在滁州成醉翁。欧阳修虽不到四十岁，心境不复从前。置之死地而后生，与东南山水融会，在雪泥岩溪间感受四季流转，冷则一同冷，热则一同热。自然而然谓之道。无须作离别之悲声，有小流水、有小流水般的美酒潺湲开怀，就好。

六

汴京，午后的阳光穿越花窗，在欧阳修书房地砖上印出斑驳花影。一曲《小流水》，两盏茶，一壶酒，这是少年苏轼成为欧阳修门生后，每每来访受到的礼遇。苏轼年龄比欧阳修小三十岁，酒量也小，见酒壶即醉了三分。看欧阳修双手在琴弦间拂扬，像流水在山岩间倾泻，又醉了三分。

写者，泻也，我心写兮，即我心泻兮……

苏轼能听懂恩师内心穿越种种块垒后的宁静、开阔。而黄州、惠州、儋州，暂时还没有出现在他个人史的关键章节。别急，慢慢来吧。

琴音袅袅，茶香酒香袅袅。茶是碧螺春。一瓣瓣缩紧的茶叶，在细瓷碗盏中舒展，像一个紧张的人舒展开来。酒是苏轼尝试制作的米酒，数日前送来一坛，欧阳修就迫不及待打开：“子瞻之心，醉我矣。”

此时，一曲终了。苏轼拊掌赞叹：“每每听《小流水》，皆有新意入耳入心，如读先生文章，跌宕间，自有一脉清流洗尘定神。”欧阳修微笑："老境已至，琴曲多废忘，惟《小流水》刻骨入髓。琴曲不在多，自适即可。操琴、作文与修为，其道一也。有琴在身旁，如晤知己，方不至于孤穷无路。自汴京，至滁州，再返汴京，此琴一路随行。世事迷离纷乱，有青山绿水蕴藏于琴身，就好……"苏轼点头："我有一祖传下来的雷琴，好奇其发声原理，前日拆开，有所悟。"欧阳修兴趣陡起："说与我听！""琴身内有木头微微隆起处，可生成琴音，因琴孔狭而不可尽出，徘徊良久，遂成余韵。"欧阳修回想滁州山势，似也微微隆起，使狭窄山口处的泉水、云朵、风，徘徊而成余韵。

门外，开着一丛荷花的水缸中传来几声蛙鸣。春季里的某一日，苏轼笑呵呵来访，双手捧一碗蝌蚪，倒入水缸："青蛙能吃蚊子，免得天热时先生心烦——蚊子似苍蝇。"欧阳修感叹不已："知我者，子瞻！怜我者，子瞻！"眼下，暑天，欧阳修却以新作《秋声赋》轰动汴京，街谈巷议者多多。苏轼起身续茶："先生敏感于树梢秋意，作就一篇好文，必定传世。似乎悲郁了几分，切望珍重。"欧阳修微微叹息："此文非悲于秋声，实悲于自身力所不及。在滁州，尚戏称醉翁，眼下确已老朽矣，付子斯文。"苏轼周身一凉一热，又一凉。于苏轼，欧阳修如同一带春山，用远景和道路召唤追随者。而今，北风席卷雪满山？欧阳修头发的确全白了。

一只麻雀跳上窗台，欢叫不已。欧阳修指指它，笑了，苏轼也笑了。室内气氛轻松了一些。

欧阳修换话题："自古至今，琴诗颇多，子瞻以为哪一首最好？"苏轼答："韩退之《听颖师弹琴》吧。'昵昵儿女情，恩怨相尔汝。划然变轩昂，勇士赴敌场……'"欧阳修摇头："韩公此诗过于激烈，像琵琶诗而非琴诗了。子瞻琴技佳，心得颇多，且作一首琴诗吧。”苏轼诺。

一〇八一年，春，黄州定慧院。苏轼寄身此地一年，雪堂尚未落成。想起十多年前谈琴论诗的那一个中午，苏轼忽有所感，研墨展纸：“大弦春温和且平，小弦廉折亮以清。平生未识宫与角，但闻牛鸣盎中雉登木。门前剥啄谁叩门，山僧未闲君勿嗔。归家且觅千斛水，净洗从前筝笛耳。”拿起这张墨迹未干的宣纸，出门，苏轼走到东边小山上那一株繁茂的海棠树下。这里是他与参寥等友人饮聚欢谈的地方。俯身点燃这首琴诗，一个人的心声化作火苗，迅速抵达欧阳修在天之灵？看地上纸烬，苏轼喃喃自语：“子瞻写得迟缓了，先生满意否？”一大朵海棠花落下来，掉进苏轼怀中，像来自天上的回答。苏轼抱着这朵花，慢慢走下小山。长江上，水声云气澎湃缭绕而来……

从大弦小弦中感受春温与廉折，苏轼一定想到了欧阳修。他似乎在以这首琴诗，为恩师造像：一张古琴，跌宕间自有一脉清流洗尘定神。

又一日，玉涧道人崔闲，自庐山迢迢奔来黄州，请苏轼为沈遵所作琴曲《醉翁吟》填词：“早年，沈公读罢《醉翁亭记》，激动不已，数度自汴京远赴滁州，徘徊山水间，作成此曲，欧阳公甚爱之。今二公都已去世，倘有歌词应和弦声，必动人肺腑，惟有子瞻兄可以为之。”言罢即展臂抚琴。苏轼聆听，顷刻间填就一阕歌词：“琅然，清圆，谁弹？响空山。无言，惟醉翁中知其天。月明风露娟娟，人未眠。荷蒉过山前，曰有心也哉此贤。　醉翁啸咏，声和流泉。醉翁去后，空有朝吟夜怨。山有时而童巅，水有时而回川。思翁无岁年，翁今为飞仙。此意在人间，试听徽外两三弦。”两个人弹琴对歌。苏轼的嗓子有些走音、嘶哑，依旧高唱不已。月上中天弦歌远。

黄州生活之前，一〇六一年，苏轼履职陕西凤翔。仿恩师，在所居堂屋北面建一亭，凿池塘，引泉水，周遭种植树木。亭落成之日，苏轼请同僚友人前来欢庆："诸君优游此亭，畅怀一聚，试问人间太平，是谁之力量?"客答："太守啊!"苏轼摇头："太守没这力量。""归功于天子吧!""天子也会否认。""归功于造物主?""造物主不会同意。"众人不解："那么归功于谁呢?"苏轼笑答："雨。雨水比珠宝玉石都珍贵啊！喜雨天降，不遗弃斯土斯民，收成有了，忧者喜悦，病者痊愈。此亭可否名之为'喜雨亭'?"众人击掌赞同。遂有《喜雨亭记》一文，向《醉翁亭记》致敬，主旨暗通：与民同乐，民贵而君轻。

在颍州写罢两个版本的《醉翁亭记》，苏轼再次上路，次第奔赴扬州、定州、惠州、儋州，奔赴生命与文章的双重高绝之境。至一一〇一年，死在常州时，他都随身带着那一张雷琴，像随身带着一个矮小恩师，抵抗孤穷与恐惧。

七

亭者，停也。一个途中人走进亭子，停下来，想想从前的事、将来的事，喝一杯酒或一盏茶，焕发力量，再起身走完余路。

空阔如亭子，一个人敞开自我，让他者入乎其内、躲雨避雪、歇息，获得重新出发的勇气和脚力，就是仁人义士。喜欢一个人，就像是喜欢一座亭子。中国山水间有无数亭子，著名者有杭州湖心亭、山阴兰亭、长沙爱晚亭、北京陶然亭等等。山水画中自然也有亭子，无名，就代表了一切亭子。亭中，用淡墨点缀一两粒人影，山水之寂寥立刻消散。即便一座空亭，不管在画卷中还是现实里，看着它，也会让人滋生出缘聚缘散的惆怅。西方没有山水画，因为没有亭子。有风景画，那些油彩中的花园宫殿，产权明晰，不得擅自打破边界线，人与人的关系就疏阔几分。看油画，要站得很远很远，才能把握局面。看山水画要站得很近很近，完全可以走进去，坐进那亭子里，成为一个汉人。

一个人只能热爱自己的国度，这是来自血液的隐秘教导。建筑于其中，生息劳作于其间，就能进入荷尔德林所言“诗意地栖居在大地上”的境界。

亭，这一建筑形制的出现，是远古智慧者献给大地的一首抒情诗。他们对山水与自我之间关系的认识，或者说“道”，就保存于建筑、音乐、诗文、服饰乃至茶酒饮食等等诗意化的作品中，传之后世。没有这些遗产遗风遗韵，我们就是穷困潦倒的孤儿。山僧智仙创造了醉翁亭这一作品，像是把一首诗献给欧阳修。“在作品中，起作用的是真理的发生。”海德格尔这句话，欧阳修没有听见过，苏轼也没有听见过，但各自用《醉翁亭记》《喜雨亭记》，揭示了真理在两个亭子中的发生。“文以载道”，中国这句古话，唐宋八大家们热爱的这句话，海德格尔大约听见过、感动过、汲取过，像苏轼在黄州汲江煎茶——“大瓢贮月归春瓮，小杓分江入夜瓶”。

醉翁亭屡屡倾颓于时间的压力、宋元明清鼎革换代的战火，“废址荒凉春雨里，断碑剥落秋风前”。后人重建，像一次又一次默诵、重写一首伟大的诗篇：魏安行（重建于一一五〇年），胡祇遹（重建于一二八九年），赵次进（重建于一四二五年），郑悠（重建于一四六九年），赵钦（重建于一五六〇年），卢洪夏（重建于一六〇四年），薛时雨（重建于一八八一年）……

我在醉翁亭周围晃荡，看后世陆续构建的其他亭台阁楼，簇绕醉翁亭，像宾客滁人追从醉翁、前呼后应——

梅亭（张明道建于一五三五年，亭前有欧阳修栽种的一棵梅树），解酲阁（沈思孝建于一五六〇年间，并作《解酲阁记》，以揭示《醉翁亭记》醉看山水、醒观尘世之真意），皆春亭（毛鹏建于一五六一年，亭内四季皆春，因骚墨弦歌不辍），宝宋斋（冯若愚建于一六二二年，以佑护苏轼所书《醉翁亭记》碑刻）。影香亭、意在亭、怡亭、醒心斋、六一亭等等建筑物，作者已不可考，像写完一首诗后匿名发表。其中，六一亭位于稍远处——在草丛中发现一角“鸟翅”飚起，我好奇，走近，才看出断壁下暗藏的这一亭子，素朴，像隐居参禅的布衣寒士。

欧阳修晚年托举曾巩、苏轼等等后生，修史作文，“兴来笔力千钧劲”。然北宋朝着南宋、难以为宋的方向加速演进。欧阳修口无遮拦，险些再度蒙羞受辱。“既老且衰且病”，遂将“醉翁”更号为“六一居士”——藏书一万卷，金石遗文一千卷，古琴一张，棋一局，美酒一壶，老翁一人安身其间，其欢其悲，难以为外人道，遂作《六一居士传》，表达辞官远游之意愿，态度决绝如临终遗言，终得以在颍州“退避荣辱，优游田亩”。“酒醒人间万事空。”空？非空。有一卷卷美好汉语流布人间，供晚辈后生怀想神往，如何空？

《六一居士传》以第三人称叙写，一客人与居士对谈互辨，贯穿全文，似《庄子》。以第三人称，增加客观性和说服力，少了自我的耽溺和片面。庄子与惠子，曾经游于濠梁之上，就“鱼之乐”对谈互辩。那濠梁，就位于滁州所辖凤阳境内，欧阳修去寻访，见鲦鱼依然出游从容。在晚景里，在生命的结尾处，欧阳修完全感受到鱼的欢乐、庄子的欢乐。

现在，“六一亭”坐望“醉翁亭”，像老年欧阳修坐望中年欧阳修，有些恍惚，大约类似于一条彻底脱钩之鱼，望着另一条鱼上方隐隐悬垂的一枚鱼钩。六一居士就是儿童欧阳修，回到山水文章田园诗，类似欢度当代六一儿童节？醉翁亭周围，有一片醉翁榆，树龄两三百年不等。这是滁州独有的一种榆树，初被植物学家在醉翁亭周围发现，故命名为欧阳修的榆树。欧阳修的确喜欢树，走到哪里就在哪里种树，梅树、青檀、梧桐、松树等等，尤其喜欢那些末路穷途上的黄杨树，“负劲节以谁赏，抱孤心以谁识”。从中，欧阳修看见不被赏识的自己，劲节犹在，孤心澄澈。伟大者能够从一切事物中看见自己，从而倾情于一切。

一阵风、自北宋而来的风，吹乱我头发和亭子周围的草木杂花。我没喝酒，然沉醉复清醒。

滁州城灯火初起。大街上屡屡有“打造千亭之城”一类标语，显得拘泥、着相了。滁州本身就是巨阔无边的一座古亭，是醉翁亭，天下皆知。欧阳修记醉翁亭，即记滁州，记北宋中国，记代代士子贯通无碍的道与志。

回首一望，平芜尽处是春山，酷似我上海书桌边那一个瓷质、淡绿色的笔架。

安溪记

山顶茶馆

月亮起身，沿一棵银杏树，走上更高远的位置。我摸摸茶壶，依旧是热的。朋友们围坐在树下桌边喝茶闲谈，没注意这个细节。

安溪城中央，凤山顶上这一茶馆，砖木结构。屋脊是闽南建筑常见的燕翅，充满飞起的势能，与凤凰状的山脉相呼应。屋檐下，悬挂红灯笼和木匾。灯笼上写着“茶”，在霜降后的凉风里微微晃动。木匾上只写“茶馆”，显出孤高不二的气质。的确没有在山上看到第二座茶馆。偶尔有卡车老虎般爬上来。茶馆建在山路拐弯开阔处，路边树一巨大凸面圆镜，提前反射出车灯、虎眼的光辉。不知车上是茶叶还是藤铁——本地用竹子围绕铁材编织而成的器具，装饰或实用，如花瓶、茶几、椅子等等，畅销海内外。有司机停车，到茶馆内给茶杯加满热水，又爬上卡车急急赶夜路，像骑老虎的人。

我们喝的自然是本地名茶铁观音。周遭夜色如铁铸，满月像观音脸——铁身玉脸慈悲心。茶过数巡，碗盏中茶水依然香冽，颜色如黄昏。茶叶舒卷开来，瓣瓣似铁，锋芒暗藏，直指内在的暗疾、病灶、软肋？

茶馆旁，三十余级石阶，通往峰顶一座空亭。“地位清高，日月每从肩上过；门庭开豁，江山常在掌中看。”亭中镌刻的对联，系南宋朱熹所写。他在安溪流连甚久，留下碑刻诗文多多，日月江山就有了神采人意。朋友们陆续沿石阶上来，清高开豁一番，再回到茶馆，继续喝茶。我也随本地朋友小林上来。

满城灯火如繁花。穿城而过的西溪、举溪汇成晋江，下达泉州，上通内陆，是海内外物资与人事往来的重要水路，在夜色中微微明白，势如长龙，与凤山一起注释“龙凤呈祥”的意义。安溪城自然是一方宝地，码头商栈云集，龙凤般的人物代代不绝，例如名相李光地、诗人林鹤年等等。抗战时期，厦门集美中学搬迁到安溪避乱，在文庙内办学，十二岁湘西少年黄永玉在孔夫子像前埋头练习木刻、绘画。多年后，回忆在水池中乌龟背上刻字描红的往事，黄永玉哈哈大笑。

小林为我一一指点，清水岩、溪禾山、金钱山、大仑岭……那些远远近近、重重叠叠、浓浓淡淡的峰岭轮廓，在教导一个人如何深刻、冷峻？像平原，注重培养一个人的开阔。安溪，八山一水一分田，自古就是兵家不争之地、百姓避世安身之所。山水田园外，远处、更远处，是泉州、厦门、大海、世界。海上丝绸之路，以泉州为起点，以茶叶、陶瓷等等事物为动力，把黑眼睛中国推广到蓝眼睛里去，也让欧风美雨次第而来，吹拂华夏大陆。在闽南，在这一边缘而又先锋、古旧而又新锐之地，汉人的世界观蝉蜕蝶变。

空亭中，有三两本地人四望闲谈。“咱安溪房价都三万元了，快赶上厦门了哩！”“那么多茶农茶商富了，来城里安家，房价抬起来了啊。”“也有外地人来买房养老。安溪风水好、空气好，四季如春嘛……”这些对话，是小林低声翻译后我才听懂的。

闽南语，也叫河洛语，就是黄河、洛阳一带最初的汉语，表达现代物事也能流畅无碍？在安溪重逢古人前贤。闽南一带汉人，大多是历史上数次南渡而来的中原人。冲州撞府，越山涉水，在大陆东南角，他们用口音保存一个故乡。安溪人现在还是将“锅”说成“鼎”，“稻子”说成“粟”，“干活”说成“作穑”，充满美感和庄重。我也是中原人，历经辽、金、元、清各朝治理的那片土地，语言词汇表与闽南语截然不同。处在不同的汉语里，就是处在不同的人间。类似于我穿着厚重外套在北方登机，落地后瞬间回到夏天，在安溪，穿一件短袖随风晃荡。但，这毕竟是一个现代化的安溪。街头，一些诊所前的霓虹灯广告招牌上，有“亲子鉴定”字眼，闪烁着复杂难言的光辉。

从空亭下来，与朋友继续喝茶。一片银杏树叶幽幽飘落桌面，半绿半黄，是山中来信，写着某人与我分别后的种种感伤与倦意？如何回信？这些年，除了两家银行的生日问候，我再没有收获任何抒情的表达了。

黄永玉在文章中写到安溪城外一个村子：“上天给这些好人特意安排下来的这块长满粮食和果木的大盆地。全村人都姓叶，树叶的叶。周围山上，平地，河边，鱼塘周围长满高高低低的花木果树，不姓叶姓什么？”这个目前已经九十多岁的老头，依旧保持少年天真，让我这个不姓叶的人，在一片落叶、无数茶叶面前，惭愧。只能用花白头发，向白露、霜降后的这一杯热茶，致歉。

茶馆老板娘红衣蓝裤，是否姓叶，我没好意思问。壶内荡漾着她家新采的秋茶，父母在茶山上操持，兄弟分别在上海、福州开了茶馆、茶叶店。“安溪人都感恩铁观音啊，先生们来看看我供奉的茶王像吧？”众人起身去茶馆内看：一尊黑脸男人雕塑，旁边是一尊赤面女子雕塑，一束细香袅袅点燃。“男人是茶王谢枋得，女子是茶王娘。”我大吃一惊：“谢枋得？叠山先生？宋末元初那一个隐居福建、宁死不降的谢叠山？”小林笑了：“是他，他就是在我们安溪避祸，鼓励山民种植茶叶。被元廷官员发现，押解到北京后，绝食而死。安溪人供奉他为茶王，建德镇上有茶王公祠呢！咱们明天去看。”我问：“这茶王娘，是谢枋得母亲还是妻子？”小林和老板娘也困惑：“说不清，自古以来有各种说法。”同时供奉一男一女两座神化偶像，我首次遇到。安溪乃至闽南文化中对女性的敬重，由此可见。

茶王像两侧，贴一副红纸黑字对联：“福与土而并厚，德配地以无疆。”大概是老板娘手迹，稚气中充盈寥廓与庄敬。

铁观音茶的醇厚在舌尖肺腑缭绕。小林边品味边说：“这茶，是感德镇大岭山茶园里出产的。”大家笑：“你看见茶叶包装盒上地址了吧？”我扭头问那位正在用手机对着月亮、松树拍视频的老板娘：“您是哪里人呀？”老板娘回答：“感德呀，大岭山上呀！”小林得意：“怎么样？我是一级品茶师呢！安溪每一座山上的茶，味道差别细微，能品出来。这是大岭山阴坡处的茶，最好，阳光没直射。我能品出这茶大致上所属的十米左右的区域。是的，这茶附近，有一棵高大的老榕树！我去过——是那里！”我震撼又感动，看着小林。她写小说，应该能写出滋味细微而独特的文字——书桌前的大脑，像台灯没有直射的阴坡。一个好作家，应该是好茶叶，携带着河山与时代的隐秘信息和生机。

来自大岭山的一壶铁观音茶，携带一大团白云，把我改造成莽苍山野。一壶清茶天地宽。我与中国东南的土地，并厚而无疆，就必须幸福、怀德。

致叠山先生，或秋祭

叠山先生，我在感德镇槐植村一派茶山下的茶王公祠，与您隐秘交谈。

自安溪城来此地，高速公路两侧时时闪现各种地址路标：蓝田、蓬莱、尚卿、龙门、桃舟、福田、翔云、金谷、西坪……您熟悉这些地名，步行或骑马，悲怆、孤寂地穿越而过。我与您大概最爱其中的一个地名“剑斗”——短剑上，星斗闪烁，照破古中国的漫漫长夜。

此时，茶王公祠正为您进行一场秋日祭奠仪式，庆秋茶丰收，感激您与天地四季的赐福佑护。

祠内，您和茶王娘的塑像，比安溪城内凤山顶上茶馆中那一对壁龛中的塑像，巨大百倍，背景墙绘有云海、绿色长龙、红日。供桌漫长，苹果、橘子、橙子、枣、葡萄、萨其玛、糖果、卤蛋、花生……盛满数十个圆形红色漆盘，向您表达喜悦和祈祷。排成三行的祭祀者，一概身着红色长袍、头戴黑色礼帽，在小乐队的伴奏下，揖手、诵唱、鞠躬，与周遭围观的村民、游客对比，像两个时代里的人。一对穿汉装的少男少女，洗杯、温杯、斟杯，缓慢的动作里有无限深情。两杯铁观音茶，放在您和茶王娘面前。我似乎看见您黑脸中一抹笑意，像夜晚潺潺作响的流水。

公元一二七一年，蒙元军队越长江，南宋君臣纷纷被俘或逃亡。您，一个诗人，在故乡江西招募士兵一万余人抗元，与文天祥等义士苦撑危局。孟子曰：“文王一怒而安天下。”您、文天祥们的书生愤怒，也能移山填海？接到被挟持往元大都的南宋太皇太后投降诏书，您回应："君臣以义合者也，合则就，不合则去。"直到一二七九年三月，得悉年幼的南宋后主及辅佐大臣蹈海于厓山，您才彻底崩溃，身穿丧衣逃亡于武夷山中，痛哭不休。靠占卜与授课维持生命，拒收元朝货币，只取粮食、蔬菜等等食物。元廷获悉您的踪迹，钦慕您的才华与品格，欲重用。新朝官员亦即前朝同事，纷纷来安溪邀请出山。拒绝。一二八八年末，强押您北上入京，囚于文天祥当初所拘之悯忠寺，您高呼："荣幸！荣幸！"绝食数日，一头倒在地上，终年六十三岁。

我去江西弋阳祭拜过您的墓地。那里，群山与修竹苍茫无尽，与您前世知音辛弃疾长眠的铅山，一脉相承。墓地前，有游客留下作为祭品的《千家诗》。那是您在闽南避祸期间编选的一部唐宋诗选，影响后世人心。其中，就有一首您写于安溪的诗作：

十年无梦得还家，独立青峰野水涯。
天地寂寥山雨歇，几生修得到梅花。

叠山先生，您已经修成一束山中梅花，在寂寥与变幻的时代里，持道义而凌寒怒放。"那美好的仗我已经打过了，当跑的路我已经跑尽了，所信的道我已经守住了。"《圣经》中，记载了使徒保罗被囚于罗马监狱中所写的这段话，完全像您的遗言。而"仗"之"美好"，端赖于打仗者"信"与"道"之坚守与存续。您就是名副其实的叠山万重、独立青葱，不动不移。您的同道同乡文天祥号"文山"。叠山与文山，山山辉映天地间。

曾在一博物馆，看见您收藏后转赠文天祥的岳飞砚台。其上，深刻两种不同字迹："持坚守白，不磷不缁。岳飞。""砚虽非铁磨难穿，心虽非石如其坚，守之弗失道自全。文天祥。”或许，正是这一砚台中的墨汁狼毫，生发出岳飞《满江红》、文天祥《正气歌》，以及您的《却聘书》。这砚台，采自山川，像三个伟大者共同的遗骨。

茶王公祠周围，梯田状的茶园像一层层台阶，逐步把我目光引向茶山高处的云朵霞光，再落实到深谷里的溪水、农舍、人烟。您主动选择在一二八八年末扑向大地，升起，进入神仙们的行列，与建德石门村出生、由名医而成为保生大帝的吴本一样。在闽地、台湾乃至东南亚各国，您与吴本，拥有许多寺庙与壁龛，让漂泊四方的汉人目光，从现实的困厄里抬起来，获得慰藉。石门村外，穿过几块巨石组成的大门，我曾去山坡上的玉湖殿祭拜，那是一座从北宋开始祭祀吴本的祖庙。正是吴本，以茶为药，赐福于闽地百姓：茶叶加盐，可明目消炎、化痰降火；茶叶加糖，和胃暖脾、化瘀通气；茶叶加姜，发汗解表、温肺止咳；茶叶加蜜，止渴养血、温肺益肾……

安溪人选择您而非陆羽作为茶王公，祭奠，感恩，是由于您在闽地演进、推广制茶技艺，声动远近，被元廷发觉并追捕。也因为您清敬不二的士子精神，如铁如观音——您就是铁观音。在离乱逃亡的时代里，您常常端茶吟味前贤诗篇以自安：“无由持一碗，寄与爱茶人”（白居易），“休对故人思故国，且将新火试新茶”（苏轼），“酒阑更喜团茶苦”（李清照），“晴窗细乳戏分茶”（陆游）……

我更爱您在安溪写下的《觅茶》：

茂绿林中三五家，短墙半露小桃花。
客行马上多春日，特扣柴门觅一茶。

茶叶加诗，可怡神、去忧、壮志、散心。

安溪数年间，您在茶香里、纸墨间，获得暂时的解脱和安放，“山自青青水自流”。安溪人选择在这茶山下建设祠堂，请您的魂魄从元初定居至今，很合适。“感德”地名，内含感恩修德之意。这里的人，感恩您的出现与永生，感恩四季的轮回流转，在铁观音的静气暗香中修养美德。茶王祠内外，感德镇内外，安溪内外，我看见那些行立坐卧的茶人、饮茶人，一概内敛淡定如茶。当下，新冠疫情在世界上持续波动。我戴口罩来访，脸上隐隐有勒痕像伤痕。安溪人处变不惊，境内无一人受感染。他们把这一奇迹，归功于您和铁观音的赐佑。

请听，祭祀者正在诵咏。这是南音、南方之音，您懂，我懵懵懂懂。仍然是小林为我一句一句翻译：

雪中松柏愈青青，扶植纲常在此行。
天下久无龚胜洁，人间何独伯夷清。
义高便觉生堪舍，礼重方知死甚轻。
南八男儿终不屈，皇天上帝眼分明。

他们在诵唱您被押解着离开安溪时所作的《北行别人》。

笙箫与笛子声声慢。一面小鼓、一面铜锣，像您与我隔世融通的心跳，在鼓面与红铜之间回响。铜锣上，用红漆写着两个楷体小字，我俯下身去细看，是“集福”二字。收集幸福，在负重与沉痛中集福，从一片一片采茶叶，到一句一句写诗，乃至一里一里赴死不归，为自己，为众生。

叠山先生，我沉默着说出这些话，您听见了吗？如果写在纸上，在茶王公祠内的香炉里烧掉，像把一封信投入邮筒，您很快就能收到吧？

岐阳村一夜

在傍晚来到岐阳村，一个四面群山围成的小盆地。住下来，才知道这是茶人王建取的家，而非途中所臆想的民宿。

位于山坡上的这座三层大理石贴面建筑，一层是茶室，接待客人或家人们团聚自饮，墙上挂着王建取父亲二〇〇二年在福建电视台演播厅接受采访的照片，于是有了一个自创品牌“那年这味”；二层是茶叶作坊、库房，为女儿出嫁而备的铁观音老茶，已经藏了二十年，价值不宜询问；三层是两大套叠加式别墅，内有十多间客房，常常空着，等待谈生意的茶商、采访的记者、蹲点调研的官员、春节时从外地回家团聚的兄弟儿女。

几个朋友围坐在一楼茶桌旁聊天。王建取四十来岁的样子，穿短袖 T 恤，身板壮实。捏起一撮黑沉沉的铁观音，动作有着女子般的柔情、细腻：“注意听啊。”随即有茶叶入壶发出的有力、清脆的触底声，像铁屑，铮铮作响。“这样的声音，才是好茶叶，无声或声音浑浊，茶叶品质就一般。”建取说。他家的极品铁观音，一年只能制作出十多斤，每斤价值在一万元以上。其他茶品，则每斤几百元、数千元不等。我暗自庸俗地揣摩，这一晚，建取盛情招待的铁观音价值多少？

建取是岐阳村乃至感德镇的著名茶人，通过茶叶合作社和公司化运营，组织村民经营数千亩茶园。安溪境内，海拔一千米以上的山脉约一百一十余座，湿度与光照适宜生长铁观音，茶园共计约六十万亩。全县目前一百万人，劳息与忧欢一概系于自唐末肇始至今的茶叶茶事，直接或间接。清明前、立夏前、霜降前，是安溪最忙碌、最喜悦的三个时节。每一时节，茶人们只有十天左右时间可掌控，提前或滞后，茶叶就沦为一般树叶。制茶，每天须在十八小时内完成十六道工序：采青、摊青、晒青、凉青、摇醒、摇水、摇青、摇韵、炒青、揉捻、初烘、包揉、烘焙、塑形、焙味、收藏。茶人彻夜在作坊里不眠不休，像深情男子，陪着在阵痛中分娩的铁鼎、茶叶这些妻儿。“精微烂金石，至心动神明。”曹子建《精微篇》中这句诗，可献给一代代精微、至心的安溪茶人。

“看看我手指，裂纹，老茧，都是在铁鼎中炒青落下的。”我握了握建取的手，感受到铁的热息：“您采茶怎么样，能赶上女孩子吗?”建取憨憨一笑：“采茶就不灵光啦，女孩子手指尖尖，采得快，姿势也好看，记者们、摄影家们最爱照采茶女！采茶舞也是女孩子们跳好看。”我大笑。建取举起茶碗，很沉醉地抿一口：“女孩子采茶也辛苦哩，趁天晴，上午十点到下午三点间采摘，品质好。采茶不能用机器。摇青、炒青没以前辛苦了，有机器了——这是我父亲的功劳!”

建取的父亲王奕荣，之所以能进省城、上电视，名闻安溪乃至闽地，在于琢磨、发明了空调除湿恒温机、摇青机、炒青机等等现代制茶设备，模拟手工制茶的环境和细微过程。这一发明异常艰辛，屡败屡试，在各种疑虑、非议、观望中，最终获得成功并推广。如今，在安溪，许多土旧房舍外也挂着空调外机，室内一定就是茶叶作坊。正是这些工具演进，使制茶期可以延长，规模化生产得以实现。“现在，世界茶叶市场，外国人占大头，什么立顿红茶啊等等，粗暴直接，就是让制茶过程工业化。咱中国的茶叶有故事，有人情味，可也得进步，继承、发展祖宗手艺，不能满足于吃老本、过小日子。”建取经常出去给茶农讲课，口才好，说话流畅，像门前哗哗啦啦的溪水，在夜晚异常响亮。

从王奕荣，到王建取，这些乡贤式的人物，是民间生活中的先知，赋予一方地域以智性、活力和戏剧性。

说得高兴，喝得畅快，建取起身带领我到二楼茶叶作坊，开动摇青机。那机器，果然像一个人端着圆竹匾摇动怀抱中的茶叶。建取也端起一个圆竹编，演绎摇青动作，与摇青机的节奏、姿势神似魂通。一团团碧绿茶叶摇荡着，酷似恋爱，在摇荡中散发出越来越浓烈的香气。

摇青，这种充满美感和抒情性的技艺，据说来自一只古代野兔的启示：它反复穿越茶园，茶树摇曳不止；一个猎人东奔西窜追逐之，茶树继续摇曳不止。这块茶园中的茶叶，炒制后散发的香气，就明显强于其他没有野兔出现的茶园。自唐、宋、元、明、清，到今天，人于茶叶，如逢美色；茶叶于人，终成知己。

一个老人推门进来，矮壮。建取介绍：“老父亲，老父亲，呵呵。”我忙起立，请他入座，老人摆摆手：“您坐，您喝，我走走，走走。”我赞美他一头黑发：“喝铁观音的缘故吧？精神！”老人咧开嘴笑了：“染的。喝铁观音，头白得慢一些，但还是要白的。”老人处于退休状态，茶事由建取和另外两个远在厦门、香港经销茶叶的儿子打理。孙辈都从事着与茶无关的职业，让他惆怅：“年轻人都想跑得远远的，山里茶园怎么办？”这些年，岐阳村乃至整个安溪，茶园荒废现象屡屡可见。老人告辞转身，后面寸步不离着一只狗，像在认真回味由种种传奇故事所造就的一个人的独特气息。

建取一家人住在旁边另一座红楼里。红楼与我所处的这座楼之间，是老人在七十年代盖成的砖木结构四合院，风吹雨打，蚁噬虫啄，仍舍不得拆毁。我从阳台上俯瞰这一四合院，瓦片密集如鱼鳞向天空游动。屋脊飞檐也是燕子翅膀形状，代表春意、吉祥。

一夜无梦。鸡鸣声、火车哐当哐当声，突然响亮，为黎明的到来和人间觉醒，广泛制造舆论。我赤脚跑到阳台上。一列从漳州开往泉州方向的绿皮火车，沿着深谷之上的高架桥缓慢掠过，车头蒸汽像白手绢朝我挥舞几下。小盆地以东，名为"旗鼓山"的峰顶，为我呈现了一次日出全过程：从灰苍苍中的一抹微白，到忍无可忍的赤身跃出、大放光彩，前后历时约五分钟。一个逐渐进入暮境的人，仰望山顶，眼神在支持还是拖累日出？在上海，我多年没有看见日出，也未目睹一个婴儿的出生。

小盆地传来国歌声。岐阳学校的孩子们，在绿色塑胶操场上列队、升旗、做体操。我俯瞰他们，像一只高处的鹰，鹰换喙，我刷牙、洗脸、走下山坡。到学校紧闭的大门前窥视，被一高大保安目光炯炯盯了几秒钟。忙转身，在岐阳村里晃荡半小时。村民打量我，邀请进家喝茶。我谢绝，但感动：大清早就邀请陌生人进家喝茶，这是其他地域没有的事情吧？小盆地里散居的数百户村民，都姓王，源自中原迁徙至此的同一祖先。我母亲、妻子也都姓王，不知道彼此间血脉是否存在隐秘关联。

溪水边，矗立一座"深厚王氏祠堂"。悬山屋顶，土木结构，墙上有"明代保护建筑"铭牌。门紧闭，楹联醒目："深高阅历，方知世味如尝胆；厚丰乡土，别管人情且看花。"

我俯身看过茶叶开出的细碎花朵，是白花瓣、黄花蕊，像娇嫩的小女孩。

在岐阳村乃至安溪、闽地，茶园里按时序夹杂共生着如下花草：

灯芯草、白叶菊、野淮山、金银花、弯枝花、耳筋草、米粉草、五根草、鸭母草、玉碗抱金珠、山葡萄、无根草、石橄榄、水甘草、鸡骨蓝、将军草、金钱莲、接骨草……茶人们不会清除这野生的草和花，任其萌发与枯萎。草好花好茶才好，是我在安溪获悉的地方性知识——看花尝胆德深厚。

一个骑摩托车的少年，疾风般从我身边掠过，沿着溪水旁的石子小路，蓦然掉头，冲向山坡上的树林。在唐代或晚清的早晨，他的某个祖先，也疾风般冲向山坡上的树林，骑一匹马，从我的某个祖先身边掠过？

南方嘉木与个人饮茶简史

罗伯特·福琼走在一八四九年五月的武夷山中。两个仆人紧跟，挑担，牵一匹马，周围是山雾水声、鸡鸣狗吠。每当茶园出现，福琼尤为激动，止步，钻进去……

一米八身高的福琼，用中国人装束掩盖英国人身份，长袍马褂假辫子。说一口流利汉语，熟练操持筷子，聊《西游记》《水浒传》，喝黄酒。当然，更用诡异眼神闻着茶杯盖上的余香，盯着茶壶中叶子的沉浮舒卷，随时掏出笔记本书写。中国人好奇询问，他解释："我是游记作家，是文人、写书人。我爱你们的生活，爱你们的茶叶，要记下来，让远方的人羡慕。"中国人笑了。他下意识按按鼻子。剃去茂密胡须后，这鼻子更显嶙峋，令他有些不安。

从苏州、石门、塘栖、杭州，至徽州的屯溪、婺源，又到宁波、金塘，现在进入武夷山，这条神奇而危险的路线，福琼走了一年多。中国人完全忽视对他身份的探究，热情接待，有问必答。地方官员也没有觉察到辖区内某种异常。而一旦觉察的严峻后果，这个英国人明白：牢狱之灾。他正肩负英国政府和东印度公司赋予的秘密使命：猎取最好茶种，带回英属印度加尔各答和喜马拉雅山，并招募茶人协助移植、传授加工技术，以摆脱对中国茶叶进口的依赖和重金支出。

资料表明，自十七世纪中叶，茶叶被引入伦敦生活，英国人对这神奇的中国树叶需求不断上升。十八世纪末，中国七分之一的茶叶出口到英国，每年达到两千三百万镑。喝下午茶，不仅是贵族阶层、文人雅士间的流行风尚，甚至会吸引一个码头工人迟到早退去喝茶。如此巨大商机怎能丧失并受制于东方大陆？东印度公司为福琼开出的年薪，约合今天的一百万元人民币，以支持这一意义深远的隐秘行动。福琼成为第一个深入中国未开放地区的茶叶猎人，或者说间谍、贼。此前百年间，英国人数度尝试从中国公开或隐蔽地引入茶树，均因清政府禁令或漫长海路运输中的环境变化，而告失败。一八四三年，福琼曾作为植物学家首次来中国，三年后带回一百余种植物在英国落地生根，出版游记《中国北方的三年漫游》。显然，他是这次新尝试的合适人选。

行走于中国南方茶树茶人间，福琼口袋里装着一本陆羽《茶经》，手摹神追。

安史之乱时期，陆羽结束在南方产茶区的旅行，于湖州隐居、写作。《茶经》，这部世界上最早的茶叶经典，对茶叶缘起、采摘工具、制茶工艺、泉水、茶器、分布地区、茶叶分类、功能、茶事等等，详加叙述。从神农尝百草以“茶”解毒的遥远传说，到陆羽自己眼观、身历、心得，由“荼”字生发、确立出“茶”，整部书文笔雅致、从容开阔，完全是一篇七千余字的散文。从此，中国茶，被赋予诗性美感和禅意的幽深。

《茶经》开篇，福琼常常在途中自言自语背诵：

> 茶者，南方之嘉木也，一尺、二尺乃至数十尺。其巴山峡川，有两人合抱者，伐而掇之。其树如瓜芦，叶如栀子，花如白蔷薇，实如栟榈，茎如丁香，根如胡桃。

由《茶经》，我知道陆羽没来过福建。他所经历的产茶区，有峡州、襄州、荆州、光州、黄州、湖州、常州、杭州、睦州、润州、苏州、越州、婺州、台州、彭州、绵州、蜀州、泸州、邛州等地，涵盖当下湖北、安徽、江苏、浙江、广东、云南、四川诸省。陆羽坦言，对岭南、闽地茶叶所知不详，“往往得之，其味极佳”。也就是说，陆羽品尝过武夷山中的红茶，和安溪介于红茶、绿茶之间半发酵的乌龙茶，即清代乾隆年间定名的铁观音。

嘉木在南方。福琼用自己携带的测量工具，以现代科技术语，确定中国茶叶分布的边界线：北纬二十五度与北纬三十一度之间。查看地球仪，我明白：中原的信阳毛尖，位于茶叶版图的最北端。再向北，喜欢温湿、云雾的茶树就止步不前了。茶马古道、丝绸之路也就必然出现，向辽远寒冷地带，输送南方中国浓缩暗藏的生机与暖意。

以《茶经》为行动指南，福琼从一八四八年起步，迈入一八四九年五月，在中国南方的嘉木暗香间寻访、记录，收集来的茶种，移植于密闭的玻璃容器“沃德箱”。他根据中国与印度的气候、土质差异性，在沃德箱内同时种下桑树苗，使其蒸腾出的水分均匀支持茶种发芽。可以说，在沃德箱内，福琼模拟构造出一个微型的中国南方：平均气温在十七度到二十一度，平均海拔一千米，年平均降雨量一千八百毫米，酸性土壤……两年后，一八五一年，福琼和八名中国茶人所携带的数万株茶苗，乘船抵达印度加尔各答植物园，落地生根，化名为印度茶，与中国茶竞逐世界市场。

“求知去吧，哪怕远在中国。”这是先知穆罕默德的名言，非穆斯林的福琼，亦践行之。

正是在武夷山和安溪，福琼才明白：红茶并非红色茶树上的茶叶，乌龙茶与“龙”这一种虚无缥缈的动物毫无关系。茶叶滋味与功能的种种微妙分野，全赖于中国茶人的双手，在光线、云雾、火焰、铁鼎、泉水间，研磨追索数千年，渐次形成制茶工艺中的简劲与繁复，继而在人类的舌尖肺腑焕发幸福和感动。茶，就是“敬天时、惜地利、重人和”的中国智慧之佐证。例如，发酵术的出现，就缘于自然的赐予：茶叶在运输途中偶遇骤雨，抵达目的地后晾晒，这干湿交替后的茶叶品尝起来，比出发时的滋味又醇厚许多。于是，此后茶叶加工过程中，就以人工模仿骤雨、日晒、骤雨、日晒……

这些年，我常喝简单、快捷的袋泡立顿红茶，契合于这扁平、提速的世界，也凸显个人生活的单调平庸。这种红茶，显然是福琼中国行之后才会出现的工业化品牌，毫无中国茶在举杯换盏间洋溢出的雅致与深情。它拒绝传说和梦境，符合我的渴饮方式：鲸吸，牛饮，马狂吞。回忆大半生所喝饮料，自远至近如下：井水，溪水，自来水，柳叶茶，菊花茶，信阳毛尖，咖啡，立顿红茶，绞股蓝降压茶，枸杞菊花茶——这样一个饮料序列，配合相应饮具如下：双手捧成凹形，粗瓷碗，水壶，玻璃杯，一次性纸杯，保温杯。充分暴露一个人的清寒来历和窘迫现实。目前，也杂乱喝着苏州碧螺春、杭州龙井、云南普洱、武夷山大红袍、安溪铁观音，品不出彼此差异，辜负嘉木南方，惭愧。某年，一友人在山中发现一处野茶林，惊喜万端，就亲手采青、晒青、炒青，用小陶罐装满寄我品尝，滋味难忘。

马可·波罗曾经在帆樯林立的泉州港观察、震惊。那奔赴世界各地的大船，装满陶瓷器物、茶叶。陶瓷为中国赋形，茶叶为汉人乃至全人类赋魂。所谓“味道”，就是万千滋味中隐含的一条道路。什么样的味道里，走着什么样的人，抵达什么样的远方。所谓“斟酌”，就是围绕一个茶壶，对世态人心深切玩味、清醒决断。

一百二十回的《红楼梦》，有一百一十二回出现饮茶情节，在花园与客堂之间，是自然而然的事情。就像《水浒传》《三国演义》总是出现烧酒，在杀伐与盟誓之间，也自然而然。《红楼梦》中出现的茶，有九种：枫露茶，凤髓茶，六安茶，老君眉，杏仁茶，女儿茶，龙井茶，暹罗茶，千红一窟。这些茶，真实存在或纯属虚构，参与了人物性情的塑造和命运的达成。显然，曹雪芹是一个懂茶爱茶的人。

绿茶凉性，红茶热性，铁观音在凉与热之间保持平衡，这是我在安溪掌握的另一个地方性知识。美国人类学家克利福德·格尔茨认为：“所有知识都是地方性知识。”显然，我的知识谱系，完全来自一个又一个偏远之地，比如眼前安溪。热爱安溪的朱熹，也在此地获得启示：乌龙茶或者说铁观音，可作为儒家中庸之道的最佳诠释和载体——不偏不倚，中正，恒远。

于我这样时而狂热、时而哀凉的人而言，喝铁观音，是合适的选择。当然，它价格有些贵。当然，我盼望那个制作野茶的友人，再寄小陶罐来。

她们的美

龙通村的阳光，从四面悬崖般的三层土楼围合而成的“口”字形庭院之上，自四方形的苍穹深处，倾泻而下。我坐在这一庭院里，像野兔，处于峡谷底部。抬头，眯起眼睛看云朵和飞鸟，欢迎一种温暖、美好的洗礼。

三个茶桌旁，围坐着茶人和朋友们。十二个女孩在略微高出地面的戏台上，表演茶艺。她们是龙通小学的孩子，穿深蓝长裙、浅绿上衣，双鬟间系一缕长长的红绸带。如果不是脚上的运动鞋泄露现代感，她们完全像处于汉唐，保持一个民族早期的清新喜悦。

此前，我在土楼外绕行一周，用十五分钟。这一个充满危机感和责任感的堡垒，矗立于周遭山野茶园间，醒目，巨大。闽地多土楼，一因平旷之地稀缺，须向上索取生存空间；二因强盗来袭时，可据此安身存命。一座土楼往往耗尽数代家人积蓄，历十年、二十年方能建成。形状呈圆形、椭圆形、方形、五角形、交椅形、连环套形、簸箕形，让异国卫星掠过中国东南，屡屡惊诧、误判：“此地藏有无数秘密飞行器!”龙通土楼是四方体。走向它，感觉自己像清末土匪来踩点，寻找深夜进攻的角度与门径；又像民国的一个贫寒青年，爱上这凭借经营茶叶而富庶的豪门内某一少女，忐忑不安，上门提亲；当然，更像是私塾先生或茶叶商人，即将受到一个家族的热情款待。我缺乏匪气，也不再年轻，只适宜用小算盘在身体内盘算酬金和利润?

这一福建省历史保护建筑，正门朝向西北，石质门额镌刻“崇墉永峙”四字。两侧，分别有“甲申年”“瓜月立”小字，说明始建于一六四四年瓜果成熟的阴历七月。历时八年落成，“土楼公”许尔堦家族得以荫蔽、繁衍。每逢兵匪来袭，全村乡亲涌进土楼，紧闭大门和西南侧另一小门，即可在其中度过多日而无忧，最多时据说有三千人在土楼内生活。庭院一角，有水井清澈、粮仓充实。

与闽地其他土楼一样，龙通土楼以石头作为基础向下深布两米，确保外人挖掘地道进入内部的可能性为零。墙体厚度为两米，以黄土掺杂米汤、红糖，增强黏合力，一寸一寸向上夯筑，至屋顶，覆以青瓦。从一层到三层，均无开向外部世界的窗户，只设有数十个眼睛般的观察口和射击孔。无数房门与窗户，朝向内部这一巨大庭院，“千门万户曈曈日”，贴上红色或绿色的春联——红色代表喜庆，绿色意味着有老者去世不久，这是中原与闽地共同的风俗。红茶的暖意，绿茶的凉意，似与此相贯通。许氏后人星散四方，土楼现成为民俗博物馆。楼内没有一缕蜘蛛网。红灯笼在走马廊高悬，随风摇荡，写着“许”“茶”字样，装点当下游客目光。端肃、矜持的许氏先祖不会这么张扬，故能家业存续三百余年。

我从一楼走到三楼。被炮弹击中墙体造成的一个硕大窟窿，像大眼，含着山间茶园的暗绿和云雾。据说，这是四十年代国民党一支小部队受人委托炮轰造成的。许家一直留着这个窟窿未予填补，昭示一种自信：如此而已，无伤大局，且有光照、风吹沟通内外，甚好。

各房间，收藏有一系列装满铁观音茶的大小陶罐。雕花大床或简陋木床空空如也，那些从前的身体，身体中的欢爱、沉痛、疲倦、空寂、炙热或幼弱，何所去？玻璃柜中或墙壁，陈列着本地明清以来的往事前情：地契、雇用契、婚约、请柬、日记、茶叶账册、镇纸、砚台、东南亚地图、手提箱、马鞭、马灯、梳妆台、脂粉盒、步摇、金钗、簪子、玛瑙珠、镜箱、花瓶、“军属光荣”标志牌、毛主席像章、《毛主席语录》、《赤脚医生手册》、粮票、绿挎包、“上海”牌手表、耕犁、耧、锄头、蓑衣、背篓、竹筐、担箩、风车、木犁、米斗……

位于三层正中的一个房间内，两支红烛和几碟水果、点心，敬奉在土楼公许尔堦和土楼嬷的小雕像面前。一男一女平等并立，让我想起谢叠山及其身边的茶王娘。当然，那是已经上升到云端的神仙，眼前是人间烟火中的一对夫妻。

土楼嬷，一个李氏女子，在八年建造土楼过程中留下许多传奇：数月不洗头，操劳于灶台、土楼间；为那些即便来土楼送一块砖瓦的人，也端上一碗米饭以示谢意；回娘家撒娇，运来一车车粮食；在面对这一壮大土楼深感震撼和忧虑的父亲前，跪下，发誓：许家与李家乃至远近乡亲，世代交好，决不恃强凌弱、招灾惹祸……她应该是美的，否则不会嫁入这一世家。她是智慧的、有力的，否则不会有土楼的艰难造就。她是善的、动人的，否则不会在感德乃至安溪广为传颂。

闽南女子力量，来自群山与大海两相夹持这一地理形态的赋予，源于茶业、渔业、海洋运输业的勃兴。男子们远渡重洋捕鱼，漂泊四方经商，数月数年甚至终生不归，在异乡落地生根。仅安溪籍在台湾繁衍壮大的人口，今已达二百多万人，旅居东南亚等国家者达一百余万人，大都经营与茶有关的事业。一代代闽南女子，荷载起丈夫们暂时甚至永远放弃的责任，最终形成强大的自我：担石抬轿，织网造船，种稻制茶，赶车策马……在咸腥海风和连绵山雨间，她们绝对不是巴黎女作家波伏瓦所言的“第二性”，不是家庭的附属、男性话语的旁白，而是第一人称单数“我”，负重，独立，以汗水、泪水而非香水获得尊严、造就传奇。

东南中国这一片孤绝强悍之地，有茶王娘与谢叠山并肩而坐接受崇拜，理所当然。

在安溪，我才知道郑律成作曲的《延安颂》，作词者莫耶就是本地女子。一九三四年，缅甸归侨、国民党军队少将旅长、安溪县县长陈铮的女儿，原名“陈淑媛”的十六岁女孩，离家出走，只身闯荡上海，成为《女子月刊》记者。改用笔名莫耶，向神话中那一个南方铸剑者莫邪致敬，并以此寄托自我解放之心志。创作出以女性自由、抗日救国为主题的众多剧本、诗歌、小说。与《一江春水向东流》的导演蔡楚生等左翼人士来往密切，引起戴笠关注、追踪。爱上进步青年陈沧，七七事变后，莫耶试图说服陈沧一同奔赴延安，无果，兀自追随抗日救亡演出队西行。她后来才知道，所谓陈沧，是中华复兴社特务沈醉的化名。我见过莫耶在上海外滩的一张留影。一个左翼少女的美，黑白照也掩盖不了，像夜晚掩盖不了一丛鲜花。我惊奇于这个少女笔下的歌词，高拔迥阔：“夕阳辉耀着山头的塔影，月色映照着河边的流萤。春风吹遍了坦平的原野，群山结成了坚固的围屏……”

当写到“群山结成坚固的围屏”这一句，莫耶，是否想到故乡安溪的万重峰岭？

一束阳光，突然投向我所在的、目前处于阴影中的茶桌。它穿越三楼的一个观察孔，照亮眼前茶杯上的一行字“老固野实”。“三点了。”为我斟茶的女子说。我表情大概很困惑。她笑了：“每天下午三点，这个观察孔中就有阳光直射下来。土楼公当年有意设计的，很准啊！”我赞叹，喝茶求教：“‘老固野实’是成语吗？没印象啊。”斟茶女子又笑了，解释：“老固”，她公公的名字；“野”，指老固在戴云山深处寻找到的一棵百年茶树；“实”，茶人须以诚心实意为准则。真好。野与实，真好。感德镇每年秋天在这土楼举行“茶师傅比赛”，即古人所言的“斗茶”，比斗牛内敛温和，比斗蟋蟀端庄正大。老固在这戏台上领过奖，现在成了制茶大师，坐在戏台下评点新一代茶人的技艺和茶园。每年茶师傅比赛，镇政府颁发数万奖金，获奖者都捐给村民以助脱贫。

闲谈间，知道她是惠安女子。大学毕业之初，在厦门一茶馆里偶遇安溪铁观音，看主人斟茶姿势很美，她开始爱茶，继而爱上茶馆里出现的老固儿子，来感德结婚，学会采茶、斟茶、网上销茶，成为这一制茶世家的顶梁柱。斟茶姿势也很美，十指纤细，大约不同于她母亲、祖母等等先辈大手大脚划大船的海边身姿了。

土楼中庭这一戏台，三百多年来，有无数面影背影浮现流转。它举行过历代许氏家人的婚礼、葬礼，演过高甲戏《审蛇记》《凤冠梦》《孟丽君》《吕布与貂蝉》一类剧目，开展过斗茶。现在，十二个女孩表演完茶艺，一边歌唱一边走下戏台，头上的红绸带像蝴蝶一样飞起来：

> 采茶莫采莲，茶甘莲苦口。
> 采莲复采茶，甘苦侬相守。

我起身，追随她们从侧门向外走，像追随着安溪一个村庄的记忆和梦寐，向前走。阳光从门口沛然涌入。那两扇门上，贴有庚子年春节的红纸门心，以楷体写着两个巨大词语：“国泰”“民安”。

后　记

《在南方》，是我对南方生活的一种记录。“但见长江送流水”，一支笔，能够长江般送出无穷的墨水与月光?

写南方山水人民，就是写中国、自我与民族。唯如此，散文或者说中国文章，才葆有现代性与生命力，而不至于陷入精致的自怜与自闭。

自豫南移居上海二十余年，我逐渐混淆并穿越“籍贯”“异乡”这些概念的边界。一切被介入、省思、表达的事物，都成为自我的一部分。在汉语中，就是在故乡。

宋末诗人文天祥有名句:“南方心事北方身。”他把南北统一于自身并疼痛奔赴，继而进入伟大者的序列。法国作家加缪则提出著名的“南方思想”，力图以光芒对冲阴影，建立起一个正午般平衡的世界。

我用这部书，向文天祥、加缪乃至一切前贤，向南方、北方乃至一切方向，致敬。

感谢江苏凤凰文艺出版社的厚爱与推举。

二〇二一年十一月二十日

于途中

图书在版编目（CIP）数据

在南方 / 汗漫著. —南京：江苏凤凰文艺出版社，
2021.11
ISBN 978 - 7 - 5594 - 6153 - 7

Ⅰ.①在…　Ⅱ.①汗…　Ⅲ.①散文集—中国—当代
Ⅳ.①I267

中国版本图书馆 CIP 数据核字(2021)第 238868 号

在南方

汗　漫　著

出 版 人　张在健
责任编辑　李　黎　项雷达
装帧设计　张景春
责任印制　刘　巍
出版发行　江苏凤凰文艺出版社
　　　　　南京市中央路 165 号，邮编：210009
网　　址　http://www.jswenyi.com
印　　刷　苏州市越洋印刷有限公司
开　　本　880 毫米×1230 毫米　1/32
印　　张　11.375
字　　数　264 千字
版　　次　2021 年 11 月第 1 版
印　　次　2021 年 11 月第 1 次印刷
书　　号　ISBN 978 - 7 - 5594 - 6153 - 7
定　　价　58.00 元